Valentina Fast

Die Elite von Ashriver – Hidden Secrets

Weitere Titel der Autorin:

Secret Academy – Verborgene Gefühle
Secret Academy – Gefährliche Liebe

Eliza Moore – Flüsternde Schatten
Eliza Moore – Steinernes Herz

Stolen Crown – Die Magie des dunklen Zwillings

one

Die Bastei Lübbe AG verfolgt eine nachhaltige Buchproduktion. Wir verwenden Papiere aus nachhaltiger Forstwirtschaft und verzichten darauf, Bücher einzeln in Folie zu verpacken. Wir stellen unsere Bücher in Deutschland und Europa (EU) her und arbeiten mit den Druckereien kontinuierlich an einer positiven Ökobilanz.

Originalausgabe

Valentina Fast wird vertreten durch die Agentur Härle

Copyright © 2024 by
Bastei Lübbe AG, Schanzenstraße 6–20, 51063 Köln

Vervielfältigungen dieses Werkes für das Text- und Data-Mining bleiben vorbehalten.

Textredaktion: Annika Grave
Umschlaggestaltung: Massimo Peter-Bille
Umschlagmotiv: © Ihor Biliavskyi/shutterstock, Bokeh Blur Background/shutterstock; K.Decor/shutterstock; martinova4/shutterstock; Greens and Blues/shutterstock © Mi Ha, Guter Punkt, München
Satz: 3w+p GmbH, Rimpar
Gesetzt aus der Adobe Caslon Pro
Druck und Einband: GGP Media GmbH, Pößneck

Printed in Germany
ISBN 978-3-8466-0237-9

5 4 3 2 1

Sie finden uns im Internet unter one-verlag.de
Bitte beachten Sie auch luebbe.de

Liebe Leser:innen,
dieses Buch enthält potenziell triggernde Inhalte. Dazu findet ihr genauere Angaben auf Seite 460.
ACHTUNG: Sie enthalten Spoiler für das gesamte Buch.
Wir wünschen uns für euch alle das bestmögliche Leseerlebnis.

Euer Team vom ONE-Verlag

Für alle, die schon mal in eine Schublade gesteckt wurden,
in die sie nicht gehören wollten.

Prolog

Der dunkelrote Lippenstift, den sich Tracy frisch nachzieht, während sie in der weiß gefliesten Herrentoilette steht, fühlt sich wie purer Luxus an. *Magic*, von Coco Chanel. Magisch ist er wirklich, denn seine männeranziehende Wirkung ist unbestreitbar. Sie brauchte nicht einmal ihre Kräfte, um diesen Fremden innerhalb von fünf Minuten zu einem zahlenden Kunden zu machen.

Tracy lächelt, während sie den Glanz bewundert, und schenkt dem Kerl keinen weiteren Blick, als er hinter ihr durch die Tür zurück in die Bar verschwindet.

Ihre perfekt gezupfte Augenbraue hebt sich, als sie einen prüfenden Blick in den Spiegel wirft. Der Tag war lang, und ihr Make-up ist längst nicht mehr so perfekt wie zu dem Zeitpunkt, als sie gegen Mittag ihre Wohnung verließ.

Schnell wischt sie unter ihren Augen die verschmierte Schminke weg und zupft ein letztes Mal ihr weißes Shirt zurecht, auf dem das Logo der Bar prangt. Ein goldener Hirschkopf mit schwarzer Krone.

Ihre Füße brennen, als sie zum Ende ihrer Zehn-Stunden-Schicht auf ihren Stöckelschuhen den Waschraum verlässt und zu ihrer Kollegin zurückkehrt. Die Scheine kneifen in ihrem BH, doch ihre enganliegende Hose besitzt keine Taschen, also wird sie das verschmerzen müssen.

Wie erwartet, ist der Fremde bereits verschwunden. Das tun sie immer, weil es sich so verboten anfühlt, von einer Kellnerin in der engen Toilettenkabine einer Bar beglückt zu werden. Verboten und schmutzig.

Ihre Kollegin wirft ihr einen genervten Blick zu, den Tracy ignoriert. Es ist ihr scheißegal, was andere von ihr denken. Wichtig ist nur das Geld, das sie sich dazuverdient.

Noch immer klatscht sintflutartiger Regen gegen die Fenster. Draußen ist es stockdunkel, und selbst die Laternen auf der Straße können nur unzureichend die Gasse hinter den Scheiben beleuchten. Ein Blitz zuckt über den Himmel, und der Donner folgt sogleich. Die Musik ist schon aus, ein Zeichen, dass der Laden gleich schließen will. Aber es gibt immer Kunden, die es trotzdem nicht raffen.

»An Tisch vier hat jemand nach dir gefragt. Sie sitzen schon ewig dort. Wieder die mit den schwarzen Kapuzen.« Ihre Kollegin schaudert, während sie unauffällig das Trinkgeld aufteilt und Tracy einen Stapel zuschiebt. »Heute waren die Kunden echt geizig.«

»Morgen wird es sicher besser. Ist es am Wochenende immer.« Tracy wirft Tisch vier einen prüfenden Blick zu, und ihr wird eiskalt, als sie die beiden vermummten Gestalten erkennt. Ein Gefühl des Grauens lässt ihr Herz etwas schneller schlagen, während sie sich zwingt, unbeteiligt zu wirken. Sie weiß genau, was diese Leute von ihr wollen.

»Es sind die letzten Gäste. Ich verschwinde jetzt. Oder soll ich lieber bleiben?« Die Augen ihrer Kollegin zucken nervös zurück zu dem Tisch. Sie waren erst zwei Mal hier.

Beim ersten Mal für das Angebot. Dann für die Details. Und nun, um den Auftrag abzuschließen. *Fuck.* Tracy ist sich sicher gewesen, noch mindestens eine Woche mehr Zeit zu haben.

Ihre Schultern spannen sich nun doch an. »Ich komme klar.«

Ein zögerndes Nicken, dann ein Blick auf die Uhr. »Wie du meinst. Schließt du gleich ab?«

»Sicher.« Tracy stürzt ihr Wasser herunter, das sie in einem pinken Glas hinter dem Tresen deponiert hat. Ihre Kehle ist wie ausgedörrt, doch das Getränk hilft nur wenig.

»Okay, dann bis morgen.« Ihre Kollegin winkt ihr knapp, holt ihre Tasche, Regenschirm und Jacke unter dem Tresen hervor und verschwindet nach draußen in den Regen. Das Licht der Laternen kommt nur schlecht gegen die Wassermassen an, doch Tracy sieht ihr nach, bis sie das Ende der Gasse erreicht und abbiegt.

Mit zitternden Händen durchquert sie dann das ansonsten leere Restaurant. Es riecht nach dem scharfen Zitronenreiniger, mit dem die Theke und die Tische abgewischt worden sind. Tracy wird gleich noch die Stühle auf die Tische drehen und den Boden wischen müssen, wenn sie die beiden losgeworden ist.

Sie setzt ein Lächeln auf, wohl wissend, dass sie die ganze Zeit über beobachtet wird, und stellt sich mit Block und Stift vor den Tisch. Magie brodelt unter ihrer Haut, bereit zuzuschlagen, sollte irgendetwas schiefgehen. Macht steigt in Tracy auf, während sie sich in Erinnerung ruft, dass sie ihr nichts anhaben können. »Wollt ihr noch was trinken, oder sollen wir direkt zum Geschäftlichen kommen?« Obwohl sie sich Mühe gibt, sich ihre Nervosität nicht anmerken zu lassen, spürt sie dennoch die verräterischen Schweißperlen an ihrem Haaransatz. Dieser Auftrag bringt ihr eine Menge Kohle, und obwohl sie in den letzten Tagen bereits die ersten Ziele besucht hat, ist sie bei der Ausführung gescheitert. Etwas, das an ihrem Ego kratzt und ihr nicht noch einmal passiert. Sie will noch heute Nacht, direkt nach Ladenschluss, weiterziehen und es erneut versuchen.

Die beiden Personen ihr gegenüber sind dieselben wie immer, und Tracy weiß rein gar nichts über sie. Außer, dass der Vorschuss für den Job verflucht gut gewesen ist und ihre Kräfte für deren Zwecke perfekt sind. Nur, dass sie versagt und das Geld bereits ausgegeben hat. Das dürfen die beiden unter gar keinen Umständen erfahren.

»Hast du alles erledigt?«, fragt der Kerl mit der rauen Stimme, der immer redet, während die andere Person schweigt und sie anstarrt. *Super gruselig.*

»Es gab ein kleines Problem«, beginnt sie so selbstsicher wie möglich, weil sie im Leben gelernt hat, dass dies die Leute immer dazu bringen kann, einem nicht den Hals umzudrehen. »Es war nicht so leicht, wie ged-«

»Das nächste Mal solltest du dich besser auf deinen Job konzentrieren, statt dich um deine Kunden auf der Toilette zu kümmern«, knurrt er in einem Tonfall, der ihr Gänsehaut über den Rücken jagt. »Die Aufgabe war klar und deutlich formuliert.«

»Absolut«, erwidert sie schnell und verlagert ihr Gewicht auf das andere Bein. *Cool bleiben. Keine Schwäche zeigen.* »Ich bräuchte nur noch ein paar Tage mehr Zeit.«

Der Kerl schnaubt. Genervt. Wütend. Frustriert. Tracy kann es nicht zuordnen.

Eine Hand mit langen Fingern hebt sich neben ihm. Tracy spannt sich an. Ihre Magie faucht. Doch bevor sie die Kraft ihres Gegenübers zuordnen kann, ist es zu spät.

»Vergiss alles«, befiehlt eine melodische Stimme, und im selben Moment lässt Tracy den Block in ihrer Hand zu Boden fallen. Fremde und zugleich so bekannte Magie umspielt sie und beraubt sie jeglicher Chance von Gegenwehr.

Während die beiden Gestalten aufstehen und in Richtung Ausgang gehen, sinkt Tracy in die Knie.

Sie öffnen die Türen und treten in den Regen hinaus. Das Licht über ihnen flackert, als ihre Schuhe auf das von Pfützen gesäumte Kopfsteinpflaster treten.

»Die Nächste ist gefälligst zuverlässiger«, hört Tracy die melodische Stimme noch sagen, während sie zu Boden fällt und vergisst, wie sie ihre Muskeln bewegen muss.

Dann fällt die Tür hinter ihnen ins Schloss.

Tracy starrt ihnen hinterher. Die Augen aufgerissen, während sie vergisst, wie man atmet.

1. Kapitel

Jade

Es führen nur wenige Straßen nach Phoenix, und ich befinde mich direkt auf einer von ihnen. Nervös zupfe ich an einem eingerissenen Stück Daumennagel und schaue nach vorne an dem Fahrer vorbei, der mich mit seinem schwarzen Anzug und der passenden Mütze bei unserer ersten Begegnung ein wenig eingeschüchtert hat.

Die Straße vor mir verläuft geschwungen und ist mit Tannen gesäumt. Jede Biegung scheint mitten in der Wildnis zu verschwinden, und der Horizont besteht aus Bergen voller Grün und Weiß, über denen tief die grauen Wolken hängen. Selbst mit drohendem Regen ist es hier schöner, als Postkarten dem jemals gerecht werden könnten.

Unfassbar. Ich bin wirklich hier. In Kanada.

Es gibt kein Schild oder sonstige Anzeichen dafür, dass wir uns auf direktem Weg zu einer Großstadt befinden. Nur diese lange, einsame Straße, die durch die Wildnis führt. Doch jeder, wirklich jeder Übernatürliche Nordamerikas weiß, dass der Black River Highway in Phoenix endet.

Mein Nagel reißt bis in die Nagelhaut ein, und ich

presse die Lippen zusammen, während ich den Daumen in meine Faust drücke und mir ganz kurz wünsche, ich hätte die Maniküre letzte Woche doch noch wahrgenommen. Aber mir war klar, dass ich mir Kunstnägel ab jetzt nicht mehr leisten können würde und es blöd aussieht, wenn man sie einfach rauswachsen lässt. Also habe ich gelogen und behauptet, eine Magenverstimmung zu haben, sodass wir den Termin auf diese Woche verschoben haben. Auf morgen.

In meiner Brust wird es eng, als ich mir vorstelle, wie meine Mutter reagieren wird, wenn sie herausfindet, dass ich nicht mehr da bin. Dass das Geld nicht mehr da ist. Dass ein Teil ihrer Klamotten fehlt.

Sie wird ausflippen.

Du bist eine Betrügerin. Du bist wertlos, solange du uns nichts einbringst. Absolut wertlos.

Kalter Schweiß bricht auf meiner Stirn aus, und das schlechte Gewissen scheint meine gesamten inneren Organe zerquetschen zu wollen. Langsam atme ich durch die Nase ein und durch den Mund wieder aus. So leise, dass der Fahrer meine beginnende Panikattacke hoffentlich nicht bemerkt. Ich lehne mich auf dem hellen Ledersitz zurück und schließe einen Moment lang die Augen.

Ich habe Freiheit verdient. Ich darf mir mein Leben selbst aussuchen. Ich bin niemandem etwas schuldig.

Ich wiederhole die Worte, die in mir herumspinnen, seit ich diese Psychologiestudentin in einer Bar getroffen habe und ihr unter ein paar Cocktails zu viel meine gesamte Geschichte unterbreitet habe. Sie nutzte die Chance, ihre gelernte Theorie bei mir auszutesten und mir einige

Tipps zu geben, und ich saugte jedes Wort wie ein Schwamm auf.

Ich bin meine eigene Herrin. Ich bin niemandem etwas schuldig.

Es dauert lange, bis sich die Enge in meiner Brust löst, und noch ein bisschen länger, bis ich das Gefühl habe, wieder normal atmen zu können.

Als ich meine Augen öffne, trifft mein Blick den des Fahrers. Er betrachtet mich mit stoischer Miene und will vermutlich sichergehen, dass ich ihm nicht auf seine teuren Ledersitze kotze, bevor er sich wieder auf die Straße konzentriert. Die Bäume am Straßenrand scheinen näher zu kommen und verschlucken nach nur wenigen weiteren Biegungen jedes bisschen Sonnenlicht.

Mein Magen wird zu einem Klumpen, als plötzlich weit vor uns ein eisernes Tor auftaucht. Es ist so breit wie die gesamte Straße und ein Bindeglied zwischen den Zäunen, die rechts und links zwischen den Bäumen herausragen.

»Ihr Ausweis, bitte.« Der Fahrer wird langsamer und hält mir zugleich die Hand über seine Schulter hinweg hin.

Er hat es mir gesagt, hat mich darauf vorbereitet, dass bei der Einfahrt nach Phoenix mein Ausweis vorne auf dem Armaturenbrett liegen muss. Dennoch zittern meine Finger wie verrückt, als ich mein Portemonnaie aus der Tasche ziehe und die kleine, unscheinbare Karte herausfische. Sogar mein falsches Lächeln misslingt mir, als ich zusehe, wie der Fahrer sie neben seinen eigenen Ausweis legt, mittig unter der Frontscheibe.

Jeder meiner Muskeln ist angespannt, als wir direkt vor

dem Tor halten und ich zusehe, wie die beiden Kameras auf den Zaunpfosten rechts und links rot zu blinken beginnen.

Sekunden vergehen. Mein Herz jagt in meiner Brust. Meine Hände zittern. Mein Atem stockt.

Und dann geht ein Ruck durch das Tor, wie ein Klicken, bevor es sich langsam und mechanisch öffnet. Wie von Zauberhand, dirigiert von Fremden, die entschieden haben, dass die Daten, die hinter meiner Ausweis-ID in ihrem System stehen, echt sind.

Der Fahrer fährt los.

Und dann sind wir drin.

Oh. Mein Gott.

Ich bin in Phoenix.

Ich bin in Phoenix?

Ich bin in Phoenix!

Ich versuche immer noch, meine Gedanken zu ordnen, als der Fahrer einige Zeit später den Blinker setzt. Vor uns taucht ein Schild mit zwei ineinandergeschlungenen A auf, das nach rechts zeigt, und der Fahrer biegt ab. Wir verlassen den Highway und sind jetzt auf direktem Wege zur Ashriver Academy. Sie ist das letzte Leben vor der Stadt, die mich wie nichts anderes anzieht und vor der ich mich am meisten in Acht nehmen sollte.

Dort werde ich studieren, meinen Abschluss machen und mir dann mein Leben aufbauen. Die Akademie hat ihr ganz eigenes System, eine Mischung aus Universität und Schule, mit verschiedenen Fachbereichen und Kursen, die auf die eigenen Fähigkeiten abgestimmt sind. Als ich meinen Onkel vor wenigen Wochen bat, mir einen Platz dort zu besorgen, schickte er mir sofort Informationsmaterial zu. Die Akademie hat Spezialbereiche für alle acht Häuser der übernatürlichen Welt.

Und seit ich meine Dokumente habe, und meinen Hauptwohnsitz innerhalb von Phoenix, gehöre ich auch ganz offiziell zum Haus der Sirenen. Denn das bin ich: eine Sirene. Etwas, das ich mein ganzes Leben vertuschen musste.

Meine Mutter selbst ist Tierwandlerin, fühlt sich aber niemandem zugehörig und zieht ein verstecktes Leben unter den Menschen vor.

Doch auch die anderen Häuser sind in Phoenix beheimatet. Da wären die Flüsterer und die Gestaltwandler, die Elementare, die Leser, die Seher und auch die Magier.

Allein der Gedanke daran, dass ich endlich alles über die geheimnisvolle Stadt und die anderen Übernatürlichen lernen werde, macht mich ganz nervös.

Es dauert viel länger als erwartet, als endlich das große, alte Gebäude vor uns aufragt, umgeben von endlos scheinendem Wald, mit schneebedeckten Bergen im Nacken. Meine Cousine Riley hat mir bereits erzählt, dass die Akademie im neugotischen Stil erbaut wurde. Mit vielen Türmen, hohen Fenstern, Giebeln und spitzen Kuppeln, die das breite, dunkelgraue Steingebäude zu einer Mischung aus Burg und Schloss machen. Farbige Glasfenster durchbrechen die klaren, wiederkehrenden hohen Fensterfronten, und Steinfiguren ragen über die Ziergiebel, als würden sie neugierig jeden Neuankömmling betrachten wollen. Sie hat mir auch erzählt, dass die Akademie direkt am Ashriver liegt, einem Fluss, der nach dem großen Krieg die Asche der Toten vorbeigespült hat. Aus Phoenix, einer Stadt, die nach Jahren des Todes wiederauferstanden ist und endlich Frieden gefunden hat. Ich weiß nicht viel über die übernatürliche Welt, doch diese Worte haben sich in mein Gedächtnis gebrannt.

Und genau an diese Akademie werde ich jetzt gehen und einen Abschluss machen. Einen echten Abschluss, keinen, den ich zwischen Auftritte und Trainingseinheiten quetschen muss. Einen, der wirklich etwas wert ist.

Ich drücke die ebenfalls gestohlene Prada-Tasche auf meinem Schoß fester an mich und höre das Knistern von Papier. Sofort lasse ich locker, um meine wertvollen Unterlagen nicht noch mehr zu zerknittern. Dabei unterdrücke ich den Drang, sie rauszuziehen und zu überfliegen, nur um sicherzugehen, dass sie auch wirklich echt aussehen.

Wieder fliegt mein Blick zu dem Fahrer, doch nun ist er ganz darauf konzentriert, auf den Parkplatz abzubiegen, der sich auf der rechten Seite zwischen den Bäumen befindet und den ich beinahe übersehen hätte. Eine ganze Armee von teuren Autos steht hier, mitten auf dem Schotter, unter knorrigen Ästen und herabfallendem Laub. Von Bentley über Ferrari bis Mercedes ist alles dabei.

Ich schlucke, weil mir mit einem Mal der Unterschied zwischen mir und meinen Kommilitonen so unfassbar deutlich vor Augen geführt wird. Ich bin in dieser Welt ein Nichts. All meine Preise bedeuten hier einen Dreck, denn hier bin ich nur eine arme Sirene, die es allein mithilfe ihres Onkels auf die renommierteste Akademie Nordamerikas geschafft hat.

Ein Niemand.

Ich lächle.

Genauso wie geplant.

Das hier ist mein Neuanfang, und es ist mir egal, ob ich weniger Geld habe als die anderen hier. Nichts ist schlimmer als der Ort, von dem ich komme.

Als der Fahrer anhält und ich aussteige, um meinen Koffer an mich zu nehmen, braust ein weiteres Auto auf den Parkplatz. Es ist so schnell, dass Staub aufwirbelt und ein paar Steinchen durch die Gegend fliegen. Es ist Sonntagnachmittag, und alle, die übers Wochenende unterwegs waren, tauchen vermutlich jetzt wieder auf. Was bedeutet, dass ich nicht länger als nötig auf diesem Parkplatz herumstehen will.

»Danke.« Der Fahrer hat bereits meinen Koffer und die Reisetasche aus dem Wagen gehoben. Beides ist von Chanel und aus dem Schrank meiner Mutter. Als ich gestern im Morgengrauen alles in die Tasche geworfen habe, schien es mir nicht auf ein weiteres Verbrechen anzukommen. Nur der beige Mantel, der mir bis zu meinen Knien geht, gehört mir.

Der Fahrer nickt stumm und wendet sich wieder dem Wagen zu. Mein Onkel Derek hat ihn dafür bezahlt, mich herzubringen, und als ich nach einer vierundzwanzigstündigen Busfahrt auf einem Bahnhof an der Grenze zu Kanada ausstieg, wäre ich dem Mann fast um den Hals gefallen. Er würde mich aus dem Land bringen, und damit wäre ich endlich sicher. Meine Mutter kann mir hier nichts mehr anhaben. Nie wieder.

Ich weiche zurück und ziehe mein neues Handy aus meiner Handtasche, um meinem Onkel die Nachricht zukommen zu lassen, dass ich an der Akademie angekommen bin. Es hat nur drei darin eingespeicherte Kontakte. Onkel Derek, Tante Betty und meine Cousine Riley. Ich habe es mir gestern gekauft, bevor ich mein altes Handy wortwörtlich zerstört habe, damit mich auch darüber niemand mehr finden kann.

Onkel Derek antwortet nicht sofort, was mich nicht wundert, weil er ein vielbeschäftigter Mann ist, und ich schiebe das Handy zurück in die Tasche, während ich mich dem Gebäude zuwende.

Die Limousine fährt vom Parkplatz, und ich höre im Hintergrund eine Tür knallen. Höchste Zeit, dass ich gehe.

Ich zurre die Reisetasche an den Teleskopgriff fest, sodass sie auf dem Koffer aufliegt, und laufe los. Im selben Moment verhaken sich die Räder auf dem unebenen Untergrund und bleiben stecken. Mir entfährt ein genervter Laut, und ich stemme meine Absätze in den Schotter und ziehe an dem Koffer.

Schritte kommen näher, und plötzlich ragt vor mir ein junger Mann auf.

Ich drehe meinen Kopf und blicke in die schönsten grünen Augen, die mir jemals begegnet sind. Sein Haar ist blond und gewellt, sein Gesicht auf jede erdenkliche Art perfekt, und sein Lächeln ist so umwerfend, dass ich sofort wieder wegsehen muss. *Gefährlich.* Das Wort leuchtet rot in meinem Kopf auf, weil ich schon zu viele dieser Typen gesehen habe. Perfekt bis in die Haarspitzen und vermutlich genauso verdorben. »Hi.«

»Hi«, erwidert er, und sein Lächeln ist absolut atemberaubend. Es ist ein Lächeln, das ganze Scharen von Mädchen zum Seufzen bringen könnte, eines, bei dem man sofort das Gefühl hat, besonders zu sein, nur weil es einem geschenkt wurde. »Kann ich helfen?«

Ich stemme eine Hand in die Hüfte und hebe herausfordernd eine Augenbraue. Meine Magie kribbelt auf der Haut, und ich unterdrücke sie, weil sie hier nichts zu suchen hat. »Meine Mutter hat gesagt, ich soll nicht mit Fremden sprechen.« Das klingt fast, als wäre sie eine umsichtige Frau gewesen und keine, die ihr Kind als Goldesel ausgenutzt hat.

Sein Mundwinkel zuckt auf eine lässige, höchst vertraute Weise. Ein Lächeln, das nur Männer draufhaben, denen die Welt zu Füßen liegt. Dann streckt er mir seine Hand entgegen. »Asher, und damit jetzt nicht mehr fremd.«

Ich zögere nur kurz, bevor ich seine Hand ergreife. Sein Griff ist fest, und er lässt sofort los, statt die Chance zu nutzen und sie länger als nötig zu halten.

Mein Blick fliegt über seine Klamotten. Dunkelrotes Sakko mit goldenen Nähten, dazu die ebenso goldenen Initialen der Akademie auf der Brust, goldrotgestreifte Krawatte, beige Hose und braune Lackschuhe. Das ist dann wohl die Schuluniform. »Jade.«

»Also, Jade.« Er lässt sich meinen Namen auf der Zunge zergehen, während er meinen Koffer anhebt und ganz selbstverständlich damit losgeht. »Du musst neu sein. Zumindest bist du mir bisher nicht aufgefallen, und sollte das an meiner Ignoranz liegen, bitte ich dich, das zu entschuldigen.«

Entwaffnend. Charmant. Gefährlich. Und viel zu attraktiv.

Ich laufe neben ihm her und an den teuren Autos vorbei. Gut, dass ich mich für ein Outfit meiner Mutter entschieden habe statt für meine eigenen Klamotten. Teure Luxusmarken waren schon immer ihr Laster, und ich war mir ziemlich sicher, dass ich in solchen bei meiner Ankunft nicht ganz so viel Aufsehen errege wie in meiner liebsten Highwaist-Jeans und einem Crop Top. Bei jedem Schritt zieht es in meinem Fuß, und ich versuche, nicht das Gesicht zu verziehen. Diese verdammten Schuhe hätte ich ruhig zuhause lassen können. »Ich bin neu. Morgen ist mein erster Tag hier.«

»Interessant. Ein Wechsel, so kurz nach Beginn des neuen Jahres, ist selten.«

»Aber glücklicherweise nicht unmöglich.«

Er deutet auf meinen Fuß. »Verletzung oder unglückliche Schuhwahl?«

So viel dazu, nicht allzu auffällig zu sein. »Sportverletzung und der Grund, weshalb ich mich erst mal auf meine Ausbildung konzentriere.« Mich bekommt nie wieder jemand auf eine verdammte Bühne.

»Also Leistungssport?«

Ich werfe mein dunkles Haar zurück und schmunzle in Ashers Richtung. »Da ist aber jemand neugierig.«

»Schuldig.« Seine Lippen verziehen sich zu einem umwerfenden Lächeln, während wir vom Schotterparkplatz auf einen grau gepflasterten Fußweg wechseln. Perfekt getrimmter Rasen in sattem Dunkelgrün begleitet uns von beiden Seiten, während wir auf das größer werdende Gebäude zugehen. Seine Magie streicht über meine, und einen Moment lang bin ich so überwältigt davon, dass ich beinahe stolpere. Außer meinen direkten Verwandten und ein paar Ausnahmen habe ich noch nie andere Übernatürliche getroffen. Und vor allem keine, deren Magie sich so mächtig angefühlt hat, dass sie wie ein eigenständiges Wesen wirkt.

Wieder spüre ich seine Magie, und sie ist so gezielt, wie ein sanftes Streicheln auf der Haut, dass es Absicht sein muss.

Ich hebe erneut eine Augenbraue, um zu signalisieren, dass ich ganz und gar nicht beeindruckt bin. Aber das bin ich so was von. Wie macht er das nur? Ich will es unbedingt wissen. Nein, ich *muss* es wissen!

Aber ich kann nicht nachfragen. Weil meine Papiere gefälscht sind, und sollte das irgendwer erfahren und mich verraten, würde mich das geradewegs ins Gefängnis bringen.

Selbst ohne viele Kontakte in der übernatürlichen Welt kenne ich ihre obersten Regeln auswendig:

Wahre die Geheimnisse.
Verstecke deine Kräfte.
Absolviere die Prüfung.

Die ersten beiden Regeln sind mir in Fleisch und Blut übergegangen, doch die dritte musste ich brechen.

Asher zieht seine Magie zurück, und sein Lächeln wird breiter. Zu welchem Haus er wohl gehört? Ich weiß zwar über die acht verschiedenen Arten von Magie in unserer Welt bescheid, doch mir wurde nie beigebracht, sie zu unterscheiden. Es ist deutlich leichter zu erkennen, ob jemand Feuer kontrolliert, als wenn jemand versucht, die Erinnerungen eines Gegenstandes zu lesen. Oder ob ein Hund nicht ein Tierwandler ist? Auch die Vorstellung, dass jemand anhand meines Federmäppchens lesen kann, dass ich eine Lügnerin bin, macht mich unfassbar nervös. Und es gibt noch so viele weitere Arten von Kräften. Hoffentlich kann ich hier unauffällig lernen, sie zu unterscheiden.

»Wie würdest du die Akademie beschreiben?«, frage ich nun, um das Thema zu wechseln.

Asher sieht mich an, als wüsste er genau, was ich mit meiner Frage bezwecken will, und geht darauf ein. »Fanatisch. Elitär. Hart. Familiär.« Er verzieht keine Miene, als er das sagt.

Ich habe Mühe, mein Lächeln zu unterdrücken, und kurz bröckelt meine Maske aus unerschütterlicher Coolness. Ich kann in seinen Augen sehen, dass er es bemerkt und dass es ihm gefällt. »Fanatisch? Elitär, ja. Dass die Ausbildung hart ist, habe ich auch schon gehört, und auch, dass sie als familiär beschrieben wird, aber fanatisch?«

Auf seinen Lippen liegt ein Grinsen, das sein gesamtes Gesicht leuchten lässt. Er ist wirklich einer der schönsten Typen, denen ich jemals begegnet bin. Unter meiner Haut breitet sich ein Kribbeln aus, das mich dazu bringen will, meine Magie einzusetzen. *Verdammt!* Unauffällig kratze ich mit meinem eingerissenen Nagel über meinen Handrücken, um mich zusammenzureißen.

»Ja, alles ist irgendwie ein wenig sektenmäßig.« Seine Stimme senkt sich vertrauensvoll, und er hat noch immer dieses unbesiegbare Lächeln auf den Lippen. »Manche hier werden wie Götter gefeiert. Viele versuchen, in irgendwelche Clubs zu kommen. Es gibt jede Menge Cliquen. Und wirklich alle stehen auf dieses Emblem.« Er tippt auf die Stickerei an seiner Jacke. »Glaub mir, das Merchandise zu diesem Zeichen geht weg wie nichts.«

Ich lache laut und echt und kann nicht verhindern, dass

ein Teil meiner Magie über meine sorgsam errichtete Mauer zu ihm herüberschwappt.

Sofort spanne ich mich an, bereit zu kämpfen, falls nötig. Denn wenn ich eins gelernt habe, ist es, dass meine Kraft andere dazu bringen könnte, sich auf mich zu stürzen.

Für einen winzigen Augenblick verschwindet der leichte Ausdruck von Ashers Gesicht, doch dann hat er sich wieder im Griff. Erleichterung schießt durch mich hindurch.

Schnell schaue ich wieder nach vorne zu dem riesigen Gebäude, von dem wir nur noch wenige Schritte entfernt sind. »Und du gehörst einem dieser Clubs an?«

Seine Lippen verziehen sich zu einem schiefen Grinsen. »Zum elitärsten.«

Warum überrascht mich das nicht? »Natürlich tust du das.«

Wir bleiben vor dem Gebäude stehen, und mit einem Mal ist es, als würde er zögern und die begrenzte Zeit zwischen uns ausdehnen wollen.

Ich mag es, wie er mich ansieht, auch wenn mir klar ist, dass das alles nur ein Spiel für ihn ist. Was auch sonst? Ich bin die Neue. Kerle wie er sind vermutlich immer auf der Jagd nach der nächsten Herausforderung.

Du bist ein Flittchen, das nur dafür lebt, die Aufmerksamkeit von Männern auf sich zu ziehen.

Meine Kehle verengt sich, und meine Hand zuckt zu meiner Brust, um gegen den plötzlichen Druck darin anzukämpfen. Im letzten Moment schiebe ich jedoch damit meine Haare nach hinten und hoffe, nicht total unbeholfen auszusehen. Gleichzeitig versuche ich die Erinnerung an die Stimme meiner Mutter abzuschütteln.

Ich bin kein Flittchen. Ich habe mir das verdammt noch mal nicht ausgesucht. Weder mein Aussehen noch meine Kräfte. Ich wurde als Sirene geboren. Und es ist mein Schicksal, mit den Konsequenzen zu leben.

Asher deutet auf meinen Koffer, den er noch immer festhält. »Also, Miss Neuzugang, darf ich dich in die Welt der Ashriver Academy einführen?«

»Zu freundlich.« Noch während ich das sage, bin ich so abgelenkt von dem frechen Blitzen seiner grünen Augen, dass ich die erste Stufe zum Akademiegebäude verfehle und mit meinem schwachen Fuß umknicke. Peinlicherweise entfährt mir auch noch ein lächerlich quietschendes »Oh«, und ich kann mich so gerade noch an seinem Arm festhalten, um nicht auf der Nase zu landen.

Unter meinen Fingern spüre ich die Wärme seines Körpers durch den Stoff seines Jacketts, rieche sein würziges Parfüm, und einen Moment lang bröckelt meine Mauer erneut. Meine Magie schwappt auf ihn über, und nichts lässt sie mehr aufhalten. Ich sehe die roten Funken, die sich über ihn legen, wie etwas in seinem Gesicht flackert und den plötzlichen Hunger in seinem Blick.

Das hat er gespürt. Meine Wangen brennen vor Scham, weil ich nicht verstehe, wieso ich mich so wenig unter Kontrolle habe. Ich habe es geübt. Immer und immer wieder. Mein ganzes Leben lang.

Du bist ein Flittchen.

»Sorry.« Sofort trete ich zurück und versuche mich an einem ungezwungenen Lächeln. »Gilt das Angebot jedem Neuzugang, oder nur denen, die du attraktiv findest?«

Sein Mundwinkel zuckt. »Definitiv Letzterem.«

Wenigstens ist er ehrlich.

In der Ferne höre ich plötzlich weitere Autotüren zuschlagen, was mich in die Realität zurückholt.

Das ist doch verrückt. Ich bin nicht mal fünf Minuten auf dem Gelände der Akademie, und schon stehe ich hier alleine mit einem Kerl.

Meine Mutter hat recht.

Der Gedanke flackert so plötzlich in meinem Kopf auf, dass ich beinahe zurückgezuckt wäre.

Nein. Sie hat *nicht* recht.

Ich habe niemanden darum gebeten, eine Sirene zu sein und versuche alles, um die Kontrolle zu behalten. Meine einzige Hoffnung ist, genau das hier zu lernen.

Ich mache noch einen Schritt zurück und verschränke die Finger hinter meinem Rücken. »Nun, gut zu wissen. Aber jetzt sollte ich erst mal reingehen und mich anmelden. Wie wäre es, wenn du mir fürs Erste zeigst, wo sich das Sekretariat befindet?«

»Es wäre mir eine Ehre.« Er legt den Kopf schief, als er die riesige Holztür aufdrückt, und eine seiner blonden Locken fällt ihm in die Stirn. »Das hier ist das Verwaltungsgebäude der Ashriver Academy. Hier findest du das Sekretariat, die Büros der Lehrkräfte und alle administrativen Abteilungen, die du dir vorstellen kannst. Nur das Gebäudemanagement liegt außerhalb.«

Wir treten in eine Eingangshalle mit hellem Marmorboden, mehr lang als breit, und Wänden voller Kunstwerke, von der mehrere Flure abgehen. Uns gegenüber, vorbei an den Fluren, befindet sich eine breite Glastür, hinter der ich auf dem Gelände weitere Gebäude entdecke. Aus einigen Fluren dringen Stimmen zu uns herüber, doch ich kann niemanden sehen. Meine Absätze klackern laut auf dem beigen Marmor und hallen an den weißen Wänden wider, während ich mich umsehe. Eine riesige künstlerisch geschwungene Lampe hängt in der Mitte der Halle, und obwohl es taghell ist, leuchtet sie.

Doch immer wieder fällt mein Blick auf die große Fensterfront und zu den Studierenden, die nun in der Ferne aus einem der Gebäude kommen. Sie alle tragen dieselbe Uniform, und obwohl ich bereits hier bin, kann ich kaum glauben, dass ich kurz davor bin, ein Teil von ihnen zu werden.

Meine Tasche mit den gefälschten Papieren fühlt sich mit einem Mal tonnenschwer an, und ich rücke die Träger auf meiner Schulter zurecht.

Weil mich für einen kurzen Moment Zweifel überkommen.

Weil ich auffallen werde, egal was ich versuche.

Weil ich die verpflichtende Prüfung niemals abgelegt, und nie ein entsprechendes Camp besucht habe, obwohl meine Dokumente etwas anderes sagen.

Ein Teil von mir will wieder umdrehen und abhauen. Doch dann denke ich an meine Mutter. An Riley. An mein Leben. An diese einmalige Chance.

Ich schaffe das.

Asher führt mich nach rechts, vorbei an einer nicht zu übersehenden Tafel, auf der die verschiedenen Büros mit Raumnummern versehen sind. Dennoch lässt er es sich nicht nehmen, mich bis vor eine Glastür zu führen.

»Und hier befindet sich unser Sekretariat, in dem sich

unser Neuzugang schnellstmöglich anmelden sollte, damit ich ihr zeigen kann, wo sich ihr Zimmer befindet.«

Ich hebe eine Augenbraue. »Ist das etwa eine Masche, um herauszufinden, in welchem Zimmer ich wohne?«

Er hält mir grinsend die Tür auf. »Definitiv. Ich warte gerne hier, bis du fertig bist.«

Süß. Charmant. Gutaussehend. Und offenbar unglaublich zuvorkommend. Er sieht aus wie jemand, der viel zu gut für mich ist. Wie jemand, der Mädchen wie mich zum Frühstück verspeist. Wie jemand, der eine großartige Zukunft vor sich hat, während ich möglichst nicht auffallen sollte.

Dennoch lächle ich ihn dankend an, bevor ich an ihm vorbei in das Büro gehe, in dem sich zwei gegenüberliegende Schreibtische hinter einer erhöhten Theke befinden.

Es ist nur ein Platz besetzt, und die Frau dahinter erhebt sich mit einem Lächeln, als sie mich sieht. Sie könnte dreißig, aber auch schon fünfzig sein. »Hallo, du bist sicher Jade. Ich bin Emma, die Schulsekretärin.«

»Und ich bin offenbar der einzige Neuankömmling heute?«

Emma nickt lachend, und ihr orange gefärbtes Haar wippt im Takt. »So ist es. Moment, ich habe dir bereits eine Mappe mit allen Unterlagen zusammengestellt.« Sie holt eine schwarze Mappe von ihrem Schreibtisch und öffnet sie. »Hier findest du einen Campusplan, die Hausregeln und deine Login-Daten für deinen Laptop. Du müsstest einmal alle Passwörter neu vergeben, aber das kannst du der Anleitung hier entnehmen. Da du eine Sirene bist, wurden dir neben deinen gewählten Hauptfächern Französisch, Spanisch und Mandarin noch Pflichtfächer zugewiesen. Den genauen Stundenplan findest du ebenfalls in den Unterlagen.« Sie deutet auf einen Haufen zusammengetackerter Zettel, bevor sie eine Laptoptasche unter ihrem Tisch hervorzieht. Auf dem dunkelbraunen Kunstleder leuchten in großen Buchstaben die beiden ineinander geschlungenen A des Akademiewappens. »Schreibunterlagen und Stifte liegen dabei. Der Laptop ist im Unterricht nicht erwünscht, aber alle Hausaufgaben sollen per Mail eingereicht werden.«

Ich nicke. Riley hat mir davon bereits erzählt. Bei dem Gedanken daran, dass wir uns vielleicht heute schon wiedersehen, werde ich nervös. Doch Emmas kleiner Vortrag lenkt mich davon ab, mich zu sehr in meinen Gedanken zu verirren. »Wie ich sehe, hast du bereits jemanden, der sich deiner annimmt.«

Ich folge ihrem Blick zur Glastür, hinter der Asher lässig an der gegenüberliegenden Wand lehnt. »Ja, der ist mir irgendwie nachgelaufen.«

Emma lacht glockenhell und klappt die Mappe zu. »Gut. Er darf dich zu deinem Zimmer bringen, aber ab zehn Uhr gilt auf den Zimmern eine Sperrstunde für Besucher. Das kannst du auch in den beiliegenden Hausregeln nachlesen.« Sie greift nach einem alten, schwer aussehenden Schlüssel und schiebt ihn über die Theke. Dann folgt ein kreditkartengroßer Ausweis, auf dem ich mein Foto erkenne, das ich vorab per Mail eingesendet habe. »Bitte. Die Nummer ist«, sie überlegt kurz, klappt die Mappe noch einmal auf und schaut auf den Zettel ganz vorne. »472B, in Bones Manor. In das Gebäude kommst du nur mit deinem Studierendenausweis. Deine Uniform liegt bereits in deinem Zimmer. Waschen kannst du im

Salon, der auf deinem Campusplan markiert ist. Sobald du dein Zimmer bezogen hast, bist du dazu verpflichtet, während der Unterrichtszeiten die Akademieuniform in der Variante deiner Wahl zu tragen. Während des Ausgangs an den Wochenenden ist Alltagskleidung erlaubt.«

Ich nehme den Schlüssel an mich. Das Metall fühlt sich kalt auf meiner Haut an, und eine Welle der Aufregung erfasst mich. »Okay. Danke.«

»Perfekt. Wir haben es fast.« Sie reicht mir meine restlichen Unterlagen und den Laptop, bevor sie zu ihrem Computer geht. »Du bekommst noch eine Bestätigung über den Zahlungseingang deiner Studiengebühren. Ich glaube, ich kenne niemanden, der den gesamten Betrag im Voraus gezahlt hat.«

Ich zucke mit den Schultern, aber sie schaut mich nicht einmal an, während sie an dem Drucker hantiert und schließlich zu mir herüberkommt. »Hast du zufällig deine Prüfungsbescheinigung dabei? Leider war die Datei, die du uns zugeschickt hast, kaum lesbar.«

Mein Hals wird trocken, und ich öffne meine Handtasche, um den Briefumschlag herauszuziehen. »Bitte. Ich habe mir eine neue Bescheinigung ausstellen lassen. Die alte wurde wohl nicht ordnungsgemäß abgelegt.«

Emma nickt vertrauensvoll und zieht die Unterlagen aus dem Umschlag, bevor sie sie überfliegt und dann auf den Tisch legt. »Ich scanne sie ein, damit wir sie in unserem System haben. Das dauert nur zwei Minuten, okay?«

Ich nicke und traue mich nicht einmal mehr zu atmen. Meine Augen folgen jeder ihrer Bewegungen, während mein Herz rast. Sie legt die Zettel nacheinander auf den

Scanner in der Ecke des Raumes. Sein Surren rauscht unendlich laut in meinen Ohren.

Schweiß bildet sich in meinem Nacken, und zugleich fühlt sich mein Hals staubtrocken an.

Gleich fliegt alles auf. Sie wird es bemerken. Sie wird mich festnehmen lassen.

Mir ist ein wenig schwindelig, und ich lehne mich betont entspannt gegen die Theke, während ich innerlich kurz davor bin, durchzudrehen.

Plötzlich dreht sie sich um und schiebt die Unterlagen wieder in den Umschlag. »Perfekt. Fertig. Willkommen an der Ashriver Academy, Jade.«

Meine Knie geben um ein Haar nach, und meine Hände zittern ein wenig, als ich den Umschlag und die Quittung wieder in meine Handtasche schiebe. »Danke. Das ist wirklich nett.«

»Ach ja, da du die Einführungsveranstaltung am Anfang des Semesters verpasst hast, wird die Willkommensrede bei einem Termin mit Direktorin Rosehall nachgeholt. Morgen früh um acht Uhr. Komm einfach her, und ich bringe dich hoch.«

Mir wird übel. Dennoch lächle ich. »Okay. Danke. Bis morgen dann.«

Wir lächeln uns zu, und mein Körper fühlt sich seltsam losgelöst von der Welt an, als ich mich abwende und auf die Glastür und den dahinter wartenden Asher zugehe.

Du bist eine Betrügerin und wirst nie etwas anderes sein.

Da hatte meine Mutter wohl ausnahmsweise recht.

Trotzdem.

Ich bin drin.

Ich bin wirklich drin.

2. Kapitel

Asher

Ich laufe diesem Mädchen hinterher wie ein räudiger Hund, und verdammt, ich schäme mich nicht einmal dafür. Sie ist das schönste Geschöpf, das mir jemals begegnet ist, und in dem Moment, als mich ihre braunen Augen trafen, musste ich sie einfach kennenlernen.

Ihr Lächeln hat einen Augenblick lang meinen Kopf leergefegt. Da war nur dieses atemberaubende Lächeln, funkelnde Augen und mein Herzschlag, der mir in den Ohren pochte.

Ein einziger Moment reichte, um zu wissen, dass ich sie kennenlernen muss.

Verdammt, ich gebe es ja zu. Ich bin vermutlich oberflächlich, weil ihre Schönheit mich dazu bringen will, vor ihr im Dreck zu kriechen.

Aber es ist mehr. *Sie* ist mehr. Ich spüre es einfach. Und ich will verdammt sein, wenn ich zulasse, dass irgendein anderer Trottel auf dieser Akademie ihre Aufmerksamkeit vor mir erregt.

Außerdem scheint sie keine Ahnung zu haben, wer ich bin. Zumindest lässt sie sich nichts davon anmerken, während sie neben mir her durch die alten Flure zurück in die

Eingangshalle des Verwaltungsgebäudes läuft und alles in sich aufzusaugen scheint.

Dass Jade eine Sirene ist, habe ich sofort gesehen. Sie verbirgt es kaum, was erstaunlich für ihre Art ist. Und dass sie ihre Kräfte in meiner Nähe offenbar nur schwer kontrollieren kann, macht mich schier wahnsinnig. In ihr brodelt etwas Wildes, und ich will jede einzelne ihrer Schichten erforschen. Ihre zarten Kurven. Ihre- *Shit.* Ich muss mich echt zusammenreißen.

»Gefällt dir bisher, was du siehst?« Meine Stimme ist rau, und ich fühle mich lächerlich, aber ich kann nichts dagegen machen.

Sie hebt eine ihrer Augenbrauen auf eine Weise, die mich ganz verrückt macht. Überlegen. Selbstbewusst. Sexy. Als würde sie der ganzen Welt allein mit ihrem Blick einen Arschtritt verpassen können. »Sehr. Ich habe davon gehört, aber das kommt der Realität nicht nahe.« Sie deutet um sich herum, und ich verstehe sie. Die Atmosphäre von Ashriver ist einzigartig. Schon das alte Verwaltungsgebäude reicht, um einem das Gefühl zu geben, als wäre man in ein anderes Jahrhundert gefallen.

»Die Bibliothek der Akademie ist quasi berühmt.« Ich deute auf die Glastüren, obwohl man die Bibliothek von hier aus nur erahnen kann, da sie sich auf der anderen Seite des Campus befindet.

»Spannend«, murmelt sie und scheint so gar nicht interessiert daran. Ich will alles über sie wissen. Verdammt, ich bin jetzt schon von ihr besessen. »Was willst du wissen?«

Sie pustet Luft aus, und ihre Fassade bröckelt kurz, während sie schüchtern einen vorbeieilenden Dozenten grüßt, bevor sie erneut alles neugierig betrachtet. »Alles. Ich freue mich einfach, dass ich hier bin.« Es fällt ihr vermutlich kaum auf, aber ihre Hand wandert zu ihrem rechten Bein, das beim Gehen leicht einknickt. Was ist das wohl für eine Verletzung? Welchen Sport hat sie betrieben, bevor sie offenbar damit aufhören musste? Ich verkneife es mir jedoch, diese Frage erneut zu stellen. Irgendwann werde ich die Antwort schon noch herausfinden.

Wir verlassen das Verwaltungsgebäude und betreten einen der beiden Rundwege des Ashriver Campus. Ich deute nach rechts. »Da sind die drei Wohnheime, in denen die Studierenden wohnen. Dein Zimmer befindet sich in dem mittleren, der Bones Manor. Ich wohne übrigens in dem Gebäude ganz hinten, Charleston Manor, falls es dich interessiert.«

»Merke ich mir.« Sie stößt ein kleines, schnaubendes Lachen aus, und ich kann nicht anders, als mich so verdammt gut dafür zu fühlen.

»Das war der Plan.« Ich schiebe ihren Koffer über den gepflasterten Rundweg in Richtung der drei Wohnheime. »In der Mitte des Campus befinden sich die verschiedenen Fakultäten, auf der Rückseite die Sportanlagen und links von uns ein paar Annehmlichkeiten. Aber frag mich nicht, warum sie den Shop und die Restaurants genau auf die andere Seite der Wohnheime gebaut haben. Das versteht hier niemand.«

Jade nickt nur, als würde sie jedes meiner Worte wie ein Schwamm aufsaugen, während sie sich die historischen Gebäude anschaut, an denen wir vorbeikommen und in denen sich die verschiedenen Fachbereiche der Akademie befinden. Der gesamte Campus ist begrünt, und die Bäume und Büsche verstecken, wie groß die Anlage in Wirklichkeit ist.

Mithilfe von Jades Studierendenausweis können wir das mittlere Wohnheim des Drillingsgebäudes betreten.

Ich deute auf eine breite Holztreppe, die sich zu unserer Linken befindet. »Hier gibt es leider keine Aufzüge, aber dein Zimmer liegt im vierten Stock.« *472B. Die Nummer werde ich nicht so schnell vergessen.*

»Kein Problem.« Sie winkt ab, doch ich merke schon nach kurzer Zeit, dass ihre Bewegungen hölzerner werden.

»Deine Verletzung scheint sich nicht so gut mit deinen hohen Schuhen zu vertragen. Wie wäre es, wenn ich dich trage?«, biete ich ihr mit einem Zwinkern an. Natürlich völlig selbstlos.

Sie schnaubt amüsiert. »Das nächste Mal bin ich schlauer. Außerdem habe ich bessere Schuhe in meinem Koffer, die perfekt zur Uniform passen.« Ihre Augen bleiben an meinem Oberkörper hängen, und obwohl ich weiß, wie gut mir dieser Anzug steht, löst ihr Blick etwas in mir aus. Ich will sie über meine Schulter werfen und nach oben tragen. Ich will sie gegen die Wand drücken, und vor allem will ich sie küssen.

Ich liebe es zu flirten, liebe es, den Frauen Aufmerksamkeit zu schenken, und ich liebe es, meinen Spaß zu haben. Ich breche keine Herzen, sondern begrüße nur den Spaß am Leben.

Und Jade wirkt so, als könnte ich besonders viel Spaß mit ihr haben. Mit ihrer harten Schale, ihrer Schönheit und ihrem Sarkasmus, der zwischen ihren Worten hängt.

Ich will *sie.*

Das Gefühl ist plötzlich so heftig, dass ich spüre, wie

der Handlauf unter meinen Fingern bebt. Schnell ziehe ich meine Hand zurück und hätte beinahe über mich selbst gelacht. Das ist mir noch nie passiert. Eigentlich sollte mich das stören. Immerhin bin ich ein Hastings, dazu geboren, das Haus der Nordamerikanischen Magier zu führen. Ich wurde seit meiner Kindheit darauf vorbereitet, irgendwann den Platz meines Vaters einzunehmen. Ich habe meine Kräfte unter Kontrolle.

Immer.

Meine Finger fahren über den Handlauf. Mein Mundwinkel zuckt.

Witzig, wie schnell mich ein Paar brauner Augen zu einem Jäger machen kann. Und ja, verdammt, Jade ist meine Beute.

Witzig. Und zugleich besorgniserregend.

Ich strecke meine Finger unauffällig und konzentriere mich auf meine Magie, die jetzt wieder tief in mir verborgen ist. Kontrolle ist das höchste Gut. Es ist das, was uns in dieser Welt überleben lässt.

Dennoch. Was für eine spannende Ablenkung, dass eine völlig Fremde diese verinnerlichte Kontrolle in mir wanken lässt.

Zeit, diese Begegnung zu festigen und dieses Neue zwischen uns zu ergründen. »Wie wäre es, wenn ich dich nach dem Abstecher in dein Zimmer weiter auf dem Gelände herumführe und wir unser Date bei einem Abendessen im Speisesaal beenden?«

Bei meinem Vorschlag beißt sie sich kurz auf die Unterlippe, bevor sie mir antwortet. »Das stellst du dir unter einem Date vor?«

»Ich passe mich den Gegebenheiten an.«

Erneut lacht sie, und das Geräusch fährt mir direkt in meine Mitte. *Shit.* Was macht sie nur mit mir?

»Kein Date. Ich bin gerade nicht an so was interessiert«, stellt sie klar, auch wenn ihre Stimme sinnlich ist, und ihre Augen leuchten. Dann schaut sie wieder auf die Treppenstufen vor sich. »Aber ich lasse mich sehr gerne von dir begleiten.«

Mir hat noch nie eine Frau einen Korb gegeben. Nicht, dass sie mir damit jetzt das Herz brechen würde. Aber ich bin dennoch ein wenig überrascht. Das lasse ich mir natürlich nicht anmerken, als wir im vierten Stock ankommen und ich nach rechts deute. »Perfekt. Ein Date also.«

Sie lacht erneut, widerspricht jedoch nicht mehr. Ich lasse ihren Koffer auf den Rollen ab, und das leise Geräusch sowie das Klackern ihrer Absätze begleitet uns durch den langen Flur. Ihr Zimmer befindet sich in der Mitte des Ganges, und ich lasse ihr den Vortritt, damit sie aufschließen kann.

Ihre Hand zittert leicht, als sie den Schlüssel ins Schloss steckt, und ich lächle angesichts dieser ungefilterten Emotion. Warum wohl ist sie erst jetzt an die Akademie gekommen? Wieso wurde sie von einem Fahrer abgesetzt und nicht von ihren Eltern, wie es bei allen Neulingen der Fall ist? Ich will alles über sie wissen. Aber das hat Zeit.

Jade öffnet die Tür, und ihr stockt hörbar der Atem, als sie eintritt.

Ich schiebe den Koffer vor mir her und in den schmalen Flur hinein, bleibe aber in der Tür stehen. Mit verschränkten Armen lehne ich mich gegen den Rahmen und schaue ihr dabei zu, wie sie in den Raum hineingeht, der fast genauso aussieht wie alle anderen Zimmer auch.

Es gibt ein kleines, eigenes Bad direkt neben dem Eingang zur Linken. Gegenüber davon steht die noch leere Garderobe. Direkt dahinter befindet sich der Schlaf- und Wohnbereich, mit schmalem Bett, Schreibtisch, Stuhl und Kleiderschrank. Der Boden ist aus grauem Stein, die Wände weiß, und an der Decke hängt ein schwarzer Leuchter. Auf dem Bett liegen zwei Sätze der Uniform in Folien aus der Wäscherei und daneben zwei Haufen mit gefalteter Bettwäsche und Handtüchern.

Jade geht zu den Fenstern, die fast eine ganze Wand des Zimmers einnehmen, und fährt vorsichtig über das Buntglas, das am Rand eingearbeitet ist. Ehrfurcht liegt in ihrem Gesicht, roh und unverfälscht, während ihre Fingerspitzen das Glas berühren.

»Die Deko kannst du selbst aussuchen. Ich würde mir als Erstes einen Teppich besorgen, weil es sonst morgens verdammt kalt werden kann.«

»Wow«, flüstert sie und dreht sich mit einem Leuchten in den Augen zu mir um. »Es ist fantastisch.«

»Es ist echt okay.« Ich will lässig wirken, aber selbst ich kann angesichts ihrer Begeisterung kein Grinsen unterdrücken. Sie hat recht. Diese Akademie ist ziemlich cool. Sie ist die beste Lehreinrichtung, die die übernatürliche Welt Nordamerikas zu bieten hat.

Jade legt die Laptoptasche und die Handtasche auf ihrem Schreibtisch ab. Dann kommt sie zu mir und holt ihren Koffer sowie die darauf liegende Reisetasche. »Moment, ich ziehe mich eben um.«

»Kein Problem, ich warte im Flur.« Ich schließe die Tür

hinter mir, als sie gerade den Koffer auf das noch nackte Bett wuchtet.

Während ich auf Jade warte, vibriert mein Handy in meiner Hosentasche. Eine Nachricht von meinem besten Freund Vincent, der wissen will, ob ich schon wieder auf dem Akademiegelände bin und auch zum Abendessen komme.

Ich antworte ihm, dass ich ihn später sehe und schiebe mein Handy in meine Jacketttasche, als Jade die Tür öffnet und heraustritt. Sie trägt nun den dunkelroten Blazer des Internats, die beige Hose, die gold-rote Krawatte sowie dunkelrote Slipper.

Sie bemerkt meinen Blick auf ihre zum Outfit passenden Schuhe und lacht. »Süß, nicht? Ich habe mich vorbereitet.«

Das entlockt mir ein Schmunzeln, und sie jetzt so in der Uniform zu sehen, die ich bereits seit Jahren trage, lässt ein Gefühl in mir aufsteigen, das ich nicht ganz benennen kann. Plötzlich ist sie Teil von all dem hier. Zuerst war sie nur die wunderschöne Fremde, doch jetzt gehört sie dazu. Zu mir und diesem Ort, der zu meinem zweiten Zuhause geworden ist. »Ja, süß«, sage ich dann, wenn auch etwas verspätet und schüttle auf ihren fragenden Gesichtsausdruck nur den Kopf. »Auf geht's, du bekommst jetzt deine versprochene Führung.«

Sie strahlt mich an, und einen Moment lang blendet mich ihre Schönheit, bevor ich mich von ihr losreißen kann. So langsam wird es lächerlich. Es sind nicht einmal ihre Kräfte. Es ist einfach nur sie. Ihr Lächeln. Die so angestrengt verborgene Vorsicht in ihren Augen. Ihre Art.

»Stets zu Diensten.« Ich zwinkere ihr zu, was sie mit

einem wenig beeindruckten Schmunzeln quittiert. Offenbar muss ich mir ein wenig mehr Mühe geben, wenn ich sie beeindrucken will. Wie gut, dass ich ein Meister in diesem Spiel bin. Gemeinsam gehen wir den Gang hinunter. »Ich bin im dritten Semester und kenne mittlerweile jeden Winkel der Akademie.«

»Wie sind die Dozierenden hier so?«

»Größtenteils echt in Ordnung. Man sollte nur nicht versuchen, sie um eine gute Note zu bestechen, das finden sie gar nicht witzig.«

Sie lacht. »Du klingst, als hättest du Erfahrung damit.«

Ich mache ein unbestimmtes Geräusch, was sie erneut lachen lässt. Ich verstehe nicht ganz, warum mich ihr Lachen so in ihren Bann zieht. Wenn ich es nicht spüren könnte, würde ich sofort behaupten, sie setze ihre Sirenenkräfte ein. Doch das ist es nicht. Es ist sie. Ich habe keine Ahnung, wann mich zuletzt ein Mädchen so fasziniert hat.

Wir verlassen die Bones Manor und treten auf den äußeren Rundlauf des Campus. »Wie bereits erwähnt, im nächsten Gebäude wohne ich. Falls es dich interessiert. Meins ist die Nummer 412.« Ich zeige auf das Backsteingebäude, an dem wir als Nächstes vorbeigehen, und zwinkere ihr zu.

Jade schnaubt. »Wonach sind die Wohnheime benannt?«

»Sie sind nach den Gründern der Akademie, Emilia Bones, Maritimer Rose und ihrem Sohn Charleston benannt. Ich weiß«, füge ich hinzu, als ich ihren ernüchterten Blick bemerke, »langweilig. Bei den Namen vermutet man irgendeine spannende Geschichte.«

»Ja! Ich dachte, jetzt kommt eine Gruselgeschichte, mit Blut und Knochen.«

»Da muss ich dich enttäuschen.« Wir gehen an der Charleston Manor vorbei, und ich deute nach links, wo zwischen den Bäumen eine der Fakultäten zu sehen ist. »Das ist die Bestia Hall, in der sich alles um Tierwissenschaften dreht.«

»Wie viele Fakultäten gibt es denn eigentlich?« Sie reckt den Kopf, doch vom Weg aus kann man von hier aus nur noch die Corpus Hall sehen, in der alles rund um die Spezies der Menschen gelehrt wird.

»Acht.« Ich zähle die verschiedenen Gebäudenamen und ihre Schwerpunkte auf und lache, als ich ihren ratlosen Blick sehe. »Aber findest du auch alles in deinen Unterlagen. Du wirst dich schnell zurechtfinden. Hinter deinen Kursen stehen die Gebäudenamen und Raumnummern.«

»Und wie viele Studierende gibt es hier?«, fragt Jade nun, während sie sich kaum von den imposanten weißen Säulen losreißen kann, die den Dachüberstand der Corpus Hall halten.

»Soweit ich weiß, sind in jedem Fachbereich zwischen sechs- und achthundert Leute eingeschrieben. Aber so ganz genau weiß ich das auch nicht.«

»Erstaunlich. Die Akademie wirkt irgendwie viel kleiner.«

»Kein Vergleich zu Phoenix. Diese Großstadt macht den Anschein eines Dorfes. Warst du schon mal dort?«, frage ich, als sie die Augenbrauen fragend zusammenzieht. Sie schüttelt den Kopf, und ich kann es mir einfach nicht nehmen zu sagen: »Wenn du möchtest, zeige ich dir die Stadt.«

Sie schmunzelt, sagt aber weder zu noch ab, sondern wendet sich nach links, als zwischen den Bäumen das nächste Gebäude auftaucht. »Was ist dort?«

»Das Historische Zentrum. Es hat zwar die modernste Fassade, beherbergt aber die ältesten Relikte unserer Welt. Dort findest du auch die Bibliothek und ein paar weitere Fachbereiche.«

Wir laufen auf das dreiteilige Gebäude zu, das rechts und links schwarz vermauert wurde, während in dessen Mitte ein großer Teil des Gebäudes aus Glas besteht.

»Macht es dir etwas aus, wenn wir kurz in der Bibliothek vorbeischauen? Mir fällt gerade ein, dass es eine Unstimmigkeit mit meinen Zeiten für den Hausdienst gab, und unsere Bibliothekarin hasst es, auf Mails zu antworten.«

»Nein, das macht mir nichts aus. Was ist denn dieser Hausdienst?«

»Der Hausdienst bedeutet, dass man etwas für die Gemeinschaft tun muss. In der Küche mithelfen, die Anlagen pflegen oder den Lehrern assistieren zum Beispiel. Jeder ist mal dran. Mrs Dunmore hat wohl nur vergessen, dass ich donnerstags beim Schwimmtraining bin und deshalb auf keinen Fall Bücher katalogisieren oder einräumen kann.«

»Du bist im Schwimmteam?«

»Ja. Jeder hier belegt Zusatzkurse. Aber sei gewarnt, ich gehöre zu den besten Schwimmern und lasse mir nicht den Rang ablaufen. Doch falls du ins Team kommen willst, bist du natürlich herzlich willkommen.«

»Das ist nur eine Masche, um noch mehr Zeit mit mir zu verbringen, oder?«

»Gott, ja«, stoße ich etwas übertrieben aus, was sie zum Lachen bringt. »Klappt es?«

Sie schüttelt ihren Kopf, aber sie grinst.

Nicht aus Höflichkeit oder weil sie einen guten Eindruck vor mir machen will. Nur, weil sie mich lustig findet.

Das fühlt sich gut an.

Ich merke, wie ich langsamer werde, als ich Stimmen höre. Es ist albern. Aber ein Teil von mir will sie noch einen Moment länger für mich allein haben.

»Gut zu wissen. Ich bin nicht so die Schwimmerin.«

Diese Worte erlauben es mir, einen prüfenden Blick auf ihre Figur zu werfen. »Läuferin?«

Ihre roten Lippen formen ein Schmunzeln. »Du willst es wirklich wissen, was?«

»Unbedingt«, gestehe ich zu ihrer Erheiterung. »Was muss ich tun, um mehr über dich herauszufinden? Ist nicht Sinn und Zweck eines Dates, genau das zu tun? Einander Dinge zu erzählen?«

»Keine Ahnung. Ich hatte noch nie ein Date.« Nun ist sie diejenige, die mir zuzwinkert, bevor sie stockt und ihren Blick abwendet. Einen Moment lang zieht sie ihre Schultern hoch, als hätte sie mir etwas verraten, was sie lieber für sich behalten hätte.

»Noch nie?«, hake ich nach, gleichzeitig fasziniert und verwirrt. Sie ist eines der schönsten Mädchen, die ich jemals gesehen habe. Wie kann es sein, dass sie noch nie um ein Date gebeten wurde? Mir entfährt diese Frage, bevor ich mich zurückhalten kann.

»Strenge Mutter«, erwidert sie schließlich mit einem wegwerfenden Schulterzucken. »Also, was befindet sich hier?«

Ich brauche einen Moment, bevor ich mich dazu durchringen kann, ihrem Themenwechsel zu folgen. Weil ich mit einem Mal derjenige sein will, der sie zu ihrem ersten Date einlädt.

Verdammt, ich werde definitiv derjenige sein. Niemand wird mir dieses Mädchen vor der Nase wegschnappen.

Ich kenne sie noch keine fünf Minuten, aber sie zieht mich irgendwie an – und sie hat keine Ahnung, wer ich bin. Das hier ist nur ein harmloser Flirt, ein Spiel, ein Tanz, aber das bedeutet nicht, dass ich so leicht lockerlassen werde.

Inzwischen sind wir vor der großen Tür zur Bibliothek zum Stehen gekommen. »Hier wären wir. Du hast einen Ausweis in deinen Unterlagen, mit dem du dir Bücher ausleihen kannst. Aber sei gewarnt, Mrs Dunmore kennt keine Gnade mit Studierenden, die ihre Leihfrist überziehen.«

»Werde ich mir merken«, antwortet sie betont ernst, und als wir eintreten, betrachtet sie interessiert die dunkle Einrichtung. Rechts und links ragen Bücherregale in schmalen, kurzen Gängen in den Raum. Über uns liegen zwei weitere Etagen, mit ebensolchen Gängen, die durch hölzerne Balkongeländer begrenzt sind. In der Mitte der Bibliothek steht eine lange Tischreihe mit unbequemen Holzstühlen. In den oberen Etagen gibt es zusätzlich noch Sessel an den Brüstungen, von denen man auf den langen Tisch herunterblicken kann.

»Wow«, murmelt Jade und geht wie hypnotisiert tiefer

in den Raum hinein, doch ihr Blick ist auf das riesige Sprossenfenster vor Kopf gerichtet, das sich über alle drei Etagen zieht. Dahinter liegen unendlicher Wald und Berge. Von hier aus ist es kaum zu erkennen, dass wir uns mitten auf einem Campus befinden.

Ein leiser Pfiff erregt meine Aufmerksamkeit, und ich drehe den Kopf. An dem langen Tisch sitzt mein bester Freund Vincent, gemeinsam mit meinem Cousin Edward und seiner Freundin Riley. »Jade, darf ich dir ein paar Freunde von mir vorstellen?«

Sie öffnet überrascht den Mund, protestiert jedoch nicht, als ich ihr meine Hand auf die Schulter lege, um sie in die entsprechende Richtung zu führen. »Eigentlich wollte ich dich noch ein wenig länger für mich behalten und sie dir erst beim Essen vorstellen. Aber ich kann die Bande ja wohl schlecht ignorieren.«

Ich lache, doch als sie nicht darauf eingeht, schaue ich sie an. Ihr Gesicht ist wie versteinert auf meine Freunde gerichtet, die Augen geweitet, und sie sieht aus, als hätte sie einen Geist gesehen.

3. Kapitel

Jade

Mein Herz sinkt mir in die Knie, als Asher mich zu seinen Freunden durch die Bibliothek führt. An der langen Tischreihe sitzen drei Leute, unter anderem meine Cousine Riley. Und die sieht aus, als wäre sie ganz und gar nicht von meiner Anwesenheit begeistert.

»Das ist Vincent.« Asher deutet auf einen dunkelhaarigen Kerl mit einem genauso aristokratisch perfekten Gesicht, wie Asher es hat.

Ihm gegenüber sitzt ein weiterer Student. »Und das ist mein Cousin Edward.« Ihn kenne ich bereits, und alles an ihm widert mich an. Angefangen mit seinen nach hinten gegelten hellblonden Haaren über seine viel zu vollen Lippen, bis hin zu seinen eisblauen Augen. Objektiv betrachtet ist er durchaus attraktiv, aber sein Charakter ist furchtbar. Genauso wie das herablassende Lächeln, mit dem er mich gerade betrachtet.

Neben ihm sitzt seine Freundin Riley. Meine Cousine. Sie trägt ihre rotbraunen Haare zu einem hohen Zopf gebunden und sieht genauso aus wie bei unserem letzten Treffen vor einem Jahr. Nur, dass sie mich nun mit einem Blick voller Verachtung straft, der mir Übelkeit verursacht.

Ihre grünen Augen funkeln erbost, während sie Ashers Hand fixiert, die sich nur langsam von meiner Schulter löst.

Riley blockt seit knapp einem Jahr all meine Kontaktversuche ab und ignoriert mich. Selbst als mein Onkel, ihr Vater, vermitteln wollte, weigerte sie sich, mit mir zu sprechen.

Nun trennen uns nur noch wenige Schritte voneinander, und die schmerzhafte Vermutung, dass sie tatsächlich ein Problem mit mir hat, wird zur bitteren Wahrheit.

In ihren Augen lodert Zorn. Brüllendheiß und voller Inbrunst.

»Kennt ihr euch?«, fragt Asher hörbar irritiert.

»Ja«, zischt Riley und erhebt sich abrupt von ihrem Platz, wobei die Stuhlbeine laut über den Boden kratzen. »Das ist meine Cousine. Die, die mir letztes Jahr Edward ausspannen wollte.«

Ihre Worte treffen mich wie ein Hammerschlag, und einen Moment lang kann ich nichts anderes tun, als sie mit ungläubiger Miene anzustarren. Ich soll *was?* Mein Blick zuckt zu ihrem Freund, der mich eisern mustert. Das kann doch nicht ihr Ernst sein! Fassungslosigkeit und Ohnmacht kämpfen in mir, als mir mit einem Mal alles klar wird. Bilder unserer letzten Begegnung ziehen wie Flashbacks vor meinem inneren Auge vorbei. *Sommer. Lagerfeuer. Nacht. Hände. Ekel. Wut.* »So ist das nicht gewesen«, stoße ich aus, doch Riley schneidet mir das Wort ab. »Ich will das nicht hören.«

Meine Wangen werden heiß vor Scham über ihre Zurückweisung, doch zugleich ist mir innerlich eiskalt. Weil ich schuld an alldem hier bin. Wie konnte das nur passieren? Wie konnte ich zulassen, dass Edward die Wahrheit so verdreht?

»Du bist ein Flittchen«, höre ich die Stimme meiner Mutter, während eine sehr viel leisere Stimme in meinem Ohr flüstert: *»Wie kann Riley das nur glauben?«*

Ich bin mir der Blicke der anderen nur allzu bewusst, doch ich sehe nur meine Cousine an, die immer eher wie eine Schwester für mich war. Meine einzige Freundin auf dieser Welt. Die einzige Person, die mich immer nur um meiner selbst willen gemocht hat. Wenn sie mich hasst … wer bleibt dann noch? Sie *muss* mir glauben. »Riley, bitte. Lass uns miteinander reden.«

Sie lacht auf. Es klingt höhnisch und spitz wie ein Pfeil, der sich mitten in meine Brust bohrt. »Und dafür bist du hier? An der Akademie? Ernsthaft?«

Ja. Und weil diese Ausbildung mein letzter Ausweg ist. Das, oder die Straße, aber so weit werde ich es nicht kommen lassen. »Ja«, stoße ich also aus. »Ich habe mehr als das verdient.« Ich mache eine Geste zwischen uns, auf diesen riesigen Krater, den ihre Zurückweisung und Kälte zwischen uns aufreißt. »Hör mir bitte zu.«

»Ich will nicht zuhören«, zischt sie, und ihr Blick zuckt umher, während auch ich aus dem Augenwinkel bemerke, wie sich immer mehr Köpfe in unsere Richtung drehen. »Du bist meine Cousine. Wie konntest du mir das nur antun?« Ihre Stimme bricht am Ende, schmerzerfüllt, und etwas in mir zerreißt. Sie glaubt es wirklich. Sie glaubt ernsthaft, ich hätte versucht, Edward anzumachen.

Wie kann sie nur? Ich habe meine Mutter monatelang darum angebettelt, mit Rileys Familie im Sommerhaus übernachten zu dürfen. Ich wollte raus aus meinem Leben, selbst wenn das bedeutete, dass ich Riley mit ihrem schleimigen, aber halbwegs netten Freund Edward teilen musste.

Riley und ich unterhielten uns stundenlang, und sie erzählte mir so viel von der Ashriver Academy, dass ich schnell selbst davon träumte, sie besuchen zu dürfen. Wir grillten mit der Familie, hatten Spaß, und ich bekam einen Geschmack der Freiheit, den meine Mutter mir immer verwehrte.

Alles war perfekt.

Bis auf der Party eines Nachts alles schiefgegangen ist.

Das Lagerfeuer am See war beinahe vollständig abgebrannt, als ich in den Wald gegangen bin, um mich zu erleichtern. Als ich zurückkehrte, war Riley nirgends zu sehen. Dafür fing Edward mich ab. Er packte meine Arme und versuchte, mich zu küssen. Einfach so.

Als ich ihn von mir stieß, brüllte er, ich sollte die Finger von ihm lassen.

»Du bist so ein Arschloch«, hatte ich ihm entgegengeworfen und war von der Party verschwunden, völlig überfordert und wütend.

Ich bin zum Haus meiner Verwandten gelaufen, nur wenige hundert Meter weiter, in der Hoffnung, Riley dort zu finden. Doch sie tauchte nicht auf. Selbst am nächsten Morgen nicht, als ich wieder abreisen musste.

Und jetzt ist mir auch klar, warum.

Eigentlich habe ich es immer gewusst. Wieso sonst hätte sie nach jener Nacht einfach den Kontakt abbrechen sollen?

Mein lodernder Blick trifft Edwards, als er aufsteht und

seinen Arm vertraulich um Riley legt. »Beruhig dich, Schatz. Sie ist es nicht wert.«

»*Du* wolltest *mich* küssen«, erwidere ich, und meine Stimme zittert vor unterdrückter Wut und Überforderung, während mein Gesicht vor Scham rot anläuft. »Ich habe dich weggeschubst!«

In Rileys Augen glitzern Tränen, und sie presst ihre Lippen zu einer dünnen Linie. »Es gibt Zeugen. Hör einfach auf zu lügen.«

Mein Herz verkrampft sich.

Du bist eine Heuchlerin. Wenn die Leute wüssten, wie verdorben du wirklich bist, würden sie dir nicht applaudieren.

Das laute Klackern von Stöckelschuhen nähert sich, und wir alle drehen die Köpfe. Eine kleine Frau in dunklem Hosenanzug kommt auf uns zu. »Ich muss doch wohl bitten«, zischt sie los, als sie nur wenige Schritte von uns entfernt ist, und ihre braunen Locken wippen im Takt ihres Schrittes. Gleichzeitig schiebt sie ihre dunkel gerahmte Brille hoch, durch die sie uns alle strafend mustert. Das wird dann wohl Mrs Dunmore sein.

»Ich bin fertig mit Lernen«, stößt Riley mit zitternder Stimme aus und packt fahrig ihre Sachen zusammen, wobei ihr ein Buch aus der Hand rutscht und mit einem lauten Knall auf dem Tisch landet. Sie zuckt zusammen und dreht ihren Kopf, sodass ich beinahe die Tränen in ihren Augen übersehen hätte.

Sie glaubt mir nicht. Sie glaubt mir wirklich nicht.

Ich ringe nach Luft, doch mein Hals ist wie zugeschnürt. Ich verschränke meine Finger ineinander, um das plötzliche Zittern zu verbergen.

»Schon gut«, murmle ich und wende mich Mrs Dunmore zu. »Ich wollte sowieso gerade gehen. Entschuldigen Sie die Aufruhr.«

Die Bibliothekarin hebt ihre Augenbrauen. »Das ist meine einzige Verwarnung.«

Ich nicke verstehend und schaue nicht in Ashers Richtung, als ich mich von der Gruppe entferne. Er folgt mir glücklicherweise nicht, als ich durch die Bibliothek eile und all die fremden Blicke auf mir spüre.

Ich verlasse das Gebäude und laufe wie blind den Weg entlang, ohne zu wissen, wohin er überhaupt führt. Mir kommen ein paar andere Studierende entgegen, die mich neugierig mustern. Ich beachte sie jedoch nicht, zwinge mich stattdessen, meine aufsteigenden Tränen zurückzuhalten.

Ich muss hier weg.

Was habe ich mir nur dabei gedacht?

Riley hat meine Kontaktversuche über ein Jahr lang ignoriert. Wie konnte ich nur glauben, ich könnte etwas erreichen, wenn wir uns wiedersehen?

Ich bin so dumm. So unfassbar dumm.

Ein Teil von mir wusste, dass Riley es hassen würde, mich zu sehen. Dass ich mich ihr aufzwinge, indem ich auf diese Akademie gehe. Dass sie mich tatsächlich geghostet hat.

Sie hat all die Lügen geglaubt und mich kommentarlos aus ihrem Leben gestrichen.

Wie eine unliebsame Erinnerung.

Was bin ich noch für sie? Der zerbrochene Spiegel einer einst schönen Vergangenheit? Oder nur die dumme Kuh, die versucht hat, sich ihren Freund zu krallen?

Ich bin so in Gedanken verloren, dass ich die entgegenkommende Studentin nicht bemerke. Meine Schulter knallt gegen ihre. Sie flucht, als ihre große Tasche zu Boden fällt und sich kurz darauf Stoffe wie eine Welle über den Boden ergießen.

»Tut mir leid«, stoße ich aus und bücke mich, um ihr beim Aufheben zu helfen.

Sie bückt sich ebenfalls. »Nicht schlimm. Ich hätte ja auch aufpassen können.«

Mit wenigen Handgriffen haben wir den Stoff zurück in die Tasche geschoben, und ich bemerke, dass sie dabei zwei weitere Taschen fallen gelassen hat, die jedoch nichts verloren haben. »Schweres Gepäck?«

»Oh ja.« Sie lacht wegwerfend, offen und fröhlich. Als wir uns aufrichten, schiebt sie sich eine Strähne ihres blonden Haars hinter die Ohren. Sie ist ein wenig größer als ich, und ihre Beine sehen in dem Rock der Schuluniform endlos lang aus. Sie streckt mir ihre Hand entgegen. »Ich bin Marina.«

Ich schüttle sie. »Jade. Nett, dich kennenzulernen.« Ist es wirklich. Der Druck auf meiner Brust hat noch nicht nachgelassen, aber wenigstens habe ich nicht mehr das Gefühl, gleich losheulen zu müssen.

»Neu?«, fragt sie und schultert zwei der Taschen, bevor sie wieder versucht, die dritte hochzuheben.

Ich komme ihr zuvor und nehme sie an mich. »Lass mich dir helfen. Ja, gerade erst angekommen.«

»Cool.« Ein Wort. So einfach. Ohne neugierige Fragen. Ich glaube, ich mag sie. Jetzt strahlt sie noch ein bisschen mehr. »Dann komm mal mit. Ich muss das Zeug hier in den Fundus bringen, bevor mir mein Hunger noch ein

Loch in den Magen brennt. Du kannst mit uns am Tisch sitzen, wie wäre das?«

»Oh, mach dir keine Umstände«, sage ich sofort, und das Bild von Riley, Edward, Asher und Vincent, wie sie mir vorwurfsvolle Blicke zuwerfen, brennt sich in meinen Kopf.

»Ich will aber. Außer natürlich du ziehst es vor, einen auf geheimnisvolle Neue zu machen, die alleine in einer Ecke sitzt und niemanden beachtet. Dann tu dir keinen Zwang an. Aber glaub mir, die Typen werden sich auf dich stürzen«, redet sie fröhlich weiter, während sie mich zu einem weiteren Gebäude führt, sich aber keine Mühe macht, mir dessen Namen oder Funktion zu nennen. Was okay ist, weil mein Kopf vor Informationen eh kurz vorm Platzen ist. »Du bist hübsch und ein unbeschriebenes Blatt. So was ist sehr beliebt.« Sie hält an einer unscheinbaren Holztür und macht eine deutende Geste. »Da müssen wir rein.«

Ich öffne sie und finde mich in einem Raum ohne Fenster wieder, der aussieht wie eine unordentliche Version eines Klamottenladens. Überall stehen Kleiderständer, an dessen Bügeln diverse Kostüme hängen. Es gibt einen Schrank mit Kopfbedeckungen und Perücken in allen Farben. In einer Ecke quillt eine Truhe mit Tüchern über, und daneben ist eine gläserne Kommode gequetscht worden, in der Kronen und anderer Schmuck wild durcheinanderliegen. »Wow«, entfährt es mir.

»Ja, oder?« Marina wuchtet ihre Taschen auf einen großen Tisch in der Mitte des Raumes und nimmt mir dann die dritte Tasche ab. »Schnapp dir mal ein paar Kleiderbügel.« Sie wühlt in dem Stoffberg vor ihr und deutet zugleich auf eine Umzugskiste voller Holzbügel, die halb unter den Tisch geschoben wurde.

Ich ziehe welche raus und nehme Marina ein dunkelrotes Samtkleid mit goldenen Bordüren ab. »Hast du die genäht?«

Sie lacht auf, während sie mir zeigt, an welche Kleiderstange ich das Kleid hängen kann. »Nein, ich hatte nur die ehrenvolle Aufgabe, die Sachen zurückzubringen. Der Textilkurs hat ein paar Ausbesserungen an den Sachen vorgenommen.« Sie reicht mir ein weiteres Kleidungsstück. »Eigentlich habe ich den Kurs nur gewählt, weil er mir so einfach erschien.« Ihr entfährt ein trockenes Lachen. »Mach bloß nicht denselben Fehler.«

Ich muss grinsen, und kurz darauf plaudern wir über mögliche Kurse, die ich wählen kann, bevor wir uns gemeinsam in Richtung Cafeteria aufmachen. Sie nimmt mich ganz selbstverständlich mit, und all das reicht, damit ich mich nicht mehr so beschissen fühle wie vorhin noch.

Als ich auf die schwarzen Fliesen des großen Speisesaales trete, blicke ich auf drei lange Tischreihen, die sich vom Eingang bis zur großen Fensterfront erstrecken.

Wir laufen an der dunkelgrünen Wand entlang in Richtung der Essensausgabe, während ich unauffällig meine Mitstudierenden beobachte. Manche lachen und unterhalten sich ungezwungen. Andere sitzen versunken in ein Buch oder ihre Unterlagen. Niemand wirft ihnen einen seltsamen Blick zu. Weil sie dennoch dazugehören. Weil wir alle dieselbe Uniform tragen. Weil wir alle hier sind, um etwas zu lernen.

Marina führt mich zur Essensausgabe, während sie mir erklärt, dass die höheren Jahrgänge näher am Fenster sit-

© Illustrationen (3): Mi Ha, Guter Punkt

Du willst immer auf dem neuesten Stand bleiben?
Dann folge one
auf INSTAGRAM und TIKTOK
@one_verlag
#oneverlag
@one_verlag
#oneverlag

zen, während die Jüngsten ihren Platz in Richtung Tür haben. »Ansonsten ist es hier recht locker. Wobei du aufpassen solltest.« Sie beugt sich mit verschwörerisch gesenkter Stimme zu mir herüber, obwohl die anderen Leute um uns rum in ihre Gespräche vertieft sind. »Die Elite sitzt am Tisch hier vorne. Immer. Wir nehmen den ganz hinten, bei dem Softdrinkautomaten, und am Ende des mittleren Tisches haben die restlichen *coolen Leute* ihre Plätze.«

Mein Blick folgt ihrer ausgestreckten Hand, doch statt des Automaten entdecke ich die *Elite*, wie sie sie betitelt hat. Und natürlich sitzt dort niemand anderes als Riley, gemeinsam mit Edward, Vincent und Asher, sowie ein paar weiteren Leuten. Sie scharen sich um die vier, als wären sie der Mittelpunkt ihres Seins. Ihre Blicke sind voller Ehrerbietung und Beklommenheit. Als würden sie alles dafür geben, von ihnen gesehen zu werden, und zugleich nichts mehr fürchten.

»Die Elite«, murmle ich und betrachte Asher, der wie ein König inmitten der Gruppe thront. Jetzt verstehe ich, woher die Selbstverständlichkeit kommt, mit der er mit mir geflirtet hat. Woher seine charmante Arroganz rührt, mit der er davon ausging, dass ich mit ihm ein Date haben würde. Woher sein einnehmendes Selbstbewusstsein kommt, mit dem er über den Campus läuft. Er hat nicht gelogen, als er sagte, dass er zum elitärsten Club der Akademie gehört.

Mein Mundwinkel zuckt belustigt, doch dann sehe ich zu Riley und bemerke ihren eiskalten Gesichtsausdruck. Hat sie mich von Anfang an beobachtet? Und auch ein paar ihrer Freunde scheinen ihren Blick zu bemerken. Sie drehen ihre Köpfe und versuchen offensichtlich herauszufinden, wen Riley so hasserfüllt ansieht. Schnell wende ich mich ab.

Marina entgeht natürlich nichts, und sie stößt mich mit dem Ellenbogen an, damit wir in der Warteschlange vorrücken können. »Kennst du Riley Drawing? Ihr Blick war ja mörderisch.«

»Ja, sie ist meine Cousine.« Ich kann nicht anders und sehe wieder zu ihr herüber. Doch nun hat sie ihre Aufmerksamkeit ganz auf Edward gerichtet, der mit großen Gesten etwas erzählt, das die ganze Gruppe zum Lachen bringt. Ekel verengt meinen Hals.

»Ihr steht euch wohl nicht so nahe, was?«

»Nicht mehr«, murmle ich und senke schnell den Blick, als Asher im selben Moment aufschaut. »Wer sind denn die anderen dort?«

»Asher ist Erbe des Hauses der Magier und soll so stark sein, dass er ganze Gebäude verrücken kann. Er ist berüchtigt dafür, dass er seine Dates nach einer Nacht abserviert. Vincent Vanadis ist der Erbe vom Haus der Elementare. Er kann Feuer kontrollieren und lässt auch sonst nichts anbrennen, falls du verstehst, was ich meine. Ihm gegenüber sitzt Edward Gagnon. Sein Vater ist Bürgermeister von Phoenix, und Riley kennst du ja.« Sie dreht sich zur Essensausgabe und bestellt einen vegetarischen Burger sowie Süßkartoffelpommes. Ich bestelle dasselbe, und kurz darauf gehen wir durch die einzige Lücke innerhalb der langen Tischreihen nach hinten durch. Dort sitzt bereits ein Student vor Kopf des Tisches, der eine Ausstrahlung hat, als würde ihm die Welt gehören. Er hat dunkles Haar und ein scharf geschnittenes Gesicht mit einem strengen, nahezu distanzierten Gesichtsausdruck. Er sieht aus, als hätte er gar keine Lust auf Gesellschaft, und würde ich ihm in der Dunkelheit begegnen, würde ich definitiv die Straßenseite wechseln.

»Jade, das ist mein bester Freund Ezra Clarkson. Lass dich von seiner düsteren Aura nicht täuschen.« Sie lacht und schiebt ihr Essenstablett rechts neben seins. »Er tut gerne unnahbar und geheimnisvoll. Außerdem gehört er ebenfalls zu den Erben und ist mindestens genauso versnobt wie die anderen. Er gehört zum Haus der Flüsterer, steht aber nach seinem Bruder an zweiter Stelle der Rangfolge.«

»Fehlt noch meine Kleidergröße, und sie weiß alles Wichtige über mich.« Ezra hebt eine Augenbraue, was gefährlich und zugleich lässig aussieht, bevor er aufsteht und mir seine Hand reicht. »Freut mich. Blinzle zwei Mal, wenn Marina dich gegen deinen Willen mitgeschleppt hat. Sie hat diese Angewohnheit, Leute zu überrumpeln.« Seine Worte sind trocken, und nichts in seinem Gesicht deutet darauf hin, dass er einen Witz gemacht hat. Er ist attraktiv, auf eine Ich-bin-ein-Bad-Boy-meine-dunkle-Seele-muss-nicht-gerettet-werden-Art. Also absolut nicht mein Typ. Kerle wie er brechen Herzen, trampeln darauf herum und bemerken es nicht einmal. Das ist nicht mein Stil. Ich bin diejenige, die Herzen bricht, ob ich will oder nicht.

»Danke, aber ich bin freiwillig mitgekommen.«

»Du ahnst nicht, mit wem sie verwandt ist.« Marina nimmt neben Ezra Platz und legt ihre Hände flach auf die Tischplatte, rechts und links von ihrem Tablett.

Ich versuche das plötzliche Unbehagen über den Themenwechsel in mir abzuschütteln. Schnell stopfe ich mir eine Pommes in den Mund, nachdem ich den beiden gegenüber Platz genommen habe.

Ezras prüfender Blick gleitet über mich. »Ist dieser Jemand berühmt?«

Marina verdreht die Augen. »Nein. Riley ist ihre Cousine. Ist das nicht verrückt? Sie sehen sich überhaupt nicht ähnlich.«

Wie automatisch wandern unsere Blicke rüber zu dem Tisch, an dem Riley sitzt, nur um festzustellen, dass sie ebenfalls alle zu uns herübersehen. Plötzlich liegt eine beinahe greifbare Spannung in der Luft, und ich merke, wie Ezras Schultern sich leicht versteifen, während Marina sich unbeeindruckt wegdreht.

»Gibt es hier eine Geschichte, von der ich wissen sollte?«, frage ich und wedle mit einer Pommes zwischen den Tischen hin und her. »Fühlt sich irgendwie so an.«

»Ezra, Edward, Vincent und Asher waren mal *die heißen vier* der Akademie«, verrät mir Marina ganz ungezwungen, während Ezra sich daranmacht, seinen Burger mit Messer und Gabel zu essen. Wow. Ich glaube, ich habe noch nie jemanden gesehen, der das so macht. Marina schmunzelt jedoch nur. »Aber dann war da so ein Mädchen, und alles ging den Bach runter.«

»Ein Mädchen?« Meine Neugier ist geweckt, und solange wir nicht über Riley und mich sprechen müssen, bin ich voll dabei.

»Ja, Asher und sie waren eine Weile zusammen, aber dann hat sie sich an Ezra rangemacht, und plötzlich herrschte Krieg.« Marina schnaubt. »Dabei war sie total eingebildet. Zum Glück hat sie kurz darauf an die Northland Academy gewechselt.« Ihre Stimme senkt sich. »Offenbar hat ihr Dad was über ihren Ruf gehört, und das hat ihm nicht gefallen.«

Ich starre sie einen Moment lang an. »Sollte ich diese Northland Academy kennen?«

Sie lacht, und irgendwas an diesem Tonfall gibt mir kurz das Gefühl, einfältig zu sein. »Das ist unsere Nemesis. Aus Mangel an weiteren Akademien, treten wir bei allen sportlichen Wettkämpfen gegeneinander an, und natürlich will jede Seite immer Sieger sein. Aktuell führen wir, aber nur sehr knapp.«

»Das werden wir noch ausbauen«, wirft Ezra ein, während er sich weiter auf seinen Burger konzentriert.

»Das erklärt aber nicht, warum ihr alle auseinandergegangen seid«, nehme ich das Ursprungsthema wieder auf.

»Nun, Vincent ist ein wenig nachtragend, wenn es um Betrug geht, auch wenn es ihn nicht selbst betrifft«, erklärt Ezra mir mit gelangweiltem Tonfall und greift nach seiner Coladose, um sie mit einem Zischen zu öffnen. »Und Edward läuft den beiden sowieso hinterher wie ein Schaf, weshalb klar war, dass auch Riley nachzieht.«

»Oh stimmt. Die Getränke«, stößt Marina aus und erhebt sich, während sie auf mich deutet. »Für dich auch was?«

»Cola, bitte.« Ich sehe ihr nach, wie sie zum Automaten geht, bevor ich mich wieder Ezra zuwende und gleichzeitig meinen Burger in beide Hände nehme. »Tut mir echt leid, dass ihr euch so zerstritten habt.«

»Deine Cousine scheint aber auch nicht gerade gut auf dich zu sprechen zu sein.« Wieder werfen wir einen Blick nach drüben, wo Riley gerade wild gestikuliert und sich offenbar aufregt.

Ich habe keine Ahnung worüber sie redet, aber allein die Vorstellung, dass sie sich vor all diesen für mich Fremden über mich aufregen könnte, lässt meinen Puls ansteigen. Während ich sie so beobachte, schießen mir erneut Tränen in die Augen. Ich blinzle, um das Brennen loszuwerden, und muss mich räuspern, doch ich habe Angst zu sprechen, weil meine Stimme sicher zittern wird.

»Wir müssen nicht darüber reden«, sagt Ezra nun leise und überraschend sanft für die Düsternis, die er ausstrahlt.

»Danke.«

Marina kehrt mit zwei Dosen zurück, und ich nicke dankbar, bevor ich einen großen Schluck nehme. »Was schulde ich dir?«

Sie lacht und wirft ihr blondes Haar zurück. »Nichts. Die Automaten funktionieren ohne Geld. Sie sind nur dazu da, damit wir uns selbst Getränke holen und während der restlichen Zeit mit Snacks versorgen können.«

»Wow. Das ist cool.«

Sie nickt und wackelt mit ihren Augenbrauen. »Warte nur ab. Die ganze Akademie ist cool. Also, morgen ist dein erster Tag? Was sind deine Hauptfächer?«

»Französisch, Spanisch und Mandarin.«

»Wow. Ernsthaft?«

»Ja, ich liebe es, neue Sprachen zu lernen.«

»Warte, kannst du noch andere?«, fragt sie erstaunt und nimmt einen großen Schluck aus ihrer Dose.

»Ein paar. Aber lange nicht so gut, dass ich sie studieren könnte.« Ich bin eine Sirene. Ich könnte von der Welt alles verlangen, und sie würde es mir geben. Doch eine Sprache zu lernen muss ich mir selbst erarbeiten. Ich muss es wollen, dafür brennen, schwitzen und lernen, lernen,

lernen. Es ist etwas, das mich mental herausgefordert hat, während mein Leben lang nur mein Körper und mein Aussehen im Vordergrund standen.

»Das ist ziemlich cool«, stößt Marina ehrlich beeindruckt aus. »Ich studiere super langweilig Wirtschaft. Aber ich liebe meine Nebenfächer. Psychologie, Ethik und all den Kram.« Einer ihrer Mundwinkel hebt sich, und sie beugt sich vor, bevor sie in vertraulich gesenkter Stimme sagt: »Wegen unserer Kräfte. Du kommst bestimmt auch mit in meinen Kurs. Die Räuber unter uns werden immer zusammengetrieben.«

Ich blinzle verständnislos. »Räuber?«

»Du bist eine Sirene, wenn dich das nicht zur Räuberin macht, weiß ich auch nicht. Es gibt auch gar nicht so viele von euch an der Akademie. Als Flüsterer können wir zwar nur Tiere beeinflussen, aber das reicht, um uns für Tierwandler gefährlich werden zu lassen.« *Flüsterer.* Sie spricht es aus. Einfach so. Und mit einem Mal wird mir bewusst, dass ich ernsthaft in einer Akademie voll mit Übernatürlichen bin. In Phoenix, wo ich meine Kräfte nicht mehr vor den unwissenden Menschen verstecken muss. Ich bin in dieser Hochsicherheitszone, die vor den Augen der Menschheit verborgen wird, nur damit wir ein halbwegs normales Leben führen können.

Diese Erkenntnis trifft mich wie ein Hammerschlag, sodass ich einen Moment brauche, um auf ihre Worte reagieren zu können. Dabei nehme ich wie beiläufig meinen Burger in die Hände und hoffe, dass sie nicht bemerkt, dass ich bisher so gut wie keinen Kontakt zu anderen Übernatürlichen hatte. »Die Kurse klingen ziemlich cool. Wäre nett, wenn wir die zusammen hätten.«

Sie grinst, und offenbar war mein Pokerface gut genug, denn sie reckt einmal ihren Daumen in die Luft. »Ich mag dich. Wir sollten Freundinnen sein.«

Ich erstarre, den Burger auf halbem Weg zu meinem Mund.

Ezra lacht, dunkel und mit einem leicht spöttischen Beiklang. »Du willst mit allen befreundet sein.«

»Ja«, erwidert Marina langgezogen und wedelt seinen Einwand mit der Hand davon. »Aber das sind oberflächliche Freundschaften. Jade ist cool. Außerdem wollte ich schon immer mit einer Sirene befreundet sein.« Ihre Stimme senkt sich und sie zwinkert mir zu. »Welche Klassifizierung hast du?«

Hitze explodiert in meinen Wangen, und mir wird heiß, während mein Kopf einen Moment lang wie leergefegt ist. Dann fällt es mir wieder ein. Die Klasse, die der Dokumentenfälscher auf meiner Prüfungsbescheinigung notiert hat. Die Einstufung meiner Kraft. »Klasse drei.«

»What the fuck!«, stößt sie aus und macht ein Gesicht, als hätte ich vor ihren Augen eine Konfettikanone gezündet. »Okay, wow!«

Ezra seufzt neben ihr und sagt leise zu mir: »Behalte so was lieber für dich.«

»Oh, klar«, stoße ich aus, und ich merke, dass mir der Schweiß ausbricht. »Ich hatte zuvor fast nur mit Menschen zu tun. Irgendwie habe ich das wohl-«

Gnädigerweise unterbricht Marina mein peinliches Gestammel. »Mach dir keinen Kopf. Wir behalten es für uns. Aber ernsthaft, Klasse-drei-Sirenen sind selten. Das solltest du echt nicht herumposaunen. Das macht die Leute nervös.«

»Okay, danke.« Verdammt, das hätte mir der Dokumentenfälscher echt früher sagen können. Weil ich nicht wusste, was diese Klassifizierung bedeutet, hat er einen kleinen Test mit mir gemacht, der beinhaltete, seine Frau zu beeinflussen. Er hat mich eingestuft, ohne auch nur mit der Wimper zu zucken, weshalb ich dem nicht viel beigemessen habe.

Mich wundert jedoch nicht, dass meine Mutter das vor mir verheimlicht hat. Sie unterrichtete mich von zuhause aus, und ich habe seit meiner Kindheit so viel trainiert, dass nie Zeit für Freunde blieb. Es war eines von vielen Mitteln, mit denen sie mich klein hielt. Sie liebt es, die Kontrolle über mich zu haben. Deshalb ließ sie mich keinen Kontakt zu anderen Übernatürlichen haben. Und das ist auch der Grund, warum ich so gut wie nichts über mein Erbe weiß. Sie selbst ist eine Tierwandlerin, zog mich aber wie einen Menschen groß. Nur, dass sie meine Kräfte für ihre Zwecke nutzte.

Selbst meinen Kontakt mit Riley hat sie reguliert, sodass ich ihr nur wöchentlich schreiben durfte. Dass ich sie letzten Sommer besuchen durfte, war eine absolute Ausnahme, weil ich kurz vorher mehrere Wettbewerbe mit hohen Preisgeldern gewonnen hatte. Riley gegenüber habe ich nie erwähnt, wie wenig ich über Übernatürliche weiß. Weil es mir peinlich war, und weil ich unsere geringe Zeit nicht damit verschwenden wollte, dass sie sich über meine Mutter aufregt.

Mittlerweile muss sie festgestellt haben, dass ich weg bin. Schuld und Sieg ringen in mir, und ich zwinge mich, nicht mehr an mein altes Leben zu denken. Es ist vorbei. Ich bin hier, und meine Mutter wird mich niemals finden.

Sie wird mich nie wieder zwingen, mich zu verkaufen.

»Habt ihr auch Haustiere oder so was?« Riley hat mal nebenbei erwähnt, dass sich Flüsterer gerne welche halten. Mir fällt ein, in welch abfälligem Tonfall sie das gesagt hat, und prompt ist mir die Frage unangenehm.

Doch weder Marina noch Ezra wirken angegriffen. Also war die Frage wohl kein Fauxpas. »Die sind auf der Akademie verboten.« Marina seufzt leise. »Aber ich habe zuhause einen Hund. Beziehungsweise im Restaurant meiner Mutter. Apropos, ich muss am Wochenende wieder arbeiten. Ätzend. Ich wünschte, die letzte Aushilfe hätte nicht gekündigt.«

»Ätzend? Das klingt doch cool«, stoße ich hervor und wische meine Finger an einer Serviette sauber.

»Geht so.« Sie verzieht ihren Mund. »Ich bin eine schreckliche Bedienung. Glaub mir. Außerdem hasse ich es, meine Kommilitonen zu bedienen.« Sie grinst ein wenig. Dann formt sie mit ihrem Mund ein O. »Warte, suchst du zufällig einen Nebenjob? Du könntest am Wochenende sofort loslegen. Meine Mutter bezahlt gut. Das Essen geht für die Mitarbeiter aufs Haus.«

»Jetzt hör doch auf, ihr deinen Job aufzuschwatzen.« Ezra schnalzt mit der Zunge, während er sich die Mundwinkel mit einer Serviette abtupft.

»Ehrlich gesagt könnte ich schon einen Nebenjob brauchen«, gestehe ich. Das gestohlene Geld hat gerade so für die Studiengebühren gereicht. Zwar sind damit Kost und Logis beglichen, aber es wäre schön, mir noch was nebenbei ansparen zu können. Immerhin ist all das Geld, das ich an mich gebracht habe, bereits aufgebraucht. Und ich werde definitiv nicht noch einmal Onkel Derek um Hilfe bitten. Er hat schon genug für mich getan, als er mir so kurzfristig einen Platz hier besorgt hat.

Marina quietscht erfreut und wedelt mit ihren geballten Fäusten vor ihrem Gesicht herum. »Ja! Das ist großartig. Ich schreibe gleich meiner Mutter, sobald ich auf meinem Zimmer bin. Glaub mir. Sie ist großartig und die allerbeste Chefin.«

»Sie ist wirklich cool«, stimmt Ezra ihr zu, als er meinen zweifelnden Gesichtsausdruck sieht.

»Und ihr beide …?« Ich lasse den letzten Teil des Satzes offen.

»Sind beste Freunde«, sagt Marina und tätschelt Ezras Schulter. »Dieser mürrische Kerl hier gehört zu meinen Lieblingswesen.« Sie kichert, und in mir keimt der Verdacht, dass Marina die Sorte Mädchen ist, die einfach mit jedem klarkommt. Und ich war ehrlich gesagt nie glücklicher, jemanden angerempelt zu haben.

4. Kapitel

Asher

Sie sitzt bei Ezra. Ich könnte kotzen.

»Ich kann es nicht fassen.« Rileys Worte sind durch ihre zusammengebissenen Zähne kaum zu verstehen. »Erst wagt sie es hierherzukommen, und dann sitzt sie ernsthaft mit Ezra *fucking* Clarkson zusammen?«

»Reg dich nicht über sie auf. Das ist Verschwendung von Energie.« Edward nimmt ihre Hand und führt sie an seine Lippen, während er sie mit einer Mischung aus Spott und Nachsicht anlächelt. Die zwei sind seit einer gefühlten Ewigkeit ein Paar, und ich habe immer gedacht, dasselbe zu wollen. Bis mich Mary eines Besseren belehrt hat.

Gott sei Dank hat sie die Akademie gewechselt, weshalb wir uns nicht mehr über den Weg laufen müssen. Nicht, dass sie mir das Herz gebrochen hätte oder so. Aber die Tatsache, dass sie mich gegen einen meiner besten Freunde austauschen wollte, hat meinem Ego einen kleinen Dämpfer verpasst.

Ohne es zu wollen, schnellt mein Blick vorbei an Vincent zu Jade, die gerade über etwas lacht, das Marina gesagt hat.

Sie überstrahlt alle anderen im Raum.

Vor kaum einer Stunde hätte ich alles um ein Date mit ihr gegeben. Dass sie nun tabu ist, fühlt sich beschissen an.

Denn jetzt sitzt sie bei Ezra. Es ist, als würde sich die Geschichte wiederholen, und ich hasse es, dass mich das so trifft.

Dabei war bis vor einem halben Jahr noch alles anders. Wir haben wie immer alle zusammengesessen, doch dann haben Ezra und Mary sich dazu entschieden, eine Freundschaft zu zerstören, die schon seit dem Kindergarten bestanden hat.

»Ich weiß.« Rileys Nasenflügel blähen sich. »Scheiß auf sie. Ich gehöre zur Elite dieser Akademie und lasse mich sicher nicht von ihr runterziehen.«

»Was genau lief da noch mal zwischen Edward und ihr?« Vincent tunkt drei Pommes auf einmal in die Barbecuesoße und kaut dann genüsslich. Sein Kinn hat er auf seine Faust gestemmt. Er sieht aus, als würde er jeden Moment vom Stuhl rutschen. Wir haben das ganze Wochenende über in Phoenix gefeiert, und das scheint ihm noch in den Knochen zu stecken. An seinem Hals prangt ein Knutschfleck, den er eher schlecht als recht mit einem aufgestellten Kragen zu verbergen versucht.

»Da lief nichts«, erwidert mein Cousin hart und funkelt Vincent an. »Als würde ich mich von so einer billigen Sirene einfangen lassen.«

Vincent gluckst. »Jetzt sei mal nicht direkt eingeschnappt. Du tust ja, als wäre sie ein alter Klepper und nicht das Rennpferd, das wir hier vor uns sehen.«

»Hey! Sie ist immer noch meine Cousine«, zischt Riley Vincent angewidert zu. »Rede nicht so über sie.«

Sofort hebt Vincent abwehrend beide Hände, aber sein

unverschämtes Grinsen bleibt. »Ich habe nur Tatsachen festgestellt, nicht mehr. Sie ist heiß. Hast du nicht mal gesagt, eine deiner Cousinen macht bei Schönheitswettbewerben mit? Ist sie das?«

Rileys Züge werden noch härter. »Schönheit schützt offenbar nicht vor einem miesen Charakter.«

»Also ist sie die mit den Wettbewerben?«, hakt Vincent nach und schaut nun etwas interessierter in Jades Richtung. Zu behaupten, mein bester Freund hätte eine Schwäche für schöne Frauen, ist noch untertrieben. Was Dating angeht, war er schon immer sehr oberflächlich.

Wieder zuckt mein Blick zu Jade, obwohl ich es nicht einmal will. Verdammt, es ist, als wäre ich besessen von dieser ersten Version von ihr, die ich kennengelernt habe. Wie bringe ich nur dem Rest meines Hirns bei, dass dieser erste Eindruck nichts als eine schöne Fassade gewesen sein muss?

»Ist doch egal«, erwidert Riley eingeschnappt und schiebt ihren Teller von sich, bevor sie eine Nagelpfeile aus ihrer Jackentasche holt und beginnt, ihren Daumen zu malträtieren. Eine nervige Angewohnheit von ihr, wenn sie nervös ist. Ich meine – ernsthaft? – wir sind beim Essen.

»Soll ich eigentlich noch einen Blick auf deine Bewerbungen werfen?«, fragt Vincent auf einmal an Riley gewandt und wechselt damit sprunghaft das Thema. Man könnte denken, er sei gelangweilt, aber so wie ich ihn kenne, hat er einfach keine Lust auf Stress. Riley kann anstrengend werden, wenn sie schlecht drauf ist.

»Gerne. Gerne. Gerne. Eigentlich bin ich mir sicher, sie ist bereits perfekt, aber schaden kann es ja nicht. Jetzt warte ich nur noch auf meinen Dad, der mit seinem alten Freund aus der Trinity Western spricht, und sobald ich das Empfehlungsschreiben habe, bin ich so gut wie drin.« Sie wippt auf ihrem Stuhl hin und her, und ich finde es bemerkenswert, wie sehr sie für ihren Traum kämpft, an derselben Universität ihren Master machen zu können wie ihr Vater früher. Im Gegensatz zu Vincent wird sie jedoch niemals Jahrgangsbeste sein, und deshalb zieht sie jetzt schon alle Register, damit es nicht an ihren eher durchschnittlichen Noten scheitert. Ich mag Riley wirklich, aber sie ist ein Partygirl, das mehr Zeit für ihr Äußeres verwendet als fürs Lernen. Es ist ihre Sache, aber wenn jemand Jura studieren möchte, sollte man doch meinen, dass derjenige es wenigstens schaffen würde, seine Hausaufgaben selbst zu machen, als sie jeden Tag abzuschreiben.

Meine Zukunft hingegen steht bereits seit meiner Kindheit fest. Ich werde nach meinem Abschluss in Wirtschaftswissenschaften und Politik an der Akademie meinen Offizier bei der Sonderkommission machen, bevor ich ins Familiengeschäft einsteige – als Leitung des Hauses der Magier von Nordamerika. Ich habe nie etwas anderes gewollt, musste aber auch nie dafür kämpfen, nachdem meine ältere Schwester schon früh ihren Anspruch auf den Posten aufgab.

»Du wirst es schaffen«, bestärkt auch Edward Riley, bevor er ihre Hand loslässt und weiterisst.

Vincent wischt sich die Hände an einer Serviette ab und wirft sie dann auf sein Tablett. »Habt ihr schon gehört, dass Paige was mit diesem großen Kerl aus dem Basketballteam haben soll? Wie hieß der noch mal? Mark?

Nolan?« Er kräuselt seine Nase und starrt auf den Tisch, während er gedanklich nach dem Namen sucht.

»Parker«, stößt Riley aus und schüttelt ihren Kopf. »Du bist echt ein Idiot. Parker ist in unserem Ethikkurs. Seit zwei Semestern!«

Vincent grinst und reibt sich den Hinterkopf. »Nun, ich konzentriere mich eben einfach auf die wichtigen Personen.« Er breitet seine Arme aus und zwinkert, worauf Riley lacht und Edward die Augen verdreht.

»Paige hatte im Leben nichts mit dem«, meint mein Cousin. »Dafür hat sie zu viel Klasse.«

Rileys Augenbrauen heben sich, als Edward ihre ehemalige Freundin, und nun Rivalin, so nebenbei verteidigt. Sie knurrt leise, und von einem Moment auf den anderen kippt die Stimmung, als Edward seinen Fehler bemerkt und beginnt, sich zu rechtfertigen.

Während die anderen weiterreden, schweifen meine Gedanken erneut zu Jade ab, und mein Blick wandert wie automatisch wieder zu ihr. Ich kann einfach nicht anders. Als wäre sie die Sonne und ich ein Planet, der in ihre Umlaufbahn gezogen wurde.

***

So kurz nach den Semesterferien ist es immer entspannt. Man ist noch ein wenig im Urlaubsmodus, und die meisten Dozenten machen noch keinen Druck.

Zumindest alle bis auf Mr Lavache aus meinem Englischkurs, der gerade die Bücherlisten verteilt. Er ist Ende dreißig, mit Glatze und dunklem Bartschatten und trägt immer dunkle Chinohosen und karierte Pullover. »Neben den Buchtiteln sind die Zeiträume vermerkt, in denen wir den entsprechenden Stoff durchgehen werden. Wer das Buch bis dahin nicht gelesen hat, fällt entsprechend durch. Insgesamt haben wir fünf Themen, die wir bis Ende des Jahres durchgehen werden, also hängt Ihre Halbjahresnote davon ab.« Ein kollektives Stöhnen geht durch die Reihen, das Mr Lavache jedoch einfach ignoriert. »Es sind genug Ausgaben in unserer Bibliothek vorhanden, also gibt es keine Ausreden.«

»Kennst du schon eins davon?«, höre ich hinter mir meine Kommilitonin Leah Jade leise fragen, und ich schaue über meine Schulter, nur um Jades Blick zu begegnen.

Ihre Augen funkeln, und ich spüre ihre Sirenenmagie auf meiner Haut wie ein Prickeln. Es muss Absicht sein, dass sie ihre Kraft ständig bei mir einsetzt, zumindest will ich mir das einreden, weil alles andere keinen Sinn ergibt. Doch was sollte ihr das nützen? Wir haben seit dem Aufeinandertreffen mit Riley kein Wort mehr gewechselt. Zugleich scheint sie ständig und überall in meiner Nähe zu sein. Sie schaut jedoch kaum in meine Richtung. Und das macht mich wahnsinnig. Weil ich sie ansehen will. Weil ich mit ihr sprechen will. Weil ich will, dass sie mir beweist, dass sie wirklich so kaltherzig ist, wie Edward und Riley behaupten. Und ich glaube ihnen. Wieso sollten sie auch lügen? Aber es will einfach nicht in mein Gehirn rein. Als wäre da ein verdammtes Absperrband, auf dem fett Jades Name steht.

Als sie meinen Blick bemerkt, senkt sie schnell die Lider und schüttelt den Kopf, konzentriert sich wieder auf Leah. »Nein. Sie klingen aber interessant.«

Die beiden unterhalten sich über die Buchtitel und was wohl dahinterstecken mag, während ich krampfhaft nach vorne auf die Tafel starre. Natürlich ist Jade in diesem Kurs, so wie in vielen anderen meiner Kurse. Es ist, als könnte ich ihr nicht entkommen, als hätte irgendeine höhere Macht geglaubt, es wäre komisch, wenn ich sie jeden Tag immer und überall sehen müsste. Es ist wie verhext.

Ein Blick auf meine Armbanduhr verrät mir, dass sich der Unterricht dem Ende neigt. Ich war noch nie so froh, dass es freitags keine Zusatzkurse gibt.

Neben mir beugt sich Riley zu mir herüber. »Ich brauche gleich dringend ein Bier. Wie kann das hier erst die zweite Woche sein?«

»Miss Drawing!«, dröhnt Mr Lavaches Stimme durch den Kursraum, und Riley zuckt neben mir zusammen. »Ist es möglich, dass Sie Ihre Unterhaltung auf nach den Unterricht verschieben können?«

»Natürlich«, erwidert sie verlegen, und Röte überzieht ihre mit Sommersprossen verzierten Wangen. »Entschuldigen Sie.«

Ich grinse wortlos, als sie zu mir rüberschaut.

»Vielleicht sollten wir ihn mal auf ein Bier einladen«, raunt sie kaum hörbar, was mir ein Schmunzeln entlockt.

»Er legt das bestimmt wieder als Bestechungsversuch aus.«

Riley verdreht ihre Augen. »Der soll sich mal entspannen. Es war nur ein blöder Kuchen. Zum Glück konnte mein Dad das regeln. Wie lächerlich ist denn bitte ein Verweis wegen eines einfachen Kuchens?«

Ich lache leise. »Möglicherweise, weil du ihn gebeten hast, sich deine Note noch mal zu überlegen?«

»Haarspalterei.« Sie macht eine wegwerfende Handbewegung.

»Bist du sicher, dass du später keine Zeit hast?« Wieder schiebt sich Jades melodische Stimme in den Vordergrund. Ich kann sie einfach nicht ignorieren.

»Nein, ich helfe meiner Mutter«, erwidert Leah schüchtern. Sie ist eine von den Studentinnen, die kaum auffallen. Ich weiß von ihr nur, dass sie bessere Noten als ich hat. Sie ist so gut wie nie bei irgendwelchen Partys dabei und isst immer mit den Theaterleuten. »Aber danke für die Einladung.«

Wozu hat sie Leah eingeladen? Unternimmt sie etwa was mit Marina und Ezra? Und wieso bekomme ich bei dem Gedanken daran so ein komisches Gefühl in der Magengegend?

»Ich danke dir für den Stift.«

Sie lachen gleichzeitig, was ihnen einen tadelnden Blick von Mr Lavache einbringt. Einen tadelnden Blick. Mehr nicht. Stattdessen schmunzelt er kurz, bevor er sich der Tafel zuwendet. »Diese vier Dinge sollten Sie während des Lesens beachten. Schreiben Sie besser alle mit, denn ich werde Sie abfragen.« Geraschel ertönt, während alle ihre Unterlagen rausholen, um mitschreiben zu können.

Riley wirft Jade einen giftigen Blick zu. Natürlich hat sie auch bemerkt, wie Mr Lavache reagiert hat.

»Sie hat sicher noch eine Schonfrist, weil sie neu ist.«

»Nimm sie nicht in Schutz«, erwidert Riley leise. »Sie ist nun mal eine Sirene, und auch ohne ihre Kräfte wickelt sie die Leute um den Finger. Was glaubst du, wie sie all diese Wettbewerbe gewonnen hat?«

Ich blicke verstohlen über meine Schulter und sehe, wie

Leah sich versteift. Offenbar hat sie alles gehört. Ich schaue nicht nach, ob auch Jade zugehört hat, denn das geht mich nichts an. Trotzdem kann ich nichts gegen meine Neugier tun und lehne mich ein wenig in Rileys Richtung. »Was waren das überhaupt für Wettbewerbe?«

»Willst du das wirklich wissen?« Sie klingt so genervt, dass ich die Frage bereits bereue. Wäre sie nicht Edwards Freundin, hätte ich ihr vermutlich längst gesagt, sie solle nicht alles so persönlich nehmen.

Als ich nichts auf ihre Frage erwidere, schnaubt Riley leise und schreibt wortlos Mr Lavaches Anweisungen mit.

Ich tue es ihr gleich und seufze innerlich.

Als es endlich zum Kursende klingelt, springt Riley förmlich von ihrem Platz auf und drückt sich die Unterlagen an ihre Brust. »Wir sehen uns dann auf dems Parkplatz.«

Ich mache mir nicht die Mühe zu antworten, denn sie ist kurz darauf schon halb zur Tür raus.

Nachdem ich mich umgezogen habe, treffe ich mich mit Vincent im Flur, und gemeinsam gehen wir in Richtung Parkplatz. »Dieses Wochenende dürfen wir nicht so übertreiben. Ich muss unbedingt mal wieder trainieren.«

Ich werfe ihm einen langen Blick zu. »Wieso? Ist deine Zeit schlechter geworden?«

Er nickt mit einem Gesichtsausdruck, der nahezu niederschmetternd aussieht. »Ich bin nicht mehr der Kursbeste.«

Lachend klopfe ich ihm auf die Schulter. »Wer hat dich denn beim Laufen geschlagen?«

»Ezra.« Vincent knurrt leise. »Er muss über den Sommer heimlich trainiert haben.«

Ich schlucke angesichts des Kloßes, der sich auf einmal in meinem Hals bildet.

Vincent zieht sein Handy aus der Hosentasche und bemerkt meine Anspannung glücklicherweise nicht. »O Mann, Riley macht Stress. Offenbar sind wir schon *zwei Minuten* zu spät und Edward will ohne uns losfahren.«

Augenrollend passe ich meine Schritte an seine an, als er etwas schneller wird. »Sie soll sich mal entspannen.«

»Riley?« Vincent lacht. »Edward macht doch Druck.«

»Ja, aber ihretwegen«, erwidere ich, worauf Vincent mir einen seltsamen Blick zuwirft und die Haupteingangstür öffnet, durch die wir die Akademie verlassen. »Was denn?«

Er winkt ab. »Ich bin einfach nur hungrig.«

»Beeilt euch!«, drängelt Riley durch das geöffnete Fenster. Sie sitzt am Steuer ihres brandneuen BMWs und trommelt ungeduldig auf dem Lenkrad herum. »Ich würde gerne noch was essen, bevor wir in den Club gehen und habe wirklich keine Lust, wegen euch keinen guten Platz mehr zu bekommen.«

Edward grunzt auf dem Beifahrersitz und klopft ihr auf die Schulter. »Ich erst recht nicht.«

Sie wirft ihm ein warmes Lächeln zu, bevor sie Vincent und mich mit erhobenen Augenbrauen mustert, weil wir es gewagt haben, auch nur drei Minuten zu spät zu kommen.

»Wir können auch selbst fahren«, erwidere ich langgezogen, während wir einsteigen und uns anschnallen. Währenddessen startet Riley den Wagen und verlässt das Akademiegelände.

»Genau.« Edward lacht lautstark. »Und dann wollt ihr betrunken durch den Wald torkeln?« Das, oder man fährt mit dem Bus, wofür mich mein Dad jedoch umbringen würde. Als Erbe eines Hauses hat man immerhin einen bestimmten Ruf zu wahren. Und betrunken mit dem Bus zu fahren gehört definitiv nicht zu den Dingen, die dazugehören.

Vincent johlt. »Einmal und nie wieder. Ich dachte damals echt, dieser Bär würde mich fressen.«

»Und wir dachten, du würdest den Wald in Brand stecken.« Edward grölt. »Das Vieh ist gerannt, als hätte es den Teufel persönlich gesehen!«

Riley presst die Lippen zu einem Lächeln zusammen, aber ich kann ihr ansehen, dass sie das überhaupt nicht lustig findet. Nicht verwunderlich, schließlich ist sie eine Tierwandlerin.

»Ich wollte ihn nur erschrecken«, erwidert Vincent, der den Bären niemals angezündet hätte, auch wenn es damals verdammt knapp war. »Deshalb fährst du uns ja auch. Nicht, dass ich aus Versehen den Wald entzünde oder Asher irgendwelche Bäume entwurzelt.«

Ich verdrehe genervt meine Augen. »Das ist mir nur einmal passiert.«

»Du wolltest ein Mädchen beeindrucken.« Durch den Rückspiegel kann ich sehen, wie sich Rileys rechte Augenbraue hebt, bevor sie sich wieder auf die Straße vor ihr konzentriert. »Und wärst dafür beinahe von der Akademie geworfen worden.«

»Sie war es aber so was von wert.« Vincent lacht und hält mir seine Hand hin, in die ich halbherzig einschlage.

»Meine Güte, was ist denn los mit dir?« Edward dreht sich vorne auf seinem Sitz zu mir herum, um mich ansehen zu können. »Hast du in den Ferien nicht genug Mädels klarmachen können, oder warum bist du so drauf?«

Riley versetzt Edward einen Klaps auf den Arm, was ihn zum Lachen bringt. »Was denn? Er ist normalerweise viel lockerer. Seit wir wieder da sind, ist er total komisch. Liegt es etwa immer noch an Ezra und Mary? Ich dachte, die hättest du über den Sommer hinter dir gelassen.«

Er hat nicht einmal unrecht. Ich merke selbst, wie angespannt ich bin. Und teilweise liegt es sicherlich an Ezra. Aber auch an Jade, die plötzlich mit ihm abhängt und an die ich ständig denken muss, obwohl ich es gar nicht will. Ich schüttle den Kopf. »Wisst ihr was? Ich denke, ich brauche einfach nur ein bisschen Ablenkung. Das ist unser vorletztes Jahr, und das möchte ich auskosten.«

»Wir werden früh genug die Zügel in die Hand bekommen«, stimmt Vincent mir zu, und dieses Mal klatsche ich etwas enthusiastischer in seine erhobene Hand.

Es wird Zeit, dass ich mich wieder auf mein Leben konzentriere.

5. Kapitel

Jade

Meine erste Woche an der Akademie war unglaublich. All meine Mitstudierenden sind unfassbar nett. Die Dozierenden sind cool. Auch die Direktorin hat mich freundlich empfangen und kein Wort davon gesagt, dass ich nur mittels meiner Beziehungen an der Akademie gelandet bin.

Wenn ich mich richtig einschätze, werde ich auch mit dem Lernstoff klarkommen. Und selbst meine Zusatzkurse gefallen mir, auch wenn ich nur in die reingerutscht bin, in denen noch Plätze frei waren. Ich sortiere Unterlagen für Mr Lavache, arbeite mit Marina im Textilkurs an den Bühnenkleidern, bin im Schulchor und helfe aufgrund meiner Verletzung dem Sportlehrer Mr Owen beim Training der Erstsemester.

Mein Leben könnte perfekt sein. Wenn ich nicht alles verloren hätte. Wenn ich Riley nicht verloren hätte. Sie ist meine Familie gewesen. Sie und ihre Eltern. Während meine Mutter mich stets wie eine Angestellte behandelte, waren sie die Einzigen auf dieser Welt, die wirklich *mich* gesehen haben.

Aber ich werde nicht aufgeben. Irgendwann werde ich

Riley ohne ihren schleimigen Freund treffen, und dann muss sie mir einfach zuhören.

Edward hat gelogen, und das wissen wir beide. Deshalb hängt er an ihr wie eine Klette und gibt mir nicht einmal die Chance, sie allein zu erwischen.

Wenn ich gewusst hätte, wie die Sommernacht damals enden würde, hätte ich ihr sofort alles erzählt. Ich hätte dafür gesorgt, dass er nie die Gelegenheit bekäme, irgendwelche Lügen zwischen uns zu drängen. Doch nun ist es zu spät, und ich muss den angerichteten Schaden irgendwie wieder reparieren.

Allerdings wird das heute nichts, denn wir haben Freitagmittag, und ich habe meine erste Doppelstunde *„Sirenenmagie – Bedeutung und Verantwortung“*. Marina hat nicht untertrieben, als sie sagte, dass es nicht viele Sirenen gibt. In diesem Kurs sind gerade mal zwanzig Köpfe. Was angesichts der Größe dieser Akademie beinahe lächerlich ist.

Diesen Kurs habe ich wie nichts anderes gefürchtet, denn er richtet sich ausschließlich an Sirenen. An Übernatürliche, die so sind wie ich. Allein die Vorstellung, dass sie sofort herausfinden könnten, dass ich meine Kräfte nicht richtig unter Kontrolle habe, lässt mich schwer schlucken. Ich sitze in der hintersten Reihe, als ein Mann mit selbstbewusstem Gang eintritt. Sein stechender Blick geht durch die Reihen, während er nach vorne zum Whiteboard geht, und bleibt kurz an mir hängen.

Mir wird eiskalt, als er mich einen Moment länger betrachtet als die anderen Studierenden, die ausnahmslos alle höhere Semester sind. Er wird es herausfinden. Er wird bemerken, dass ich eine Hochstaplerin bin.

Du bist eine Betrügerin.

Doch dann wandert sein Blick weiter, und er stellt seine Tasche auf den Tisch.

Ich atme lautlos aus und versuche mich zu beruhigen.

»Ein Neuzugang, wie ich sehe.« Seine Stimme lässt mich zusammenzucken, doch als ich aufsehe, begegne ich selbstbewusst seinem Blick. »Stellen Sie sich doch mal vor. Name, Herkunft, Klasse. Wir sind eine kleine Familie hier. Kein Grund für Geheimnisse. Sirenen sollten zusammenhalten, andernfalls enden wir noch wie unsere Vorfahren.«

Alle Augen liegen auf mir, und ich versuche noch zu verarbeiten, was er mir da gerade offenbart hat. Dass Sirenen scheinbar gejagt wurden und die geringe Kursgröße kein Zufall ist.

Ich räuspere mich, frage mich, ob ich aufstehen sollte oder sitzenbleiben kann. Als er sich mit verschränkten Armen gegen seinen Tisch lehnt, entscheide ich mich für Zweiteres. »Hi.« Ich wende den Kopf durch den unscheinbaren Kursraum, der sich im untersten Stockwerk der Corpus Hall befindet, und sehe die anderen Sirenen an. »Ich bin Jade Mitten. Ich bin achtzehn Jahre alt, im ersten Semester und gerade aus den Staaten hergezogen. Ich bin eine Sirene.« Oh mein Gott, mir entfährt tatsächlich ein peinliches Lachen, und ich ersticke es schnell, als niemand reagiert. »Klasse drei. Freut mich, euch alle kennenzulernen«, schiebe ich schnell hinterher, doch bemerke sofort das Erstaunen in den Gesichtern.

Gemurmel setzt ein, wird jedoch augenblicklich durch unseren Dozenten unterbrochen. »Eine Klasse drei also.« Er stößt sich von seinem Platz ab und läuft mit hinter dem

Rücken verschränkten Händen durch den Raum. Dabei lässt er es klingen, als wäre ich ein Ding und kein atmendes Wesen. »Nun, freut mich sehr, Miss Mitten. Ich bin Mr Fothergill, achtunddreißig Jahre alt, Sirene, Klasse zwei.« Er bleibt vorne im Raum stehen, und obwohl er mich nicht ansieht, fühlt es sich an, als würde er seine kommenden Worte nur an mich richten. »Dieser Kurs ist zwar ein Nebenkurs, doch er gehört zu den wohl wichtigsten Ihres Studiums. Als Sirenen können wir auf eine schreckliche Geschichte aus Machtgier und Verfolgung zurückblicken. Unsere Vorfahren haben ihre Magie genutzt, um Schaden anzurichten, und mussten dafür bezahlen. Noch heute werden wir mit Argwohn betrachtet, auch wenn dieser nichts mit uns persönlich zu tun hat. Wir tragen die Verantwortung, der Gesellschaft zu beweisen, dass Sirenen ihre Kräfte auch für das Gute einsetzen können. Dass, nur weil wir Macht in uns tragen, wir diese nicht ausnutzen.«

Jedes seiner Worte ist wie ein Hieb. Denn ich habe mein Leben lang nichts anderes getan, als Menschen mit meiner Magie zu manipulieren.

»Sagen Sie mir, Miss Mitten, sind Sie bereits der Versuchung erlegen und haben einen Menschen mit Ihrer Magie belegt?« Seine Worte haben etwas Lauerndes, auch wenn er versucht, neutral zu wirken.

Meine Kehle ist so eng, dass ich kaum Luft bekomme. Ein Teil von mir will lügen. Aber ich kann es nicht. Weil magische Kräfte sich im Teenageralter bilden und ich sie schon viel früher hatte. Weil mir dieses kleine Detail früher oder später mal herausrutschen wird. Weil ich weiß, dass er mir eine Lüge nicht abkaufen wird. Also nicke ich knapp, unfähig, die Worte auszusprechen, die mich vor diesem Kurs als Straftäterin outen.

Es ist totenstill um uns herum.

Mr Fothergill schnaubt leise, es klingt beinahe wie ein Lachen. »Danke für Ihre Ehrlichkeit. Keine Angst, das bleibt unter uns. Denn jeder von uns ist der Versuchung bereits einmal erlegen.«

Ich hebe erstaunt den Kopf, weil niemand ihm widerspricht.

Nun lächelt er, während er wieder seine Pose am Tisch einnimmt. »Wir alle tragen Macht in uns. Manche mehr, andere weniger. Doch am Ende ist das Wichtigste, dass wir uns der Falschheit unserer Handlung bewusst sind. Wir alle tragen Verantwortung. Denn es ist falsch, einem anderen Individuum unseren Willen aufzuzwingen. Nichts anderes tun wir, wenn wir jemanden mit unserer Sirenenmagie belegen. Wir dringen in sein Bewusstsein ein und gebieten darüber.« Sein Blick trifft mich. Eindringlich. Hart. Unerbittlich.

Ich nicke, zum Zeichen, dass ich verstanden habe, und er erwidert die Geste, bevor er sich dem Kurs zuwendet. »Holen Sie bitte alle Ihre Lehrhefte heraus. Heute befassen wir uns mit dem menschlichen Gehirn und den Vorgängen darin, sobald wir unsere Kräfte auf es einsetzen.«

Rascheln ertönt, als ich mein Lehrheft aus meiner Tasche ziehe, das ich mir Anfang der Woche aus der Bibliothek geholt habe, so wie die anderen auch. Meine Muskeln vibrieren noch vor Anspannung, doch zugleich füllen Endorphine meinen Körper, berauscht von dem Gedanken, was ich lernen werde. Was für eine ganz neue Welt sich mit einem Mal vor mir eröffnet hat.

Stunden später raucht mein Kopf noch immer, doch die Hochstimmung hat nicht nachgelassen, während ich auf dem Weg zu meinem hoffentlich neuen Nebenjob bin.

»Du musst das nicht machen«, beharrt Ezra, als wir über den Campus in Richtung des Ashriver laufen, der am Gelände der Ashriver Academy entlangläuft. Dort, an einem künstlich angelegten Strand, befinden sich zwei Shops, die Wäscherei, ein Café und das Restaurant von Marinas Mutter, sowie ein Kiosk, der rund um die Uhr geöffnet hat.

»Was?«, frage ich Ezra zerstreut, weil ich weiß, dass er etwas gesagt hat, aber der Anblick eines Studenten, der gerade Steine schweben lässt, um an ein Fenster in der oberen Etage zu klopfen, lenkt mich total ab. Mittlerweile kann ich zuordnen, dass er ein Magier ist, der Gegenstände nur mit der Kraft seiner Gedanken bewegen kann. Doch selbst nach einer Woche, in der ich solche Machtdemonstrationen tagtäglich gesehen habe, überwältigt mich dieser Anblick noch immer.

Ezra schmunzelt und deutet auf Marina. »Du musst ihren Job nicht machen. Sie hat ihn dir nur verkauft, weil sie keine Lust mehr hat, zu kellnern.«

Marina schnalzt mit der Zunge und führt mich auf eine Reihe von Häusern zu, die alle in verschiedenen Farben gestrichen sind. »Jade hat doch gesagt, sie hätte gerne einen Nebenjob, und was ist wohl besser, als für meine Mutter zu arbeiten?«

Ich kann mir überhaupt nicht vorstellen, dass ihre Mutter wirklich so toll sein soll.

»Warst du eigentlich schon mal in Phoenix?«, fragt Ezra, der neben mir her schlendert und in seiner dunkelgrauen Chino mit dem weißen Hemd, das unter seinem schwarzen Mantel hervorlugt, so gut aussieht, dass ich mir mit meiner Jeans und dem schlichten schwarzen Pullover irgendwie schäbig vorkomme. Nach einer Woche in meiner Uniform fühlt es sich seltsam an, mit meiner Alltagskleidung über den Campus zu laufen.

»Es ist wohl offensichtlich, dass sie noch nie dort war.« Marina lächelt mich warm an, und ich komme mir nun fast wie ein adoptiertes Haustier vor. »Es ist beeindruckend, oder?«

»Ja, es ist immer noch gewöhnungsbedürftig, dass jeder seine Kräfte so freiheraus zeigen kann.«

»Deswegen lebe ich so gerne in Phoenix. Es macht so viele Dinge sehr viel einfacher.«

»Absolut. Ich kann mir gar nicht vorstellen, dass die Stadt wirklich nirgends zu sehen ist. Hier, und in Phoenix selbst, leuchten doch nachts Laternen, oder nicht? Gibt es keine Luftbilder von diesem Gebiet?«

»Klar, gibt es die. Aber die IT-Leute von Phoenix haben sich darum gekümmert. Auf den Satellitenbildern ist hier nichts als ein verschwommener Fleck. Nicht, dass das irgendwem auffallen würde. Hier sind meilenweit sowieso nur Wälder und Berge.« Marina lächelt verschwörerisch. »Und natürlich ist das hier militärisches Gebiet, weshalb es Menschen untersagt ist, die Grenzzäune zu überqueren.«

»Wo hast du zuvor eigentlich gelebt? Dein Akzent ist eindeutig US-amerikanisch.« Ezras Frage ist so aus dem Zusammenhang gerissen, dass ich ihn einen Moment lang nur anstarre. Dann wird mir klar, dass auch Marina mich neugierig mustert.

Ich lächle dieses Lächeln, mit dem ich auch schon unzählige Jurymitglieder in die Irre geführt habe, sie glauben gemacht habe, ich wäre nur ein unschuldiges Mädchen, so wie ich es auch lange gewesen bin. Bis ich es nicht mehr war. »Meine Mutter, mein Stiefvater und ich sind viel im Land herumgereist. Sie hat nichts von einem festen Wohnsitz gehalten und mich selbst unterrichtet. Aber ja, ich bin aus den USA.«

»Okay. Wow«, stößt Marina aus. »Und wie bist du in der Ashriver Academy gelandet? Ich meine, ein Wohnmobil und das Nomadenleben sind so ziemlich das Gegenteil von Hausregeln und Uniform, oder?«

»Absolut. Ich habe etwas von einem entfernten Verwandten geerbt und meinen Onkel gebeten, mir hier einen Platz zu besorgen. Rileys Vater«, füge ich hinzu. »Er ist wohl gut mit der Direktorin befreundet.« Ich zucke mit den Schultern und gebe mich verlegen. »Erzählt es bitte nicht herum. Ich weiß auch gar nicht, warum ich euch das überhaupt erzähle.« Alles Tarnung. Nur so viel sagen wie nötig, um die Neugier zu stillen. Es fühlt sich nicht gut an, sie anzulügen, nachdem sie mich so bereitwillig aufgenommen haben. Aber ihnen die Wahrheit zu beichten kommt auf keinen Fall in Betracht. Dabei könnten Ezra und Marina echte Freunde für mich werden, auch wenn sie so verschieden sind, dass ich ihre Freundschaft kaum verstehe.

»Weil wir einfach die Besten sind.« Marina legt einen Arm um meine Schultern und lehnt ihren Kopf kurz gegen meinen. »Keine Angst. Deine raue Vergangenheit ist bei uns sicher.«

Sie haben ja keine Ahnung.

»Schau, wir sind schon da. Ich sagte doch, dass der Arbeitsweg okay ist. Einmal quer über das Gelände, und schon sind wir da. Warte nur, bis du die Aussicht auf den Fluss auf der anderen Seite siehst. Traumhaft.«

»Fahr deine Verkaufssprüche mal ein wenig runter«, zieht Ezra sie auf und hebt spöttisch eine Augenbraue.

Marina wirft ihre Hände in die Luft. »Ich will aber nicht mehr arbeiten, sondern einfach nur noch leben.«

Ich lache angesichts ihrer Theatralik, und sogar Ezras Mundwinkel zucken.

Wir kommen vor dem pink gestrichenen Gebäude zum Stehen, hinter dessen Sprossenfenstern warmes Licht brennt. Über der Tür hängt ein Schild mit dem Namen des Lokals.

»Zum Betrunkenen Biber?«, frage ich mit einem Lachen, während Marina schon die Tür aufschiebt und mir einen Blick über die Schulter zuwirft. »Angeblich ist der Name eine Anspielung auf eine Person, aber Mom weigert sich preiszugeben, wer es ist.«

Ich muss grinsen. Vielleicht ist ihre Mutter tatsächlich so cool, wie Marina beschrieben hat.

Im Inneren des ziemlich gefüllten Lokals begrüßt uns Stimmengewirr, und im Hintergrund erkenne ich ein Lied von Taylor Swift. Die Wände sind bunt gestrichen, und von den Decken hängen Pflanzentöpfe, aus denen sich Ranken den Gästen entgegenschlängeln. Der Raum selbst ist gefüllt mit verschiedenen Sitzgruppen, die durch die Sessel und die niedrigen Tische total gemütlich wirken. Am Fenster befindet sich ein langer Holztresen, an dem Barhocker stehen, und rechts an den Wänden reihen sich runde Tische mit gepolsterten Stühlen ein.

Kein Möbelstück gleicht dem anderen, und doch ergibt sich ein Gesamtbild aus Regenbogenfarben und Gemütlichkeit. Zwischen den Tischen erheben sich immer wieder schwarz-braun-gestreifte Paneele, die für abgeschiedene Ecken sorgen. Ganz hinten im Raum sind große Terassentüren, die auf einen überdachten Außenbereich hinausführen, hinter dem ich den Strand und den Fluss sehen kann. Die linke Wand ist verspiegelt, und davor befindet sich eine Bar, auf die Marina gerade zusteuert. »Mom!«

Eine Frau mit schwarzem, schulterlangem Haar blickt auf. In ihrem enganliegenden schwarzen Shirt und der hellen Highwaist-Jeans sieht sie eher wie Marinas Schwester als wie ihre Mutter aus. Doch ihr tadelnder Blick spricht Bände. »Wieso schreist du quer durch den Laden?«

Marina ignoriert ihren Einwand und tritt hinter die Theke, um ihrer Mutter einen Kuss auf die Wange zu geben. »Ach, als wenn das irgendwen abschrecken würde.« Sie löst sich von ihr und deutet auf mich. »Ich habe deine Bewerberin mitgebracht. Das Gespräch können wir kurzfassen. Jade sucht einen Job, und ich habe keine Lust mehr auf meinen. Was meinst du? Win-Win?«

Ihre Mutter starrt mich einen Moment lang an, bevor sie schallend loslacht. Sie ist eine wunderschöne Frau, mit einer Ausstrahlung, die einen praktisch zwingt, sie anzusehen, und wie aufs Stichwort beginnt meine Magie in mir zu prickeln. Ich schlucke hart. Wie peinlich. Ich hasse es, dass das passiert, sobald ich nervös werde.

Marinas Mutter lächelt nun und streckt mir ihre Hand entgegen. Wenn sie meine Magie bemerkt hat, dann lässt sie es sich auf jeden Fall nicht anmerken. »Ich bin Ava, freut mich, dich kennenzulernen.«

»Jade, die Freude liegt ganz bei mir«, erwidere ich automatisch und schüttle ihre Hand. »Und Marina hat recht, ich suche tatsächlich einen Job, und sie hat mir die ganze Woche erzählt, wie großartig die Arbeit hier ist.«

»Hat sie das?« Mit einer erhobenen Augenbraue wirft Ava ihrer Tochter einen bedeutungsvollen Blick zu, sagt aber nichts, bevor sie mich wieder ansieht. »Tatsächlich freue ich mich sehr über tatkräftige Unterstützung. Wie wäre es, wenn ihr euch den Job teilt? Am Wochenende sind wir sowieso immer chronisch unterbesetzt.«

Marina stöhnt leise. »Ach, komm schon.«

Gänzlich unbeeindruckt kneift Ava Marina in die Wange, als wäre sie eine Vierjährige. »Im Gegensatz zu deinen Kommilitonen schwimmen wir nicht in Geld. Verdiene dir dein Taschengeld, oder lass die teuren Hobbys bleiben.«

»Ich finde nicht, dass Lesen ein teures Hobby ist«, erwidert Marina und hebt sofort die Hände, als ihre Mutter etwas einwenden will. »Ja, schon okay. Vielleicht bin ich etwas süchtig nach Exklusivausgaben. Also, was meinst du? Jade sieht doch aus, als würde sie eine Menge Kundschaft in den Laden locken.«

»Das war beleidigend«, tadelt ihre Mutter, bevor sie sich verschwörerisch zu mir rüberbeugt. »Wobei sie mit dem Aussehen recht hat, aber man muss den Kindern doch beibringen, dass man nicht so oberflächlich über andere Leute sprechen sollte.«

Ich muss lachen. Ich kann einfach nicht anders. Ava ist wahnsinnig sympathisch, und allein die Vorstellung, sie als Mutter zu haben, scheint mir absurd. Sie ist das komplette Gegenteil meiner Mutter, die mein Aussehen immer über alles gestellt hat.

»Hör auf, über mich zu flüstern«, schimpft Marina gespielt empört, beugt sich zu einem schwarzen Schäferhund herunter, der mir zuvor gar nicht aufgefallen ist, und vergräbt ihre Finger in seinem Fell. »*Das* ist unhöflich.«

Sofort hebt Ava beschwichtigend beide Hände in die Luft. »Hast ja recht. Okay, wie wäre es, wenn ihr jetzt erst mal was esst? Marina, du bedienst deine Freunde. Jade, wir quatschen gleich. Und sag bitte Coco, dass sie sich nicht hier im Gastraum aufhalten darf. Ihr Platz ist in der Wohnung oben.« Sie deutet auf den Schäferhund, bevor sie beschwingt zwischen den Tischen verschwindet.

Marina kichert in meine Richtung. »Das hier ist Coco, meine Hündin. Wir sind Seelenverwandte, ich sag es dir. Wir könnten beide den ganzen Tag chillen und futtern. Und nicht auf meine Mom hören.« Sie beugt sich vor und flüstert Coco etwas ins Ohr, worauf die Hündin ein leises Winseln ausstößt. Marina krault sie, und dann steht Coco auf und reibt ihre Schnauze an Marinas Jeans. »Ich bringe sie eben hoch, und dann kümmere ich mich um die Getränke«, sagt Marina und verschwindet dann mit Coco in der Küche.

Ezra steuert auf eine Nische neben der Theke zu, von der aus man den halben Raum überblicken kann, die selbst aber hinter diversen Pflanzen verborgen ist. Ich folge ihm, und kurz darauf schnappe ich mir die eingeschweißte Karte, die auf dem Tisch liegt. Scheinbar gibt es hier von allem etwas. *Pizza. Sandwiches. Burger. Frühstück. Cocktails.*

»Also.« Ezra dreht sich zu mir und lehnt sich lässig auf seinem grün gepolsterten Stuhl zurück. »Wie lange, denkst du, wird niemandem auffallen, dass du die Prüfung nicht gemacht hast?«

6. Kapitel

Jade

»Was?«

»Du hast mich schon verstanden.« Ezra lässt die Bombe einfach so fallen. Mitten zwischen uns. Und sie explodiert mit einer Wucht, die mich einen Moment um Luft ringen lässt. Dabei klingen seine Worte so beiläufig, als würde er übers Wetter sprechen und nicht über etwas höchst Illegales.

Alles in mir gefriert zu Eis. Meine Hände umklammern krampfhaft die Karte, und ich zwinge mich, sofort wieder lockerzulassen, bevor ich mit einem verwirrten Lächeln eine Strähne hinter mein Ohr schiebe. »Wovon sprichst du?« Er kann es nicht wissen. Niemals. Woher auch?

Ezra hebt in der für ihn so typischen Geste seine Augenbraue. »Deine Magie greift wahllos um sich. Das kann zwar vorkommen, aber du kannst es sogar schlecht verbergen, wenn du andere Übernatürliche siehst. Die Neugier steht dir quasi ins Gesicht geschrieben. Wenn du in einem Camp die Prüfung abgelegt hättest, würde dir das nicht passieren.«

»Das ist Unsinn«, erwidere ich gelassen. »Natürlich

habe ich die Prüfung gemacht. Was glaubst du, wie ich sonst hergekommen wäre? Ich bin einfach nur nervös.« Ich lache ein bisschen zu laut. *Scheiße. Scheiße. Scheiße.* »Wie soll das denn bitte funktionieren? Kann man etwa irgendwo gefälschte Dokumente kaufen?« Noch während die Worte meinen Mund verlassen, bricht mir der kalte Schweiß aus. Geht es noch offensichtlicher?

»Sicher«, erwidert er gelassen und mit einem leichten Schmunzeln auf seinem sonst so ernsten Gesicht. »Es gibt für alles einen Markt. Aber keine Angst. Ich werde dich nicht verraten.«

»Weil es nichts zu verraten gibt«, erwidere ich, gerade als Marina mit einem Tablett auf uns zukommt.

Ezra schweigt, während sie das Tablett vor uns abstellt und uns Cocktails reicht. Obwohl ich versuche, es nicht zu tun, starre ich ihn an, prüfe, was er als Nächstes vorhat. Doch er lehnt sich zurück und scheint Marina nicht in unser Gespräch einweihen zu wollen.

Ich muss ihn irgendwie davon überzeugen, dass er sich irrt. Nur wie? Scheiße, ich muss mir schnell irgendwas einfallen lassen!

Marina hingegen bekommt überhaupt nicht mit, dass ich innerlich ausflippe. »Also, einen Whisky Sour für Ezra und für dich einen alkoholfreien Ipanema, weil ich nicht weiß, ob du überhaupt schon achtzehn bist«, sagt sie mit einem Lachen und stellt für sich den gleichen Cocktail ab.

»Bin ich, seit ein paar Tagen.«

»Sag nicht, du hattest Geburtstag, während wir dich kennengelernt haben.« Sie reißt schockiert die Augen auf und hält mir das Glas hin. »Darauf sollten wir anstoßen! Du hattest ja gar keine richtige Party.«

Ich winke ab. »Ist auch nicht nötig gewesen. Also, auf«, beginne ich und zögere, bevor ich mich erneut zu einem Lächeln zwinge, »neue Freundschaften.«

»Und auf deinen Geburtstag!«

»Auf Freundschaften und Geburtstage«, stimmt Ezra ein und stößt mit uns an, wobei sein Blick meinen sucht. Darin liegt ein Versprechen, und mit einem Mal läuft mir ein Schauder über den Rücken. Ich bin mir fast sicher, dass mir nicht gefallen wird, was als Nächstes kommt. Es ist unwichtig, ob er die Wahrheit kennt oder nicht. Allein seine Vermutung reicht, um alles zu zerstören, wofür ich in den letzten Wochen so hart gearbeitet habe. Ezra könnte mit einem verdammten Fingerschnippen mein neues Leben zum Einsturz bringen.

»Und, habt ihr euch schon was ausgesucht?«, fragt Marina nach einem großen Schluck.

Ich nicke fahrig und deute auf das Erstbeste, was gut aussieht. Auch Ezra bestellt, und kurz darauf sind wir wieder zu zweit.

»Also, wieso lassen wir dieses Tänzchen nicht und kommen direkt zum Spaß?«, fragt Ezra und beugt sich verschwörerisch nach vorn, bevor er sein Kinn auf seiner Faust abstützt. »Ich brauche eine Sirene, die ein paar Dinge für mich erledigt, und du brauchst Geld. Denn sonst würdest du dir keinen Job suchen, oder?«

»Das klingt ja, als wärst du bei der Mafia.« Wenigstens spricht er nicht mehr von meinen Dokumenten und dem Camp. Dennoch sind meine Nerven noch immer zum Zerreißen gespannt. »Was willst du von mir?«

»Sagen wir, ich schulde jemandem etwas und brauche deine Hilfe. So ganz unten Freunden.«

Ich starre ihn an. Das kann nicht sein Ernst sein.

»Nichts Illegales«, verspricht er mir und lächelt dabei viel zu selbstgefällig. »Nur ein paar, nun, *Streiche*, würden es einige nennen.«

»Wieso tust du dann so geheimnisvoll?« Er klingt, als wäre all das völlig nebensächlich, während mir mein Herz aus dem Hals zu springen droht.

»Weil es unter uns bleiben sollte. Andere Übernatürliche anzuheuern ist nämlich nur semilegal. Na ja, es kommt vermutlich auf den Zusammenhang an«, fügt er mit einem wegwerfenden Schulterzucken hinzu.

Anheuern? Argwöhnisch kneife ich meine Augen zusammen. Das muss doch irgendein kranker Trick sein. Erst überführt er mich einer Straftat und will mir jetzt ernsthaft einen Job andrehen? Das kann nicht sein Ernst sein. »Wovon genau sprechen wir?«

»Das wirst du noch erfahren. Also, haben wir einen Deal? Ich erzähle niemandem von deinem kleinen Geheimnis und entlohne dich gut, dafür erledigst du ein paar Dinge für mich?«

Ekel steigt in mir auf, weil er es klingen lässt, als hätte ich eine Wahl. »Weiß Marina eigentlich, wie du wirklich bist?« Ich würde drum wetten, dass sie dann niemals mit ihm befreundet wäre.

»Es geht nicht darum, alles übereinander zu wissen. Du hattest wohl noch nie Freunde, oder?« Sein neckischer Tonfall passt so gar nicht zu seiner stoischen Miene.

»Stimmt.« Riley ist meine einzige Freundin gewesen, weil meine Mutter mich seit meiner Kindheit quer durch das Land gezerrt hat, um an Schönheitswettbewerben teilzunehmen. Es gab ein paar Mädchen, die dasselbe Schicksal wie ich geteilt haben. Doch egal wie gut wir uns während der Wettbewerbe verstanden haben, am Ende sind wir immer nur Konkurrentinnen gewesen. Das habe ich mehrmals auf schmerzhafte Weise lernen müssen.

Plötzlich fällt mir das Schlucken schwer. Ich gehe nicht auf seine Worte ein. Muss ich auch nicht. Wenn er weiter so beharrlich ist und irgendjemand von dieser Unterhaltung mitbekommt, steht auch alles andere auf dem Spiel. Das kann ich nicht riskieren. »Das ist Erpressung.«

Er winkt ab. »Nennen wir es einen kleinen Gefallen unter Freunden. Glaub mir, so viel verdienst du hier in einem halben Jahr nicht.« Sein Blick fliegt zur verspiegelten Tür, durch die Marina gerade aus der Küche zurück hinter die Theke tritt. »Du kannst mir deine Entscheidung auf dem Rückweg mitteilen.«

Mein Herz klopft viel zu fest, und mir ist ein wenig schwindelig, während ich ihn anstarre und es einfach nicht fassen kann. Wie ist das möglich? Ich habe so verdammt viel Geld und Arbeit in meine Flucht gesteckt, und nun taucht er auf und will mir das alles mit einem Fingerschnippen kaputt machen?

»Wag nicht, mir etwas mit deinen Kräften anzutun«, sagt er leise, damit die herannahende Marina ihn nicht hört, während er in sein Glas schaut. »Ich habe Backups, und sollte mir etwas passieren, bist du die Erste, die von der Sonderkommission besucht wird.«

»Du Arschloch«, erwidere ich ebenso leise und zwinge mich zu einem Lächeln, als Marina sich zu uns setzt.

Sie bekommt nichts von der schlechten Stimmung mit. »Ihr ahnt nicht, wer gerade aufgetaucht ist.«

»Oh bitte. Können die nicht das Lokal wechseln?« Ezra

schnaubt und wirkt mit einem Mal einfach nur wie ein arroganter Idiot und nicht mehr wie ein bösartiger Erpresser.

Und plötzlich kann ich nicht einmal mehr seine Stimme ertragen. Ruckartig erhebe ich mich. »Die Toiletten sind neben der Terrasse, oder?«

Marina nickt überrascht, aber da bin ich schon aus der Nische geflohen und laufe wie blind den engen Weg zwischen den Tischen entlang. Statt zu den Toiletten abzubiegen, laufe ich einfach nach draußen auf die Terrasse. Es ist mittlerweile dunkel geworden und deutlich zu kalt, um ohne einen Mantel herumzulaufen. Ich schlinge meine Arme um mich und bleibe ein paar Schritte außerhalb der Überdachung in der Dunkelheit stehen. Ein Spazierweg trennt die Terrasse von dem schmalen Sandstrand. Das Wasser des Ashrivers rauscht an mir vorbei, und die Baumwipfel, die auf der anderen Seite des Flusses bis an dessen Ufer wachsen, wiegen sich im Wind.

Nur wenige andere Leute sind mit mir draußen, doch keiner von ihnen nimmt Notiz von mir.

Alles hier ist so friedlich, während in mir noch immer ein Sturm tobt.

Einatmen. Ausatmen. Einatmen. Ausatmen. Ich muss mich beruhigen, bevor die Panik in mir überhandnimmt!

Mein Herz wummert viel zu fest. In meinen Augen brennt es. Ich will schreien, doch bin innerlich wie erstarrt.

»Was machst du da?«

Ich fahre herum und entdecke Asher, der nur wenige Schritte von mir entfernt steht und sein Handy sinken lässt. Sein Blick bohrt sich in meinen, und es ist nichts mehr von dem Mann zu sehen, der so unbedingt ein Date mit mir haben wollte. Nicht, dass ich darauf eingegangen wäre, aber ich würde lügen, wenn ich nicht sage wie weh es tut, dass ich in seinen Augen jetzt eine andere bin.

Zugleich hat es auch was Gutes. Er wird mir nicht noch mehr Aufmerksamkeit schenken als nötig.

»Nichts«, erwidere ich und kann nichts dagegen tun, dass mir Tränen in die Augen steigen. Gegen meinen Willen fange ich zu zittern an, weil es so verdammt unfair ist.

Wieso muss mein Leben nur so beschissen sein? Erst meine Mutter, die mich mein Leben lang durch das ganze Land gezerrt hat, um Preisgelder zu kassieren. Dann Riley, die mich hasst, obwohl ich nichts getan habe. Und jetzt Ezra, der meinen so mühsam erarbeiteten Plan auffliegen lassen könnte. Und was dann? Dann sitze ich auf der Straße und habe nichts mehr. Nur noch ein Leben auf der Flucht, weil er mir jeden Moment die verfluchte Sonderkommission auf den Hals hetzen könnte, die das übernatürliche Pendant zur menschlichen Polizei ist.

»Hey.« Asher steht plötzlich vor mir, seine Hände an meinen Schultern, und betrachtet mich besorgt. Sein blondes Haar lugt unter einer schwarzen Mütze hervor, und seine Wangen sind gerötet, vermutlich vom Wind. »Du zitterst ja.«

Meine Magie zuckt unter meiner Haut, und rote Funken springen auf ihn über, während ich ihn einen Moment lang voller Überraschung anstarre.

Er macht Anstalten, seinen schwarzen Mantel auszuziehen, doch ich halte ihn auf, indem ich meine Hände auf seine Brust lege und leicht von mir schiebe. Ich will seine Wärme und auch sein Mitleid nicht. »Nein. Ist schon okay. Mir ist nicht kalt.«

Asher schaut mich an, als würde er mir kein Wort glauben. »Ernsthaft?«

»Alles gut«, stoße ich aus und muss mit einem Mal lachen, weil das alles hier so bescheuert ist. Meine Magie summt in mir, und ich hasse es wirklich, dass sie das ständig in seiner Nähe machen muss. Er hat die ganze Woche nicht mit mir gesprochen, weil er natürlich auf Edwards Seite ist. Ich mache einen Schritt von ihm weg. »Ich brauchte nur kurz frische Luft.« Mit meinen Fingerspitzen wische ich mir schnell die Tränen weg und atme tief ein. »Allein.«

»Ich lasse dich nicht allein«, erwidert er, als würde er es ernst meinen. »Nicht, wenn du so aufgelöst bist.« Wow, er klingt sogar ein wenig bestürzt.

»Wieso nicht? Du kennst mich nicht. Das Einzige, was du über mich weißt, ist weder wahr noch besonders nett.«

Asher atmet hörbar aus und schaut zum Nachthimmel, bevor er wieder mich ansieht. »Du hast geweint.«

»Heimweh«, erwidere ich leichthin. »Irgendwie wurde gerade einfach alles zu viel.«

Er sieht mich an, als hätte er keine Ahnung, was er von meinen Worten halten soll. Dann schluckt er, wendet sich ab, nur um mich wieder anzusehen. Aha, offenbar sind ihm meine Tränen *sehr* unangenehm. Wieso steht er dann noch hier? »Du hast dich mit Ezra und Marina angefreundet.« Er presst kurz die Lippen zusammen, als wäre das das Letzte gewesen, was er hatte sagen wollen.

Okay. Wow. Damit habe ich nicht gerechnet. »Irgendwie schon. Wieso? Sind sie ein schlechter Einfluss?« Ich kann einfach nichts gegen den leicht spöttischen Unterton in meiner Stimme tun. Dann fällt mir wieder ein, dass

Marina sagte, er und Ezra hätten sich wegen eines Mädchens zerstritten. Und plötzlich will ich alles darüber wissen.

Asher fährt sich mit einer lässigen Bewegung durchs Haar. »Freut mich einfach, dass du Anschluss gefunden hast. Nicht, dass ich daran gezweifelt hätte.«

»Danke. Ich war mir da nicht so sicher.« Und jetzt verwendet ein vermeintlicher neuer Freund mein Geheimnis gegen mich. Jap. Es läuft einfach großartig.

Ich reibe meine Finger aneinander und weiß, dass ich so langsam wieder reingehen sollte, wenn ich Marina nicht misstrauisch machen will. Aber ich kann es einfach nicht über mich bringen, mich jetzt schon wieder Ezra zu stellen.

»Gefallen dir deine Kurse?« Asher stößt die Frage aus, als müsse er sich dazu zwingen. Oder als könne er sich nicht davon abhalten. Ich kann es nicht ganz zuordnen.

»Ja. Sehr. Ich bin froh, dass ich hier bin.« Das letzte Wort wird vom Wind davongetragen, wie ein Funken Glück, den ich mir nicht erlauben sollte. Weil Ezra nun die Fäden in der Hand hält, die meine Welt zum Einsturz bringen könnten. Aber was, wenn er mir wirklich so viel Geld gibt, wie er angedeutet hat? Könnte ich dann ganz neu anfangen?

Schnell verwerfe ich den Gedanken. Es könnte eine Falle sein. Aber habe ich überhaupt eine andere Wahl?

»Ja.« Asher zögert. Kurz wirkt es, als würde er eine Frage stellen wollen, doch dann hält er sich zurück. Vermutlich, weil er schon genug Zeit mit dem Mädchen verbracht hat, das angeblich seinen Cousin küssen wollte.

Enttäuschung drückt gegen meinen Bauch, und ich belächle mich selbst. Braucht es wirklich nur ein charmantes Lächeln und ein bisschen Nettigkeit, damit ich vergesse, dass ich jemanden wie ihn sowieso nicht verdient hätte? »Du solltest reingehen.«

Asher schnaubt ein wenig trotzig, was irgendwie süß ist. »Du solltest ebenfalls reingehen. Es ist kalt.«

Ich muss lächeln und schaue an ihm vorbei durch die Fenster. Nun entdecke ich Riley, Vincent und Edward, die an einem der Tische sitzen. Sie müssen gerade erst gekommen sein und die letzten freien Plätze erwischt haben. Riley lacht über irgendwas, und ich würde lügen, wenn ich behaupte, der Stich in meiner Brust täte nicht weh. »Vermutlich fände Riley es nicht so toll, wenn sie uns zusammen sieht.«

»Ehrlich gesagt ist mir scheißegal, was Riley denkt.«

Sofort wallt in mir Widerwille auf. »Rede nicht so über sie. Sie ist immer noch meine Cousine. Ich dachte, ihr seid Freunde.«

Sein Mundwinkel hebt sich, und er schiebt seine Hände in die Taschen seines Mantels. Dann mustert er mich, kurz und schnell. »So ähnlich.«

Mein Körper beginnt zu kribbeln, und meine Magie schnurrt in seine Richtung. Offenbar hat mein Körper verlernt, meine Kräfte unter Kontrolle zu halten, sobald ich in Ashers Nähe bin. Ich presse die Lippen zusammen und weiche vor ihm zurück. Genau so hat Ezra mein Geheimnis gelüftet, und in seiner Gegenwart habe ich sogar noch geglaubt, mich unter Kontrolle zu haben. »Gut. Dann gehe ich voraus.«

Wärme und Gelächter schlagen mir entgegen, als ich erneut die Tür des Restaurants öffne. Ich schaue nicht in

Rileys Richtung und auch nicht noch einmal zurück, obwohl ich Asher die ganze Zeit über hinter mir wahrnehme.

Doch dafür bemerke ich ein paar andere bekannte Gesichter, die mich grüßen. Leute aus meinen Kursen, die allesamt freundlich zu mir gewesen sind.

Ich habe all das Geld, das ich meiner Mutter gestohlen habe, für die Studiengebühren ausgegeben. Geld, das ursprünglich mir gehören müsste. Immerhin sind es alles Preisgelder für Wettbewerbe, bei denen ich mitgemacht und gewonnen habe. Und wenn ich eins weiß, dann dass ich diese Akademie nicht verlassen will. Sie ist meine letzte Chance auf ein normales Leben. Einen weiteren Neuanfang kann ich mir schlichtweg nicht leisten.

Also werde ich tun, was nötig ist. Wie ich es schon immer gemacht habe.

Mein Bein tut weh, und ich zwinge mich, nicht zu hinken, als ich weitergehe. Zwar hat der gelegentliche Schmerz in meinem Bein deutlich nachgelassen, seit ich nicht mehr täglich trainiere, und meine abendlichen Dehnübungen helfen zusätzlich. Dennoch werde ich wohl nie wieder normal laufen können. Ein Preis, den ich zu zahlen bereit bin, weil es mir die Freiheit gebracht hat.

Marina schaut zu mir auf, als ich in die Nische trete. »Was glaubst du? Wäre Ezra nicht die perfekte Besetzung für den Paten? Ich habe gehört, sie wollen dieses Semester *Der Pate* aufführen, und ich finde, er sollte sich dafür melden.«

»Stimmt, das wäre perfekt.« Irgendwie schaffe ich es sogar zu lächeln. Ist ihr wohl klar, wie recht sie damit hat? Ezra ist ein Mistkerl, der offenbar nicht einmal vor Erpressung zurückschreckt. Keine Ahnung, wie ich jemals glauben konnte, er könnte ein Freund werden.

Marina bemerkt meine Anspannung nicht, sondern füllt sie mit fröhlichem Geplauder über den Alltag an der Akademie, während ich Ezra nicht einmal ansehen kann. Erst als Marina unser Essen holt, wende ich mich ihm zu. »Ich mach es.«

Sein Lächeln macht deutlich, dass ich sowieso keine andere Wahl habe. Doch diese Bemerkung verkneift er sich offenbar. »Wunderbar. Wir legen nächstes Wochenende los.«

Ich presse die Lippen aufeinander und hasse es, dass er mich dazu zwingen wird, meine Fähigkeiten einzusetzen. Es ist falsch, sie zu benutzen. Und ich habe mir geschworen, nach meiner Flucht nie wieder jemanden zu manipulieren.

Wenn eine höhere Macht gewollt hätte, dass du andere nicht manipulierst, wärst du niemals als Sirene geboren worden. Alles an dir schreit nach Falle.

Die Worte meiner Mutter brennen in mir wie bittere Galle, und ich bin so froh, dass Marina in diesem Moment mit drei Tellern zurückkommt. Ihre Mutter läuft hinter der Bar hin und her und arbeitet Getränkebestellungen ab, während zwei weitere Kellner durch den vollen Gastraum hin- und herhuschen. Es ist laut, voll und doch unglaublich gemütlich.

Nachdem wir alle gegessen haben und Marina den Tisch abräumt, kommt ihre Mutter zu uns und setzt sich auf den freien Platz neben mir. Ihre Wangen sind ein wenig gerötet, und ihre Augen funkeln. »Also, hast du immer noch Interesse?«

»Auf jeden Fall.«

Sie lächelt ein wenig breiter und deutet auf mein Bein. »Ich habe gesehen, dass du leicht dein Bein nachziehst. Eine frische oder ältere Verletzung?«

»Recht frisch, aber bereits verheilt. Besser wird es vermutlich nicht«, gebe ich zu und mache mich innerlich darauf gefasst, dass sie mir absagen wird. Darüber habe ich gar nicht nachgedacht. Wenn ich nicht einmal mehr tanzen kann, werde ich vermutlich auch nicht stundenlang Tabletts hin- und hertragen können.

»Kein Problem. Du kannst hinter der Bar arbeiten. Dort ist ein Hocker zum Ausruhen. Kannst du Cocktails mixen?«

»Nein«, gebe ich zu. »Aber ich kann es lernen.«

Sie nickt, als hätte sie daran keinen Zweifel. »Wir haben hinter der Theke Karten mit den Rezepten.« Ihre Lippen verziehen sich zu einem herzlichen Lächeln, und dann streckt sie mir die Hand entgegen. »Du bist eingestellt. Du wärst für Freitagabend und die Samstage eingeteilt, wenn das für dich in Ordnung ist.«

Mein Mund öffnet sich vor Erstaunen. »Natürlich ist das für mich in Ordnung. Aber wollen Sie mich wirklich einfach so einstellen?« Im selben Moment hätte ich mich selbst für diese Frage schütteln können. Was ist, wenn sie jetzt Unterlagen einfordert? Je weniger Leute meine Fälschungen sehen, umso besser. Das Sekretariat hat zwar eine Kopie, aber ich gehe davon aus, dass diese jetzt in meiner Akte verstauben wird. Es gibt keinen Grund, sie erneut anzuschauen.

»Einfach so«, stimmt sie mit einem Lachen zu. »Bist du dabei?«

Ohne noch länger zu überlegen, nehme ich ihre Hand und schüttle sie, während mich ein Strom aus purer Erleichterung durchfährt. »Ich bin dabei. Kann ich direkt morgen loslegen?«

Sie lacht laut auf und klopft mir auf die Schulter, bevor sie sich an Marina wendet, die gerade zu uns zurück an den Tisch kommt. »Das nenne ich Einsatz!«

Marina verdreht übertrieben ihre Augen, bevor sie mich anlächelt. »Herzlichen Glückwunsch, Jade.«

Glück erfüllt mich. Ich habe wirklich einen Job!

7. Kapitel

Asher

Meine Finger trommeln nervös auf meinem Bein herum, als ich am Sonntagmittag im Haus der Magier ankomme, das sich im Zentrum von Phoenix befindet. Bereits seit hundertvierzig Jahren wird es von der Familie Hastings geleitet, und ich bin derjenige, der unser Erbe fortführen wird. Dennoch habe ich keine Ahnung, wieso ich an einem Sonntag offiziell herbeordert wurde, aber es kann nichts Gutes bedeuten.

Es dauert einen Moment, bis die Türen vor mir aufgleiten und ich in den Besprechungsraum eintreten kann. Hinter mir, im modernen Foyer, das sich mit dem hellen Marmorboden und den Stahlpfosten maximal von der Backsteinfassade abhebt, sind heute nur die Empfangsdame und ein Mitarbeiter aus dem Büro zugegen, die sich gerade miteinander unterhalten.

Normalerweise ist es hier sonntags immer ruhig, und wenn meine Eltern etwas mit mir besprechen wollen, tun wir das in unserem Haus, das sich an der Grenze von Phoenix, auf der anderen Seite des Magierviertels befindet. Doch die Nachricht meines Vaters von heute Morgen war eindeutig.

Meeting um 13 Uhr im unteren Besprechungsraum des Hauses.

Leider ist Amber dieses Wochenende nicht eingeladen. Meine große Schwester hätte mir wenigstens vorab anhand der Stimmung meiner Eltern sagen können, wie ernst die Lage ist. Ich nicke der Empfangsdame zu, die mich mit einem strahlenden Lächeln begrüßt. Meine Schritte hallen auf dem dunklen Boden wider, und es ist, als würde ich die Blicke meiner Ahnen in meinem Nacken spüren. Ihre Portraits hängen zu Dutzenden an den dunkel gestrichenen Wänden der Empfangshalle, beleuchtet von erst kürzlich montierten Deckenstrahlern.

Ich gehe am Empfang vorbei, direkt auf den Besprechungsraum zu, der zum am besten geschützten Teil des Gebäudes gehört, in dem nur die wichtigsten Treffen stattfinden. Schallisoliert und mit Stahlwänden versehen, die keinerlei Signale durchlassen. Es gibt keine Fenster, nur einen langen Tisch in der Mitte des Raumes. Der Boden wurde mit Echtholz ausgelegt, die Wände sind weiß und die Lampen an der Decke ein wenig zu grell. Hinter den schwarzen Besprechungsstühlen stehen drei Personen, und einer davon ist mein Vater, der auf mich zukommt, als er mich bemerkt. Wir begrüßen uns, und er legt eine Hand an meine Schulter. »Danke, dass du es so spontan einrichten konntest.« Wie immer, wenn wir uns treffen, fällt mir die erschreckende Ähnlichkeit zwischen meinem Vater und mir ins Auge. Von seinen längst ergrauten Haaren mal abgesehen, gleichen wir einander sehr.

»Natürlich.« Wir lösen unseren Händedruck, und er führt mich zu den anderen.

Mein Vater deutet auf eine brünette Frau Mitte vierzig, mit strenger Miene, die ganz in Schwarz gekleidet ist. »Unsere Generalin Müller sollte dir bekannt sein.«

»Natürlich.« Ich schüttle die Hand der Frau, die als Verteidigungsministerin eine der obersten Positionen der Sonderkommission innehat. Eine Organisation, die für Ordnung innerhalb der Gemeinschaft zuständig ist. Innerhalb und außerhalb der Grenzen von Phoenix. Sie ist die Exekutive des Tribunals, der Vereinigung aller Häuser, das nach dem Friedensvertrag von Phoenix gegründet wurde. Die Sonderkommission tut alles, um den Frieden und die Sicherheit zu wahren. »Generalin Müller, Ihre Arbeit letztes Jahr bei dem Anschlag auf die Flüsterer war eine Inspiration.« Damals hat eine Gruppe von Gestaltwandlern versucht, das Haus der Flüsterer anzugreifen. Jeder weiß von der offenen Feindschaft zwischen den beiden Gruppen, doch Fanatiker haben es letztes Jahr auf die Spitze getrieben, als sie das Haus der Flüsterer stürmen wollten. Generalin Müller konnte den Angriff jedoch zerschlagen, bevor er überhaupt losging. Ezra hatte mir alles brühwarm erzählt – damals waren wir noch befreundet gewesen. Allein bei dem Gedanken daran, wie wir mit einem Bier zusammengesessen haben und uns über streng geheime Details ausgetauscht haben, wird mir ganz unwohl. So sehr haben wir einander vertraut. Ich verstehe nicht, wie er das mit Füßen treten konnte.

Generalin Müller nickt knapp, aber ich sehe das kurze Aufblitzen von Zufriedenheit. »Wir freuen uns schon auf Ihren Dienst in unseren Reihen.«

Es steht schon lange fest, dass ich nach meinem Schulabschluss eine Karriere in der Sonderkommission anstrebe. So wie meine Mutter vor mir, werde ich meinen General dort machen, bevor ich mich in den Dienst meines Hauses stelle. Das habe ich schon immer gewollt, und zu sagen, dass meine Mutter deshalb nicht stolz auf mich wäre, ist noch untertrieben. Ihr ist es wichtig, dass wir der Gemeinschaft von Phoenix etwas zurückgeben, bevor wir uns um unsere eigenen Angelegenheiten kümmern. Und das werde ich.

Müller wendet sich nun dem etwas jüngeren Mann neben ihr zu. »Das ist Sergeant Martinez.«

Ich schüttle auch seine Hand, und kurz darauf setzen wir uns gemeinsam an den langen Konferenztisch.

Generalin Müller verschwendet keine Zeit und legt sofort los. »Wir sind hier aufgrund einer sehr empfindlichen Angelegenheit, die der absoluten Verschwiegenheit bedarf und Sie persönlich betrifft.«

Ich nicke knapp und wechsle dann einen Blick mit meinem Vater, der den Anschein macht, als wüsste er ebenfalls nicht, um was es hier genau geht.

Sergeant Martinez holt eine Akte aus seiner Tasche und legt sie der Verteidigungsministerin hin. Darauf zu sehen ist eine Fotografie einer Person mit braunen Haaren. Man kann weder Statur noch Gesicht erkennen. »Vor ein paar Tagen wurde in den USA ein Dokumentenfälscher von uns festgenommen. Er hat offenbar Dokumente für Übernatürliche erstellt, konnte die meisten Beweise aber zerstören. Bis auf das hier. Eine Frau mit dunklen Haaren war offenbar eine Kundin von ihm. Unsere Leute konnten herausfinden, dass sie in Richtung Phoenix unterwegs ist.«

Ich runzle die Stirn und betrachte das Bild, das so wenig aussagt. »Es gibt sicher einige Dokumentenfälscher. Warum ist dieser hier so interessant?«

Ihre Augen blitzen. »Sie stellen jetzt schon die richtigen Fragen. Nun, es steht der Verdacht im Raum, dass er Menschen Zugang zu unserer Welt verschafft hat.«

Menschen in Phoenix? Sollte jemals ans Licht kommen, dass es Übernatürliche oder gar ganze Städte voll von ihnen gibt, würden die Menschen in Panik ausbrechen. Es würde Krieg bedeuten. Und egal wie stark wir gemeinsam sind, hätten wir niemals eine Chance gegen ihre schiere Masse und ihre Zerstörungswut. Menschen sind einfach. Sobald sie etwas nicht verstehen, fürchten sie es. Und was sie fürchten, wird eliminiert. Meine Augen weiten sich vor Entsetzen, und sie nickt langsam. »Wir haben eine Liste von Personen erstellt, die sich in letzter Zeit in der Nähe niedergelassen haben und nun überprüft werden müssen. Sie sind allesamt übernatürlich, zumindest laut ihren Unterlagen, doch darauf können wir uns nicht mehr verlassen. Zumal wir hoffen, über sie an weitere Kunden des Fälschers zu kommen und herauszufinden, wer seine Dienste sonst noch in Anspruch genommen hat.«

Eine weitere Akte landet auf dem Tisch, und als Generalin Müller diese öffnet, entgleisen meine Gesichtszüge. *Das kann doch nicht wahr sein.*

»Sie kennen diese junge Dame offenbar?«

Ich kann nur stumm nicken, denn vor mir auf dem Tisch liegt ein Bild von Jade. *Was zum Teufel?*

»Jade Mitten ist kürzlich an Ihre Akademie gekommen. Richtig?«

»Richtig.«

»Eine erste Überprüfung scheint unauffällig zu sein, aber dennoch steht sie auf unserer Liste, da sie genau ins Profil passt. Ihr Hintergrund ist, sagen wir, ungewöhnlich und ihr Entschluss, ihren Lebensstil zu wechseln, einen zweiten Blick wert.«

»Sie ist eindeutig übernatürlich, falls Sie das wissen wollen.«

Generalin Müller nickt zufrieden. »Gut zu wissen. Wir benötigen dennoch einen Bericht über Miss Mitten. Zahlen, Daten, Fakten. Und da Sie an der Quelle sind, möchten wir Sie damit beauftragen.«

Mir ist gleichzeitig heiß und kalt. Ein eigener Auftrag. Mit der Sonderkommission zusammenarbeiten zu dürfen ist eine echt große Sache. Selbst wenn es nur um Berichterstattung geht. Aber verdammt, muss es ausgerechnet Jade sein?

»Können wir auf Sie zählen, Mr Hastings?«

Ich nicke, weil es das einzig Richtige ist. Wenn die Sonderkommission sie auf dem Schirm hat, werden sie Jade sowieso überprüfen lassen. Und die Sonderkommission macht keine Kompromisse. Ich bin überzeugt von ihrer Arbeit, aber weiß selbst, wie gnadenlos sie vorgehen, wenn sie eine Gefahr für unsere Welt sehen. Mein Vater hat mir genügend Geschichten über Verräter erzählt, Übernatürliche, die an die Öffentlichkeit gehen wollten und vorher zur Strecke gebracht wurden. Lautlos, ohne irgendwelche Spuren zu hinterlassen.

Das hier muss ein dummer Zufall sein. Jade hat vielleicht eine auffällige Vergangenheit, aber sicher nichts mit irgendwelchen Kriminellen am Hut.

Generalin Müller lächelt. »Fantastisch. Sergeant Martinez wird mit Ihnen alle Details zu diesem Auftrag durchgehen.« Sie erhebt sich, und wir verabschieden uns mit einem weiteren Händedruck. »Wir danken Ihnen schon jetzt für Ihren Dienst, Mr Hastings.«

»Ich begleite Sie nach draußen.« Mein Vater nickt mir zu, bevor die beiden gemeinsam den Raum verlassen.

Sergeant Martinez schiebt mir derweil die Akte mit Jades Foto zu. Es zeigt sie auf einem ihrer Schönheitswettbewerbe. Sie trägt eine pompöse Krone, ihre Haare sind zu vollen Locken gedreht worden, und sie lächelt. Doch ihre Augen …, ihre Augen schreien nach Hilfe.

»Also, ich weiß, das kann schwierig werden.«

Bei seinen Worten ziehe ich überrascht die Augenbrauen hoch, weil er so offen ist, doch er bleibt völlig ernst. »Sie ist eine Kommilitonin. Sollte sie wirklich irgendwas wissen oder Kontakte zu dem Dokumentenfälscher gehabt haben, müssen wir das wissen. Egal wie nett sie Ihnen gegenüber ist. Und Sie müssen verdammt vorsichtig sein. Eine Sirene sollte man niemals in die Enge treiben. Oberste Priorität in diesem Auftrag hat für Sie Ihre eigene Sicherheit. Wir brauchen nur mehr Anhaltspunkte. Senden Sie uns eine kurze Nachricht, und wir machen uns auf den Weg. Verstanden?«

Ich schüttle den Kopf, weil ich keine Ahnung habe, wovon er redet. Plötzlich klingt es, als wäre Jade eine Schwerverbrecherin.

Er lächelt grimmig. »Wir wollen nur, dass Sie mit ihr sprechen. Finden Sie mehr über sie heraus. Sollten Sie irgendwas finden, das sich nicht mit den Informationen aus ihrer Akte deckt, geben Sie uns Bescheid.«

»Und was passiert dann mit ihr?«

Sergeant Martinez verzieht keine Miene. »Dann ist sie ein Fall für die Sonderkommission, und Sie sind raus. Keine Angst. Wir nehmen keine Unschuldigen fest. Aber diese Sirene ist nicht umsonst auf unserer Liste gelandet.«

Ich lasse keine Gefühle zu. Nichts, was andeuten könnte, dass mir diese Worte etwas ausmachen. Wer gegen die Regeln der Übernatürlichen verstößt, verschwindet ein für alle Mal. Es gibt keine zweiten Chancen. Niemals. »Alles klar.«

Er nickt und holt ein Handy aus seiner Tasche, welches er mir reicht. »Damit erreichen Sie mich, Tag und Nacht. Haben Sie es immer bei sich. Nur zur Sicherheit.«

Ich nehme das unscheinbare schwarze Smartphone an mich, das aufleuchtet, als ich es hochhebe. Es ist bereits vollständig eingerichtet.

»Und diese Informationen sollen Sie aus Miss Mitten herausholen und abgleichen.« Er schiebt mir eine Liste rüber, auf der nur Stichpunkte stehen.

Grundschule. Verwandte, insbesondere Mutter, Vater und Stiefvater. Erster Sieg. Letzter Sieg. Prüfungsergebnisse. Weitere Prüfungsteilnehmer. Zimmernachbar während der Prüfung. Campnummer.

»Es sind nur ein paar Dinge. Versuchen Sie, so viel wie möglich von ihr persönlich herauszufinden, ohne dass sie Zeit hat, Informationen zu beschaffen.«

»Ich kenne meine Campnummer selbst nicht«, erwidere ich langsam und hebe das neue Handy. »Kann ich mir das abfotografieren?«

Sergeant Martinez nickt. »Sicher. Und ja, ich kenne meine Nummer auch nicht. Leute, die Fälschungen beauftragen, neigen allerdings dazu, alles Wichtige auswendig zu lernen. Nur um vorbereitet zu sein.« Er schiebt die Unterlagen wieder in die Akte. »Noch Fragen?«

»Bis wann benötigen Sie den Bericht? Und warum können diese Dinge nicht ganz einfach überprüft werden?«

»Könnten sie, doch angeblich hat Jade Mitten ein Camp besucht, dessen Unterlagen vor Jahren einem Brand zum Opfer gefallen sind.« Er steht auf und grinst zum ersten Mal. Erst jetzt fällt mir auf, wie breit gebaut er ist. Bestimmt könnte er einen Gegner mit einem einzigen Fausthieb zu Boden bringen. »Und die Ergebnisse brauchen wir wie immer am besten gestern. Aber machen Sie sich keinen Druck. Wir wollen nicht, dass Miss Mitten sich verhört fühlt und untertaucht.«

Ich erhebe mich ebenfalls und schlage in seine ausgestreckte Hand ein. »Ich werde Sie nicht enttäuschen.«

»Natürlich nicht. Ich erwarte alle paar Tage eine kurze Meldung von Ihnen, nur um sicherzugehen, dass die Sirene Sie nicht in ihren Bann gezogen hat.«

Ich denke an die roten Funken, die Jade zwischen uns tanzen lässt, wann immer wir uns zu nahe kommen und nicke grimmig. »Selbstverständlich.«

Wir verabschieden uns, und kurz darauf kommt mein Vater zurück in den Raum. Auf seinen Lippen liegt ein breites Lächeln, das vor Stolz nur so trieft. »Ein eigener Auftrag der Sonderkommission? Ich hoffe wirklich, sie versuchen nicht, dich mir abzuwerben.«

Ich lache, weil er so verdammt glücklich aussieht, und hebe mein neues Handy in die Luft. »Wir sollten wohl doch noch mal übers Gehalt sprechen.«

Mein Vater erwidert das Lachen und klopft mir auf den Rücken. »Du wirst das gut machen.«

»Was ist, wenn sie gar nichts getan hat?« Ich werde wieder ernst und schaue meinem Vater in die Augen. »Dann wird ihr nichts passieren, oder?«

»Unsere Gesetze beschützen uns alle. Wenn sie unschuldig ist, hat sie nichts zu befürchten.«

Seine Worte schaffen es, den Knoten zu lockern, der sich in den letzten Minuten unbemerkt in mir aufgebaut hat. »Du hast recht.«

»Und jetzt lass uns was essen gehen. Deine Mutter kommt jeden Moment nach Hause und brennt schon darauf zu erfahren, warum die Sonderkommission unbedingt mit unserem Sohn sprechen wollte.«

»Sag nicht, sie dachte, ich bekäme Probleme.«

Mein Vater verzieht entschuldigend den Mund, bevor sich ein teuflisches Lächeln auf seinen Lippen bildet. »Sollen wir sie dafür ein wenig schmoren lassen?«

Grinsend verlassen wir gemeinsam den Raum, wobei in mir Stolz und Unbehagen ringen.

Jade hat nichts zu verbergen. Jemand, der gegen eine der wichtigsten Regeln der Übernatürlichen verstößt, würde niemals einfach so an eine renommierte Akademie gehen.

Ich werde ihr helfen, indem ich ihre Unschuld beweise.

Aber wieso fühlt es sich dann so an, als wäre ich dabei, ihr eine Falle zu stellen?

8. Kapitel

Jade

Das Wochenende verging wie im Flug. Mein erster Arbeitstag lief großartig. Ich war zwar deutlich langsamer, als ich gedacht hätte, doch kein einziger Kunde hat sich beschwert. Abends fiel ich allerdings todmüde ins Bett. Den Sonntag habe ich dann mit meinem ersten Buch von der Leseliste verbracht, was ich nur zum Essen unterbrochen habe. Niemals hätte ich gedacht, dass mich »Persönlichkeitsmerkmale des Bösen, Selbstreflektion dreier Räuber« derart in den Bann ziehen würde. Vermutlich, weil es mir so viele Spiegel aufgezeigt hat, die nicht nur auf mich, sondern auf meine Mutter zugetroffen haben. Ich hasse es, dass wir offenbar mehr gemeinsam haben als nur unser Aussehen. Wir manipulieren Menschen mithilfe unserer Macht. Sie mit ihrer Position, ich mit meinen Kräften. Nur dass ich diesen Kreis nun durchbrochen habe.

Außerdem ist ein Brief aus dem Haus der Sirenen für mich eingetroffen. Da ich nun Bürgerin von Phoenix bin, heißen sie mich herzlich in ihrem Haus willkommen, und sollte ich jemals Hilfe gebrauchen, kann ich mich gerne an sie wenden. Es war ein ganz allgemeines Schreiben, das sicher jede Sirene bekommt. Dennoch … für mich ist es mehr. Es ist der Beweis, dass ich jetzt offiziell Teil dieser Welt bin. Etwas, das sich echt gut anfühlt.

Als ich am Montagmorgen in den Geschichtsunterricht komme, blicke ich mich schnell im Raum um und treffe eine Entscheidung. Ich nutze meine Chance und setze mich auf den freien Platz neben Riley, ganz hinten im Kursraum. Dies ist der einzige Kurs, den wir gemeinsam ohne Edward haben.

Sie wirft mir zunächst einen irritierten und dann wütenden Blick zu, hat jedoch nicht die Möglichkeit, etwas einzuwenden, da in diesem Moment unsere Dozentin Mrs Tyndall hereinkommt. »Guten Morgen.«

»Guten Morgen«, echot es, was sie mit einem Lächeln entgegennimmt. Sie stellt ihre Tasche vorne ab und fährt sich durch ihr dunkelbraunes Haar, bevor sie sich mit verschränkten Armen gegen ihr Pult lehnt. Dann mustert sie uns mit ihrem für sie so typischen strengen Blick. »Wir beginnen heute mit dem Thema des Aschekrieges. Dafür werden Sie alle eine Hausarbeit schreiben, für die Sie bis zu den Weihnachtsferien Zeit haben. Sie erhalten eine Liste mit Recherchepunkten und allen Vorgaben, die zu erreichen sind.«

Ein leises Stöhnen geht durch die Reihen, doch das nimmt Mrs Tyndall überhaupt nicht wahr. »Sie haben die nächsten Unterrichtsstunden Zeit, eine grobe Übersicht zu erstellen und Ihre thematischen Schwerpunkte festzulegen. Wichtig ist nur, dass Sie sich auf die Ursachen und die Auswirkungen des Krieges beziehen. Ob Sie Augenzeugen befragen, sich über Geschichtsbücher informieren oder sich nur auf harte Zahlen und Fakten konzentrieren wollen, ist Ihre Sache. Egal welchen Schwerpunkt Sie wählen, am Ende sollen Sie alle bitte einen Vergleich zum hinterlegten Zeitgeschehen unseres Landes während dieser Zeit ziehen. Die Lektüre zum Aschekrieg finden Sie hier«, sie deutet auf ein Bücherregal, das aktuell noch verschlossen ist, »oder in unserer Bibliothek.«

Rileys Hand schießt neben mir hoch, und Mrs Tyndall nickt ihr zu. »Dürften wir dafür auch während der Stunde in die Bibliothek gehen, um Bücher zu holen?«

Dies scheint gar keine so ungewöhnliche Frage zu sein, denn die Dozentin nickt ihr zu, bevor sie sich wieder dem Rest des Kurses zuwendet. »Zum Ende der Woche reichen Sie Ihre Übersicht per Mail ein, und ich werde Ihnen eine Rückmeldung geben, ob Sie so weitermachen können.«

Gemurmel setzt ein, und Mrs Tyndall beantwortet noch einzelne Fragen, während einige andere Studierende bereits aufstehen, um offenbar ebenfalls in die Bibliothek zu gehen.

Ich zögere nicht länger und folge Riley, aber gerade als ich zu ihr aufholen will, wird sie von einem Kommilitonen angesprochen. *Mist.* Ich lasse mich wieder zurückfallen. Doch auch in der Bibliothek ergibt sich keine Möglichkeit, also versuche ich mich erst mal auf unsere Aufgabe zu konzentrieren.

Ich weiß nicht viel über den Aschekrieg, weil meine Mutter mich lange Zeit von der übernatürlichen Welt ferngehalten hat. Deshalb folge ich meinen Kommilitonen, die sich jedoch im oberen Bereich auf der Empore verteilen.

Der Gang, in dem Riley sich nun leise mit einem Mädchen aus unserem Kurs unterhält, ist mit »Geschichte. 14.–18. Jahrhundert« gelabelt, so wie zehn weitere Gänge auch, bevor die nächsten Jahrhunderte kommen. Ich habe absolut keine Ahnung, wo ich zu suchen beginnen soll, während ich darauf warte, dass sich mir eine Gelegenheit bietet, Riley anzusprechen.

Offenbar gehört der Aschekrieg zum Allgemeinwissen, denn die anderen wussten sofort, wonach sie suchen sollten und sind bereits in ihre Recherche vertieft. Ich trete vor eines der Regale und überfliege die Titel: *»Abschied vom Mittelalter – Europas Übernatürliche im Wandel des Jahrtausends«*

»Entdeckung Amerikas – Hoffnungen der Paranormalen Welt«

»Christoph Kolumbus, Entdecker, Seefahrer und größter Elementar seiner Zeit«

Mir entfährt ein Seufzen, während ich mir Einband um Einband anschaue, jedoch nichts zum Aschekrieg finden kann. Ich weiß ja nicht einmal, wann genau er stattgefunden hat.

Mittlerweile stehe ich als Einzige verloren in dem Gang herum. Als ich nach einigem Suchen heraustrete, kann ich mein Glück kaum fassen. Riley sitzt in einem Sessel am Geländer, von dem man in den unteren Teil der Bibliothek herunterblicken kann, und hat sich über ein Buch gebeugt.

Mit einem Mal fühlen sich meine Handflächen eiskalt an, und meine Knie sind so weich, dass ich keine Ahnung habe, wie ich die letzten Schritte überbrücken soll. Aber ich weiß nicht, wann ich wieder diese Chance haben werde, also atme ich einmal tief durch, straffe meine Schulter und überbrücke den Abstand.

Riley blickt auf, als ich mich ihr gegenüber in den Sessel setze, und sofort verfinstert sich ihr Gesicht. »Was willst du von mir?«

Ihre Abscheu schneidet mir mitten ins Fleisch. Dennoch hebe ich mein Kinn, denn sie soll meine Qual nicht mit einem schlechten Gewissen verwechseln. »Hast du dich nie gefragt, warum ich dir das antun sollte? Was ich davon hätte, Edward anzugraben?«

»Keine Ahnung. Offenbar reicht es dir nicht, alles zu haben, sondern du willst auch noch meinen Freund.«

Mir entfährt ein schmerzhaftes Lachen. »*Alles?* Was habe ich denn?«

Sie wedelt mit der Hand vor meinem Gesicht herum. »Dein eigenes Geld, unfassbare Kräfte – Scheiße, du bist eine Klasse-drei-Sirene – und vor allem deine Schönheit. Unterschätz das nicht. Die Kerle liegen dir zu Füßen, selbst wenn du deine Magie nicht einsetzt. Aber natürlich musstest du dich an *meinem* Mann vergreifen.«

Ich würde Edward nicht als Mann, sondern als Arschloch bezeichnen, aber das behalte ich lieber für mich. »Ich habe ihn nicht angemacht! Es war andersherum! Er hat mir aufgelauert, und ich war so durch den Wind, dass ich abgehauen bin-«

»Hör auf mit diesen Lügen!«, faucht sie und räumt fahrig ihre Unterlagen zusammen. Auf ihren Wangen bilden sich hektische rote Flecken, und Tränen glänzen in ihren Augen. »Was bist du nur für ein krankes Miststück, dass du dir so was ausdenkst?«

»Das ist keine Lüge!«, erwidere ich laut. Zu laut. Ein Zischen ertönt, und von irgendwo aus der Bibliothek ertönen klackernde Absatzschritte. Ich springe auf, als Riley es ebenfalls tut, und wage einen weiteren Versuch. »Du warst für mich wie eine Schwester! Du bist die einzige verdammte Person auf der Welt, der ich jemals vertraut habe! Wieso sollte ich das wegwerfen? Noch dazu wegen eines Typen?«

»Lass mich einfach in Ruhe.« Ihre Stimme zittert, und eine Träne läuft über ihre Wange. »Du bist eine eifersüchtige Schlange, die anderen kein Glück gönnt. Du bist schuld, dass das hier aus uns geworden ist. Ich hasse es, dass wir uns nun jeden Tag sehen müssen. Mach es nicht schlimmer, indem du mich belästigst.« Sie erhebt sich und flieht vor mir, während ich stehenbleibe und ihr nur noch hinterhersehen kann.

Ihre Worte treffen mich mitten ins Herz und zerbrechen es in tausend winzige Scherben.

In diesem Moment wird mir eins klar: Sie wird mir niemals glauben.

Ich weiß nicht, was schlimmer ist. Dass wir einander verloren haben. Oder dass sie bereit ist, mich einfach zu vergessen.

Schnell wische ich mir über mein Gesicht, um die aufsteigenden Tränen zu stoppen, verschmiere dabei allerdings meine Mascara, sodass ein schwarzer Strich auf meinem Handrücken zurückbleibt.

»Sie ist eine Idiotin«, ertönt es plötzlich neben mir, und ich stolpere erschrocken zurück, als ich Ezra erblicke. Hat er uns etwa belauscht?

»Rede nicht so über sie.«

»Sie hat dich gerade als Miststück und Schlange bezeichnet, und du nimmst sie in Schutz?« Er schnaubt und schiebt seine Hände in die Taschen seiner beigen Hose.

Ich schweige, weil ich nichts dazu erwidern kann, und

gehe zur Treppe, während Ezra mir wie selbstverständlich folgt.

Mrs Dunmore kommt uns entgegen und mustert uns mit zusammengekniffenen Augen.

Sofort setze ich ein freundliches Lächeln auf und kann nicht verhindern, dass ein Schwall meiner Magie auf sie hinüberschwappt. Es ist wie ein Automatismus, den ich einfach nicht abstellen kann.

Sie hält in ihrer Bewegung inne, lächelt dann, und die Wut in ihren Augen verschwindet so schnell, wie sie gekommen ist. *Weil ich sie verzaubert habe.* Mitten in der Bibliothek! Ich fühle mich, als würden alle Augen auf mir liegen, doch als ich mich verstohlen umsehe, bemerke ich niemanden, der uns beobachtet. Trotzdem jagt eine Gänsehaut über meinen Nacken, wie eine dunkle Vorahnung, als hätte sich etwas Grauenvolles an mich geheftet.

Ezra lacht leise neben mir und wünscht ihr einen schönen Tag, bevor er mich die Treppe runterschiebt und etwas schneller wird. »Böse. Aber effektiv. Wäre sie ein Tier, hätte ich dasselbe mit ihr gemacht.«

»Das ist nicht witzig«, stoße ich aus und mache mich von ihm los, sobald wir unten angekommen sind. »Das war keine Absicht.«

»Du solltest das unter Kontrolle bekommen«, erwidert er mit einem Schulterzucken. »Dafür ist das Camp da.«

Ich funkle ihn an und schaue mich nervös um, während ich schneller werde und am Ausleihpunkt vorbeieile, an dem gerade eine Studentin sitzt und etwas in den Computer eintippt. Kurz darauf schlendert Mr Fothergill durch die Türen der Bibliothek. Sein Blick findet mich sofort, und er erwidert mein grüßendes Nicken. Mir wird eiskalt. Wenn er unser Gespräch mitbekommen hätte!

Ich zwinge mich, nicht schneller zu werden, und bin froh, dass Ezra schweigt und erst wieder was sagt, als wir uns im Flur vor der Bibliothek befinden. »Ernsthaft. Statt irgendwen für gefälschte Dokumente zu bezahlen, wäre ein Camp deutlich günstiger gewesen.«

»Du kannst mich mal«, zische ich ihm zu.

»Sorry«, entgegnet er so lässig, dass ich ihm am liebsten den Hals umdrehen will. »Ich bevorzuge Frauen, die mich nicht dazu bringen können, mich selbst zu erdolchen.«

Seine Worte machen mich rasend. Niemals würde ich etwas derart Schreckliches tun!

Du wirst dein Leben lang nur ein Trugbild sein, nach dem sich alle sehnen, aber glaub mir, niemand wird dich jemals wirklich lieben können. Weil du nichts anderes bist als eine Illusion.

Die Worte meiner Mutter fesseln mich einen Moment lang so sehr, dass ich zunächst nicht bemerke, dass eine weitere Person zu uns tritt. *Asher.*

Er mustert Ezra mit eiskaltem Blick und steht so nah neben mir, dass mir sein holzig-frisches Parfüm in die Nase steigt. Ein mir nur allzu bekanntes Kribbeln durchfährt mich, doch ich unterdrücke es schnell.

»Ich denke, sie hat klargemacht, dass sie nicht mit dir sprechen möchte.«

Oh mein Gott. Wie viel hat er gehört?

»Gesprochen wie ein wahrer Retter.« Ezra lächelt spöttisch und tut dann so, als würde er sich vor mir verneigen, bevor er davonschlendert.

Hat Asher mich grad wirklich in Schutz genommen?

Etwas in meinem Bauch hüpft, und am liebsten würde ich wegrennen, um es loszuwerden. Weil dieses kurze Gefühl von Glück hier absolut nichts zu suchen hat. Auch wenn es das erste Mal in meinem Leben wäre, dass sich wirklich jemand für mich einsetzt. Oh Mann, bin ich so bedürftig? »Ich brauche niemanden, der mich rettet.«

Asher lächelt entwaffnend, als wäre seit unserem ersten Aufeinandertreffen nichts passiert und er würde noch immer alles dafür tun, um mit mir auszugehen. »Ich habe den Trottel nur aus deinem Schussfeld geholt.«

»Ritterlich.« Ich sollte gehen. Auf der Stelle. Doch meine Beine gehorchen mir nicht.

»Hmm«, macht er langgezogen, während er um mich herumschlendert. »Vielleicht hätte ich Ezra doch sich selbst überlassen sollen, dann wärst du ihn für mich losgeworden.«

»Nichts lieber als das«, murmle ich trocken.

Einer seiner Mundwinkel hebt sich, und etwas in seinen Augen blitzt.

Zwischen uns breitet sich Stille aus, und ich warte nur darauf, dass es unangenehm wird, sobald ihm wieder einfällt, auf wessen Seite er eigentlich steht. Also deute ich auf die Treppe. »Ich gehe dann mal zurück in den Unterricht.«

»Ohne Buch?«

»Was meinst du?«

»Bücher sind normalerweise der Grund, weshalb Leute in die Bibliothek gehen.«

Ich presse kurz die Lippen zusammen, weil er recht hat. »Stimmt. Wir sollen eine Hausarbeit über den Aschekrieg schreiben und dürfen uns Bücher zum Thema raussuchen. Aber dann ist irgendwie was dazwischengekommen.«

»Ich kann dir eins empfehlen. Wenn du möchtest.« Er macht einen Schritt auf die Bibliothek zu.

Ich zögere. Ist er sich darüber im Klaren, dass er mit mir gesehen werden könnte? *Er ist alt genug, um selbst zu entscheiden, mit wem er abhängen will, Jade.* Außerdem kann ich Hilfe gebrauchen. »Gerne.«

Asher führt mich in die Regalreihe, wo sich die Geschichtsbücher aus dem entsprechenden Jahrhundert befinden.

Während er die Buchrücken überfliegt, habe ich die Möglichkeit, ihn von der Seite zu mustern. Sein helles Haar hat er zur Seite gekämmt, was die wellige Struktur irgendwie noch betont. Unsere Uniform unterstreicht seine athletische Figur, und seine lässige und doch aufrechte Haltung sein aristokratisches Aussehen. Alles an ihm strahlt Macht und Stärke aus, und mit einem Mal fällt mir wieder ein, was Marina über ihn gesagt hat. Er ist ein Magier, der so stark sein soll, dass er Gebäude verrücken kann. Ich habe mich in den letzten Tagen ein wenig über die Fähigkeiten der anderen Übernatürlichen informiert, und offenbar können Magier Objekte allein mit der Kraft ihrer Gedanken beeinflussen.

»Das hier ist gut.« Asher, der von meinem Starren nichts mitbekommen hat, zieht ein dunkelgrünes Buch aus dem Regal und hält es mir hin. »Der Aschekrieg selbst fand von 1744 bis 1883 statt, und hier drin steht die gesamte Geschichte Kanadas. Lass mich raten, du bist bei Mrs Tyndall?«

»Stimmt. Woher weißt du das? Ist das etwa eine Standardaufgabe von ihr?«

»Allerdings. Ich hatte sie im letzten Semester und habe

mich an diesem Buch orientiert.« Dann senkt er die Stimme und lächelt verschwörerisch. »Und ich habe meine Grandma interviewt. Gab Pluspunkte.«

Ich ziehe meine Nase kraus. »Schade, dass ich mir deine Grandma nicht ausleihen darf.«

Er lacht leise, und plötzlich fühlt es sich so an, als wäre nichts gewesen. Als hätte dieser kurze Moment am Wochenende gereicht, um all die Mauern zwischen uns einzureißen.

»Asher.« Rileys Stimme reißt uns aus unserem Bann und beschert mir vor Schreck einen halben Herzinfarkt. Wo kommt sie denn jetzt her? Ich dachte, sie wäre längst abgehauen. Oder hat sie mich die ganze Zeit beobachtet?

Er verdreht die Augen, bevor er sich ihr zuwendet. »Was?«

Riley beißt die Zähne zusammen. Ihre Wangen sind vor Wut gerötet, und in ihren Augen lodert es. Vermutlich würde ihr sogar Rauch aus den Ohren steigen, wenn es möglich wäre. »Meinst du, Edward fände das hier gut?«

Ich zucke zusammen und mache betont einen Schritt von Asher weg. Für einen kurzen, wunderbaren Augenblick habe ich vergessen, dass Asher Edwards Cousin ist. Mit gestrafften Schultern und mehr Gleichgültigkeit im Gesicht, als ich eigentlich empfinde, trete ich an ihr vorbei. »Du kannst ihn ganz für dich haben.« Dann drehe ich mich erneut zu Asher und hebe demonstrativ das Buch. »Danke für deine Hilfe.«

Der Blick, den er mir schenkt, ist unergründlich. Ein letztes knappes Nicken, dann schlendere ich aus der Bibliothek. Und erst, als die Türen hinter mir ins Schloss fallen, bröckelt meine Fassade. Meine Augen brennen, und ich blinzle heftig.

Irgendwo in einem der Flure ertönt ein Lachen, und ich wische mir schnell mit der freien Hand über die Augen, bevor ich die Schultern straffe.

Riley mag mich jetzt hassen. Doch sobald sie mit mir gesprochen hat, sobald sie mir endlich zuhört, dann wird alles wieder gut zwischen uns. Das muss es einfach.

9. Kapitel

Asher

»Was sollte das?« Riley starrt mich an, als hätte ich gerade versucht, eine Katze am Schwanz zu packen und durch die Bibliothek zu schleudern.

»Was sollte was?«

Sie deutet hinter sich, als wäre es offensichtlich. »Wie kannst du dich noch mit ihr abgeben? Sie hat sich an Edward rangemacht und ihre eigene Cousine hintergangen! Findest du das etwa okay?«

»Sie ist in meinem Kurs, und es steht mir frei, mit ihr zu reden, wenn ich es möchte«, stelle ich klar, wobei ich den eiskalten Ton nicht aus meiner Stimme heraushalten kann. »Du solltest aufhören, dich so aufzuspielen.«

Riley starrt mich an, und ihre Wangen werden blass. »Ich dachte, wir wären Freunde.«

Früher waren wir das tatsächlich. Keine Ahnung, ob wir das immer noch sind. In den letzten Monaten hat sich einiges verändert, und ganz oft fühlt es sich nicht mehr so an. »Aber das gibt dir nicht das Recht, mir vorzuschreiben, was ich zu tun oder zu lassen habe, oder?«

Sie presst ihre Lippen aufeinander, und ich kann sehen, dass Wut und Scham in ihr ringen. »Sorry.«

»Ist okay.« Eigentlich will ich gar nicht so ein Arsch sein, aber Rileys Verhalten bringt mich zur Weißglut. Natürlich ist es beschissen, dass Jade versucht hat, Edward zu küssen. Doch das gibt Riley nicht das Recht, so mit mir zu reden, nur weil ich Jade dabei helfe, ein Buch für den Unterricht zu finden. Außerdem war es für mich die perfekte Gelegenheit, ein lockeres Gespräch mit ihr zu führen.

»Nein, du hast recht. Es tut mir leid.« Sie wischt sich über die Wangen und presst ihre Lippen zusammen. »Wirklich. Ich habe total überreagiert. Du hast natürlich recht.«

»Hey«, halte ich sie auf und lächle irritiert. »So oft musst du dich jetzt auch nicht bei mir entschuldigen.«

Sie lacht nervös und nickt mehrmals. »Aber du hattest recht, und ich-«

Ich trete auf sie zu und drücke leicht ihren Unterarm. »Es ist wirklich okay.«

Sie nickt wieder, und Unsicherheit spiegelt sich in ihren Augen wider. Meine Güte, was war denn mit ihr los?

»Ich muss jetzt weitermachen«, stößt sie aus und beißt sich auf die Unterlippe, bevor sie schnell zu ihrem Platz zurückgeht. Das ist so gar nicht die Riley, die ich kenne. Irgendetwas ist seltsam.

Einen Moment lang überlege ich, sie zu fragen, ob alles in Ordnung ist, entscheide mich aber doch dagegen. Diese ganze Sache mit Jade scheint sie echt fertigzumachen, und vermutlich bin ich aktuell der Letzte, mit dem sie darüber reden sollte.

Ganz in Gedanken versunken gehe ich die Treppe nach unten und zum Ausgang der Bibliothek. Mir kommt die Auseinandersetzung zwischen Jade und Ezra in den Sinn.

Allein die Erinnerung daran, wie sie ihm die Meinung gegeigt hat, lässt meine Mundwinkel zucken. Dieser Abscheu in ihrer Stimme. Großartig.

Es sollte sich nicht wie ein Sieg anfühlen.

Dennoch tut es das.

Ezra war lange Zeit mein bester Freund. Ich hasse es, dass sein Verrat noch immer so einen fiesen Geschmack in mir hinterlässt. Aber verdammt, er ist wie ein Bruder für mich gewesen. Doch das ist jetzt Vergangenheit.

Ich verlasse das Historische Zentrum und mache mich zur Villa Natura auf, gerade als der Gong zur letzten Stunde endet und die kurze Pause vor dem nächsten Kurs beginnt.

Als ich Edward vor dem Chemielabor finde, ist er bester Laune. Er schlägt mit mir ein und grinst, während wir den Raum durchqueren. »Du ahnst nicht, wer einen neuen Rekord gebrochen hat.«

»Sag nicht, du hast wieder die halbe Nacht gezockt.«

Mein Cousin grinst breit. »Was soll ich sagen? Wenn sie nicht gewollt hätten, dass man seine Spielkonsole hier anschleppt, hätten sie keine Steckdosen für Fernseher installieren sollen.«

Ich lache, weil er ein Idiot ist und auch noch damit durchkommt. Aber ich weiß, dass Edward einen guten Charakter hat. Als Kind wurde ich einmal von älteren Kindern drangsaliert und mehrere Straßen weit verfolgt. Ich erinnere mich nicht einmal mehr an ihre Namen oder Gesichter, sehr wohl aber an die Todesangst, die ich empfunden habe. Plötzlich tauchte Edward auf und stellte sich ihnen in den Weg. Wir waren nur zu zweit, die anderen waren zu viert, und Edward bekam sogar eine Faust aufs

Auge. Und trotzdem hat er mich verteidigt. Klar, manchmal ist er ein Trottel, und seine Sprüche sind oft sogar echt daneben, aber in ihm steckt ein verflucht guter Kerl. »Wolltest du dich dieses Jahr nicht mehr auf bessere Noten konzentrieren?«

Edward verdreht seine Augen, und wir nehmen unsere Plätze in der dritten Reihe des klinisch weißen Raumes ein. »Sei mal nicht so ein Spielverderber. Ein paar Runden an der Playstation werden schon nicht meinen Schnitt versauen.« Er senkt vertrauensvoll seine Stimme. »Aber erzähl bloß Riley nichts davon. Ich habe ihr gesagt, ich müsste mal wieder lernen. Immerhin hat sie ihre Tage, und dann ist sie immer doppelt anstrengend. Außerdem geht da nichts, wenn du verstehst, was ich meine.«

»Bitte erzähl mir nichts von Rileys Periode.« Nicht, dass ich damit ein Problem hätte, aber das geht mich ja wohl gar nichts an.

»Du bist einfach zu zart besaitet.«

»Nein, ich kenne nur das Wort Privatsphäre. Und ich denke nicht, dass es Riley recht ist, wenn du so über sie sprichst oder sie darauf reduzierst.«

Edward lacht dreckig. »Was sie nicht weiß und so.«

Wirklich. Ich mag ihn. Aber ist das sein Ernst?

Ich lege meinen Unterrichtsblock auf den Tisch, dessen helle Holzoberfläche durch die jahrelange Nutzung bereits stark zerkratzt ist. Während ich die Registerblätter zum Chemiekurs öffne, wechsle ich abrupt das Thema. »Sag mal, was war das mit dir und Jade eigentlich genau?« *Sehr unauffällig, Asher.*

Er verzieht seinen Mund zu einem süffisanten Lächeln. »Wieso? Hast du etwa Interesse an ihr?«

Ich hebe spöttisch meine Augenbrauen und überlege zugleich fieberhaft, was ich antworten soll. Spätestens wenn Riley ihm erzählt, wie ich mich ihr gegenüber in der Bibliothek verhalten habe, werden wir wohl ein ernstes Gespräch führen müssen.

Glücklicherweise setzt sich in diesem Moment Vincent auf meine andere Seite und schlägt mir zur Begrüßung hart auf den Rücken. »Na, du Penner!«

»Was soll das?«, frage ich mit einem leisen Grollen in meiner Stimme, während sich einige Leute neugierig zu uns umdrehen.

Vincent grinst breit. »Ich hatte gerade Dienst bei Mr Owen, und rate mal, wer mich schon wieder um einen Punkt bei dem letzten Mathetest überholt hat.«

Nun bin ich derjenige, der grinst, während ich ihm meine offene Handfläche entgegenstrecke. »Ich habe doch gesagt, dass ich besser sein würde.«

Vincent zieht kopfschüttelnd einen Schein aus seiner Jacketttasche und schlägt dann ein. »Nächstes Mal, ich sage es dir, dann werde ich dich schlagen.«

»Findet ihr es nicht armselig, auf gute Noten zu wetten?«, fragt Edward von der Seite.

Vincent wirft ihm eine Kusshand zu. »Das kann nur von einem Loser kommen.«

Edward zeigt ihm den Mittelfinger, worauf Vincent ihm zuzwinkert und sich dann halb auf meinen Tisch lehnt. »Okay, ich habe euch aber gerade offensichtlich unterbrochen. Erzähl mal, Edward, was war da genau mit Jade? Ich schwöre dir, wenn ich noch einmal an ihr vorbeigehen und so tun muss, als wäre sie nicht anbetungswürdig, werde ich noch auf meiner eigenen Sabber ausrutschen.«

»War klar, dass du als Erster schwach wirst.« Edward prustet los, während ich so tue, als würden Vincents Worte nichts in mir auslösen. Nicht das Gefühl, als müsste ich ihm sagen, dass er die Finger von ihr lassen soll.

»Das ist keine Antwort«, flötet Vincent. »Also, lief da was zwischen euch?«

»Auf keinen Fall.« Edward verzieht missbilligend den Mund. »Sie ist Rileys Cousine.«

»Und sie hat *dich* angebaggert? Warst du etwa der einzige Kerl auf der Party?«, zieht Vincent ihn auf, während er sich auf seinem Platz zurücklehnt und breit grinst. »Muss ganz schön lahm gewesen sein.«

Edward zeigt ihm erneut den Mittelfinger, lacht jedoch zugleich. »Ach, sie war betrunken«, winkt er dann ab. »Nicht der Rede wert.«

In diesem Moment kommt unser Chemiedozent Mr Lavache an uns vorbei und geht nach vorne zum Pult.

»Ein Wunder, dass du stark bleiben konntest.« Vincent zieht sofort den Kopf ein, als er sich einen strafenden Blick einfängt. Dann tut er so, als würde er mit einem Reißverschluss seine Lippen versiegeln.

Während des Kurses denke ich über Edwards Worte nach. Jade ist also betrunken gewesen, als sie versucht hat, ihn zu küssen. Gut zu wissen. Sie wirkt stets so, als hätte sie alles unter Kontrolle. Selbst neulich vor dem Betrunkenen Biber, als diese verdammten Tränen in ihren Augen geschimmert haben, wirkte sie nicht weniger kontrolliert. Dabei bin ich mir sicher, dass sie nicht gespielt gewesen sind. Was hat sie derart aufgebracht, dass ich einen Moment lang hinter ihre Fassade blicken konnte? Ich konnte ihre nackte Angst sehen. Doch wovor?

Ich denke an den Auftrag der Sonderkommission. Jades Dokumente können keine Fälschung sein. Rileys Vater hätte ihr doch niemals einen Platz hier besorgt, wenn er nicht voll und ganz hinter ihr stehen würde. Sie muss etwas anderes verbergen. Und ich werde herausfinden, was es ist.

10. Kapitel

Jade

»Miss Mitten.«

Ich erstarre, als ich in den Ethiksaal der Corpus Hall schlüpfen will und angestrengt einen freien Platz in der vorletzten Reihe fixiere. Da alle Studierenden diesen Kurs belegen müssen, sind beinahe alle Plätze des modernen Hörsaals belegt.

Mein Kopf ist hochrot, als ich zu meinem Dozenten Mr Lavache runterblicke, der mich in seine Richtung winkt. »Kommen Sie. Kommen Sie. Hier, neben Miss Leblanc ist noch ein freier Platz.«

Letzte Woche wurde ich ihm im Zuge meines Hausdienstes als Assistenz zugewiesen, und da hat er einen unfassbar netten Eindruck gemacht.

Wieso muss er jetzt die Aufmerksamkeit des gesamten Saales auf mich lenken? Natürlich muss der einzige freie Platz ganz vorne sein.

Mir ist ganz heiß, während ich meine Schultern zurückziehe und meinen Kopf mit einem selbstbewussten Lächeln hebe. »Selbstverständlich.« Eine Maske legt sich über mein Gesicht, wie ich es bereits als Kind gelernt habe. Wie ich es schon mein Leben lang gemacht habe. Ich schiebe die unnötige Scham von mir, und es ist, als würde die Umgebung flackern, als wären die Stufen vor mir ein Laufsteg, als gehörten die Augen einer Jury. Leere erfüllt mich. Alles verzehrende, bittersüße Leere. Mein Körper gehört nicht mehr mir. Er gehört allen anderen.

Weil sie eine Show wollen, die du ihnen bieten musst. Dein Körper ist eine Hülle, ein Werkzeug. Und wenn du ihn geschickt einsetzt, wirst du nie wieder verlieren.

Ich blinzle, als ich mich an die Worte meiner Mutter erinnere, und fokussiere mich wieder auf Mr Lavache, der bereits auf den freien Platz deutet. »Setzen Sie sich.«

Ich tue, was er verlangt, und schiebe mich auf den harten Stuhl. »Hi.« Meine Stimme klingt hohl.

»Hi«, erwidert Leah mit einem schüchternen Lächeln.

»Willkommen zu Ethik I«, beginnt Mr Lavache, schreibt eine römische Eins an das Whiteboard hinter ihm und deutet darauf. »Die Eins steht für Dringlichkeit. Ethik II ist genauso wichtig, doch Sie, meine Damen und Herren, tragen Verantwortung. Für sich selbst. Und für alle anderen. Denn Sie können mit Ihren Fähigkeiten Menschen und Tiere manipulieren. Sie können mittels einer einfachen Berührung Erinnerungen lesen oder die Gestalt einer anderen Person annehmen. Sie, meine Damen und Herren, können eine unmittelbare Gefahr für andere Lebewesen darstellen. Manche weniger, andere mehr.« Mr Lavaches Blick wandert umher, doch ich habe das Gefühl, dass er bei den letzten beiden Worten für eine Millisekunde auf mir verweilt, bevor er weiterzieht. »Manche betiteln Sie auch als Räuber. Dafür wurden Ihre Vorfahren gejagt. Sie wurden verurteilt, obwohl sie nichts für ihre Natur konnten. Und deshalb entschied das Tribunal, dass für Sie alle die Ethiklehre verpflichtend ist. Ich persönlich bin der Meinung, dass niemand aufgrund seiner Natur in eine Schublade gesteckt werden sollte. Doch Ethik erzeugt Regeln. Regeln, die für uns alle gelten. Regeln, die uns Sicherheit geben sollen. Nun, was meinen Sie? Sagen Sie mir, welches Handeln Ihrerseits falsch wäre.«

Sofort gehen mehrere Hände hoch, auch die von Leah, die sofort drangenommen wird. Ihre Finger finden einander auf dem Eichenholztisch, bevor sie antwortet. »Es wäre falsch, wenn ich die Dinge eines anderen berühren würde und versuchen würde, daraus etwas zu lesen.« Ich werfe Leah einen verstohlenen Blick zu. Sie ist die erste Leserin, die ich persönlich treffe. Sie ist dazu in der Lage, aus Gegenständen Erinnerungen herauszuziehen. Würde sie meine Dokumente in die Finger bekommen, wüsste sie vermutlich sofort, dass sie gefälscht sind.

Mr Lavache nickt ausladend und nimmt dann eine dunkelhaarige Studentin aus der hinteren Reihe dran. »Wenn ich einen Tierwandler dazu bringen würde, zu tun, was ich will, wäre das falsch.«

Wieder ein Nicken. Als Nächstes ist ein rothaariger Student dran. »Mich in Sie zu verwandeln und schlechte Noten zu verteilen, das wäre wohl auch falsch.«

Der gesamte Kurs lacht, genauso wie unser Dozent. »Allerdings.« Noch während sein Lächeln verblasst, sieht er mich an. »Wollen Sie etwas beisteuern?«

Nein. Will ich natürlich nicht. Doch alle sehen mich an, weshalb ich mich zu einem Nicken zwinge. »Es wäre falsch, wenn ich jemanden in diesem Kurs zwingen würde, all meine Hausaufgaben für mich zu machen.«

Das klingt so harmlos, dass wieder Gelächter ertönt.

Sogar Mr Lavache lacht, und ich senke meine angespannten Schultern, als er sagt: »Und das ist so, weil-« Er zieht das letzte Wort in die Länge und wendet sich wieder dem Whiteboard zu. »Weil wir alle moralische Vorstellungen haben, also Werte und Regeln, die in unserer Gesellschaft allgemein anerkannt sind.« Dann vertieft er das Thema, und ich versuche mich darauf zu konzentrieren, doch kann das ungute Gefühl in meinem Bauch einfach nicht abschütteln.

Erst der zugewiesene Platz, dann, dass er mich direkt drangenommen hat.

»Alles okay?«, fragt Leah mich leise, als der Kurs endet, und ich versuche, nicht ertappt die Nase krauszuziehen. »Klar. Der Kurs ist nur echt spannend.«

Leah nickt, als würde sie das genauso empfinden, und deutet dann in Richtung Ausgang. »Du bist jetzt in Sirenenmagie, oder?«

»Ja, woher weißt du das?«

Sie lacht und weicht meinem Blick gleichzeitig aus. »Oh, also die Schwerpunkt-Nebenfächer finden gleichzeitig statt.«

»Oh, klar«, stoße ich aus und fühle mich kurz total blöd. »Ich wollte nur kurz mit Mr Lavache sprechen. Aber wollen wir danach zusammen gehen? Ich glaube, ich habe den Weg schon wieder vergessen.« Das stimmt nicht so ganz, aber obwohl ich kaum etwas über Leah weiß, mag ich sie echt gerne.

»Sicher, ich warte an der Tür.« Der Saal hat sich bereits deutlich geleert, und zögernd gehe ich nach vorne zu Mr Lavache. »Haben Sie kurz Zeit?«

»Natürlich. Wie kann ich Ihnen helfen, Miss Mitten?

Haben Sie sich bereits gut eingelebt? Wie gefällt Ihnen die Akademie?«, fragt er und hört auf, seine Unterlagen zu sortieren.

Ich zwinge mich, ihm in die Augen zu sehen. »Gut. Die Akademie ist toll. Alle sind wirklich nett. Ich bin froh, hier zu sein.«

Er nickt, als hätte er nichts anderes erwartet, schweigt aber weiterhin erwartungsvoll.

»Ich habe mich nur gefragt … wieso sollte ich vorne sitzen?« Noch während ich die Frage ausstoße, merke ich, wie doof sie klingt.

Doch Mr Lavache verzieht keine Miene. »Weil Sie eine Klasse-drei-Sirene sind. Sie müssen ganz besonders gut zuhören. Ich persönlich halte Sie nicht für eine Gefahr, allerdings haben Sie bisher nur Hausunterricht erhalten. Ihre Mutter ist Tierwandlerin Klasse eins, und Ihr Vater wurde in Ihren Unterlagen nicht genannt. Wir wissen nur wenig über Sie und den Einfluss, den Sie genossen haben. Deshalb möchten wir, dass Sie die bestmöglichen Chancen bekommen. Mit Ihren Fähigkeiten stehen Ihnen alle Türen offen.«

»Sie haben also Angst, dass ich mir diese Türen selbst öffne?« Ich kann die Bitterkeit nicht aus meiner Stimme heraushalten, obwohl ich absolut keine Berechtigung dazu habe. All seine Befürchtungen sind wahr. Ich bin eine Verbrecherin.

Er lächelt amüsiert, vielleicht auch ein bisschen beeindruckt. »Ich persönlich nicht, nein. Aber Sie verstehen sicher, dass wir alle einer gewissen Bürokratie folgen. Es ist ein ganz normales Vorgehen, das absolut nichts mit Ihnen persönlich zu tun hat.«

»Okay«, erwidere ich. *Als würde mir etwas anderes übrig bleiben.* »Ein schönes Wochenende.«

»Ihnen auch.«

Ich fühle seinen Blick den gesamten Weg nach draußen und kann mich erst wieder entspannen, als ich im Flur bin.

Zu meiner Überraschung steht dort Marina neben Leah. Stimmt, sie muss auch in dem Kurs gewesen sein. Ich habe sie nur nicht gesehen. »Hi«, begrüße ich sie, und gemeinsam gehen wir nach draußen in den milden Herbsttag.

»Was war das denn gerade?«, fragt Marina und lässt ihre Augenbrauen hüpfen. »Mr Lavache muss offenbar die größte Gefahr von uns im Auge behalten.« Sie lacht und klopft mir auf die Schulter, als ich nicht mit einstimme. »Sorry, konnte ich einfach nicht lassen.«

»Mir fällt gerade ein, dass ich noch was aus meinem Zimmer holen muss. Wir sehen uns später«, sagt Leah und verschwindet kurz darauf.

»Ich schwöre dir, sie mag mich nicht«, meint Marina, während wir Leah hinterhersehen. »Sie haut immer ab, wenn ich da bin. Wobei sie sowieso fast alle Leute meidet. Sie ist ziemlich schüchtern.«

Ich nicke nachdenklich, bevor mir eine andere Frage in den Sinn kommt. »Sag mal, wie hast du dich eigentlich mit Ezra angefreundet?«

Falls sie diese Frage seltsam findet, lässt sie es sich nicht anmerken. »Oh, das war total witzig. Eines Tages saß er allein am Tisch, und ich habe mich wegen einer Projektarbeit neben ihn gesetzt. Der Rest seiner ach so tollen Elite hat ihn geschnitten, und er wirkte so traurig, dass ich ihn einfach adoptieren musste.«

Ich kann mir nicht einmal vorstellen, dass Ezra zu anderen Gefühlsregungen als Arroganz und Gleichgültigkeit fähig ist. »Und erbt Ezra das Haus der Flüsterer?« Ich meine, dass sie es mal erwähnt hat, aber ich bin mir gerade nicht mehr sicher.

»Nein, er ist nach seinem Halbbruder Thomas der Zweiterbe«, erzählt sie mir ganz freimütig, während wir über das Gelände laufen. »Thomas ist aus der ersten Ehe von Ezras Vater und aktuell der Haupterbe. Seit seinem Abschluss vor fünf Jahren arbeitet er mit seinem Vater und seinem Onkel im Haus und kümmert sich um die internen Angelegenheiten.«

»Was genau tun die Häuser überhaupt?«

»Sie sind wie die regierenden Oberhäupter anderer Staaten. Sie wahren die Ordnung, setzen die Regeln, machen Politik. Die Häuser regieren ganz Nordamerika. In Südamerika regieren Clans, in Europa Zirkel. Alles dasselbe, nur mit unterschiedlichem Label und leicht anderen Regeln.«

»Also ist es eine ziemlich große Sache, dass Ezra ein Erbe ist, oder?«

»Ja. Früher war er quasi das Zentrum der Elite. Gemeinsam mit Asher und Vincent. Heute interessiert ihn nichts weniger als sie.«

»Schon seltsam, oder?« Es geht mich nichts an. Dennoch klingt das alles, als würde ein entscheidendes Puzzleteil fehlen. Als würde mehr hinter all dem stecken als nur ein Streit um ein Mädchen.

»Na ja. Vielleicht hat er auch einfach die Oberflächlichkeit satt.« Marina zuckt mit den Schultern. »Ich meine, die nennen sich *Die Elite.* Als wären sie was Besseres, nur weil sie zufällig zur passenden Zeit von den richtigen Leuten geboren wurden. Zwei, drei andere Entscheidungen, und ich könnte eine von ihnen sein.« Sie lacht laut auf, und ich stimme mit ein. Ein Gong ertönt und kündigt den Beginn des nächsten Kurses an, woraufhin wir schneller werden. »Wieso fragst du überhaupt?«

»Neugier«, winke ich ab und bin froh, dass sie diese Antwort so leicht akzeptiert. Schade nur, dass mir all diese Informationen über Ezra rein gar nichts bringen.

***

Mit verschränkten Armen sitze ich Stunden später auf dem Beifahrersitz von Ezras Wagen, während er uns vom Akademiegelände fährt. »Ich werde nichts tun, das andere Leute verletzt, ihnen schadet oder sonst etwas«, stelle ich klar.

Ezra schmunzelt, sein Blick ist jedoch fest auf die Straße gerichtet. »Schon klar. Du bist edelmütig und all das. Keine Angst, meine Schulden werden niemandem schaden.«

»Und wem genau schuldest du noch etwas?«

»Mein Halbbruder hat noch ein paar Gefallen von mir offen und hat mich gebeten, eine Sirene für ihn aufzutreiben.«

»Klingt zwielichtig«, murmle ich, während mir auch der Name seines Halbbruders einfällt: Thomas, der Erbe des Hauses der Flüsterer.

»Da muss ich dir zustimmen. Ich war im ersten Moment auch irritiert.« Sein Tonfall ist voller ehrlicher Verwirrung. Mit zusammengekniffenen Augenbrauen schaue ich zu Ezra herüber. Tut er nur so, als wäre er verwirrt? Oder hat er wirklich keine Ahnung, was sein Bruder von mir will? Immerhin erpresst er mich deswegen.

»Und was will er von einer Sirene?«

»Offenbar haben ihm ein paar Leute ans Bein gepinkelt, und du sollst dies rächen.«

»Witzig«, erwidere ich trocken.

»Nicht wortwörtlich.«

Ich starre hinaus auf die vorbeiziehende Landschaft, die gefärbten Blätter, die vom Wind hin und her getragen werden. Es ist so dunkel, dass man außerhalb der Scheinwerfer nur wenige Meter weit in die Umgebung schauen kann. Knochige Äste ragen nackt in den Himmel. Der Boden ist mit Laub bedeckt. Regentropfen prasseln auf die Windschutzscheibe, und die Wischer tanzen. Rechts. Links. Rechts. Links. Aus dem Radio erklingen leise die neuesten Hits, und ich beuge mich vor, um es lauter zu stellen.

Ezra fährt uns durch die kurvigen Straßen, die mitten durch den Wald verlaufen, und wird langsamer, als wir eine Tiefgarage erreichen, die so hinter einer Baumgruppe gelegen ist, dass ich den Eingang erst sehe, als Ezra auch schon mitten hineinfährt.

Nachdem wir geparkt haben, lasse ich mich von ihm durch einen Gang aus Betonwänden und Neonlicht führen, in dem unsere Schritte widerhallen. Kurz darauf stehen wir in einer U-Bahn-Station. Außer uns ist hier niemand, doch ich höre das Herannahen eines Zuges aus dem in Dunkelheit gehüllten Tunnel. »Was tun wir hier?«

»Wir fahren nach Phoenix.« Als ich ihn nur verständnislos ansehe, hebt sich einer seiner Mundwinkel für eine Millisekunde. »Man kann die Stadt aus Sicherheitsgründen nicht mit dem Auto erreichen. Nur für den Fall, dass es doch irgendwie Menschen hierherschaffen. Es gibt keine Straße direkt nach Phoenix rein, nur Wege, die einen in Halbkreisen wieder aus dem Gebiet herausführen. Man muss in einer der Tiefgaragen parken und die U-Bahn nehmen.«

»Okay«, sage ich nur und versuche, mir nicht anmerken zu lassen, wie angespannt ich bin. Ich vertraue Ezra nicht. Kein bisschen. Aber im Moment bleibt mir nichts anderes übrig, also steige ich in die Bahn ein, die kurz darauf einfährt. Wir setzen uns schweigend in einen dunkelgrauen Vierersitz, und ich starre auf das moderne Display über der Tür, das uns die Entfernung und die Dutzend Stationen bis zum Zentrum von Phoenix anzeigt. Noch immer sind wir ganz allein, und meine Nerven sind zum Zerreißen gespannt. Ezra hingegen lehnt sich gelassen zurück und zieht scheinbar gelangweilt sein Handy heraus.

Je weiter wir kommen, umso voller wird die Bahn, und je mehr wir von anderen Leuten umgeben sind, umso lockerer werden meine Schultern.

Wir steigen zwei Stationen vor dem Zentrum aus, im Viertel der Flüsterer, wie mir der Name der U-Bahn-Station verrät. Oben angekommen finde ich mich in einer Art Altstadt wieder. Dreistöckige Backsteinhäuser mit Holzelementen drängen sich dicht aneinander. Kopfsteinpflaster führen geschwungen durch sie hindurch. Alle paar Meter stehen gusseiserne Laternen, die warmes Licht in der Abenddämmerung verteilen. Und überall wachsen Bäume.

Sie stehen so nah an den Häusern, dass ihre Kronen die Dächer überdecken und sich über den Wegen kreuzen. Deshalb kann sich die Stadt also selbst vor Satelliten verstecken! Sie ist buchstäblich in den Wald integriert.

Ezra kommentiert mein offenes Erstaunen nicht, sondern führt mich schweigend durch die Gassen von Phoenix.

»Sieht die ganze Stadt so aus?« Am liebsten würde ich kein Wort mit ihm wechseln, doch meine Neugier siegt.

»Ja. Phoenix ist riesig, mit einer Einwohnerzahl, die an der Viertelmillion kratzt, doch alle Straßen sehen ähnlich aus. Die Stadt wurde nach dem Aschekrieg erbaut, mit dem Ziel, sich vor den Menschen zu verstecken und ein sicheres Zuhause für alle zu schaffen.«

»Und trotzdem gibt es die verschiedenen Areale der Häuser?«

»Richtig. Die Stadt gleicht einer Torte, die in acht Stücke unterteilt wurde. Jedes Haus hat ein eigenes Viertel, aber heutzutage geht es eher um den Herrschaftsbereich als um die strenge Trennung von Übernatürlichen.«

Das hätte mich auch gewundert. Soweit ich weiß, ist es üblich, auch Partner außerhalb seiner Art zu wählen, und je nachdem welche Gene stärker sind, setzen diese sich beim Nachwuchs durch.

Ich versuche, nicht allzu überwältigt auszusehen, während Ezra mich mitten in das Herz des Flüsterer-Viertels führt. Vorbei an Restaurants, vor dessen Türen sich kleine Tische mit Gästen daran drängen. Dazwischen sind unzählige geschlossene Geschäfte, deren Ware durch Strahler in dumpfer Beleuchtung angepriesen wird. Doch je weiter wir gehen, umso weniger schick ist die Gegend. Statt

Wein trinkender Gäste befinden sich nun Türsteher vor den Gebäuden, aus denen Musik dringt. Unzählige Feierwütige drängen sich durch die schmalen Gassen, und ihr Grölen ist so laut, dass ich den Mund verziehe.

Ein junger Mann stolpert neben mir und trifft mich versehentlich am Arm, als er es schafft, sein Gleichgewicht zu finden. Ezra schiebt ihn einfach zur Seite, bevor er mich an einer langen Warteschlange vor einer der Bars entlangdirigiert.

Der Türsteher wirft nur einen kurzen Blick auf sein Gesicht, bevor er uns vorbeilässt.

In der Bar ist es noch voller als draußen auf den Straßen, und es herrscht lautes Stimmengewirr und Musik. Die Einrichtung glänzt und funkelt in Goldtönen, und die Bedienungen sehen aus wie Supermodels. Aber das Faszinierendste ist die Decke, die komplett verspiegelt ist.

»Wow.«

Ezra hat mich offenbar trotz des Lärms gehört. »Eine der exklusivsten Bars von Phoenix.«

»Was macht sie so exklusiv? Die Angestellten?«

»Unter anderem. Außerdem trifft die Elite sich hier regelmäßig.« Er zieht seinen Mantel aus, und mit einem Mal wird auch mir bewusst, wie heiß es hier drin ist.

Sofort streife ich mir meinen eigenen Mantel von meinen Schultern. »Bringen wir es hinter uns.«

»Lass uns doch erst was trinken«, übergeht er meine Aufforderung einfach mit diesem ärgerlichen stoischen Gesichtsausdruck und führt mich zur Bar, wo er uns zwei Chili-Zitronen-Mocktails bestellt. Natürlich wird er sofort bedient. Er lehnt seinen Ellenbogen auf die goldene Theke und wendet sich mir zu. »Gut, beginnen wir mit dem spaßigen Teil. Thomas hat da so zwei Kerle, die er, nun …, es ist ziemlich kindisch.« Er schnalzt einmal kurz mit der Zunge. »Du sollst ihnen einreden, dass sie zehn Minuten nach dem Trinken eines Kirsch-Rum-Glühweins das Bedürfnis haben, eine halbe Stunde auf der Toilette zu sitzen.«

Meine Nasenflügel blähen sich gereizt. »Du willst ernsthaft, dass ich ihnen Durchfall einrede?«

»Krämpfe reichen.« Er hat auch noch die Nerven, mit den Schultern zu zucken.

»Mein Gott.« Ich atme laut ein und aus, weil ich einerseits erleichtert bin, dass er mich nicht zwingt, etwas wirklich Schlimmes zu machen. Andererseits kann er mich doch nicht ernsthaft für so einen Unsinn erpressen. Als die Barkeeperin die Drinks vor uns abstellt, danke ich ihr, greife nach einem der Gläser und nehme einen großen Schluck. Süßes Prickeln breitet sich in meinem Rachen aus, ohne die Spur von Alkohol, dafür mit einer scharfen Note im Nachgeschmack. Es schmeckt gut, und ich hasse es, dass Ezra meinen Geschmack so leicht getroffen hat.

Mit meinen Fingern fahre ich über das beschlagene Glas, während ich einen weiteren Schluck nehme und versuche, Zeit zu schinden. Es ist nicht so, als hätte ich eine Wahl. Klar könnte ich ihm sagen, dass ich es nicht mache, aber ich weiß nicht, was für Konsequenzen das nach sich ziehen würde. »Gut. Bringen wir es hinter uns. Welche Typen?«

Ezra dreht sich leicht und deutet mit seinem Kinn die Theke hinunter. »Siehst du die zwei bulligen Kerle dahinten? Der eine hat eine Glatze und der andere die hellen, sehr kurzen Haare.«

Ich fixiere die Männer, die sich am anderen Ende der Bar leise unterhalten. Ihre Aufmerksamkeit ist abwechselnd auf ihr Bier und die Barkeeperin vor ihnen gerichtet, die gerade etwas aus dem Regal unter der Theke holt. Sie sehen aus, als wären sie in ihren Dreißigern und die Schlägertypen eines Mafiabosses.

»Hat dein Halbbruder Stress mit denen?«

»Falls du Angst hast, dass du in irgendwelche Fehden reingezogen wirst, kann ich dich beruhigen. Sie sind Angestellte meines Vaters und haben wohl eine von Thomas' Freundinnen nicht schnell genug reingelassen und es dann auch noch gewagt, sie zu überprüfen.«

»Ernsthaft?«

Er hebt seine Schultern, als wäre das nichts Ungewöhnliches.

Ist sein Halbbruder echt so ein Idiot? »Na gut. Organisier du die Getränke«, sage ich dann resigniert.

Ezra macht wieder dieses Viertelgrinsen und kümmert sich mit einer Handbewegung darum.

»Du darfst beginnen.«

Mein Kiefer knirscht, so fest beiße ich die Zähne zusammen. *Nur dieser Auftrag, und dann ist es vorbei. Bring es einfach hinter dich.* Ich drücke Ezra meinen Mantel in die Hand und schlängle mich an einer Gruppe von Gästen vorbei, um zu den beiden Männern zu gelangen.

Als ich neben sie trete, schauen sie gleichzeitig auf. Ihre Augen sind wässrig, als hätten sie bereits zu lange zu viel getrunken, doch ihr Interesse an mir ist nicht zu übersehen.

Meine Magie regt sich, streckt und dehnt sich, als hätte ich sie schon viel zu lange eingeschlossen. Als habe sie nur darauf gewartet, endlich wieder rauszudürfen. Sie will zuschlagen wie eine Schlange, dennoch halte ich sie zurück und fixiere die beiden Männer. Zwei Ziele sind deutlich schwerer zu treffen als eins, doch ich habe Übung darin. Schließlich musste ich jahrelang sämtliche Jurymitglieder auf meinen Wettbewerben manipulieren.

Meine Magie prickelt über meine Lippen, als ich sie öffne. »Hi.« Rote Funken entspringen meiner Stimme und winden sich um sie, wie Schlangen um ihr Opfer.

»Hi«, wiederholen sie, völlig von mir eingenommen. Andere Übernatürliche können meine Magie spüren, wenn ich sie einsetze, doch wenn ich schnell genug bin, können sie nichts dagegen tun.

»Also«, beginne ich und lehne mich gegen die Theke. »Darf ich euch auf einen Drink einladen?«

Sie nicken gleichzeitig, zu entzückt von meinem Zauber, um zu antworten.

»Perfekt.« Die Barkeeperin bringt uns auf ein weiteres Zeichen von Ezra den Glühwein.

Ich danke ihr mit einem Lächeln und wende mich dann an die beiden Männer. »Dieser Kirsch-Rum-Glühwein gehört zu den besten Herbstgetränken, die ihr euch vorstellen könnt.«

Sie nicken.

»Trinkt ihn. Aber pustet vorher«, füge ich schnell hinzu, als sie schon nach den dampfenden Tassen greifen. Ich beobachte, wie sie trinken, und erst als sie die Tassen geleert haben, spreche ich weiter. »Jedes Mal, wenn ihr diesen Kirsch-Rum-Glühwein trinkt, bekommt ihr nach zehn Minuten Krämpfe und müsst eine halbe Stunde auf der Toilette sitzen. Danach geht es euch wieder gut.«

Erneut nicken sie.

Ich schiebe die Tassen von uns, und sie werden sofort von einer anderen Barkeeperin abgeräumt. Als sie außer Hörweite ist, fahre ich fort. »Ihr werdet jetzt nach Hause gehen und euren Rausch ausschlafen. Doch an mich oder an das Getränk, was euch die Krämpfe verursacht, werdet ihr euch nicht erinnern.«

Ich warte nicht auf ihr Nicken, sondern wende mich ab und gehe zurück zu Ezra.

Dieser schnalzt mit der Zunge, während er die Männer dabei beobachtet, wie sie aufstehen und sich anzuziehen beginnen. »Das ist natürlich nicht optimal.«

»Wieso?« Irritiert nehme ich meinen Mantel von ihm entgegen und schaue zu, wie er seinen eigenen überstreift. »Ich habe getan, was du verlangt hast.«

»Ja. Aber um zu wissen, ob dein kleiner Zauber funktioniert hat, müssen wir ihnen nun zehn Minuten lang folgen.«

Ich starre ihn ungläubig an.

»Sorry, aber woher soll ich wissen, ob du wirklich mächtig genug dafür bist?« Er macht Anstalten, die Bar zu verlassen. Vorher wirft er noch viel zu viel Geld auf den Tresen und nickt der Barkeeperin zu.

Seufzend ziehe ich meinen Mantel an. *Wundervoll.*

Die nächsten zehn Minuten laufen wir tatsächlich den torkelnden Männern hinterher, bis sie seltsame Geräusche von sich geben, sich krümmen und panisch in ein Restaurant laufen, um sich auf der Herrentoilette zu verschanzen.

Ezra lächelt und sieht viel zu erfreut dafür aus, dass es funktioniert hat. »Sieht so aus, als würden wir hier essen.«

Offenbar möchte er auch noch die nächste halbe Stunde abwarten. »Muss das sein?«

»Unbedingt.« Er öffnet mir die Tür. »Die Dame zuerst.«

Schweigend treten wir in das volle Restaurant und lassen uns Plätze an der Theke geben, von wo aus man den besten Blick auf die Toiletten hat.

»Nett hier.«

»Nett wird es sein, wenn ich nie wieder ein Wort mit dir wechseln muss«, erwidere ich leise und starre auf die Spiegelwand hinter der Bar, direkt in meine eigenen müden Augen. Weil ich es wieder getan habe. Weil ich meine Kräfte für das Falsche eingesetzt habe. Weil meine Mutter mal wieder recht hat.

»Ah. Ah. Du solltest wirklich so langsam die Vorteile dieses Deals sehen«, tadelt mich Ezra und blättert in der Speisekarte. »Denkst du, die Steaks sind hier gut? Es wäre das erste Mal, dass ich eins an der Bar esse. Aber mein Vater sagt immer, nur wer Neues wagt, ist wahrhaft mutig.« Er klappt die Speisekarte zu. »Ich muss schon sagen, ich bin beeindruckt. Ich habe noch nie eine Sirene gesehen, die derart präzise zuschlägt. Dass du deine Kraft gewirkt hast, war überhaupt nicht zu sehen. Und das, obwohl du nicht einmal dein Schutzschild hochfahren kannst. Muss an der Klasse drei liegen.«

Ich habe keine Ahnung, wovon er redet, will mir aber nicht die Blöße geben und ihn danach fragen, also ignoriere ich ihn einfach.

»Du hast also dein Leben lang an Schönheitswettbewerben teilgenommen?«

Ich hebe die Augenbrauen, woraufhin er mit den

Schultern zuckt. »Riley hatte mal erwähnt, dass du an Wettbewerben teilgenommen hast.«

»Richtig.« Das habe ich nicht bedacht. Riley hat sicher nicht verschwiegen, was ihre Cousine macht. Einen Moment lang ist meine Illusion von einem kompletten Neuanfang zerstört, und mir bleibt die Luft weg. Doch dann zwinge ich mich einzuatmen. Es ist egal. Es ändert nichts.

»Deine ganzen Siege scheinen offenbar nicht an deiner natürlichen Schönheit zu liegen. Sollte das irgendwer erfahren, könnte das ziemlichen Ärger geben«, sagt Ezra wie nebenbei, als könnte er mich nicht mit diesem Wissen wie einen Käfer zertreten.

»Du -« Ich habe keine Worte, und vor Wut reiße ich ihm die Speisekarte aus den Händen. »Bestell dir das verdammte Steak und für mich das Teuerste, was es auf dieser verdammten Karte zu finden gibt.« Meine Kräfte einzusetzen, hat mich schon immer fürchterlich hungrig gemacht, und es ist das erste Mal in meinem Leben, dass meine Mutter meine Mahlzeiten danach nicht reguliert. Als mir das klar wird, blättere ich nach ganz hinten. »Und ein Dessert obendrauf. Verstanden?«

»Absolut.« Er lacht mich aus. Sein Lachen ist abgehackt und rau, und die Leute drehen sich zu ihm um, weil selbst dieser Ton voller Macht und Egozentrik strotzt.

Ich schnaufe und gebe einer vorbeieilenden Bedienung ein Zeichen, dass wir bestellen wollen. Als sie wieder gegangen ist, greife ich nach meinem eigenen Glas und trinke einen großen Schluck. »Also, was schuldest du deinem Halbbruder, dass er dich wie einen Handlanger herumschickt und kleinliche Aufträge erledigen lässt?«

»Alles«, erwidert er nüchtern, und sein Blick wandert

durch das Restaurant, zuckt aber immer wieder zur Toilettentür zurück.

Okay, offenbar werde ich nicht mehr aus ihm herausbekommen. Ich tippe auf seine Armbanduhr. »Die halbe Stunde ist noch nicht rum. Sie werden vorher nicht rauskommen.«

»Woher weißt du das?«

»Weil ich weiß, was ich tue.« Immerhin wurde ich mein Leben lang darauf trainiert.

»Ist deine Mutter eine Sirene?«

»Warum willst du das wissen?«

»Na ja, so ein Leben ohne Freunde ist traurig. Deine Cousine will nichts mehr mit dir zu tun haben, und ich bin der Einzige, der deine schmutzigen Geheimnisse kennt. Sagen wir, ich biete dir eine Schulter zum Ausweinen.«

Ich starre ihn an. Meint er das ernst? Als ob ich ihm je irgendwas erzählen werde. Nur über meine Leiche.

Glücklicherweise kommt in diesem Moment das Essen, sodass ich mich darauf konzentrieren kann.

Doch während des Essens kann ich nicht aufhören, an seine Worte zu denken. Und an diese fürchterliche Einsamkeit, der ich mit meiner Flucht ebenfalls entkommen wollte.

Ich war die meiste Zeit meines Lebens in einem Wohnwagen eingesperrt und habe zu dem Klimpern der Krönchen geschlafen, die dicht aneinandergedrängt an der Decke meines kleinen Raumes hingen. Mein einziger Lichtblick waren die wöchentlichen Chats mit Riley. Und als diese aufhörten, hatte ich niemanden mehr, mit dem ich sprechen konnte.

Ich schüttle den Kopf. Es ist vorbei. Ich bin hier. Und

obwohl ich niemandem wirklich nahe bin, habe ich seit meinem ersten Tag an der Akademie nicht mehr das Gefühl, völlig allein auf der Welt zu sein.

Als die halbe Stunde rum ist, treten die Männer wie erwartet aus den Toiletten und verlassen fluchtartig das Restaurant.

Ezra prostet mir zu. »Wunderbar.«

»Ich sagte doch, dass es funktionieren wird«, erwidere ich stur, weil ich keinen Zuspruch von ihm brauche.

»Dann werden die nächsten Aufträge sicher ein Kinderspiel.«

Bei seinen Worten verschlucke ich mich und huste so laut, dass sich diverse Köpfe zu uns umdrehen. »Nächste Aufträge?«

»Sicher.« Er lächelt arrogant. »Denkst du etwa, ich lasse dich einfach davonkommen? Außerdem sind das hier Jobs. Du kannst das Geld sicher gebrauchen.«

»Ich hasse dich«, krächze ich und trinke einen großen Schluck, bevor ich aufspringe. »Wir sind hier fertig.«

Er wendet sich dem Barkeeper zu, doch ich höre nicht, was er sagt, weil ich schon aus der Tür bin. Draußen laufe ich so lange durch die Straßen, bis ich an einer weniger trubeligen Straßenecke haltmache. Nur, dass ich keine Ahnung habe, wo ich jetzt bin.

Ich ziehe mein Handy aus meiner Manteltasche und will eine Straßenkarte öffnen, bis mir klar wird, dass ich Phoenix online wahrscheinlich nicht finden werde. »Verfluchter Mist!«

»Komm, du kannst dein Dessert auf dem Rückweg essen.« Ezra taucht so plötzlich hinter mir auf, dass ich vor

Schreck keuche. In seiner Hand hält er eine Plastikschachtel samt Gabel.

»Wieso verfolgst du mich?«

»Du magst mich für einen Mistkerl halten. Aber ich lasse dich sicher nicht einfach in der Stadt zurück. Also komm. Ich habe dich hergefahren, ich bringe dich auch wieder an die Akademie.«

Ich funkle ihn wütend an, während ich ihm den Nachtisch aus der Hand reiße. »Ich könnte dir denselben Scheiß antun wie den zwei Typen«, zische ich ihm zu, während wir die nächste U-Bahn-Station anpeilen.

»Könntest du. Wirst du aber nicht.«

»Warum?«

»Weil du keine Ahnung hast, was für Feinde du dir damit machen würdest.«

Ich sollte die Beine in die Hand nehmen und rennen. Stattdessen öffne ich die Schachtel, mustere das Schokoküchlein und nehme einen großen Bissen davon.

Weil ich einem Dessert noch nie widerstehen konnte. Und weil ich keine Angst zeigen werde. Nie wieder.

11. Kapitel

Asher

»Ich kann nicht fassen, dass du das tust.« Vincent, dieser Trottel, lacht lauthals los, während er mich mit dem Ellenbogen in die Seite stößt und beschwingt neben mir her über den Campus läuft.

Ich kann es ebenfalls nicht fassen. Nachdem Edward natürlich mitbekommen hat, wie ich mit Riley gesprochen habe, forderte er Wiedergutmachung. Jetzt soll ich dafür sorgen, dass meine Grandma mütterlicherseits Riley bei ihrer Hausarbeit hilft. Immerhin hat sie den Aschekrieg als Kind miterlebt, und unsere gemeinsamen Großeltern sind bereits vor einer Weile verstorben. Das Problem ist nur: Dorothy, wie sie von allen genannt werden will, mag Edward nicht. Wobei ich glaube, dass sie niemanden außer ihre angeheirateten Enkelkinder mag, also meine Schwester und mich. Und selbst da bin ich mir nicht sicher. Und nun bin ich der Dumme, der sie dazu bringen soll, Riley über ihre traumatischen Erfahrungen eines über hundert Jahre andauernden Krieges zu erzählen. *Toll.*

»Was kannst du nicht fassen?«, fragt meine Grandma. In ihrem goldroten Pelzmantel, der passenden Pelzmütze und ihrer heißgeliebten Handtasche sieht sie so wohlhabend aus, dass sie vermutlich über die Pflasterwege der Akademie fliegen würde, wenn sie könnte. Sie hatte vorhin einen Termin mit unserer Direktorin, mit der sie befreundet ist, und ich konnte sie zu einem Mittagessen auf dem Campus überreden.

»Dass Sie uns tatsächlich begleiten«, wendet Vincent schnell ein und strahlt sie an.

Dorothy glaubt ihm kein Wort und schnalzt mit der Zunge, während sie auf die bunten Hausfassaden deutet, die vor uns aufragen. »Also, welches Restaurant soll es heute sein? Nicht, dass es hier viel Auswahl gibt.«

Wortlos deute ich auf den Betrunkenen Biber, den Edward als Treffpunkt vorgeschlagen hat.

»Der Biber.« Sie schnaubt leise und streicht dann mit einem morbiden Lächeln über ihren Pelz. Ich schaudere. Sie ist zwar meine Grandma, aber zugleich schon immer eine der furchterregendsten Frauen, die ich kenne. Ich sag es mal so: Eine nette, betüdelnde Frau war sie nie. Eher jene Sorte, die einem das Kämpfen beibringt. Dorothy ist zudem die zweite Frau meines verstorbenen Großvaters und eine Sirene, was wohl damals ein kleiner Skandal war, obwohl die beiden erst zusammenkamen, als die Erbfolge durch meinen Vater und meine Schwester und mich feststand. Normalerweise heiraten die Erben ausschließlich innerhalb ihres Hauses, damit die Nachkommen möglichst dieselben Fähigkeiten bekommen und somit die Nachfolge der Leitung antreten können. Wir Magier sind deutlich altmodischer als der Rest der übernatürlichen Welt, die frei ihren Partner wählen können. Es gibt nicht viele Fälle, in denen ein Erbe jemanden aus einem anderen Haus geheiratet hat.

Dorothy wedelt mit ihrer Hand in Richtung Eingang. »Seid gute Jungs und öffnet mir die Türen.«

Vincent joggt voraus und hilft ihr in das Restaurant, ohne dass Dorothy langsamer werden muss.

Ava, die unseren Besuch bereits erwartet hat, kommt auf uns zu und lächelt breit. »Guten Tag. Ich habe Ihnen einen unserer besten Tische reserviert.« Sie zwinkert mir zu und geht dann voraus zu den beliebten Fensterplätzen, von denen aus man auf den Strandabschnitt des Ashrivers blicken kann. Ezra und ich mögen vielleicht keine Freunde mehr sein, aber Marina und ich hatten nie ein Problem miteinander. Deshalb können wir auch ohne Probleme weiterhin das Restaurant ihrer Familie besuchen.

Nachdem wir Platz genommen haben und unsere Getränkebestellung aufgenommen wurde, ergreift Dorothy das Wort, während sie mich durch ihre Lesebrille mustert. »Also, Asher, weshalb hast du uns hergeführt? Und wieso sind hier noch zwei freie Plätze an unserem Tisch?«

»Darf man nicht ein nettes Mittagessen mit seiner Lieblingsgrandma planen?«

Ihre dunklen Augenbrauen heben sich hinter ihrem Brillenrand. »Ich bin deine einzig lebende.«

»Das tut nichts zur Sache.«

Sie schmunzelt und nimmt ihre Brille ab. Ein Zeichen, dass ihre Geduld bald aufgebraucht ist.

Was soll's? Einfach raus mit der Wahrheit. »Ich wollte dich um einen Gefallen bitten.«

»Ach so?«, fragt sie, hörbar neugierig, und lehnt sich auf ihrem Platz zurück.

Vincent feixt mir gegenüber, während ich mich auf

meinem Platz winde. *O Mann.* »Weißt du noch, diese Hausarbeit, bei der du mich letztes Jahr unterstützt hast?«

Ihre Augenbrauen heben sich noch mehr, und obwohl sie nicht lächelt, bilde ich mir ein, dass sie sich über mich amüsiert. »Du willst, dass ich jemandem ein bisschen von meinen Kriegserfahrungen berichte, stimmt's?«

Ich zögere, nicke dann aber. »Genau.«

Ihr Blick fliegt an mir vorbei, und mit einem Mal ändert sich Dorothys ganze Haltung. Ihre Lippen verziehen sich zu einer harten Linie. Ich blicke hinter mich, und tatsächlich kommen Edward und Riley gerade durch die Tür und geradewegs auf uns zu.

Was für ein mieses Timing.

»Hallo zusammen.« Riley spielt nervös mit den Spitzen ihrer roten Haare, während sie einen Moment lang zwischen uns hin und her schaut.

Edward lächelt in die Runde und legt seinen Arm um ihre Schultern, woraufhin sie sich ein wenig entspannt. »Schön, euch zu sehen.«

»Und überraschend«, erwidert Dorothy trocken und nickt ihm knapp zu, als er sich spöttisch vor ihr verbeugt. Eins muss man ihm lassen, er hat Eier. Ich würde mich nicht mit Dorothy anlegen. Sie ist eine verdammt mächtige Sirene.

»Na ja, wir könnten das Essen sicher mit ein bisschen Nachhilfe verbinden?« Er schaut mich fragend an, will wissen, ob ich schon alles klären konnte, doch ich schüttle den Kopf. Hätte er doch nur ein paar Minuten länger gewartet. Dann wäre es jetzt nicht so verdammt unangenehm.

In diesem Moment taucht die Bedienung mit unseren

Getränken auf. Als ich aufschaue, versuche ich, das aufsteigende Entsetzen in mir runterzuschlucken. Denn vor uns steht niemand anderes als Jade. Das kann doch nicht wahr sein!

Unsere Blicke treffen sich, und ich muss ein Knurren unterdrücken, weil sie so verdammt verlockend ist. Die Härchen auf meinen Armen stellen sich auf, als ich sehe, wie sie schwer schluckt. Als würde mein Anblick etwas mit ihr machen. Als würde ich sie ebenfalls nicht kalt lassen.

»Oh«, gibt Dorothy leise von sich, und dieser Laut reicht, um mich aus meiner Trance zu reißen. Sie betrachtet Jade voller unverhohlener Neugier, wie ein wunderschönes Kunstwerk, dessen Besonderheiten einem erst auf den zweiten Blick bewusst werden.

»Was machst du denn hier?«, fragt Riley überrascht und hörbar verärgert.

»Arbeiten«, erwidert Jade trocken. Sie versucht cool zu bleiben, doch ich sehe, wie sich ihre Nasenflügel blähen, wie sie ihre Unterlippe einsaugt und es sofort wieder lässt. Wie sie versucht, sich ihre Nervosität nicht anmerken zu lassen, und bei den anderen vielleicht sogar Erfolg hat. Weil sie Jade nicht so anstarren, wie ich es tue. *Verdammt. Ich sollte das lassen.*

»Ihr kennt einander?« Dorothys Frage veranlasst mich, mit dem Starren aufzuhören.

»Jade ist eine neue Studentin«, antworte ich beiläufig.

»Jade also«, sagt Dorothy, noch immer lauernd, abwägend, fasziniert, und so langsam macht mich ihre Neugier nervös.

»Freut mich.« Jade lächelt höflich, während sie ihr ein Glas Wasser serviert.

»Musst du auch diese Hausarbeit absolvieren?«, fragt Dorothy beiläufig.

Irritiert blinzelt Jade und richtet sich auf, wobei sie das Tablett unter ihren Arm klemmt. »Wie bitte?«

»Ja, muss sie«, antwortet Vincent und kommt aus dem Grinsen gar nicht mehr heraus. Er genießt dieses Schauspiel viel zu sehr, und ein Blick auf Edward und Riley erklärt mir auch, warum. Riley presst ihre Lippen aufeinander, während Edward aussieht, als würde jeden Moment Rauch aus seinen Ohren steigen. Ich habe ihn schon lange nicht mehr derart aufgebracht gesehen.

»Ich helfe ihr.« Dorothy deutet entschieden auf Jade und wendet sich dann an mich. »Bring sie morgen zu mir.«

»Aber ich … *was?*«, stößt Jade irritiert aus.

»Wieso?«, fällt Edward ihr entrüstet ins Wort und kassiert dafür einen finsteren Blick.

»Ich muss mich vor niemandem rechtfertigen«, erinnert Dorothy ihn in so einem eisigen Tonfall, dass ich froh bin, dass sie keine Elementarin ist, die uns mit einem Fingerschnippen blitzgefrieren könnte.

»Entschuldigen Sie, Ihr Angebot ehrt mich wirklich, aber ich muss leider ablehnen.« Jade setzt ein professionelles Lächeln auf und zückt Stift und Notizheft. »Haben Sie schon gewählt, oder schauen Sie noch?«

»Wir sind gleich so weit, Schätzchen«, antwortet Dorothy mit einem absolut untypischen Lächeln und hat scheinbar keinerlei Probleme mit Jades Abfuhr.

Was ist denn jetzt los?

Jade nickt und wirft mir noch einen „Was zur Hölle?"-Blick zu, bevor sie von Riley und Edward die Getränkebestellung entgegennimmt und kurz darauf in Richtung Theke verschwindet.

»Dann wäre das geklärt.« Dorothy konzentriert sich wieder ganz auf ihre Speisekarte. »Wir reden später darüber. Ich nehme ein Truthahnsandwich.«

Jades Wangen sind immer noch gerötet, als wir kurz darauf unser Essen bestellen. Und auch den Rest der Zeit fällt es mir schwer, nicht immer wieder zu ihr herüberzuschauen. Es sollte mir nicht auffallen, dass sie fast ganz alleine für das Restaurant zuständig ist. Dass sie passenden Lippenstift zu ihrem pinken Angestelltenshirt trägt. Dass ihr Humpeln irgendwann stärker wird. Dass sie kurz darauf hinter der Bar steht, während eine andere Angestellte übernimmt. Dass sie hin und wieder auf ihren pink-geschminkten Lippen herumkaut und versucht, nicht zu uns herüberzusehen. Dass sich unsere Blicke immer wieder begegnen, obwohl wir beide so tun, als würden wir einander ignorieren.

Als mir Vincent feixend gegen meinen Oberschenkel boxt, zwinge ich mich, von ihr abzulassen. »Schmeckt es dir?«, frage ich Dorothy.

»Erwartungsgemäß«, antwortet sie knapp, was irgendwie alles bedeuten kann.

»Ich verstehe das nicht«, beginnt Riley langsam und setzt ein liebliches Lächeln auf, das nicht zu den hektischen Flecken auf ihrem Hals passt. »Wieso wollen Sie Jade helfen, wenn Sie sie überhaupt nicht kennen? Nicht, dass Sie mir eine Erklärung schuldig sind«, fügt sie schnell hinzu, als Dorothys Blick eisig wird. »Ich meine nur, ich würde gerne Ihre Geschichte hören und Jade offenbar nicht.«

»Das lässt du meine Sorge sein«, erwidert Dorothy knapp. »Du wirst sicher eine Alternative für dein Projekt finden.«

In diesem Moment hat Edward wohl genug und erhebt sich ruckartig. »Riley, ich habe vergessen, dass wir noch einen Termin haben.«

Rileys Stressflecken werden nur noch schlimmer, als er ihren Mantel nimmt und sie quasi drängt, hineinzuschlüpfen. »Oh. Ja. Entschuldigen Sie uns.«

Als sie nach draußen stürmen, quittiert Dorothy alles nur mit einem kleinen Lachen. Dann verwickelt sie Vincent in ein Gespräch zu seinen Eltern, die das Haus der Elementare leiten.

Nachdem wir unseren Lunch gezahlt haben, will ich gerade meine Jacke überziehen, als Dorothy mich zurückhält. »Ich würde gerne mit dir und Jade sprechen.«

»Okay?« Verwirrt gehe ich mit ihr gemeinsam zur Bar, wo Jade gerade an Avas Laptop arbeitet. Als wir vor ihr stehenbleiben, blickt sie auf.

Ihre Augen weiten sich, und erneut spüre ich ihre Magie auf meiner Haut, spüre die roten Funken wie eine sanfte Berührung, was mich erschaudern lässt.

Sie blinzelt, und als sie sich Dorothy zuwendet, verschwindet das Gefühl genauso schnell, wie es gekommen ist. »Was kann ich für Sie tun?«

»Ich werde dich morgen treffen.«

Jade runzelt irritiert die Stirn und lächelt dann höflich. »Es ist unglaublich nett, dass Sie mir helfen wollen, aber-«

»Kein Aber«, unterbricht Dorothy sie und mustert Jade mit schiefgelegtem Kopf. »Die Welt ist für jemanden wie dich gefährlich.«

»Wovon redest du?«, frage ich irritiert. Doch dann blicke ich zu Jade, sehe den Horror in ihren Augen und wie sie plötzlich zurückweicht, als würde sie sich darauf gefasst machen, zu rennen. »Jade? Was meint sie damit?«

Sie sieht mich nicht einmal an. Ihre ganze Konzentration ist auf Dorothy gerichtet. »Ich-«

»Beleidige mich nicht, indem du mich anlügst.« Dorothy zieht ihre Handschuhe aus ihrer Handtasche und beginnt sie ganz langsam überzustreifen. »Ich werde dir bei deinem kleinen Projekt helfen.«

Jades Finger umklammern fest den Rand der Theke. Ihre Brust hebt und senkt sich hektisch. Ihre Magie brodelt. »Was wollen Sie von mir?«

Wovon zum Teufel reden die beiden? Was weiß Dorothy, was ich nicht weiß? Sie sieht Jade zum ersten Mal, oder?

Aber was ist, wenn sie … nein. Dorothy hat keine Ahnung von meinem Auftrag, aber es würde mich nicht wundern, wenn es so wäre. Diese Frau kennt mehr Leute als der Premierminister Kanadas. Würde sie wissen, dass Jade etwas Verbotenes tut, würde sie das ihren Kontakten doch sicher mitteilen. Oder?

»Nichts.« Dorothys Lächeln ist rasiermesserscharf. »Sirenen sollten einander helfen, nicht wahr? Unser Ruf ist schon schlecht genug.«

Jade schluckt hörbar, und ihre Nasenflügel blähen sich. Sie sieht aus, als würde sie jeden Moment losrennen wollen. Stattdessen lockert sie ihren Griff um die Theke und hebt das Kinn. Ihr Blick fliegt zu mir. *Unsicher. Ängstlich. Kämpferisch.* »Ich denke nicht-«

»Ich mache dieses Angebot nur einmal. Ich werde dir

bei deinem kleinen Problem helfen.« Dorothy schiebt ihre Handtasche in ihre Armbeuge und macht einen Schritt von der Theke weg. Dabei entgeht mir nicht, dass sie einen bedeutungsschweren Blick in meine Richtung wirft. Was soll das denn jetzt?

»Das geht nicht«, stößt Jade plötzlich aus, und in ihren Augen steht rohe, nackte Angst. Etwas in meiner Brust zieht sich so fest zusammen, dass es beinahe körperlich wehtut. Was weiß Dorothy, das Jade solche Angst macht? Sie kann unmöglich wissen, ob Jade gefälschte Papiere hat oder nicht. Aber was ist es dann?

»Es wird gehen. Wir sehen uns morgen.« Dorothy wendet sich an mich. »Du wirst sie zu mir bringen.«

Ich sehe zu Jade, die ihre Zähne fest zusammenpresst. Ihre Augen glänzen. Ihre Schultern sind angespannt. Ihre Angst quillt aus jeder ihrer Poren und lässt ihre Magie brodeln. So stark, dass sie auf meiner Haut sticht.

»Schönen Tag noch.« Dorothys Tonfall ist nun nahezu ungeduldig, als sie sich vollends umdreht und in Richtung Ausgang geht.

Jade schnappt zitternd nach Luft und weicht meinem Blick aus. Ich kenne sie nicht wirklich, sehe nur den gehetzten Ausdruck in ihren Augen, und plötzlich weiß ich genau, was sie als Nächstes tun wird.

12. Kapitel

Jade

Seltsamerweise bin ich innerlich völlig ruhig, als ich den Reißverschluss meines Koffers schließe. Ein letztes Mal prüfe ich, ob ich auch wirklich nichts vergessen habe, bevor ich samt Gepäck zur Tür gehe. Egal wie wohl ich mich mittlerweile an der Ashriver Academy fühle, ich muss hier weg. Es gibt keine andere Möglichkeit. Eigentlich hätte ich schon gehen sollen, als Ezra mich enttarnt hat. Doch jetzt, nachdem diese alte Dame all diese Anspielungen gemacht hat, ist es mir unmöglich zu bleiben.

Ich muss irgendwo neu anfangen. Sicher finde ich auch ohne Referenzen einen Job als Bedienung oder an einer Kasse, wenn ich ein bisschen meiner Magie einsetze.

Entschlossen öffne ich die Tür, trete in den Flur – und erstarre. An der gegenüberliegenden Wand steht niemand anderes als Asher. »Was machst du hier?« Draußen herrscht völlige Dunkelheit. Ich bin gerade erst von meiner Schicht aus dem Biber zurückgekommen und hatte Mühe, vor Marina so zu tun, als wäre alles in Ordnung. Dabei ist verdammt noch mal überhaupt nichts okay.

Asher stößt sich von der Wand ab, und es ist nichts

mehr von der Leichtigkeit zu sehen, die Anfang letzter Woche zwischen uns gewesen ist. »Wir sollten reden.«

»Es gibt nichts zu bereden.« Ich umfasse den Griff meines Koffers fester und mache Anstalten, mich an ihm vorbeizuschieben, doch Asher versperrt mir den Weg. Er ist mir so nah, dass ich sein teures Parfüm riechen kann.

»Ich denke schon. Du verbirgst irgendetwas, und meine Grandma hat offenbar vor, dir zu helfen. Ich werde nicht zulassen, dass du sie in Schwierigkeiten bringst.« Seine Stimme ist eisig.

»Wenn ich gehe, kann ich auch niemanden in Schwierigkeiten bringen.« Meine Magie regt sich. Doch dieses Mal fühlt es sich nicht gut an, sondern gleicht einem scharfen Stechen. Als würde etwas Ursprüngliches in mir sich auf einen Kampf vorbereiten.

Ashers Mundwinkel hebt sich, doch nichts daran ist freundlich. »Du wirst nicht gehen.«

Mein Hals wird eng, und mein Herz poltert gegen meine Rippen. Ich mache einen Schritt zur Seite, doch Asher bleibt stehen, wie ein unüberwindbarer Fels. »Lass mich vorbei.«

Er muss etwas in meiner Stimme gehört haben, denn er weicht ein wenig zurück, lässt mir gerade so viel Platz, dass ich tatsächlich an ihm vorbeigehen könnte. »Du kannst davonlaufen, wenn es das ist, was du willst.«

Seine Arroganz trifft mich mitten in die Magengrube. »Habe ich denn eine andere Wahl? Ich muss hier weg. Sonst-« *Sonst fliege ich auf, und alles ist umsonst gewesen.* Ich hätte wissen müssen, dass dieser vermeintliche Neuanfang nichts anderes als eine Illusion war.

»Sonst was?« Es liegt keine Sanftheit in seiner Stimme,

nur ein Drängen, als würde er eine Erklärung wollen, als würde er sie brauchen. Ahnt er etwas? Verdammt. Dorothy, Ezra und jetzt auch noch Asher. Jeder Einzelne von ihnen könnte mich alles kosten.

Ich schüttle abwehrend meinen Kopf und trete endlich an ihm vorbei. Es gibt keine Alternative. Ich muss gehen.

»Dorothy ist eine mächtige Frau, und aus irgendeinem Grund mag sie dich genug, um dir ihre Unterstützung anzubieten«, sagt er leise, bedacht darauf, dass uns niemand belauschen kann.

Ich halte inne, zögere, drehe mich aber nicht zu ihm um. »Sie hat keine Ahnung, worauf sie sich einlässt.«

Ich spüre, wie er näher kommt und schließe meine Augen, als seine Stimme sanft hinter mir ertönt. »Was verbirgst du vor mir, Jade?«

Es wäre so leicht, ihm alles zu erzählen. Ein Teil von mir will es rauslassen. Die ganze Wahrheit. Damit sie nicht mehr in mir brodelt. Keiner hier weiß, was ich getan habe. Selbst Ezra kennt nur einen Bruchteil.

Meine so sorgsam antrainierte Maske aus einem spöttischen Lächeln und einem koketten Augenaufschlag kommt ganz automatisch, als ich mich zu ihm umdrehe. »Du bist ein netter Kerl, der nichts mit meinen Geheimnissen anfangen könnte.«

Ashers Augen verdunkeln sich. »Du weißt genauso viel über mich wie ich über dich.«

»Und das wird auch so bleiben.« Ich zwinkere ihm zu und gehe rückwärts, weg von ihm, in Richtung Treppe. »Leb wohl, Asher.«

»Ich kann dich nicht gehen lassen.«

Beinahe hätte ich gelacht. Doch da ist eine Endgültigkeit in seiner Stimme, die mich davon abhält. Ich lege den Kopf schief, betrachte ihn genauer, und etwas in mir regt sich. Argwohn. »Warum nicht?«

Etwas zuckt über sein Gesicht. Etwas, das er zu verbergen versucht. Doch ich sehe es. Sehe das Gehetzte, die Schuld, die Entschlossenheit. Es hat etwas mit mir zu tun.

»Du *kannst* mich nicht gehen lassen?«, wiederhole ich langsam und kneife leicht die Augen zusammen. Meine Magie funkelt zwischen uns, und ich bin mir fast sicher, dass sie nichts damit zu tun hat, dass Asher in diesem Moment ganz kurz nickt. So unscheinbar, dass ich es beinahe verpasst hätte.

Er *kann* nicht.

Warum nicht?

Liegt es an ihm oder jemand anderem?

Ich wage nicht zu fragen, wage nicht, mich noch verdächtiger wirken zu lassen, weil mir die Situation mit einem Mal zu brenzlig erscheint.

»Ich *will* nicht«, stößt Asher plötzlich aus, und noch bevor ich verstehe, was passiert, ist er mit wenigen Schritten direkt vor mir, vergräbt eine Hand in meinem Haar und zieht mich an sich. Seine Lippen treffen auf meine, und ein Gefühl von Verlangen lodert so heiß in mir auf, dass ich keuche. Meine Magie prallt auf seine, und ein Feuerwerk aus Empfindungen rast durch mich hindurch. Ich mache Anstalten, nach seinem Pullover zu greifen, doch da stößt Asher einen erstickten Laut aus und zieht sich von mir zurück. Er flucht und fährt sich durch sein Haar. »Fuck. Es tut mir leid. Ich hätte das nicht tun sollen.«

Meine Wangen brennen. Und meine Finger legen sich

ungläubig auf meine Lippen, die von dieser kurzen Berührung noch immer kribbeln. Dieser Kuss hat kaum länger als einen Atemzug gedauert. Wieso fühlt er sich dann so viel besser als all die Küsse an, die ich bisher bekommen habe? »Was? Mich küssen?«

»Das war nicht in Ordnung.« Er reibt sich über die Stirn, kneift die Augen zusammen, und die Schuldgefühle stehen ihm ins Gesicht geschrieben.

Ich starre ihn an. Und dann lache ich. Lache so laut, dass es durch den Flur hallt und sicher gleich irgendwer seine Zimmertür aufmachen wird.

»Was?«, fragt Asher mit einer Mischung aus Frustration und Verwirrung. »Wieso lachst du?«

»Du hast mich geküsst, und jetzt tut es dir leid?«

Er starrt mich ungläubig an. »Verdrehst du mir jetzt echt die Worte im Mund? Es ist ja wohl offensichtlich, dass ich dich heiß finde. Schon von Anfang an.«

Ich lache noch immer, doch als tatsächlich hinter einer der Zimmertüren Geräusche ertönen, stoppe ich abrupt und reiße meine Augen auf. Mich darf hier auf keinen Fall jemand erwischen. Ohne groß darüber nachzudenken, schiebe ich Asher samt meinem Koffer in mein Zimmer und schließe schnell die Tür hinter uns.

Asher öffnet den Mund, doch bevor er etwas sagen kann, lege ich meinen Zeigefinger auf seine Lippen. Wir erstarren beide, als ich seine weiche Haut berühre. Mein Herz pocht so stark und laut, dass ich befürchte, Asher könnte es hören, während gleichzeitig auf der anderen Seite der Tür zu hören ist, wie jemand in den Flur tritt. Ich wage es nicht, mich zu bewegen, spüre nur Ashers warmen Atem an meinem Zeigefinger und zwinge mich, nicht zu erschaudern, während meine Augen sich nur langsam an die Düsternis gewöhnen und ich schließlich seine Umrisse erkennen kann.

Eine gefühlte Ewigkeit ist es totenstill, doch irgendwann höre ich, wie sich die Tür wieder schließt. Langsam ziehe ich meine Hand zurück. Und so stehen wir da. In dem schmalen Flur zu meinem Zimmer, umgeben von völliger Dunkelheit, während nur unser beider Atem zu hören ist.

Wir schweigen uns an, bis Asher die Stille scheinbar nicht mehr aushält.

»Das war knapp.«

»Wieso willst du nicht, dass ich gehe?«

Er schluckt hörbar. Ist er etwa nervös? »Du faszinierst mich.« Seine Antwort klingt gepresst und zögerlich.

Lügner. Die Hitze in mir verfliegt, und ich erinnere mich daran, warum ich gehen wollte. »Und jetzt versuch es mit der Wahrheit.«

Ein heiseres Lachen erfüllt die Dunkelheit, und er fährt mit der Hand durch seine blonden Locken. »Das *ist* die Wahrheit. Und ich hasse es, weil ich das Gefühl habe, Edward damit in den Rücken zu fallen.«

»*Edward.*« Ich stoße seinen Namen aus, als wäre er Abfall. »Wie schön, dass du ihm gegenüber loyal bist.«

»Er ist mein Cousin, er war immer für mich da. Du klingst, als wäre Loyalität innerhalb der Familie unnormal.«

»Keine Ahnung, ob es das ist.« Meine Worte triefen vor Bitterkeit, und ich verfluche mich innerlich, weil sie so viel mehr offenbaren, als ich bereit bin, ihm zu sagen. »Egal. Ich verschwinde jetzt.«

»Wieso? Was macht dir solche Angst?« Er betont jedes einzelne Wort, als würde es ihn umbringen, die Antwort nicht zu wissen.

»Wer sagt denn, dass ich Angst habe?« Trotzig hebe ich mein Kinn.

»Jade.« Mein Name auf seinen Lippen klingt wie eine sanfte Beschwörung. »Ich werde dir nichts tun. Wovor auch immer du wegläufst. Ich kann dir helfen.«

Etwas in mir will ihm glauben. Mein Herz? Dieses dumme kleine Organ hat mir noch nie Glück gebracht. »Du hast keine Ahnung, was du da sagst.«

»Dann rede mit mir. Bitte.«

»Ich kann nicht.« Meine Stimme wird leise, bricht, als er mir plötzlich ganz nah ist. Ich spüre seinen Atem auf meiner Stirn. Seine Finger, wie sie seicht über meine Wange streifen. Meine Magie summt, wie ein lebendiges, anschmiegsames Wesen. Ich will mich in seine Berührung fallen lassen, will ihm vertrauen, will ihm glauben, dass er alles wieder gut werden lassen kann. Doch das geht nicht. Weil er zur Elite gehört. Weil diese alte Dame irgendwas weiß. Weil es schon dumm von mir war, nach Ezras Erpressung zu bleiben.

»Ich kann nicht«, beharre ich, weil das Risiko zu groß ist, dass meine Lügen mir nun doch das Genick brechen werden.

Er seufzt. Resigniert. Ergeben. »Kann ich dich wenigstens irgendwo hinfahren?«

Ich wäre auch allein durch den dunklen Wald gelaufen, nur um hier wegzukommen. Vielleicht ist ihm das bewusst. »Okay. Aber nur bis zur nächsten Bushaltestelle.«

»Gut.« Er klingt ganz und gar nicht begeistert, doch

glücklicherweise protestiert er nicht mehr, als ich die Tür öffne und wir gemeinsam durch die dunklen Flure der Akademie laufen. Asher trägt sogar meinen Koffer, damit er keinen unnötigen Lärm macht.

Als wir kurze Zeit später auf dem Parkplatz sind, überkommt mich plötzlich ein Gefühl von Wehmut, und ich kann nicht anders, als ein letztes Mal zurückzublicken. Hinter einigen Fenstern brennt noch Licht, doch niemand achtet auf den Parkplatz, auf dem gerade zwei einsame Gestalten über den Kies laufen.

Asher öffnet mir die Beifahrertür, und seufzend lasse ich mich in den Sitz fallen.

Und dann entfährt mir ein markerschütternder Schrei.

Hinter mir sitzt eine alte Frau mit weißer Föhnfrisur und dunkelrotem Lippenstift. *Dorothy.*

Plötzlich ertönt ein Klicken, und ich versuche, mit einem panischen »Nein! Nein! Nein!« die Tür zu öffnen. Doch nichts passiert. Ich bin eingesperrt.

»Bist du fertig?«, fragt Dorothy nun und klingt auch noch genervt.

»Was soll das hier?«, fahre ich zu ihr herum.

»Kommen wir zum Punkt. Ich sitze eindeutig schon zu lange in diesem kalten Auto.« Sie verdreht ihre Augen. »Asher hat mir verboten, den Wagen anzulassen. Könnte zu auffällig sein. Aber immerhin hatte er recht, als er behauptet hat, du würdest eher abhauen, als mit mir zu reden.«

Meine Wangen glühen vor Zorn, und die Erkenntnis über Ashers Verrat liegt wie glühend heiße Asche in meiner Luftröhre. Ich ersticke beinahe an meiner Wut, die mich nicht so hart treffen sollte, wie sie es tut. Wie ein verdammter Zug, der mich mit voller Wucht rammt. Asher hat mich geküsst! Er hat mir gesagt, dass er mich will! Dabei hat er nur darauf gewartet, dass ich in diese verdammte Falle trete! »Was wollen Sie?«

»Du hast Dreck am Stecken. Vermutlich hast du deine Prüfungspapiere fälschen lassen, so wie deine Magie um sich greift. Aber darum geht es mir nicht.«

Ihre Worte lassen das Blut in meinen Adern gefrieren, und ich rühre mich keinen Zentimeter mehr.

»Das Problem ist, dass etwas Schlimmes passieren wird, wenn du dich nicht unter Kontrolle bekommst.«

»Ist das eine Drohung?«

»Nein.« Dorothy lacht höhnisch. »Sieh es als Prophezeiung. Hör mir gut zu. Ich habe ein paar Kontakte angerufen und Gefallen eingefordert. Es gibt für dich einen Nachholtermin, in knapp vier Wochen. Du wirst bis dahin lernen, was nötig ist, und dann wirst du offiziell Teil der Gemeinschaft.«

Ich starre sie an, höre ihre Worte und begreife dennoch nicht. »Was?«

»Du wirst die Prüfung machen«, erwidert Dorothy mit einem Tonfall, der selbst einen wilden Tiger in die Flucht schlagen würde. »Du wirst nicht weglaufen. Du wirst lernen. Du wirst die Prüfung machen. Du wirst dir ein Leben aufbauen. Du wirst dich nicht gegen meinen Unterricht sträuben.« Ihre Sirenenmagie hüllt mich ein, noch bevor ich realisiere, dass sie mich gerade verzaubert.

Tränen schießen in meine Augen, während sich ihre Worte in meinem Kopf manifestieren, und ich weiß, dass ich keine Chance habe. »Wieso tun Sie mir das an?« Fühlt sich meine Magie etwa so für andere an? Wie ein lebendiges Wesen, das seine Tentakeln in mein Hirn schiebt und meine Gedanken übernimmt?

»Weil es sonst in einer Katastrophe enden wird«, erklärt sie, und eine Spur Sanftheit flackert in ihren Augen. »Tut mir leid, dass es nicht anders geht. Aber du wirst mir am Ende dankbar sein.«

Zitternd stoße ich meinen Atem aus, und alles in mir will nur noch rennen. Doch ich kann nicht, weil sie mich mit fünf Sätzen an die Akademie gebunden hat. »Ist Asher dafür verantwortlich?«

»Oh nein. Und du solltest ihm kein Wort davon sagen.« Dorothy rümpft die Nase. »Glaub mir. Es ist zu seinem eigenen Schutz.«

In meinen Ohren rauscht es. »Was soll das bedeuten?«

»Dass er schon jetzt die Verantwortung hat, das Gesetz zu wahren.« Sie macht eine kurze, bedeutungsvolle Pause, als würde sie sich meiner Aufmerksamkeit versichern wollen. »Vier Wochen. Dann kannst du die Prüfung machen und bist frei.«

Dorothys Sirenenkraft gleicht meiner eigenen, und noch nie in meinem Leben habe ich den Anblick der dunkelroten Funken so sehr gehasst wie in diesem Moment. »Als hätte ich eine Wahl.«

»Es muss sein«, wiederholt sie mitleidslos. »Du wirst es schon noch verstehen. Wir sehen uns morgen.« Dann klopft sie an die Scheibe, und im nächsten Moment entriegeln sich die Schlösser.

Mit einem Ruck drehe ich mich von Dorothy weg, stoße die Autotür auf, steige aus dem Wagen und entreiße Asher meinen Koffer.

»Was-« Er legt seine Hand auf meinen Arm, doch ich

wehre ihn ab. »Fass mich nie wieder an.« Ich kann nicht einmal mehr seinen Anblick ertragen. Er hat mich in diese Falle gelockt und damit mein Schicksal besiegelt. Auch wenn es ihm nicht einmal bewusst ist.

Ohne mich noch einmal umzudrehen, eile ich zurück in die Akademie, während Dorothys Worte in meinem Kopf wie in Dauerschleife laufen.

Nicht weglaufen. Lernen. Prüfung machen. Ein Leben aufbauen. Unterrichten lassen.

13. Kapitel

Jade

Die ganze Nacht über habe ich mich unruhig hin und her gewälzt. Habe versucht, meine Wut aufrechtzuerhalten, aber stattdessen ist da nur noch dieser unbändige Wunsch, die verdammte Prüfung zu absolvieren. Es ist so schrecklich schwer, meinen Zorn aufrechtzuerhalten, während ein Teil von mir davon überzeugt ist, mir damit ein neues Leben aufbauen zu wollen. So ist es also, wenn man von einer Sirene manipuliert wurde. Es ist ein beschissenes Gefühl.

»Was ist gestern passiert?« Asher hält es genau zwei Minuten schweigend neben mir aus, während er seinen Wagen – einen protzigen Mercedes – von dem Akademiegelände lenkt.

»Nun«, erwidere ich mit gepresster Stimme und lege meine Hände in meinen Schoß, um mich davon abzuhalten, weiter an meinem Daumennagel zu knibbeln. »Offenbar hast du mich mitten in eine Falle laufen lassen.« *Und du hast mich geküsst. Geküsst, und es nicht so gemeint.*

»Was hat Dorothy gemacht?«

»Kann ich leider nicht drüber sprechen.«

Asher stößt einen frustrierten Laut aus, und ich merke,

dass er weiter nachfragen will, sich dann aber dagegen entscheidet. »Es tut mir leid.«

»Was genau?«

»Dass ich dich in diese Lage gebracht habe. Glaub mir, sie meint es nur gut.«

»Bist du eigentlich immer so?« Meine Stimme trieft nur so vor Gift.

»Wie?«

»So unerträglich gutgläubig? Ernsthaft«, stoße ich aus, als er die Stirn runzelt. »Alles, was deine Familie tut oder sagt, scheint für dich richtig zu sein. Denkst du auch mal selbst, oder nimmt der Nachname dir das ab?«

Seine Hände umfassen das Lenkrad fester.

»Vergiss es.« Meine Stimme zittert, so wütend und ohnmächtig fühle ich mich. »Ich will echt nicht mehr darüber sprechen.«

»Wieso sitzt du dann in diesem Wagen?« Nun ist er ebenfalls wütend. Gut. Damit kann ich etwas anfangen.

»Weil ich keine verdammte Wahl habe!«, schleudere ich ihm entgegen.

»Wie meinst du das?« Er blinzelt verständnislos in Richtung Scheibe.

»Finde es selbst heraus«, erwidere ich, weil es absolut nichts bringt, wenn ich ihm sage, dass Dorothy mich verzaubert hat. Es ist eine Straftat, und wenn Asher wirklich so pflichtbewusst ist, müsste er sie anzeigen. Und das würde wiederum zur Folge haben, dass man auch mich genauer durchleuchtet. Nein, danke.

Ich schaue nach draußen, wo die Herbstlandschaft in prächtigen Farben an uns vorbeizieht, und einen Moment lang fühle ich mich zurückversetzt in das letzte Jahr. Meine Mutter und ich sind in unserem Camperbus zu irgendeinem Schönheitswettbewerb unterwegs gewesen. Sie hat mir den gesamten Weg über eingebläut, dass meine vorherige Performance nicht gut genug gewesen ist, obwohl ich gewonnen habe.

»Riley hat erzählt, dass du früher viel gereist bist.« Ashers Frage reißt mich aus meiner Erinnerung und dem miesen Gefühl, das sich dabei in meiner Brust eingenistet hat.

Kann er etwa Gedanken lesen? »Bin ich. Meine Mutter hatte einen Hang zu Schönheitswettbewerben.«

»Und dabei hast du deine Kraft eingesetzt?« Seine Anklage hängt laut zwischen uns, und ja, der Kerl versteht es, einem Mädchen Schuldgefühle zu machen.

Wut sammelt sich in meinem Bauch, und ich starre ihn von der Seite an, während meine Magie in mir züngelt. »Fällst du immer so mit der Tür ins Haus? Ja, okay? Ich kannte es nie anders. Ich meine, woher soll ich auch wissen, was verboten oder erlaubt ist, wenn ich mein Leben lang von allem Übernatürlichen ferngehalten wurde?«

Er öffnet den Mund, doch ich komme ihm zuvor. »Ich weiß. Irgendwann ist es mir selbst bewusst geworden. Lass du dich mal dein ganzes Leben lang manipulieren, und erzähl mir dann gerne, wie du es da rausgeschafft hast.«

»Wie hast du es?« Seine Stimme ist leise, neugierig und zugleich sanft. Als wüsste er, auf wie viel Dynamit ich gerade sitze.

»Bin von der Bühne gefallen und habe mir einen komplizierten Bruch zugezogen.«

»Du hast dein Leben lang trainiert und bist dann einfach gefallen?«

Ich starre Asher an und verstehe nicht, wie er all die richtigen Fragen stellen kann, all diese Fragen, dessen Antworten meine Geheimnisse bleiben sollten. Doch das sind sie nicht mehr. Nicht, seitdem Ezra und Dorothy mir so schnell auf die Schliche gekommen sind. »Vielleicht habe ich mich auch einfach fallen lassen.« Zu dem Zeitpunkt war ich mir vollauf bewusst darüber, dass die Bühne am Rande eines Hangs stand und der Fall verflucht wehtun würde. Und es war mir egal. Weil ich einfach nicht mehr so weitermachen konnte.

Er atmet hörbar aus, und ich weiß nicht, ob er schockiert oder einfach nur überrascht ist. »Warum? Was hat dich dazu veranlasst, nach all diesen Jahren aufhören zu wollen? Konntest du deiner Mutter nicht einfach sagen, dass du nicht mehr willst?«

Mir entfährt ein höhnisches Lachen. »Ja, genau. Weil meine Mum so hilfsbereit ist. Es klingt so einfach, nicht? Aber ich habe ihr gesagt, dass ich nicht mehr mitmache. Schon ein Jahr zuvor. Doch sie hat mir sehr deutlich gemacht, was für ein Leben ich ohne sie führen würde.«

»Aber offensichtlich bist du hier.«

»Und bis gestern konnte ich mir auch nichts Besseres vorstellen«, gebe ich leise zu und offenbare damit einen Teil meiner Verletzlichkeit. Ein bisschen, weil es so anstrengend ist, ständig eine Rolle zu spielen. Mein Leben lang schon tue ich so, als würde ich es lieben, auf der Bühne zu stehen. Und einen Großteil meines Lebens habe ich es auch geliebt. Bis ich es nicht mehr habe, weil mir bewusst wurde, dass ich eine Gefangene meiner eigenen Mutter bin. Ich nur eine Möglichkeit für sie, an schnelles Geld zu kommen. Doch erst als ich anfing, mich aufzulehnen, begann der wahre Horror. Meine Mutter hat schon zuvor jede Möglichkeit genutzt, um mich kleinzumachen und mein Selbstbewusstsein zu zerstören, damit ich mich bloß niemals von ihr abwende. Als ich mich dann zum ersten Mal gegen sie stellte, hat sie versucht, mich zu brechen. Und beinahe hätte sie es auch geschafft. Wenn es nicht diesen kleinen Hoffnungsschimmer namens Ashriver Academy in mir gegeben hätte.

»Dorothy möchte dir helfen.« In seinen Worten stecken unzählige Fragezeichen.

»Ja. Vielleicht.«

Das Leben hat mir diese Karten ausgeteilt, und ich bin nur dabei, das Beste aus meinem Spiel zu machen. Weil ich absolut keine Energie mehr für dieses Gespräch übrig habe, greife ich demonstrativ nach dem Lautstärkeregler und drehe die Musik so laut auf, dass die Unterhaltung unmöglich wird.

Den Rest des Weges schweigen wir.

Wir schweigen, als wir durch das angebliche Militärgelände fahren, wo diverse Schilder verirrte Menschen zur Umkehr bewegen sollen. Wir schweigen, während Asher vor einem großen Eisentor hält, wortlos seinen Ausweis auf das Armaturenbrett legt und mich mit einem Blick auffordert, es ihm gleichzutun. Und wir schweigen, als sich das Tor öffnet und wir eine lange Allee entlangfahren.

Erst als wir auf ein riesiges Gebäude zukommen, über dessen Eingangstür ein kupfernes Schild prangt, wird mir bewusst, dass er mich nicht irgendwo hinbringt. Er bringt mich zur Residenz der Magier.

Es ist ein großes schwarzes Gebäude, mit kupferfarbenen Fensterrahmen, geradlinig und modern. Der Wald spiegelt sich in den riesigen Fensterfronten, die große Teile des Gebäudes einnehmen. Vor dem Eingang befindet sich ein riesiges Wasserspiel, eine schwarze Ansammlung aus Quadraten, die über der Erde zu schweben scheinen und über die Wasser rinnt, das in einem dunklen Kieselsteinbecken darunter versickert. Zwei große Eichen stehen rechts und links vor dem Gebäude, mit kahlen Ästen, die so tief hängen, als würden sie nach uns greifen wollen. Asher lenkt den Wagen langsam am Eingang vorbei zu einer Tiefgarage.

»Was machen wir hier?« In mir brüllt alles nach Flucht, während ich mich zwinge, äußerlich völlig ruhig zu bleiben. *Alles wird gut. Es muss einfach gut werden. Zur Not werde ich all meine Magie einsetzen, die mir zur Verfügung steht, um mich hier selbst wieder rauszuholen.*

»Dorothy wohnt hier.« Er steigt aus dem Wagen, und als ich es ihm nicht gleichtue, öffnet er mir die Beifahrertür. »Sie wird dir nichts tun. Das ist unser Zuhause. Hier wird niemandem etwas getan.« Sein Mundwinkel hebt sich zu einem schiefen Lächeln.

Da wäre ich mir nicht so sicher. Ich will mich auflehnen, will dagegen ankämpfen, doch Dorothys Worte sind wie eine Beschwörung in meinem Hirn. *Du wirst dich nicht gegen meinen Unterricht sträuben.* Resigniert steige ich aus und gebe mich unbeeindruckt angesichts der vielen hochpreisigen Autos. »Warum nennst du sie eigentlich Dorothy? Seid ihr nicht verwandt?«

»Sie ist die zweite Frau meines Großvaters. Also nein, wir sind nicht blutsverwandt.« Er führt mich aus der Tiefgarage zum Haupteingang. *Sein Zuhause.* Wie kann dieses Gebäude ein Zuhause sein? Das hier ist ein moderner Palast, dunkel, bedrohlich, eindrucksvoll. Ich fixiere das kupferne Wappen, das ohne Füllung groß und glänzend über der Tür hängt.

»Und was hat es mit dem Wappen auf sich? Warum ist es leer?«

»Es ist ein Teil des Stadtwappens«, erklärt Asher mit hörbarem Stolz. »Nach dem Aschekrieg wurde Phoenix neu aufgebaut, und die verschiedenen Häuser haben sich darauf geeinigt, die Stadt und damit auch Nordamerika gemeinsam zu regieren. Jedes Haus erhielt damals einen Teil des Wappens, symbolisch, aber auch physisch. Das hier ist natürlich eine Nachbildung.«

»Das Wappenteil der Magier ist also ein kupferner Schild?«

Er nickt und führt mich zu einer großen hölzernen Tür, die er überraschenderweise mit einem Schlüssel entriegelt. Keine Ahnung, was ich erwartet habe. Einen Butler?

Wir treten in eine Eingangshalle mit hoher Decke, hellem Holzboden, dunkelgrünen Wänden und einer modernen, nahezu futuristisch ineinander geschwungenen Deckenlampe aus Edelstahl. Eine schwarze Stahltreppe führt in die oberen Etagen, von wo aus sich zu drei Seiten ein Geländer windet. Große schwarze Pflanzkübel stehen an den Wänden, in denen Olivenbäume wachsen. Asher führt mich nach oben, durch unscheinbar wirkende Flure mit cremefarben gestrichenen Wänden und dunklem Teppichboden, bis wir vor einer Tür stehenbleiben und er auf eine danebenhängende Klingel drückt.

Es dauert einen Moment. Dann ertönt zuerst ein Surren, dann ein Klicken. Asher drückt die Tür auf, und vor uns tut sich eine Wohnung auf.

Rechts befindet sich eine Küche mit schwarzen, matten Fronten. Vor uns liegt eine große Sitzlandschaft mit Kamin und riesigem Fernseher, und nach links gehen mehrere Türen ab. Asher schiebt mich weiter in die Wohnung hinein und geht dann voraus. »Wir sind fast zu spät.«

Ich wusste nicht mal, dass es einen festen Termin gibt, aber okay.

Kurz darauf treten wir in einen Wintergarten voller Pflanzen, der durch seine Glasfronten den perfekten Ausblick auf den Vorhof mit dem Wasserspiel bietet. Und mitten drin, auf einem pfauenblauen Sessel mit hoher Lehne, thront Dorothy und nippt gerade an einer weißen Teetasse aus Porzellan. »Ihr seid zu spät.«

Ich weiß, dass ich sie anstarre, aber ich kann einfach nicht damit aufhören. »Sollte zu verschmerzen sein«, erwidere ich trocken.

Dorothys Mundwinkel zuckt leicht, während sie auf den pinken Sessel ihr gegenüber deutet. »Setz dich.«

»Wieso?«

Dorothy wedelt mit ihrer Hand in Ashers Richtung. »Machst du unserem Gast bitte einen Cappuccino?«

Asher nickt pflichtbewusst, jedoch nicht, ohne mir einen kurzen, besorgten Blick zuzuwerfen.

Seine Grandma schnaubt. »Ich werde sie schon nicht auffressen.« Ein gefährliches Grinsen stiehlt sich auf ihr Gesicht. »Zumindest nicht sofort.«

Als er verschwunden ist, beugt sie sich mir entgegen. »Wir werden jetzt über deine nette kleine Hausarbeit sprechen. Sobald Asher gleich bei dem Termin mit seinem Vater ist, reden wir allerdings über die wichtigen Dinge.«

Ich nicke knapp, und mit einem Mal gerät mein Herz aus dem Takt. Ich habe keine Ahnung, was hier los ist, aber entweder ist das hier wirklich eine echte Chance – oder mein Untergang.

Einen Moment später kehrt Asher mit zwei dampfenden Tassen zurück, während ich etwas zum Schreiben aus meiner Tasche hole.

Dorothy nippt an ihrem Tee und seufzt genüsslich, während sie sich zurücklehnt. »Du musst also eine Hausarbeit über den Aschekrieg schreiben?«

Ich nicke und versuche, mich auf meine Unterlagen zu konzentrieren. Durch das Buch, das Asher letzte Woche für mich rausgesucht hat, konnte ich mich bereits in das Thema einlesen.

»Mein ursprünglicher Plan war, dass ich über die Involvierung von Kindern während des Krieges schreibe.« Nachdem ich dazu diverse Erfahrungsberichte gefunden habe, erschien mir das Thema am leichtesten. »Aber ich denke, es wird Mrs Tyndall nichts ausmachen, wenn ich das Thema anpasse. Ich müsste ihr nur noch mitteilen, dass ich mich gegen eine allgemeine Hausarbeit entschieden habe, sondern einen Erfahrungsbericht schreiben möchte.«

Sie winkt mit ihrer freien Hand ab. »Wie wäre es, wenn ich ein wenig von der Zeit berichte? Dann kannst du ein paar Notizen machen und dir bis zu unserem nächsten Treffen überlegen, welche genauen Fragen du hast.«

Ein Folgetreffen? Ich will etwas einwenden, doch Dorothy redet einfach weiter. »Nun, wie dir bereits bekannt ist, brach der Krieg im Jahr 1744 aus. Doch schon zuvor waren die Fronten zwischen den Übernatürlichen verhärtet. Das heutige Phoenix war einst ein riesiges Gebiet mit unzähligen einzelnen Regionen, und für jedes Haus gab es eine Stadt. Doch die Grenzen verschwammen, je größer die Population wurde, was immer wieder zu Spannungen führte. Wir wohnten im nördlichsten Teil, nahe der Grenze zum heutigen Alaska. Damals wurde es noch als Russisch-Amerika bezeichnet.« Als sie fortfährt, huscht ein Schatten über ihr Gesicht. »Es waren zunächst nur viele kleine Kämpfe, doch als die Tochter und Nachfolgerin des Tierwandlervolkes bei einem Angriff starb, eskalierte die Situation. Der Krieg war …«, sie stockt kurz, schluckt, und ihre Augen glänzen für den Bruchteil einer Sekunde, bevor sie wieder ihre stoische Miene aufsetzt. »Wie Krieg nun mal so ist. Sinnlos und todbringend. Als ich alt genug war, also knapp vier Jahre später, mit sechzehn, habe ich mich der Kriegerjugend angeschlossen. Wir wurden für den Kampf ausgebildet, weil wir dachten, wir würden etwas Gutes tun. Ich war verblendet, so wie meine Freunde auch. Doch Sirenen und Wandler wurden zum Hauptziel der Angriffe. Wegen unserer Macht.« Sie lacht trocken. »Nun, wenn mich jemand mit nur einem Wort in den Tod stürzen könnte oder die Gestalt meines besten Freundes mit nur einem Fingerschnippen annehmen könnte, würde ich ihn vermutlich auch fürchten.«

Da muss ich ihr wohl recht geben. Doch meine Gedanken kreisen um ein Wort. Kriegerjugend. Diese Bezeichnung habe ich zuvor in meinem Geschichtsbuch gelesen. Vielleicht sollte ich das Thema wählen?

»Der Krieg dauerte hundertneununddreißig Jahre, bis

er endlich endete. Vertreter aller acht Völker taten sich im Geheimen zusammen und entschieden, dass das Blutvergießen enden muss. Sie taten, was nötig war, um die Kriegstreibenden aufzuhalten, bevor sie auf der Asche der Toten eine neue Stadt gründeten. Phoenix. Wie passend, nicht?« Sie schweigt und starrt vor sich hin, während in ihren Augen Erinnerungen brennen.

»Und daher stammt also das Wappenstück an dem Tor draußen?«, frage ich zögernd, als ich die Stille nicht mehr aushalte und selbst Asher neben mir nervös mit dem Bein wippt. Wobei er die Geschichte vermutlich längst kennt.

Dorothy blinzelt und räuspert sich. »Richtig. Es bildeten sich kleine Regierungen, die bis heute ihre Völker vertreten. Jedes Haus hat so ein Stück, und alle ergeben zusammengefügt das Wappen von Phoenix.«

»Waren auch die Menschen in den Krieg involviert?«

Dorothy verdreht die Augen. »Sie wurden rausgehalten. Damals haben sich die Übernatürlichen noch weitestgehend von den Menschen ferngehalten und in Kolonien zusammengerottet. Das Tribunal, das sich damals bildete, in dem Vertreter aller Häuser sitzen, beschloss, dass jeder heranwachsende Übernatürliche eine Prüfung ablegen muss. Diese Prüfung ist nicht zwingend, aber ohne sie kann man sich nicht innerhalb der übernatürlichen Städte bewegen.« »Wie sieht es in den anderen Teilen der Welt aus?« Mein Hals verengt sich, direkt nachdem ich die Frage stelle. *Asher.* Ich habe ihn beinahe vergessen.

Doch Dorothy antwortet, ohne zu zögern. »Die haben ihre eigenen Regeln. Die Einreise von Übernatürlichen ist jedoch strengstens geregelt.«

Ich nicke langsam, und obwohl ich noch so viele Fragen

habe, halte ich sie wegen Ashers Anwesenheit zurück. Stattdessen gehe ich auf das Offensichtlichste ein, das mir noch nicht ganz einleuchtet. »Und wie kommt es, dass Sie als Sirene hier im Haus der Magier wohnen?«

»Das liegt daran, dass ich den damaligen Leiter dieses Hauses geheiratet habe. Es war ein Skandal.« Sie lacht leise. »Aber da er bereits Nachkommen hatte, war diese Hürde nicht groß. Und ich bin zwar eine Sirene, aber habe nie irgendwelche Aufgaben innerhalb des Hauses der Sirenen gehabt. Sie vertreten zwar meine Bedürfnisse, und sollte ich ein Verbrechen begehen, würden auch sie involviert werden, aber ich bin nicht zwangsläufig an sie gebunden. Bei den Erben sieht es anders aus. Nachfolger wie Asher.« Sie deutet auf ihren Stiefenkel, der ruhig neben uns sitzt. »Sie haben besondere Verpflichtungen ihrem Haus gegenüber. Er ist ein Erbe, und mindestens eines seiner Kinder sollte Magiergene erben, um die Nachkommenschaft zu regeln. Eine Magierin wäre dafür vorteilhaft. Aber nicht zwingend«, fügt sie mit einem schiefen Grinsen hinzu, das so gar nicht zu ihr passen will. Ich weiß aber, worauf sie hinauswill. Meine Mutter erklärte mir einst, dass sich die stärkeren Gene durchsetzen. Sie mischen sich nicht.

Asher räuspert sich und wirft einen Blick auf seine Armbanduhr. »Ich muss kurz weg.«

Dorothy winkt ab. »Mach ruhig. Ich kümmere mich um Jade.«

Er zögert, als würde er sich tatsächlich Gedanken um mich machen. Als hätte er mich seiner Großmutter nicht längst zum Fraß vorgeworfen. Ich erwidere seinen Blick unbewegt, als würde ich nicht gerade wieder an seine Lippen auf meinen denken. Als würde sich der Verrat nicht wieder durch meine Venen schlängeln wie Säure. Als würde ich mich nicht unfassbar dumm fühlen, weil ich auf ihn reingefallen bin.

Er schluckt sichtlich, und kurz, für einen winzigen Augenblick, wandert sein Blick auf meine Lippen. Dann räuspert er sich und geht. Ich warte noch, bis sich die Tür hinter ihm geschlossen hat, dann ergreife ich das Wort. »Warum helfen Sie mir?«

»Ich habe dir bereits gesagt, dass sich Sirenen untereinander unterstützen sollten. Erst recht, wenn so jemand Mächtiges vor mir steht. Sagen wir, ich bin neugierig, was du wohl so alles kannst.« Die Düsternis ist aus Dorothys Augen verschwunden. »Tut mir leid, aber ich musste ein paar Informationen über dich einholen. Keine Sorge«, fügt sie hinzu, als meine Augen sich vor Entsetzen weiten. »Ich habe einen Privatermittler gefragt, der nichts mit diesem Haus zu tun hat.« Sie wischt mit zusammengekniffenen Augen auf ihrem Handy herum und runzelt dabei die Stirn. »Hier steht, dass du mehrere hundert Schönheitswettbewerbe gewonnen hast, du nur kurz eine öffentliche Schule besucht hast und nicht rausgefunden werden konnte, wer dein Vater ist. Nun, er ist ganz offensichtlich eine Sirene, denn deine Mutter ist eine Tierwandlerin, wenn auch nur von Klasse eins. Den Zugang zur Akademie hast du mittels der Kontakte deines Onkels.«

»Anscheinend wissen Sie bereits alles über mich. Warum zeigen Sie mich dann nicht an?«

»Wie ich bereits sagte: Ich habe ein persönliches Interesse daran, dass dir nichts zustößt. Die Prüfung findet in vier Wochen statt. Und keine Sorge, sie wird privat abgehalten. Ich habe eine Liste von Themen, auf die du dich konzentrieren solltest. Entsprechende Lektüre dazu findest du in der Bibliothek der Akademie. Den praktischen Teil wirst du hier mit mir trainieren. Ich bin sicher, du bist schon ziemlich gut darin, deine Kräfte einzusetzen, aber ich werde dir einen Feinschliff verpassen.«

Ich nicke automatisch und kann einfach nicht fassen, was hier gerade passiert. Dorothy beschafft mir damit ein Stückchen Freiheit. Mit einem echten Prüfungszertifikat stehen mir alle Türen der Welt offen.

Meine Hand zittert ein wenig, als ich nach meiner Tasse greife. »Wie genau läuft diese Prüfung überhaupt ab?«

»Das ist für jeden Prüfling individuell«, antwortet sie vage. »Aber die Zeit ist knapp, und je intensiver wir sie nutzen, umso besser.«

»Okay.« Meine Stimme bricht, doch ich werde mich nicht dafür schämen. Das hier ist wie eine Rettungsleine über einer verfluchten Schlucht, und ich bin keine Idiotin, die sich einfach fallen lässt. »Legen wir los.«

Dorothy schmunzelt, als hätte sie nichts anderes erwartet. »Beim praktischen Training konzentrieren wir uns auf die vier Hauptthemen. Inneres Bewusstsein. Außenwahrnehmung. Verteidigung. Angriff.«

»Angriff und Verteidigung?« Ich lehne mich auf meinem Platz vor und kann nicht einmal so tun, als wäre ich nicht neugierig. »Wie ist das gemeint?«

»Das werden wir als Letztes angehen. Zunächst beginnen wir mit dem inneren Bewusstsein. Wenn du das nicht beherrschst, brauchen wir gar nicht erst weitermachen.«

»Was soll ich tun?«

»Nichts.« Dorothy zuckt mit den Schultern. »Kannst du deine eigene Magie spüren?«

Ich nicke, denn ja, ich fühle sie in mir, ständig und überall.

»Gut. Außenwahrnehmung. Spürst du, wenn sie auf andere Menschen reagiert?«

Erneutes Nicken.

»Die Grundlagen stehen also. Nun geht es darum, dass du lernst, deine Magie zu kontrollieren. Ich habe sie direkt wahrgenommen, als du uns begegnet bist. Na ja, zumindest, als du und Asher euch angesehen habt.«

Dorothy hebt eine Augenbraue, während ich spüre, dass meine Wangen heiß werden. »Momentan ist deine Kraft in dir ruhig. Das ist in Ordnung. Doch so ein Kontrollverlust kann sehr verheerend sein. Ich möchte etwas austesten. Ist das in Ordnung?«

»Natürlich.« Wieso klingt das nach etwas, das mir nicht gefallen wird?

Dorothy nimmt ihr Handy in die Hand und ruft jemanden an. »Du kannst kommen.«

Mein Herz setzt einen Schlag aus, bevor sich Panik in mir ausbreitet. *Verdammter Mist! Sie wird mich doch festnehmen lassen!* Ich atme schneller und springe wie ein gehetztes Tier von meinem Platz auf. »Was soll das werden?«

»Keine Sorge.« Sie klingt nun deutlich ungeduldiger als zuvor. »Es handelt sich lediglich um einen Test.«

Im nächsten Moment ertönt ein Klingeln, worauf Dorothy erneut auf ihrem Handy herumtippt, und dann ertönt der Hall von Absatzschuhen durch den Wohnbereich. Im nächsten Augenblick rauscht eine blonde junge Frau in den Wintergarten. Sie erblickt mich innerhalb eines Wimpernschlags und kommt mit einem breiten Grinsen auf mich zu. Ihre blonden Locken wehen ihr um das Gesicht, und sie scheint auf ihren Pumps geradezu zu schweben. In ihrem pinken Kleid sticht sie wie ein Signalfeuer in der dezenten Umgebung heraus. »O mein Gott! Ich kann es nicht fassen! Asher hat wirklich eine Freundin mitgebracht.« Sie greift nach meiner Hand und schüttelt sie. »Ich bin Amber. Freut mich total! Ernsthaft.« Dann verzieht sie ihre Lippen, wirft einen Blick auf ihre goldene Armbanduhr und rauscht weiter zu Dorothy. »Böse Omi, dass du sie einfach so für dich behalten hast. Ich habe doch gesagt, du sollst mir sofort Bescheid geben, wenn sie da ist.« Sie öffnet den Mund, um weiterzusprechen, da ertönt das Klingeln eines Telefons. Sie zieht es aus ihrer Handtasche und verdreht die Augen. »So ein Mist! Das ist wichtig. Wir reden später noch einmal, ja? Oder nächstes Mal? Das wäre wundervoll!« Und dann ist sie wieder weg.

Ich starre ihr hinterher, bevor ich mich Dorothy zuwende. »Was hat das jetzt gebracht?«

»Ich wollte nur testen, wie deine Magie auf eine unvorhergesehene Stresssituation reagiert. Und Amber ist Stress pur. Sie ist meine Enkelin. Und ich liebe sie. Auch wenn sie etwas stürmisch ist. Das Gute ist«, meint Dorothy nun etwas sanfter, »dass du deine Kräfte unter Kontrolle zu haben scheinst. Das ist wirklich erfreulich. Damit können wir arbeiten.«

»Das hätten Sie auch vor einigen Tagen im Restaurant testen können.«

»Nein. Jetzt gerade bist du richtig angespannt, und genau *das* brauchte ich.« Dorothy lächelt schmallippig. »Dann legen wir mal los.«

Ich atme zittrig ein, und mir wird bewusst, dass mein

Leben von nun an komplett umgekrempelt wird. »Was passiert, wenn ich die Prüfung nicht bestehe?«

»Dann wird dich der Prüfer anzeigen müssen. Du hast also keine andere Wahl, als es zu schaffen, sonst wird die gesamte Sonderkommission Nordamerikas hinter dir her sein. Immerhin hast du eine unserer wichtigsten Regeln umgangen. Und jetzt werde ich dir beibringen, wie du die Magie anderer Übernatürlicher wahrnimmst. Es ist wichtig zu wissen, wer dir gegenübersitzt.«

Mein Herz rast, während ich ergeben nicke. Meine Lügen haben mich hierhergebracht, haben mir dieses Leben ermöglicht. Doch mit echten Papieren wird nichts davon mehr eine Lüge sein. Und ich will keine Geheimnisse mehr haben. Ich will keine Betrügerin mehr sein. Ich will endlich leben, ohne mir ständig über die Schulter blicken zu müssen. Und all das beginnt hier und jetzt.

14. Kapitel

Asher

Ich finde meine Eltern an ihren großen gläsernen Schreibtischen sitzend vor. Von außen betrachtet könnten sie in ihren furchtbar teuren Armanianzügen einem Modekatalog entsprungen sein. Der graue Anzug meines Vaters passt zu seiner konzentrierten Miene, mit der er auf seinen Laptop starrt, während meine Mutter in dem hellblauen Satin irgendwie Ruhe ausstrahlt.

Ich klopfe an die offen stehende Tür ihres privaten Büros, das sie vorwiegend vormittags nutzen, bevor sie gegen Mittag in die Stadt fahren, wo sich die Zentrale des Hauses befindet. »Guten Morgen.«

Sie schauen gleichzeitig auf, wobei der Blick meines Vaters zur überdimensionalen Wanduhr zwischen Fensterfront und Bücherregal zuckt. »Ist es schon so spät?«

»Wie die Zeit rennt.« Meine Mutter erhebt sich sofort und kommt auf mich zu, um mir einen kurzen Kuss auf die Wange zu geben. »Gut, dass du hier bist.«

»Wir haben doch extra einen Termin vereinbart«, erinnere ich sie, was sie zum Seufzen bringt.

»Ich weiß. Es ist fürchterlich im Moment, aber zu

Weihnachten haben wir dann wieder mehr Zeit als Familie.«

Mein Vater erhebt sich ebenfalls, um mich zu begrüßen, und gemeinsam gehen wir zu der hellen Sitzgruppe in der Ecke vor dem Bücherregal. »Ich habe gehört, dass wir heute einen Gast haben.«

»Dorothy hat entschieden, dass sie Jade bei einer Hausarbeit unterstützen möchte.«

»Diese Frau ist unfassbar.« Meine Mutter schmunzelt. Sie hatte schon immer ein gutes Verhältnis zu Dorothy, während mein Vater ein wenig distanzierter ist. Nicht, weil er es meinem Großvater Markus übelnahm, dass er neu geheiratet hat. Dorothy und er sind nur einfach nicht unbedingt auf einer Wellenlänge.

Mein Blick huscht zur Wand, an der ein Portrait von meinem verstorbenen Großvater hängt, auf dem er erhaben lächelt. Er war ein fantastischer Anführer, aber ein noch besserer Großvater. Ich erinnere mich noch gut an diverse Angelausflüge, Stunden in seinem Lesesessel mit alten Fabeln und verrückte Streiche, die wir Dorothy gespielt haben. Die beiden sind bis zu seinem Tod genauso verliebt gewesen, wie meine Eltern es jetzt sind.

Und dann ist da noch meine große Schwester Amber, die die Nächste in der Erbfolge gewesen wäre, doch sie hat sich schon früh dagegen entschieden.

Nun ist diese Aufgabe auf mich übergegangen, doch zum Glück haben sich meine Eltern mir nicht in den Weg gestellt, als ich den Wunsch äußerte, vorher eine Ausbildung bei der Sonderkommission zu absolvieren, bevor ich mich der Führung unseres Hauses verschreibe. Etwas, das ich voller Stolz tun werde.

Mein Vater schmunzelt erfreut und lenkt das Thema wieder zurück. »Großartig. Das spielt dir doch in die Karten, nicht wahr?« Schlagartig ist da wieder dieser fette Neonbalken vor meinem Gesicht, diese Erinnerung daran, dass Jade mein Auftrag ist. Und nicht nur ein Mädchen, das ich nach Hause bringe.

»Falls du Unterstützung brauchst-«

»Er schafft das wunderbar alleine«, unterbricht mein Vater das Hilfsangebot meiner Mutter sofort, wobei er sie sanft anlächelt.

Sie atmet hörbar ein und nickt mehrmals hintereinander. »Es ist einfach so-« Ein Stocken, dann ein stolzes Lächeln zu mir. »Natürlich schaffst du es auch ohne unsere Hilfe. Ich bin einfach nur so aufgeregt.«

Ihr Stolz wird zu meinem, und ich sauge ihr Vertrauen auf wie ein Schwamm. Meine Eltern mögen die Leitung des Magierhauses sein, doch sie sind zugleich auch großartige Eltern. Außerdem hat Mom eine Karriere bei der Sonderkommission aufgegeben, als sie meinen Vater heiratete, weil die Herrscher von Häusern nicht in öffentlichen Führungspositionen arbeiten dürfen, um einen Interessenskonflikt zu vermeiden. Insgeheim glaube ich, dass sie dem immer noch ein wenig hinterhertrauert, obwohl sie stets betont, dass sie ihr Leben so liebt, wie es ist.

»Ich schaffe das. Aber danke. Das ist kein allzu schwerer Auftrag. Und natürlich nehme ich ihn ernst«, füge ich hinzu, als meine Mutter den Kopf leicht neigt, wie sie es immer tut, wenn ihr etwas missfällt.

»Warum habt ihr mich hergebeten?« Ich greife nach der bereitstehenden Karaffe und schenke uns Wasser ein.

»Du erinnerst dich an den Vorfall mit der Magiersekte

an der südlichen Grenze von Kanada? Leider haben die Unruhen seit ihrer Festnahme zugenommen. Wir müssen dafür sorgen, dass die Leute den Regeln wieder folgen.« Mein Vater lehnt sich auf seinem Sessel zurück. Dabei schwenkt er das Wasser wie einen Whisky. »Wir werden pünktlich zur Gala wieder zurück sein.«

Natürlich erinnere ich mich daran. Der Mann hat versucht, mithilfe seiner kleinen Gemeinschaft einen Berg zu verschieben, um ein eigenes kleines Tal für sich und diese Leute zu schaffen. Natürlich ging es schief, und ein Erdrutsch hat ein halbes Dorf niedergestreckt. Es war eine Katastrophe, und alle direkt Beteiligten wurden festgenommen. Doch natürlich gibt es noch Personen, die frei herumlaufen. Wenn jemand sie zurück auf die richtige Bahn bringen kann, dann meine Eltern. Sie sind die geborenen Anführer. Und sollte das nichts bringen, wird die Sonderkommission eingreifen müssen und sie auf den richtigen Weg zwingen.

»Ich möchte, dass du diesen Monat die äußere Grenze überprüfst. Ist das in Ordnung?«

»Natürlich.« Diese Aufgabe gehört zu einer der wichtigsten, die sich alle Häuser in Phoenix miteinander teilen. Und auch wenn es eine eher simple Angelegenheit ist, schwellt meine Brust ein wenig an vor Stolz. »Ich werde euch nicht enttäuschen.«

»Wissen wir.« Meine Mutter lächelt ein wenig breiter. »Und wir sind sehr stolz auf dich.«

Ich habe keine Ahnung, wie alt ich werden muss, bis diese Worte mich nicht mehr derart glücklich machen.

»Und wie war es noch mit Dorothy?« Ich starte den Wagen und fahre uns aus der Tiefgarage heraus. Obwohl es gerade erst Mittagszeit ist, lassen es die dunklen Regenwolken viel später erscheinen.

»Warum? Willst du mir noch eine Falle stellen?«, erwidert Jade kühl.

Sofort verknotet sich mein Magen, als ich an ihr Gesicht denke, nachdem ich sie gestern mit Dorothy in mein Auto gesperrt habe. Ich glaube nicht, dass ich ihren Ausdruck je vergessen werde. Diese Abscheu. Diese Panik. Ich habe ihr Vertrauen missbraucht und keine Ahnung, wie ich das wiedergutmachen soll. »Es tut mir leid.«

»Ach, tut es das?« Ihre Stimme trieft nur vor Spott. »Schön für dich.«

»Ich habe mir Sorgen gemacht«, gestehe ich und lockere meine verkrampften Finger am Lenkrad. »Du sahst aus, als hättest du Todesangst, nachdem Dorothy dir sagte, dass sie dich sehen will. Du rennst offenbar vor irgendetwas weg, und ich wollte dir helfen.«

»Das war keine Hilfe. Es war eine Falle, die zugeschnappt ist und mich jetzt zwingt zu bleiben.«

Mir wird eiskalt. »Hat Dorothy etwa-?« Ich wage nicht weiterzusprechen.

»Was glaubst du denn, warum ich nicht längst über alle Berge bin und stattdessen mitten in das verdammte Haus der Magier spazieren musste?« Ein resigniertes »Scheiß drauf« entfährt ihr, und sie dreht sich von mir weg. »Vergiss es einfach.«

»Ich will es aber nicht vergessen. Bitte. Ich wusste nicht, dass sie ihre Kräfte einsetzen würde. Ich dachte, sie will nur mit dir sprechen.« Eine so unfassbare Wut baut sich so plötzlich in mir auf, dass ich kurz davor bin, einfach umzudrehen und mir Dorothy persönlich vorzuknöpfen. »Sie hat mir geschworen, dass sie dir helfen will.« Meine Stimme ist am Zittern, so aufgebracht bin ich, und offenbar fällt Jade dies ebenfalls auf, denn sie dreht ihren Kopf zu mir und starrt mich eine gefühlte Ewigkeit einfach nur an.

Dann seufzt sie, und mit einem Mal scheint all ihre Feindseligkeit, diese dunkle Gewitterwolke zwischen uns, einfach zu verschwinden. »Irgendwie tut sie das auch.« Ein kurzes Schweigen folgt. »Sie hat echt eine Menge erlebt. Und mir ist nicht klar gewesen, dass Übernatürliche so alt werden können.«

»Manche werden älter als andere, aber ja, wir überleben den Durchschnittsmenschen um ein paar Jahrzehnte. Und ja, es war eine schlimme Zeit damals«, stimme ich ihr zu und lenke mein Auto durch das dicht bewaldete Gebiet. Ein Teil von mir kann nicht fassen, dass Dorothy wirklich so weit gegangen ist. Ich muss unbedingt herausfinden, was sie weiß. Doch jetzt sollte ich die Chance nutzen und an meinen Auftrag denken. Jade muss so schnell wie möglich vom Radar der Sonderkommission verschwinden, und das ist jetzt meine Aufgabe. Ich konnte die gesamte letzte Nacht an nichts anderes denken. Sergeant Martinez würde sie sofort in die Mangel nehmen, wenn auch nur eine klitzekleine Andeutung aus meiner Richtung kommen würde. Es ist das einzig Richtige, erst mal mehr über sie herauszufinden.

»Vermisst du eigentlich deine Familie?«

Sie zögert, als wäre sie nicht sicher, ob sie wirklich mit mir sprechen will. *Oder ob sie mir vertrauen kann.*

Sollte sie jemals etwas über meinen Auftrag herausfinden, wird sie mich so was von hassen. Zu Recht.

Jade atmet hörbar durch und scheint sich einen Ruck zu geben. »Nicht wirklich. Es gibt eigentlich nur meine Mutter und meinen Stiefvater. Meine Mutter hat keinen Kontakt mehr zu ihrer Familie. Vermutlich, weil diese sich für ihre schwache Ausprägung zum Wandeln geschämt haben. Und mein Stiefvater, ein Elementar mit einer leichten Affinität zu Luft, war ebenfalls nicht sonderlich stark und hat keine Familie mehr.« Etwas schwingt in ihrer Stimme mit. Ein düsterer Unterton.

»Du mochtest ihn nicht besonders?«

»Nicht wirklich. Er war nicht sonderlich nett, aber auch keine Vollkatastrophe. Weißt du, was ich meine?«

»Ich bin mir nicht sicher.« Natürlich verstehe ich sofort, was sie meint. Er war offenbar gerade so nett genug, um kein Arschloch zu sein. Aber das hier ist die perfekte Gelegenheit, um mehr über sie herauszufinden. Also lasse ich zu, dass sich das Schweigen zwischen uns ausdehnt, bis sie endlich weiterredet.

Sie atmet hörbar aus. »Ach, es war nur so dummes Zeug. Er hat ständig Kommentare darüber gemacht, wie ich mich besser präsentieren könnte. Dabei war er selbst nicht gerade ansehnlich. Keine Ahnung, was meine Mutter an ihm fand.«

Etwas in meiner Brust verengt sich. »Er hat dein Aussehen kommentiert?«

»Nicht auf sexuelle Weise oder so«, versichert sie mir sofort und macht ein angeekeltes »Urgh«, bevor sie es erklärt. »Eher wie ein Onkel, der dir ungefragt erklärt, wie du deine Arbeit besser machen könntest.«

»Und du hast wirklich bei den Wettbewerben deine Kräfte eingesetzt?« Ein Teil von mir will die Antwort eigentlich gar nicht hören, auch wenn ich sie längst kenne. Denn das würde nämlich bedeuten, dass sie gegen eine der wichtigsten Regeln der übernatürlichen Welt verstoßen hat.

Kein Einsatz der magischen Kräfte unter Menschen zu unserem Vorteil.

Sie zögert. »Manchmal«, gibt sie dann leise zu. »Zu Beginn habe ich es ständig getan. Ich war zwar ein niedliches Kind, konnte aber mit vielen Mädchen nicht mithalten. Meine Mutter meinte, es wäre völlig normal, wenn ich einsetze, mit welcher Gabe ich geboren wurde. Erst später begriff ich, dass kein anderes Mädchen solche Kräfte hatte. Zunächst fand ich das cool, bis mir klar wurde, dass es nicht richtig ist.«

»Was ist deine Mutter eigentlich für eine Person?«, entfährt es mir, bevor ich mich zurückhalten kann. Sofort will ich mich entschuldigen, weil es mir nicht zusteht, über ihre Familie zu urteilen, doch da beginnt Jade zu lachen. Laut und einnehmend. Ein Geräusch, das mir bis in den Bauch fährt und alles in mir zum Kribbeln bringt.

»Eine schreckliche. Sie hat mich benutzt, um ihren eigenen Traum zu leben und um Geld zu verdienen. Ich kann mich nicht erinnern, wann sie jemals einen anderen Job hatte, als meine Managerin zu spielen.«

»Das muss fürchterlich gewesen sein. Und wie habt ihr das mit der Schule gemacht? Oder habt ihr nur Wettbewerbe in der Nähe besucht?« Ein kleiner Teil von mir hasst mich, dass ich ihre Offenheit ausnutze und ihr nichts von der Sonderkommission und ihrem Namen auf deren

Liste erzähle. Doch das kann ich nicht. Weil ich Verantwortung habe. Und weil sie unschuldig ist. Ich brauche nur Beweise dafür, denn die Sonderkommission macht keine halben Sachen. Das Vergehen, dessen sie beschuldigt wird, ist verdammt ernst. Sollte es nur einen Zweifel an ihrer Unschuld geben, würde man sie auseinandernehmen.

Ich halte viel von unseren Gesetzen, denn sie schützen unsere Gemeinschaft vor den Menschen. Natürlich gibt es Eingeweihte, doch sollte irgendwer aus der Reihe tanzen, wird er beseitigt. Ohne Kompromisse.

Deshalb ist es mir so wichtig, Jade zu beschützen. Selbst wenn sie mich am Ende dafür hassen wird.

Sie schnaubt und lehnt ihren Kopf an die Kopfstütze. »Sie hat mich selbst unterrichtet. In diesem winzigen Wohnmobil, das gerade so für drei Personen gereicht hat.«

Ich denke an ihre Akte, und mein Magen verkrampft sich, als ich die erste Ungereimtheit bemerke. »Du hast dein ganzes Leben lang in einem Wohnmobil verbracht? Das muss hart gewesen sein.«

»Fast. Eine Weile haben wir in einem winzigen Haus in Utah gelebt. Kurz nachdem meine Mutter meinen Stiefvater kennengelernt hat. Karl hatte einen Job als Elektriker und eine eigene Firma.« Erleichterung durchflutet mich, als sie das fehlende Puzzleteil einfügt. »Dann ging er pleite, und kurz darauf ging es wieder von vorne los.« Sie seufzt leise. »Auf jeden Fall war ich zu der Zeit in einer Schule. Mit anderen Kindern. Es war ziemlich cool.«

»Dann findest du es hier sicher auch cool.«

Sie lächelt angesichts meines neckenden Tonfalls, und dieses Lächeln könnte nicht schöner sein. »Ziemlich, ja.«

Ich will diese Unbeschwertheit zwischen uns festhalten,

bevor ihr wieder einfällt, dass ich sie verraten habe und sie mich eigentlich nicht einmal mehr anschauen will. »Was ist eigentlich mit deinem Vater?« Am liebsten hätte ich mir vor die Stirn geschlagen. Geht es noch auffälliger?

Doch Jade scheint keinen Verdacht zu schöpfen. Zumindest wirkt sie weiterhin entspannt. Ich kann ihren Blick auf mir spüren, und Hitze kriecht mir in den Nacken, während ich mich zwinge, weiterhin die Straße im Blick zu behalten. »Keine Ahnung. Er muss wohl eine Sirene sein. Mehr weiß ich nicht von ihm. Außer, dass er Milchshakes liebt. Angeblich war er Stammgast in dem Diner, in dem meine Mutter kellnerte, und hat dort immer denselben Milchshake bestellt. Blaubeer-Banane. Sie fand ihn nett, ist mit ihm im Bett gewesen, und voilà, so entstand ich.« Bitterkeit schwingt in ihren Worten mit. »Sie hat ihn danach nie wiedergesehen. Vielleicht war er einfach nur auf Spaß aus. Vielleicht war er sogar vergeben. Wir werden es niemals erfahren.«

»Ist das schlimm für dich?«

»Eine ganze Zeit lang war es das. Richtig schlimm sogar. Ich habe überall nach Männern Ausschau gehalten, die mir ähnlich sehen könnten. Doch irgendwann wurde mir klar, dass ich ihn niemals finden kann. Also habe ich aufgehört zu suchen. Immerhin hat er meine Mutter nach ihrem One-Night-Stand nicht mehr wiedergesehen und kann gar nicht wissen, dass es mich gibt. Dafür kann ich ihm nicht einmal einen Vorwurf machen.« Im Augenwinkel kann ich sehen, wie sie sich etwas mehr zu mir dreht. »Und was ist mit dir? Du hast eine ältere Schwester, wie ich feststellen durfte. Wie kommt es, dass du dann der

Erbe des Hauses der Magier bist? Hat das irgendwelche verstaubten Gründe?«

Ich lache und entspanne mich ein wenig. Für heute habe ich genug herausgefunden. Alles deckt sich mit dem, was in ihrer Akte steht, was mich überraschend erleichtert. Ich meine, auch nach zwei Wochen kenne ich Jade eigentlich so gut wie gar nicht. Dennoch habe ich dieses starke Bedürfnis, sie zu beschützen, etwas, das ich in der Form noch nie zuvor so empfunden habe. »Nein. Amber hat relativ früh entschieden, dass sie nicht die Leitung der Magier übernehmen will. Und dabei habe ich sie insgeheim immer für dieses Privileg beneidet. Am Ende haben wir wohl beide gewonnen.«

»Sie sieht auch echt nett aus.«

»Wie? Zu nett, um eine Anführerin zu sein?«

Jade lacht, und dieses Geräusch entlockt mir erneut ein Lächeln und richtet etwas in mir an, über das ich eigentlich nicht nachdenken sollte. »Mein erster Eindruck war einfach, dass es nicht zu ihr gepasst hätte. Aber der kann ja auch oft täuschen.« Ihre Stimme wird leiser, dann seufzt sie.

Und plötzlich steht da wieder dieses Thema zwischen uns. Wie ein fetter Elefant, um den wir nicht mehr herumlaufen können, denn er versperrt jetzt alle Wege. Also frage ich sie einfach geradeheraus. »Was war das mit Edward und dir?«

Jade verschränkt trotzig die Arme vor der Brust. »Hat er dir nicht längst seine Version der Geschichte erzählt?«

»Ich würde aber gerne deine Version hören.«

Sie zögert, gibt sich dann aber doch einen Ruck. »Wir waren auf einer Party, letzten Sommer. Es wurde viel getrunken und war eigentlich echt lustig. Ich durfte die Nacht bei Rileys Familie verbringen, was mir meine Mutter sonst nie erlaubt hat. Ich war mich nur kurz frisch machen, und als ich zurückkam, stand er plötzlich vor mir. *Er* war derjenige, der versucht hat, *mich* zu küssen. Nicht andersherum. Ich habe ihn abgeblockt, doch er hat angefangen zu brüllen, und ich bin daraufhin einfach abgehauen. Das war wohl mein Fehler«, fügt sie leise hinzu. »Du glaubst mir vermutlich sowieso nicht. Deshalb ist es eigentlich auch egal.«

»Es ist nicht egal«, erwidere ich, auch wenn sich angesichts der unterschiedlichen Versionen alles in mir verkrampft. Mein Cousin würde mich niemals anlügen. Aber Jade wirkt ebenfalls nicht so, als hätte sie sich das alles ausgedacht. »Edward sagte, *du* hättest versucht, *ihn* zu küssen.«

»Natürlich hat er das gesagt«, murmelt sie und räuspert sich, während sie ihren Kopf von mir abwendet. »Vergiss es. Sein Wort steht gegen meins, und ich brauche nicht noch jemanden, der mich als Lügnerin bezeichnet.«

Ich öffne meinen Mund und will etwas sagen. Irgendwas. Doch mir fällt nichts ein. Edward hat behauptet, Jade wäre betrunken gewesen. Vielleicht ist aber auch Edward völlig betrunken gewesen, und ihre Geschichte ist wahr. Leider werde ich die Wahrheit wohl nie herausfinden. Und was ändert das schon?

Jade ist tabu für mich. Edward ist mein Cousin, und Blut ist nun mal dicker als Wasser. Doch warum zerreißt mich der Gedanke innerlich?

Wir schweigen die letzten Kilometer bis zur Akademie, und erst, als wir auf das Gebäude zugehen, räuspert sie sich. »Meinst du, du könntest mir noch einmal in der Bibliothek aushelfen? Ich brauche noch ein paar Bücher zum Aschekrieg.« Sie runzelt die Stirn und lacht. »Vergiss es. Ich frage Leah oder Marina gleich.«

»Nein«, erwidere ich etwas zu hart. »Ich muss eh noch in die Bibliothek.« Muss ich nicht. Aber ich sehe in Jades Augen, dass sie mir nicht vertraut. Und auch wenn sie damit verdammt richtig liegt, tut es weh. Mir ist echt nicht mehr zu helfen.

Ich setze dasselbe Lächeln auf wie bei unserer ersten Begegnung und deute eine Verbeugung an. Es ist viel zu leicht, wieder in diesen flirtenden Modus zu wechseln. Und es fühlt sich nicht einmal gespielt an. »Liebend gerne.«

Ihr Mundwinkel hebt sich, und in ihre Augen tritt ein erfreutes Funkeln. Sie versucht, cool zu bleiben, doch ich sehe die Erleichterung in ihrer Körpersprache. Dieses Mädchen hat ihr Leben lang eine Rolle gespielt, und ich frage mich, ob das hier die echte Jade ist. »Zu freundlich.« Ihre Stimme ist süß und ein wenig übertrieben, dennoch zieht sich etwas in meiner Brust zusammen.

Ich führe sie zum Historischen Zentrum, wo wir die Bibliothek betreten, die an diesem Sonntagmittag kaum besucht ist.

Wir nehmen eine Treppe nach oben auf die Empore und gehen dann weiter zu den Buchreihen, in denen sich die Bücher zum Aschekrieg befinden. »Was genau brauchst du?«

»Details zu der Kriegerjugend.«

»Wie du wünschst«, erwidere ich und kann einfach nicht anders, als wieder einen flirtenden Tonfall anzuschlagen. Weil es das alles zwischen uns so unendlich viel leichter erscheinen lässt.

»Du hast keine Ahnung, was ich mir wünsche.«

Jade flirtet tatsächlich zurück und hat ein Schmunzeln auf den Lippen, das mich dazu bringen könnte, vor ihr niederzuknien. Ich erwische mich selbst dabei, wie ich sie einen Moment zu lange anstarre und mir vorstelle, wie sich ihre Lippen wohl auf meinen anfühlen würden. Nicht so wie gestern Nacht, als ich sie völlig kopflos geküsst habe, um sie abzulenken. Das war ziemlich beschissen von mir. Doch nachdem ich den ganzen Tag erfolgreich die Erinnerung daran verdrängt habe, ist sie plötzlich wieder mit voller Wucht da.

Ihre warmen Lippen auf meinen. Ihr überraschtes Keuchen. Ihre Haut, die unter meinen Händen so warm war. Ihre Finger, die sich in meinem Shirt vergraben wollten.

Sie bemerkt, dass ich mit den Gedanken woanders bin und hebt fragend eine Augenbraue. Beinahe, als würde sie mich herausfordern wollen, als wäre das hier nichts weiter als ein Spiel. Eines, das nur sie gewinnen kann. »Du starrst.«

Verdammt, ja, das tue ich. Grinsend antworte ich. »Ist das so?«

Ihre Mundwinkel zucken, und ihr ganzes Gesicht strahlt. Dann tritt sie näher. So nah, dass wir uns beinahe berühren. Fast wie gestern Nacht, und doch ganz anders. Was tut sie? Spielt sie mit mir? Oder sind die Signale, die ich von ihr bekomme, echt? »Dieses Blitzen in deinen Augen erinnert mich an das eines Herzensbrechers.«

»Du würdest dir dein Herz von mir brechen lassen?«,

frage ich leise, mit rauer Stimme und einem Gefühl in meinem Magen, das ich nicht benennen kann.

Sie macht einen kleinen Schmollmund und bleibt direkt vor mir stehen. »Kommt drauf an.«

»Worauf?«

»Wie gefährlich du wirklich für mich werden kannst.« Dann zwinkert sie mir verschmitzt zu, wendet sich von mir ab und geht tiefer in den Gang hinein, vor dem wir stehen geblieben sind.

Ich atme durch und brauche einen Moment, um wieder klar zu denken, bevor ich ihr folge. Sie hat tatsächlich nur mit mir gespielt. Vielleicht, um mir zu zeigen, dass sie noch immer die Oberhand hat.

Und ich lächle. Wie ein Trottel.

»Du wirst also das Haus der Magier übernehmen?«, fragt sie wie beiläufig und mustert die Buchrücken. »Eine große Verantwortung.«

»Ja, aber zuerst strebe ich eine Karriere bei der Sonderkommission an.«

Ihre Augenbrauen heben sich. »Wirklich?«

»Ja, sie bezahlen echt gut«, antworte ich spaßeshalber. »Wenn du möchtest, kann ich dir mehr darüber erzählen. Vielleicht wäre das ja auch was für dich. Als Klasse-drei-Sirene würden sie dich bestimmt sofort einstellen.«

»Bei der Sonderkommission?« Ihre Belustigung hallt von den Wänden wider. »Ich denke nicht, dass ich dort reinpasse. Sicher sind ihre Anforderungen total hoch.«

»Du solltest mehr an dich glauben.«

»Keine Sorge. Ich kenne meinen Wert.« Ich höre in ihrer Stimme, wie sie sich distanziert. Als hätte irgendwas in meinen Worten sie daran erinnert, dass wir keine Freunde sind. Ihr Lächeln ist höflich, als sie sich mir zuwendet. »Danke, dass du mich hergebracht hast.«

Sie will offenbar, dass ich gehe. Ich deute auf die Bücher, die sich speziell der Kriegerjugend widmen. »Brauchst du sonst noch etwas?«

»Danke, aber jetzt komme ich zurecht.« Wieder dieses Schmunzeln, als würde sie sich über mich amüsieren und gleichzeitig flirten. Aber jetzt fühlt es sich nicht echt an. Sondern eher, als würde sie eine Mauer zwischen uns errichten.

Und das nervt mich.

Ich sollte wirklich gehen. Mich professioneller verhalten. Stattdessen stehe ich hier und hasse es, dass so viel mehr zwischen uns steht als diese wenigen Schritte.

Und ich weiß genau, weshalb. Weil ich süchtig nach ihr bin, seit dem Moment, als sie mich das erste Mal anlächelte. In diesem nicht zu ihr passenden Chanelkostüm und ihrem wunderschönen, kämpferischen Gesichtsausdruck.

Dennoch zwinge ich mich zu meinem typischen Grinsen, deute eine spöttische Verbeugung an und gehe dann rückwärts zum Ausgang. »Stets zu Diensten.«

Sie beißt sich auf die Unterlippe, und fast wirkt es echt.

Vielleicht ist es das auch.

Vielleicht bilde ich mir das auch alles nur ein.

Schließlich bin ich derjenige, der *sie* hintergeht.

15. Kapitel

Jade

Als ich am Montagmorgen im Unterricht sitze und auf Ashers Rücken schaue, kann ich nicht aufhören, an den gestrigen Tag zu denken. Dorothy hat mir nicht nur beigebracht, wie ich meine eigene Magie besser wahrnehme, sondern auch, wie ich die Magie anderer erspüren kann. Einige Übernatürliche verbergen sie, doch die meisten tragen sie mit Stolz, sodass es mir unmöglich ist, sie zu übersehen. Nun muss ich nur noch die Unterschiede lernen. Ich habe sie zuvor schon wahrgenommen, wie in dem Moment, als ich Asher zum ersten Mal traf. Doch wenn ich mich anstrenge, kann ich sie sogar richtig sehen.

Und dann ist da noch Asher selbst. Seit er mich gestern Abend in die Bibliothek geführt hat, fühlt sich alles anders an. Einen ganz kurzen Moment waren wir uns so nah, dass wir uns fast geküsst hätten – erneut. Bis ich mich daran erinnert habe, dass das keine gute Idee wäre.

Weil mein Leben voller Geheimnisse und Lügen ist.

Weil er mich in eine Falle gelockt hat.

Weil mein Herz immer ein bisschen zu schnell in seiner Nähe klopft.

Und während ich auf seinen Rücken starre, frage ich

mich wieder einmal, wie ich so blind sein konnte. Magie besitzt diesen ganz besonderen Glanz, der jeden Übernatürlichen wie eine Aura umgibt. Jede Art hat ihre Eigenheiten und Farben. Das hat mir Dorothy bereits erklärt, doch nachdem ich gestern Abend noch weiter recherchiert habe, sehe ich es ganz deutlich. Ashers Aura ist kupferfarben und umschließt ihn wie ein durchscheinender Rahmen, dessen Ränder sich wellenartig bewegen. Vincent hat eine blaue Aura, wie spiegelndes Wasser, was bedeutet, dass er ein Elementar ist.

Marina stößt mich mit dem Ellenbogen an und tippt mir gegen das Kinn. »Dir tropft da ein wenig Sabber runter.«

Ich wische mir automatisch über den Mund, bevor ich überhaupt richtig realisiere, was sie gesagt hat. »Haha.«

Sie grinst breit und unschuldig, wobei sie mit ihrem zur Seite geflochtenen Zopf spielt. Ihre Flüsterer-Aura besteht aus winzigen kleinen grauen Ranken, die sich in alle Richtungen strecken. »Sorry, ich konnte einfach nicht anders. So, wie du Asher angeschmachtet hast.« Marinas leises Kichern geht in der Stimme von Mr Lavache unter, der nach einem strafenden Blick in unsere Richtung mit dem Unterricht weitermacht.

Marina beugt sich vor, um Leah auf meiner anderen Seite besser sehen zu können. »Hast du die Sabber nicht auch gesehen?«

Leah formt den Mund zu einem O, offenbar verlegen um eine Antwort. »Oh, ich-«

»Schon gut.« Marina kichert leise. »Ich wollte Jade nur aufziehen.«

Den Rest des Unterrichts wehre ich Marinas Redeversuche ab, aber auf dem Weg zum Sportunterricht kann ich ihr nicht entkommen. »Also, was läuft da?«

»Wo läuft was?«, frage ich unschuldig und wühle in meiner Tasche nach meiner Wasserflasche. Die Sportanlagen befinden sich im Süden des Geländes, und von dort aus hat man einen fantastischen Ausblick auf den umliegenden Wald und die Berge, die den gesamten Horizont einnehmen.

»Na, mit dir und Asher. Ich habe Gerüchte von euch beiden gehört. Ihr wurdet zusammen gesehen.«

»Wann?« Im selben Moment hätte ich mich für diese Gegenfrage ohrfeigen können.

»Ihr habt euch also öfter gesehen? Ich meinte eigentlich kürzlich in der Bibliothek, aber wenn da noch mehr ist, dann erzähl!« Sie gurrt leise. »Also, den würde ich auch nicht von der Bettkante stoßen.«

»Er hilft mir nur. Wegen der Hausarbeit über den Aschekrieg«, füge ich hinzu, was nicht einmal gelogen ist. »Ich kenne mich nicht so gut aus, und er hat mir ein paar Bücher gezeigt.«

»Bücher? Ernsthaft?« Sie stöhnt theatralisch. »Komm schon. Ich brauche ein bisschen Tratsch. Da muss doch noch mehr sein.«

»Seine Großmutter gibt mir einen Erfahrungsbericht. Deshalb war ich gestern Vormittag bei ihm Zuhause.«

Marinas Mund klappt gespielt empört auf. »Und das verschweigst du mir?« Sie wartet meine Antwort gar nicht erst ab, sondern wirft die Hände in die Luft. »Ich sag es dir, die guten Sachen verpasse ich immer, weil ich ständig arbeiten muss. Ätzend. Hätte ich einen reichen Vater, der mir alles hinterherwerfen würde, könnte ich auch mal *le-*

ben.« Sie wirft einen wenig unauffälligen Blick zu Riley, die vor uns herläuft und einer Kommilitonin ihre offenbar neue Uhr zeigt. Und ich muss Marina recht geben. Rileys Vater würde alles für sie tun, genauso wie ihre Mutter.

»Erzähl mal, wie war es dort? Das Haus der Magier soll ganz schön protzig und modern sein. Alles wegen Ashers Eltern. Sie hätten sogar die ältere Schwester von ihm als Nachfolgerin ernannt, wenn sie gewollt hätte. Da könnten sich die anderen Häuser ruhig mal eine Scheibe von abschneiden. Viele der Häuser sind echt altbacken, was Gleichberechtigung angeht.« Dann wendet sie sich ruckartig an mich. »Also, habt ihr rumgeknutscht? Er hat sich doch sicher an dich rangeschmissen, oder? Ich meine, schau dich an, und er ist, na ja, einfach Asher. Nicht, dass ich dich in seine Richtung schubsen würde. Er sucht angeblich nichts Ernstes mehr, seit der Sache mit seiner Ex und Ezra. Aber falls du schwach geworden wärst, könnte ich das verstehen.«

Entschuldigend hebe ich meine Schultern, während ich einen großen Schluck aus meiner Wasserflasche nehme. »Sorry. Ich würde dir ja mehr erzählen, aber mein Leben ist ziemlich langweilig.« Noch während ich das sage, fühle ich mich reichlich beschissen. Ja, Asher hat mich geküsst, aber nur um mich abzulenken. Seine Großmutter hat mich mit ihrer Sirenenmagie verzaubert. Und ich verstehe seit gestern endlich ein kleines Stückchen mehr über meine Kräfte. Aber nichts davon kann ich ihr erzählen. Denn das würde zu weiteren Fragen führen, auf die ich ihr keine Antworten geben kann. Also tue ich weiter das, was ich offenbar am besten kann: lügen, ausweichen, Geheimnisse sammeln.

Marina seufzt erneut, schaut an mir vorbei, und fängt auf einmal an, wild und ausladend zu winken. »Ezra!«

In meinem Magen verknotet sich etwas, als ich ihn ebenfalls entdecke. Er kommt gerade den schmalen Weg von der Schwimmanlage her auf uns zu und wirkt so gelangweilt wie immer. Und überhaupt nicht wie jemand, der mich letzten Freitag dazu gebracht hat, zwei Typen zu verzaubern und gegen das Gesetz zu verstoßen.

»Hallo, Ladies.« Er tritt zu uns, und gemeinsam laufen wir zur Sporthalle, wobei ich darauf achte, dass Marina zwischen uns bleibt. »Wie war das Wochenende?«

»Schrecklich. Ich habe die ganze Zeit gearbeitet und dann die Nächte damit verbracht, mir einen Film nach dem anderen reinzuziehen. Ich bin so müde.« Marina stößt mich mit dem Ellbogen an. »Nächstes Mal musst du wirklich mitkommen.«

»Gerne, sobald ich diese Hausarbeit hinter mir habe.« Ich lächle schwach. *Vier Wochen.* Dann bin ich wieder frei und muss mir keine Ausreden mehr einfallen lassen.

»Dann machen wir drei einen Filmabend, nicht, Ezra?«

Dieser runzelt nur in der für ihn typischen arroganten Art die Stirn. »Auf gar keinen Fall.«

Marina verdreht die Augen und zieht den Riemen ihrer Tasche ein wenig hoch. »Du darfst auch den Film aussuchen.«

»Nein.«

Sie schnalzt mit der Zunge. »Er *hasst* Filme. Ist wohl unter seinem Niveau«, raunt sie mir zu, bevor sie sich wieder zu ihm dreht. »Irgendwann bringe ich dich noch dazu, mit mir einen Film anzusehen.«

Ezra schnauft, beugt sich dann aber vor, um an ihr vorbei zu mir zu schauen. »Vielleicht ändere ich ja meine Meinung, wenn unsere neue Freundin dazustößt.«

»Stehst du etwa auf sie? Falls ja, musst du es nur sagen. Ich will nur wissen, welche Vibes diese Gruppe hat.« Marinas Zeigefinger deutet zwischen uns hin und her.

»Er steht nicht auf mich«, erwidere ich, während Ezra erwidert: »Wir würden wohl nicht so gut zusammenpassen.«

»Ist auch besser so. Dating versaut Freundschaften nur.« Sie zieht ihr Handy aus ihrer Manteltasche und flucht. »Mist. Meine Mutter hat angerufen. Das macht sie nur, wenn es wichtig ist. Sie hasst Telefonieren normalerweise.« Marina hat bereits ihr Handy am Ohr, während sie noch hinterherschiebt: »Geht ruhig vor, ich komme gleich nach.«

Es dauert nur wenige Schritte, bis Ezra meine Hoffnung zerstört, dass wir den Weg einfach schweigend zurücklegen können. Die Sporthalle befindet sich genau vor uns, und die meisten Kursteilnehmer sind bereits nach drinnen verschwunden. »Na, war es nett im Haus der Magier?«

Mir wird schlagartig eiskalt. »Woher weißt du davon?«

»Keine Sorge, ich werde deine neuen Kontakte schon nicht gegen dich verwenden.«

Ich fahre zu ihm herum, und meine Magie flammt auf, während ich ihm einen Zeigefinger auf die Brust drücke. »Hör auf, mich zu verarschen!«

Ezra scheint überrascht, doch er bleibt an Ort und Stelle stehen. Sein Mundwinkel zuckt amüsiert. »Wow, wirst du mich etwa zwingen?«

Sofort ziehe ich meine Magie zurück, die sich in roten

Funken um ihn legen wollte. Seine eigene Magie, grau und mit sich streckenden Ranken, bleibt ganz ruhig. Wie ich jedoch gelesen habe, sind Flüsterer dafür bekannt, sich nicht so schnell aus der Ruhe bringen zu lassen. »Kannst du einfach aufhören, mich zu belästigen?«

Er fasst sich an die Brust. »Das ist hart. Dabei will ich nichts anderes als dein Freund sein.«

Am liebsten würde ich schreien. Doch ich zwinge mich, von ihm zurückzutreten und streiche über meinen Mantel. Kalter Wind lässt die Blätter um uns herum rascheln, und Laub fliegt an uns vorbei. »Freunde erpressen einander nicht.«

»Wer redet hier von Erpressung? Das sind gut bezahlte Jobs. Wer würde schon zehntausend Bucks in den Wind schlagen?«

»Was?«

Er rollt mit den Augen. »Das sind kanadische Dollar.«

»Das ist mir schon klar. Aber – was?«

Nun schmunzelt er und sieht damit beinahe nett aus. »Du wiederholst dich.«

Mein Herz wummert fest gegen meine Brust. *Zehntausend.* Das Geld würde mir alle Türen öffnen. Ich könnte nach meinem Abschluss irgendwo ganz neu anfangen. Es muss einen Haken geben. Dieses Angebot klingt viel zu gut, um wahr zu sein. »Ist das eine Falle?«

»Nein.« Er bleibt vor der Tür der Halle stehen und bemerkt Marina, die gerade auf uns zukommt und das Telefonat offenbar beendet hat. Dann redet er leise weiter. »Mach es mit oder ohne Bezahlung. Es ist deine Wahl.«

Dieser Mistkerl. »Ich will dein verdammtes Geld nicht. Hör auf, mich zu erpressen.«

»Wir haben alle unseren Preis zu zahlen. Dein Pech ist, eine Sirene der Klasse drei zu sein.« Er schaut mir in die Augen, und für einen kurzen Moment sehe ich grenzenlose Einsamkeit in seinem Blick, bevor er sich abwendet und seine gewohnt arrogante Haltung annimmt. »Und, was gab es denn so Wichtiges?«

Marina taucht neben uns auf, verdreht ihre Augen und lacht trocken. »Ach, sie hat einen Ordner mit Unterlagen gesucht, und ich musste ihr dringend helfen, weil ich angeblich diejenige war, die ihn verlegt hat. Am Ende lag er auf der Theke im Biber. Ernsthaft? Wieso sind Eltern so?« Sie wartet gar keine Antwort ab, sondern zieht die Tür auf. »Oh Mann, wir kommen so was von zu spät. Aber Danke, dass ihr auf mich gewartet habt.«

Ezra lässt mir den Vortritt, und ich gehe in die Halle, während alles in mir brodelt. Ich hasse es, dass er glaubt, ich wäre käuflich. Und ich hasse es, dass ein Teil von mir dieses Geld sofort nehmen möchte. Weil er mich so oder so weiter mit seinem Wissen erpressen wird.

Als Marina mir die Tür zur Mädchenumkleide aufhält, dränge ich meine Wut zurück. Ich werde Ezra schon noch los. Irgendwie.

Da ich aufgrund meiner Verletzung vom Sport entschuldigt bin, stehe ich kurze Zeit später neben Mr Owen und helfe den Erstsemestern beim Leichtathletiktraining, während ich immer wieder zu dem Kurs schaue, der gerade auf der anderen Seite der überdimensional großen Sporthalle Handball spielt. In diesem Kurs sind sowohl Ezra als auch Asher, und obwohl sie in einer Mannschaft spielen, sieht man ihnen an, dass sie einen großen Bogen umeinander machen. Während Ezra kontrolliert und gezielt spielt, zeigt Asher seine pure, rohe Kraft. Schweiß glänzt auf seiner Stirn, während er einen Sprung macht und den Ball ins Tor donnert. Seine Mannschaft grölt vor Freude. Er lacht und versprüht diese Art von Energie, die nur erfolgreiche und selbstbewusste Leute haben. Auf meiner Haut kribbelt es, als sich meine Magie regt, und ich zwinge mich, meinen Blick von ihm abzuwenden. Asher ist unbestreitbar attraktiv. Aber das zwischen uns wird niemals mehr sein als dieser verbotene Flirt. Nicht nach allem, was passiert ist.

Riley ist ebenfalls in dem Kurs, und ich kann nicht anders, als auch sie zu beobachten. Sie steht gerade mit ein paar anderen am Rand des Spielfelds und lacht. Es ist ein Lachen wie früher, als ich ihr noch was bedeutet habe. Bevor Edward unsere Beziehung zueinander vergiftet hat. Sie ist umgeben von dem goldenen Glitzern der Tierwandler, und es ist erstaunlich, wie deutlich ich es sehen kann, nun, da ich darauf achte.

Verdammt, ich vermisse meine Cousine so sehr. Es ist schön, dass ich Marina und irgendwie auch Leah habe. Aber es ist nicht dasselbe. Riley wusste alles über mich, jedes noch so kleine Geheimnis, und ich wusste alles über sie. Ich wünsche mir so sehr, dass wir noch mal von vorne anfangen können. Nur wie?

Wenn ich könnte, würde ich die Zeit zurückdrehen. Ich hätte letzten Sommer sofort mit ihr sprechen sollen.

Als hätte Riley meine Gedanken gehört, schnellt ihr Kopf in meine Richtung. Ihre Augen sprühen Funken voller Zorn und Enttäuschung. Sie treffen mitten in mein Herz.

Die nächsten Tage vergehen wie im Flug. Inzwischen ist es Mittwochabend, und ich sitze wie so oft in der Bibliothek, um zu lernen. Zusätzlich zu dem Lernstoff für die Prüfung versuche ich im Unterricht mitzukommen, merke aber, dass ich leider doch im Nachteil bin. Zwar hat meine Mutter sehr auf meinen Stundenplan geachtet und mich zwischen den Wettbewerben und den Vorbereitungen dafür viel lernen lassen, aber das Niveau auf der Ashriver Academy ist noch einmal deutlich höher.

Das ist der Grund, weshalb ich meine Freizeit nach dem Unterricht fast ausschließlich in der Bibliothek verbringe. Ich habe mir einen Platz oben auf der Empore, ganz hinten in der Ecke, gesucht, damit Mrs Dunmore nicht bemerkt, dass ich hin und wieder einen Schluck Wasser trinke oder verbotenerweise auch einen Schokoriegel esse.

Ich bin gerade in Kapitel drei meines Physikbuches vertieft, als ein Schatten auf mich fällt. Als ich aufblicke, stehen Marina und Ezra vor mir. »Hi, alles klar?«

Ezra setzt sich mir gegenüber auf den freien Stuhl. »Wir hatten Mitleid und dachten uns, du könntest eventuell ein wenig Ablenkung brauchen.«

Marina haut ihm gegen die Schulter und kichert. »Sei nicht so ein Idiot! Quatsch, wir wollen dich auf eine Party mitnehmen. Hast du Lust?«

Ich runzle die Stirn. »Was für eine Party?«

»Eine geheime, zu der man nur mit einer Einladung reinkommt.«

»Und wieso sollte diese geheime Party spannender sein als mein Lehrmaterial? Vor allem an einem Mittwochabend?«

Marina zieht ihre Augenbrauen hoch, und es ist klar, dass sie mich für komplett verrückt hält. »Ein Mittwoch ist genauso gut wie jeder andere Tag. Das macht doch den Reiz aus, oder?«

Ich zögere, worauf sie ihre Hände ineinanderlegt. »Komm schon, bitte! Glaub mir, diese Chance bekommt man nur selten. Einer aus Ezras Laufteam nimmt mich mit, und deshalb kann er dich reinbringen. Es geht nur mit einem Kontakt.«

»Ich habe ehrlich gesagt keine Lust zu feiern.« Das letzte Mal war mit Riley und endete in einem Kontaktabbruch. Außerdem werde ich sicher nicht mit Ezra irgendwo hingehen.

»Du musst aber. Ernsthaft. Das ist eine einmalige Chance. Niemand, der etwas auf sich hält, schlägt eine Einladung aus, und jeder, der rein will, würde dafür töten.«

»Du übertreibst«, werfe ich Marina vor und schaue zu Ezra, um mir seine Zustimmung zu holen, doch dieser schüttelt den Kopf.

»Nein, sie hat recht.«

Komischerweise weckt das meine Neugier. »Was genau ist das für eine Party?«

»Heißt das Ja?« Marina stößt ein Quieken aus und legt sich schnell die Hand auf den Mund, als von irgendwoher schnelle Absatzschritte ertönen.

»Auf keinen Fall.«

Sie stöhnt und sackt ein bisschen in sich zusammen. »Bitte! Du bist meine beste Freundin. Und ich würde mich selbst für immer hassen, wenn ich dich nicht mitnehme. Diese Partys sind legendär.«

»Warum? Weil sie so exklusiv sind?«, frage ich, während ihre Worte in mir widerhallen. Weil ich noch nie eine beste Freundin hatte, obwohl Riley dem am nächsten kam. Weil ich plötzlich dazugehöre und sich das so unfassbar gut anfühlt. Und weil ich sie nicht enttäuschen will.

Sie nickt ausladend. »Bitte. Sag ja. Es wird großartig. Ich verspreche es dir. Und wenn nicht, gebe ich dir zur Wiedergutmachung ein Eis aus. Du magst doch Eis, oder? Jeder mag Eis.«

Ich nicke und lache angesichts ihrer gespielten Verzweiflung, auch wenn ich nicht unbedingt mehr Zeit als nötig mit Ezra verbringen will. »Okay. Ich kann es mir ja einfach mal anschauen.« Schnell sammele ich meine Sachen zusammen, und dann verlassen wir die Bibliothek, noch bevor Mrs Dunmore uns erwischen kann.

»Der Dresscode ist ganz einfach. All Black«, erklärt Marina mir, als wir gemeinsam die Bibliothek verlassen und durch den leeren Flur gehen. Um diese Zeit sind kaum andere Studierende in diesem Trakt unterwegs, was in einem alten Gebäude wie diesem hier manchmal ein wenig gruselig ist.

»Müssen wir uns rausschleichen?«

»Lass dich überraschen.« Marina kichert und scheucht mich voraus. »Los, du hast zehn Minuten. Du musst komplett schwarz angezogen sein. Beeil dich!«

Angesichts ihrer Aufregung muss ich kichern. Auf dem Weg hoch in mein Zimmer grüße ich ein paar meiner Kommilitoninnen, von denen ich inzwischen sogar einige Namen kenne. Ich bin erst drei Wochen hier, dennoch fühle ich mich angekommen. Es ist genauso, wie Riley immer gesagt hat. Irgendwie gehören wir alle zusammen, obwohl wir so unterschiedlich sind. Wir sind alle ein Team, und das fühlt sich gut an. Ich seufze. Wenn ich all das doch nur mit Riley teilen könnte.

Kurze Zeit später trete ich entsprechend gekleidet in die Eingangshalle. Ezra erwartet mich bereits. Seine Hände sind lässig in die Hosentaschen gesteckt, und nichts an ihm deutet darauf hin, dass wir uns gleich verbotenerweise vom Campus schleichen wollen. Er mustert mich nur kurz, nickt und bedeutet mir dann, ihm zu folgen.

»Wo ist Marina?«

»Schon vorausgegangen. Es ist zu auffällig, wenn wir grüppchenweise verschwinden.«

Ich seufze und erwäge kurz, einfach in der Akademie zu bleiben. Doch meine Neugier siegt natürlich, und ich folge ihm.

Wir nehmen den Weg in Richtung Sportanlagen, doch biegen kurz vor den Hallen ab und gehen mitten hinein in den Wald.

Die Taschenlampen in unseren Handys erhellen uns den Weg, und ich kann nicht fassen, dass ich gerade ernsthaft mit Ezra mitten durch den finsteren Wald stampfe.

Ich erschaudere angesichts der Dunkelheit um uns herum, die von den Umrissen der Bäume und dem Rascheln von trockenen Blättern untermalt wird. »Woher weiß ich, dass du mich nicht umbringen wirst?«

»Das weißt du nicht.»

So ein Arsch. »Normale Menschen lachen, wenn sie einen makabren Witz machen.«

»Aber ich bin kein normaler Mensch. Und du ebenfalls nicht.«

Das bringt mich zum Schweigen, denn er hat recht. Wir mögen zwar aussehen wie Menschen, sind es aber nicht. Mit meiner Stimme könnte ich Menschen dazu bringen, alles zu tun, was ich möchte. Und Ezra kann mit seiner Magie Tiere beeinflussen.

»Wie ist das eigentlich so? Flüsterer zu sein, meine ich«, füge ich hinzu, als er fragend brummt.

»Wie es eben ist. Wie ist es, eine Sirene zu sein?«

»Keine Ahnung«, gebe ich zu und schnalze mit der Zunge. »Ich meine, wie reagieren Tiere auf dich? Kannst du richtig mit ihnen kommunizieren? Ich habe gelesen, dass Flüsterer eine Bindung zu Tieren aufbauen können, die beinahe an Seelenverwandtschaft grenzt. Ist das wirklich so?«

»Das stimmt.« Seine Stimme ist leise und beherrscht, aber ich meine, etwas darin zu hören. Etwas Dunkles.

»Hast du so ein Tier?«, frage ich zögernd und zucke zusammen, als ich in der Ferne ein Knacken höre. »Was war das?«

»Hatte ich. Jetzt nicht mehr. Und da vorne ist der Eingang. Also, ich muss jetzt deine Augen verbinden und führe dich auf die Party. Dafür musst du mir aber vertrauen.«

Ich bleibe stehen, als er es tut, und richte mein Handy direkt auf sein Gesicht, sodass er geblendet wird und blinzeln muss. »*Ernsthaft?* Und das hättest du mir nicht vorher sagen können?«

»Wie Marina bereits erwähnt hat, ist diese Sache ziemlich exklusiv. Du darfst nicht wissen, wohin genau wir gehen, und während der gesamten Party tragen wir Masken. Es dient zu unser aller Schutz.«

»Schutz wovor?«

»Erkannt zu werden. Diese Party gehört zu den wenigen Veranstaltungen, zu denen wir neue Rekrutenanwärter mitbringen können.«

»Anwärter wofür? Ernsthaft, Ezra, wenn du jetzt nicht mit der Sprache rausrückst, werde ich wieder gehen. So dringend nötig habe ich deine kleine Party auch wieder nicht.« Mir ist kalt, und ich bin so wütend, dass meine Stimme zittert. Marina und er haben mir etwas von einer lockeren Party erzählt und nichts von Rekruten, Masken oder Geheimhaltung.

»Du musst schwören, dass du mit niemandem darüber sprichst außer mit mir oder Marina.«

»Das klingt ja wie ein bescheuerter Geheimclub oder so was.«

Ezra starrt mich nur an.

Meine Augen weiten sich. »Es ist ein Geheimclub, oder? O mein Gott, ich gehe wieder.«

Doch bevor ich mich umdrehen kann, packt Ezra meine Hand. »Geh nicht. Komm schon. Wir haben dir eine Party versprochen. Sie wird gut sein. Und es gibt keinerlei Verpflichtungen.«

»Ich will in keinen Geheimclub«, stelle ich klar. »Keine bescheuerten Rituale, Prüfungen oder sonst was. Ich schaue mir das an, und wenn es mir nicht gefällt, bringst du mich wieder zurück, klar?«

»Klar.« Er lässt mich los und lächelt, während er eine schwarze Maske hervorholt, sie aufsetzt und mir eine identische reicht. Sie verdeckt sein ganzes Gesicht und lässt ihn zu einer emotionslosen Puppe werden. »Hätte mir denken können, dass du zu cool bist für so was.«

»Mir ist meine Privatsphäre lieb«, erwidere ich leise und bekomme einen fetten Kloß im Hals, als er ein schwarzes

Tuch aus seiner Jackentasche zieht. »Solche Clubs wollen immer viel zu viel wissen.«

»Du trägst wohl einige Geheimnisse mit dir herum.« Er tritt näher, das schwarze Tuch zwischen seinen Händen gespannt. Nun erhellt nur noch meine Taschenlampe den Boden um uns herum.

»So habe ich bisher überlebt.« Wir starren uns an, abwartend, forschend, unsicher, ob wir einander wirklich vertrauen können.

»Das klingt sehr einsam.«

Er trifft es auf den Punkt, und ich hasse es, verwundbar zu sein. Mit einem resignierten Seufzen setze ich die Maske auf, und der stramme Gummizug drückt von hinten gegen meinen Kopf. »Was ist mit dir? Willst du mir nicht auch etwas von dir erzählen, damit wir quitt sind?« Ich betone die letzten beiden Worte.

Ezra steht nun genau vor mir, seine dunklen Augen durch die Löcher der Maske auf mich gerichtet. »Zu viele, doch keines, das ich dir anvertrauen könnte, ohne dass es für dich gefährlich werden könnte.«

Ich schnaube, doch zugleich kitzelt Unsicherheit unter meiner Haut. »Das klingt, als wärst du bei der Mafia.«

»Schlimmer«, sagt er leise und bedeutet mir, mich umzudrehen.

Ich tue es und lasse zu, dass er mir das schwarze Tuch um die Augen bindet, woraufhin ich nichts mehr erkennen kann.

Dann nimmt er meinen Arm, sodass ich mich bei ihm unterhaken kann.

»Was kann schlimmer sein als die Mafia?«, frage ich nun, um meine Nervosität zu überspielen. Das, was ich hier tue, ist so absurd. Doch zugleich kann ich nicht anders. Da ist etwas in Ezra, das mich dazu zwingt. Da lag etwas in seiner Stimme. Etwas Trauriges. Und ein winzig kleiner Teil von mir drängt, mich nicht von ihm abzuwenden.

»Teil meines Hauses zu sein«, antwortet er leise, kurz bevor ein weiteres Knacken in der Nacht ertönt und ich hören kann, dass uns jemand entgegenkommt. Mein Herz ist kurz vorm Explodieren, und Ezra drückt beruhigend meinen Arm, als könnte er es spüren.

16. Kapitel

Jade

Die nächsten Minuten fühlen sich wie Sekunden und Stunden zugleich an. Nachdem Ezra den Fremden begrüßt hat, gehen wir langsam weiter. Dann verändert sich der Untergrund, wird von weich zu hart. Die Geräusche werden dumpf, und kurz darauf gehen wir einige Stufen hinunter. Mitten in einem Wald. So, als würden wir einen unterirdischen Bunker betreten.

Das ist mir alles ganz und gar nicht geheuer, und wie automatisch versteife ich mich.

»Keine Angst«, raunt Ezra mir zu, als ein lautes Klicken ertönt und dann ein Schaben, als würde jemand eine Metalltür öffnen.

»Viel Spaß«, ruft eine weitere unbekannte Stimme, woraufhin Ezra ihm dankt.

Wir gehen durch noch zwei weitere Türen, bis plötzlich ohrenbetäubende Musik ertönt und ich vor Schreck zurückgetaumelt wäre, hätte Ezra seinen Griff nicht verstärkt. Und dann ist plötzlich das Tuch von meinen Augen verschwunden. Die Maske auf meinem Gesicht kratzt unangenehm, doch offenbar tragen alle um mich herum eine. Wir befinden uns tatsächlich in einer Art Bunker. Hier gibt es keine Fenster, doch bunte Laserstrahlen zucken durch die Dunkelheit, tanzen zu einem Beat, der so laut ist, dass der Betonboden bebt. Es ist so warm hier drin, dass ich sofort meinen Mantel abstreife. Ezra nimmt ihn mir ab und bringt ihn zur Garderobe, bevor wir an der Bar ein Bier bestellen.

Mit der Maske auf der Nase ist es gar nicht so leicht, den Flaschenhals an meinen Mund zu bringen, und ich bin kurz davor sie anzuheben, doch Ezra hält mich so vehement auf, dass ich es schnell sein lasse. Wir versuchen gar nicht erst, miteinander zu sprechen, weil es so laut ist.

Plötzlich werde ich von der Seite umarmt. Ich zucke zusammen, fahre herum und starre die maskierte Person vor mir an. Klein, schwarz gekleidet und blond. Doch an ihren Augen erkenne ich sie sofort. *Marina.*

Sie schreit etwas, versucht, die Musik zu übertönen, doch ich verstehe kein Wort und schüttle nur lachend meinen Kopf. Im nächsten Moment zerrt sie mich mit sich, direkt in die tanzende Menge hinein.

Ich erhasche noch einen letzten Blick auf Ezra, der jedoch zurückbleibt und sich lässig gegen die Theke lehnt.

Nach einiger Zeit verliere ich mich in der Musik, dem Bass, den Tanzenden um mich herum und dem leichten Rausch, den das Bier in mir auslöst.

Marina und ich tanzen, Lied um Lied, bis es sich anfühlt, als wären drei Tage vergangen. Und irgendwann verliere ich auch sie. Doch das macht nichts. Ich bin inmitten einer Menge von maskierten Fremden, und wir alle bewegen uns zu derselben Musik. Schweiß rinnt über meinen Nacken, lässt meine Haare und Kleidung an mir kleben, doch das ist mir völlig egal. Ich tanze und tanze und lasse zum ersten Mal seit Wochen einfach los. Hier und jetzt gibt es nur mich und die Musik.

Mein ganzer Körper kribbelt, und ich fühle mich frei und leicht und wunderbar. Die Welt steht mir offen, nur für einen Augenblick.

Bis sich plötzlich Hände über meine Hüften schieben. Ein Körper drückt sich von hinten an mich, und Arme umschließen mich.

Ich keuche überrascht auf und mache einen Satz nach vorne, doch mit einem Mal sind überall Hände und Arme. Mir entfährt ein erstickter Laut, als sie an mir ziehen, mich fester an sich drücken, mich wie eine Mauer umgeben. *Was passiert hier?*

Und dann realisiere ich meinen Fehler. Ich habe meine Magie freigelassen, ohne es auch nur zu merken.

Nein. Nein. Nein. Nein!

Ich versuche, mich zu beruhigen, versuche, klar zu denken, aber da sind immer noch überall Hände und verschwitzte Körper. Es ist so eng, dass ich kaum noch Luft bekomme.

Ich muss hier weg!

Sie halten mich so fest, dass ich nicht einmal meine Hände heben kann, um die Maske runterzunehmen. *Verdammt. Ich brauche Luft. Ich kann nicht mehr atmen!*

Meine Brust hebt und senkt sich schneller. Mein Herz pocht so fest gegen meine Brust, dass mir schwindelig wird. Gleichzeitig rebelliert meine Magie und will raus, will alle zwingen, mich loszulassen.

»Hört auf!«, schreie ich, doch die Musik ist so laut, dass meine Stimme untergeht.

Tränen treten mir in die Augen, und es fühlt sich an,

als würden Glasscherben in meinem Hals feststecken. Mir ist so unendlich heiß.

Im nächsten Moment werde ich zur Seite gestoßen. Nein. Einer der Fremden wird zur Seite gestoßen und reißt mich dabei mit sich. Jemand packt mich, hindert mich daran, auf ihn zu fallen, und plötzlich werde ich hochgehoben.

Ich schreie vor Schreck auf, als mir klar wird, dass ich durch die Menge getragen werde. Doch dann steigt mir ein bekannter holzig-frischer Duft in die Nase. Mein Herz stolpert, als ich das teure Parfüm erkenne und den Kopf hebe. Obwohl der Fremde eine Maske trägt, sticht mir Ashers helles Haar sofort ins Auge.

Wie konnte er mich da so leicht rausholen? Zielsicher trägt Asher mich durch die Menge, bis zum Vorraum mit den Garderoben, wo es etwas leiser ist als auf der Tanzfläche.

Er lässt mich runter, und ich bin so überwältigt, dass ich kaum klar denken kann. Noch bevor ich etwas sagen kann, taucht eine weitere Person neben uns auf.

Ich erkenne Ezra auf den ersten Blick. Seine dunklen Augen mustern mich von oben bis unten, bevor sie sich auf Asher richten. »Was sollte das?«

»Ist sie etwa mit dir hier? Bist du wahnsinnig?« Ashers Wut ist wie ein ausbrechender Vulkan, und er stellt sich so nah vor Ezra, dass sich selbst die Mitarbeiter der Garderobe anspannen. »Ich bringe sie jetzt zur Akademie, und ich warne dich: Halte dich von ihr fern.«

»Sie ist mit mir hier«, erwidert Ezra in tödlicher Ruhe. »Und ich lasse sie nur mit dir gehen, wenn sie es ebenfalls möchte.«

»Dann hättest du auf sie aufpassen müssen.«

»Gut, dass du sie offenbar so gut im Blick hattest.«

Beide erdolchen sich mit ihren Blicken, bis ich genug habe.

Zitternd schlinge ich meine Arme um mich und erhebe das Wort. »Ich möchte gehen.«

»Mit ihm? Ich kann ihn auch für dich loswerden«, bietet Ezra an, und der Spott in seiner Stimme bringt mich tatsächlich zum Lächeln, wenn auch nur schwach.

»Es ist okay.«

Ezra nickt, dann holt er ohne ein weiteres Wort meinen Mantel aus der Garderobe. Ich nehme ihn an mich und lasse zu, dass er mir die Augenbinde umlegt.

Als Asher meine Hand nimmt, ist sein Griff fest und unnachgiebig. Ich folge ihm hinaus in die kalte Nacht. Der Wind streicht über meine feuchte Haut, und ich erschaudere. Es ist erschreckend, wie still es plötzlich um uns herum ist. »Danke«, stoße ich schließlich aus, und meine Stimme ist unnatürlich laut in der Stille des Waldes.

»Ich kann nicht fassen, dass das gerade passiert ist!« Ashers Stimme ist voller unterdrückter Wut, Fassungslosigkeit – und einem Hauch Angst. »Weißt du eigentlich, was hätte passieren können, wenn du deine Kräfte einfach mitten auf einer Party rauslässt?« Er lässt mir nicht einmal Zeit zu antworten, sondern redet weiter, während er mich unnachgiebig mit sich zieht. »Offenbar nicht! Du wärst beinahe zerquetscht worden, weil sie alle ein Stück von dir abhaben wollten! Ist dir klar, dass du da gerade wie ein verdammtes Glühwürmchen gefunkelt hast?«

»Kannst du etwas langsamer machen?«, frage ich leise,

aber bestimmt, weil ich, auch ohne ihn zu sehen, spüren kann, wie aufgewühlt er ist.

»Fuck!«, stößt er aus, stoppt und lässt mich los.

Ich strecke meine freie Hand nach ihm aus, weil mich der abrupte Halt ins Straucheln bringt. Doch Asher reagiert blitzschnell und fängt mich auf. Wir berühren uns überall, und weil ich mit der Maske und dem schwarzen Tuch absolut nichts sehen kann, sind meine anderen Sinne noch viel ausgeprägter als sonst. Sein Parfüm umgibt mich. Ich höre seinen schnellen Atem und fühle die Wärme seiner Brust. Offenbar hat er nicht einmal seinen Mantel geschlossen.

»Darf ich dieses blöde Tuch abnehmen?«

»Natürlich.« Seine Finger streichen über meinen Hinterkopf, dort, wo der Knoten sitzt. Seine Berührung ist vorsichtig, zaghaft, als hätte er Angst, er könnte mir wehtun. Als er mir Maske und Tuch gleichzeitig abnimmt, muss ich zu ihm aufschauen, weil er mir so nahe ist. Es ist stockduster um uns herum, doch Ashers Handytaschenlampe spendet ein wenig Licht. Er betrachtet mich ernst und eindringlich, und sein Blick springt zwischen meinen Augen und Lippen hin und her.

Mein Herz klopft ein wenig zu schnell dafür, dass ich absolut gar kein Interesse an ihm haben sollte. »Ich sah also aus wie ein Glühwürmchen?«

»Absolut«, antwortet er heiser. Seine Lippen werden zu einer dünnen Linie, und mit einem Mal wirkt er, als würde er mit sich selbst ringen. Meinetwegen. Wegen dem, was das hier mit ihm anstellt. Dessen bin ich mir absolut sicher. Weil meine Magie ihn dazu bringen will, mehr zu wollen, genauso wie bei all diesen Fremden, die gerade versucht haben, mich zu erdrücken.

Ich schlucke, trete von ihm weg und weiche seinem Blick aus. »Ich hätte niemals herkommen dürfen.« Plötzlich überkommt mich die Kälte der Herbstnacht, und ich ziehe den Reißverschluss meines Mantels bis unter mein Kinn und setze meine Kapuze auf.

Asher macht keine Anstalten, sich zu bewegen. Hier, mitten im Wald, umgeben von tiefster Nacht. »Wie konnte das passieren?«

»Ich habe keine Ahnung«, gebe ich zu und schaue in die Dunkelheit zwischen den Bäumen, nur um ihn nicht ansehen zu müssen. »Plötzlich war alles auf Autopilot, ich habe getanzt und mich so frei gefühlt.«

»Hat dir jemand was in deinen Drink getan? Ezra vielleicht?« Er knurrt den Namen seines ehemaligen Freundes.

Ich lache leise, etwas verzweifelt und reibe mir fahrig über die Stirn. »Bitte, bring mich einfach zurück.« Als ich ihn erneut ansehe, liegt da so viel in seinem Gesicht. Doch vordergründig ist noch immer die Wut, die ihn aussehen lässt, als würde er jeden Moment umdrehen, um Ezra für meinen Zustand zur Verantwortung zu ziehen. »Er würde das niemals tun.« Noch während ich das sage, komme ich mir dumm vor. Woher soll ich wissen, wozu Ezra fähig ist?

Doch was ich mit absoluter Sicherheit weiß, ist, dass er mir nichts in meinen Drink getan hat. Weil ich erstens dabei war, als sie gemixt wurden und zweitens, weil ich auf der Tanzfläche einfach keine Kontrolle über meine Kräfte hatte. Doch das kann ich Asher schlecht gestehen.

Also wende ich mich ab und will Abstand zwischen uns

bringen, bevor das alles hier noch komplizierter werden kann.

»Warte, Jade. Du leuchtest. Schon wieder.« Sein Flüstern geht mir bis unter die Haut und hinterlässt ein sehnsuchtsvolles Kitzeln in mir.

»Ich weiß nicht, wieso.« Meine Stimme ist nur ein Hauch im Wind, der mir meine Haare ins Gesicht bläst. »Irgendwas an dir löst das aus. Normalerweise habe ich mich unter Kontrolle. Immer.« Nur bei ihm nicht, dem Kerl, der mich aus einer tanzenden, gierigen Menge freigekämpft hat.

»Wie interessant.« Asher hebt seine Hand und streicht mir quälend langsam eine Haarsträhne hinter mein Ohr. Seine Berührung hinterlässt eine Spur aus Feuer in mir, und ich kann ein leises Keuchen nicht unterdrücken.

Asher schluckt hörbar, reißt sich von meinem Anblick los und geht an mir vorbei, das Handy vor sich ausgestreckt. Als bräuchte er Abstand. Von mir. »Warum warst du mit ihm dort?«

Ich atme hörbar ein, bevor ich ihm folge und die Enttäuschung, die sich in mir breitmacht, ignoriere. »Er hat mich eingeladen. Und du? Gehörst du … dazu?« Ich meinte es vorhin absolut ernst, als ich gesagt habe, dass ich darüber nichts weiter wissen will. Eine Geheimverbindung ist so ziemlich das Letzte, was mir Aufmerksamkeit schenken sollte.

»Wieso? Willst du dazugehören?«

»Auf gar keinen Fall«, stoße ich aus und schnaube. »Ich war nur neugierig. Ezra hat mir eine Party versprochen, und nun ja, die habe ich bekommen.«

»Du und Ezra, ihr seid also Freunde?« Er stellt diese

Frage zu beiläufig, als dass ihn die Antwort nicht interessieren würde. Dabei richtet er seinen Blick stur geradeaus in die Dunkelheit.

»Es ist kompliziert. Ihr mögt euch nicht sonderlich, oder?«

»Wir sind Freunde gewesen. Bis wir es nicht mehr waren.«

»Ich habe gehört, dass es um ein Mädchen ging.«

Ashers Augenbrauen heben sich herausfordernd. »Und was hast du sonst noch gehört?«

Ich zucke mit den Schultern. »Nichts, was von Belang wäre. Es ist eure Sache, ob ihr miteinander befreundet seid oder nicht.«

Er schweigt, und eine Weile hört man nichts als das Knacken von Zweigen unter unseren Schuhen und das Rascheln der Blätter im Wind.

Als die Akademie schließlich vor uns auftaucht, sacken meine Schultern herunter. Als mir klar wird, wie dieser Anblick reicht, um mir das Gefühl von Sicherheit zu vermitteln, muss ich lachen.

»Was ist so witzig?«

»Ich bin nur überrascht, wie gerne ich mittlerweile hier bin«, gebe ich zu. »Dieses Internat, die Studierenden, die Dozierenden, einfach alles ist so viel besser.« *Als Riley es mir angekündigt hat.* Die Worte hängen lautlos zwischen uns. »Na ja, außer das, was ich gerade erlebt hab.«

»Meinst du die Party?« Asher lacht leise, und das Geräusch sendet kleine Stromstöße durch mich hindurch.

»Das war wirklich überraschend. Wer hätte gedacht, dass es an der so zahmen Ashriver Academy eine geheime Verbindung gibt? Ich jedenfalls nicht.«

»Du darfst mit niemandem über diese Party sprechen. Das hat Ezra dir erklärt, oder?«

»Ja, keine Panik.« Ich grinse und tue so, als würde ich meine Lippen mit einem Reißverschluss verschließen.

Asher lächelt. Es wirkt ein bisschen, als würde er es gar nicht wollen, hätte aber aufgegeben, dagegen anzukämpfen. »Gut.«

»Aber ernsthaft: Woher kamen die vielen Leute? Das können ja unmöglich alles Leute von der Akademie gewesen sein, oder?«

»Geheimnisse über Geheimnisse.« Er lacht leise und schiebt die Hände in seine Manteltasche.

Davon brauche ich nicht noch mehr. »Ich werde mich auf jeden Fall davon fernhalten.« Es ist ein bisschen wie damals gewesen, als ich mit Riley auf der Strandparty war. Alles ist so toll gewesen, bis Edward auftauchte.

Meine Augen weiten sich.

Wie damals …

Mit einem Mal wird mir eiskalt, und ein fürchterlicher Verdacht keimt in mir auf.

Vielleicht habe ich mich damals auch zu sehr gehen lassen, und deshalb hat Edward versucht, mich zu küssen. Ein Kloß bildet sich in meinem Hals. Vielleicht hatte Edward doch recht. Vielleicht bin ich schuld gewesen.

Mir ist schlecht.

Ich schiebe meine mittlerweile eiskalten Hände in die Taschen meines Mantels und schaue zu dem alten Gebäude hoch, das sich vor uns auftürmt. In keinem der Fenster brennt Licht, nur die Steinstatuen auf den Vorsprüngen werden von Strahlern erhellt.

Am Rande des Waldes bleibt Asher stehen. »Was bei der Party passiert ist-«

»Wird nicht wieder vorkommen«, unterbreche ich ihn, weil ich nicht möchte, dass er zu viele Fragen stellt. Dabei lächle ich ihn verschmitzt an und hoffe, dass es reicht, um ihn abzulenken.

Tut es nicht, denn der sorgenvolle Gesichtsausdruck wird eisig. »Wieso bist du so?«

»Wie bin ich denn?«

»Es ist, als würdest du nichts ernst nehmen.«

Ich lache auf, kalt und trocken. »Oh, glaub mir, ich nehme vieles verdammt ernst. Das hier-« Ich deute auf mich und mein bröckelndes Lächeln. »So habe ich die letzten Jahre überlebt.«

»Was soll man bei Schönheitswettbewerben denn überleben?« Er lacht auf, genauso trocken wie ich zuvor. »Was bitte ist so schlimm an einem Leben, in dem man durchgehend Preise gewinnt, nur wegen der eigenen Schönheit?«

Seine Worte bringen etwas in mir zum Platzen, und mit einem Mal entlädt sich all mein Frust. »Du hast keine Ahnung von meinem Leben! Du hast keine Ahnung, wie es ist, wenn man nur wegen seines Aussehens geliebt wird. Wenn man von klein auf darauf getrimmt wird, andere dazu zu bringen, einen zu vergöttern. Ich war für meine Mutter nie mehr als eine Geldmaschine. Und je älter ich wurde, umso *sexier* musste ich sein. Ich konnte niemals entscheiden, wie die Welt mich sehen soll, weil mir mein Bild vorgeschrieben wurde. Und als ich mich verletzt habe und nicht einmal mehr mein Aussehen reichte, wollte meine Mutter, dass ich meinen Körper nutze!« Die letzten

Worte brechen so laut aus mir heraus, dass ich mir erschrocken die Hand vor den Mund schlage.

Ashers Augen weiten sich vor Entsetzen. »Sie hat *was?*«

»Ich … Ich kann das nicht.« Mein Herz schlägt so schnell, dass ich abhauen will. Ich muss hier weg! Schockiert wende ich mich von ihm ab, doch bevor ich losrennen kann, hält mich seine Stimme auf.

»Es tut mir leid.«

Tränen laufen mir über die Wangen, und ich zittere unkontrolliert. Meine Brust, nein, mein *Herz* tut so unfassbar weh. »Muss es nicht.« Ich kann ihn nicht ansehen, aber mein Fluchtreflex verebbt. So stehen wir da, ich meinen Rücken ihm zugewandt, er direkt hinter mir. Mitten in der Nacht. Umgeben von Kälte und herausgebrochenen Geheimnissen.

„Mädchen wie du wurden für eine einzige Sache geboren: um zu verführen. Also tu gefälligst, wozu du geboren wurdest."

„Aber Mom, das kannst du nicht ernsthaft von mir verlangen."

„Tue ich. Wenn du nicht in der Lage bist, auf normalem Weg zu siegen, finden wir eben einen anderen. Wozu bist du denn sonst noch zu gebrauchen?"

»Was hast du dann gemacht?«

Ashers Worte zerren mich zurück in das Hier und Jetzt. Ich schlucke und drehe mich langsam zu ihm um. Die Tränenspuren auf meinen Wangen brennen vor Kälte, doch ich lächle bitter. »Ich bin gegangen und hier gelandet. Sie …« Ich zögere, dieses eine Geheimnis preiszugeben, doch dann wird mir klar, dass es meine Geschichte nur untermauern wird. »Sie weiß nicht, wo ich bin.«

»Aber wie bist du dann hier gelandet?«

Ich zucke mit den Schultern. Doch Ashers Augen weiten sich. »Rileys Vater?«

»Riley darf nichts davon wissen«, sage ich fest und bittend zugleich. »Er hat mir nur den Platz besorgt. Die Studiengebühren habe ich selbst bezahlt.«

»Aber deine Mutter-« Er unterbricht sich selbst und stößt ein verstehendes Geräusch aus. »Du hast das Geld gestohlen?«

»Nein. Es stand mir zu, nachdem sie mir jahrelang keinen Cent gegeben hat«, verteidige ich mich und merke zugleich, dass ich mit einem Mal freier atmen kann. Ein Lachen entfährt mir, und ich schließe kurz die Augen, wische mir über das Gesicht und lächle dann. »Danke. Es tat gut, endlich mit irgendwem darüber zu sprechen.«

Asher sieht aus, als hätte ich etwas in ihm zerstört. »Es tut mir so unfassbar leid.« Bevor ich fragen kann, was er damit meint, hat er die Distanz zwischen uns überwunden und seine Arme um mich geschlungen. Seine Umarmung hüllt mich in Wärme, und einen Augenblick lang bin ich wie erstarrt.

Unsere Magie tanzt miteinander. Seine kupfernen Wellen mit meinen roten Funken.

Ich entspanne mich und sauge seine Wärme ein, seinen Duft, seine Nähe. Weil sein Mantel noch immer offen ist, liegt meine Wange direkt auf seiner Brust, und ich fühle mich so geborgen. Sein Herzschlag pocht laut an meinem Ohr, wie ein Trommelfeuer aus Energie. »Ich weiß nicht, wann mich das letzte Mal jemand umarmt hat.«

Asher stößt einen erstickten Laut aus, und seine Umarmung wird noch fester.

Ich lächle, breite selbst meine Arme aus und erwidere sie.

So stehen wir da. Schweigend und in die Wärme des anderen gehüllt, während unsere Kräfte miteinander tanzen.

Wir beide, umgeben von tiefster Nacht und an diesem Ort, den ich als mein Zuhause bezeichnen kann. Das alles fühlt sich an, als würden all meine Träume in Erfüllung gehen. Als wäre das hier ein wahr gewordener Sternschnuppenwunsch.

»Danke«, wiederhole ich und versuche, mit jedem Atemzug dieses Gefühl in mir abzuspeichern.

Asher ist eine Gefahr für mich und zugleich meine Freiheit. Das Problem ist, dass ich wirklich beginne, ihn zu mögen. Vielleicht sogar mehr als das.

17. Kapitel

Asher

Ich kann sie noch immer spüren. Selbst am nächsten Tag während meiner Kurse fühle ich Jades Körper fest an meinen gedrückt.

Ich weiß nicht, wann mich das letzte Mal jemand umarmt hat.

Dieser Satz hätte mich beinahe gebrochen.

Wie kann man nicht wissen, wann man das letzte Mal umarmt wurde? Und wie habe ich nur jemals glauben können, dass ihr Leben zuvor nicht beschissen gewesen ist?

Es erklärt so vieles. Warum sie alleine an der Akademie angekommen ist. Warum sie immer gehetzt und zugleich suchend wirkt. Warum sie manchmal so unfassbar einsam aussieht.

»Alles klar mit dir?« Vincent stößt mich von der Seite her an. »Wo warst du gestern Nacht eigentlich? Wir konnten dich nirgends finden. Irgendwer meinte, du wärst mit einem Mädchen abgehauen?«

Ich nicke und werfe einen kurzen Blick nach vorne zu unserer Politikdozentin, doch die widmet sich gerade einem Schaubild an der Tafel. »Ezra hat Jade mitgebracht, und ihr ging es nicht so gut.« Einen Augenblick lang überlege ich, Vincent die Wahrheit zu sagen. Doch das kann ich nicht.

»Du und Jade also?« Er lacht leise. »Na, wenn das Riley mal nicht fuchsig machen wird.« Sein Lachen gleicht einem Grunzen. »Aber ich verstehe das schon. Sie ist echt der Hammer.«

»Und du bist oberflächlich«, erwidere ich trocken.

Er winkt nur ab, denn das ist kein Geheimnis. »Na und? Ich habe eben einen Typ. Ist doch nichts dran auszusetzen. Also, was wirst du Edward sagen?«

»Mann, da läuft nichts«, stelle ich klar und lüge nicht einmal. »Ich habe ihr ein bisschen beim Lernen geholfen und sie gestern zurückgebracht. Mach mal nicht so ein großes Fass auf.«

»Musst ja nicht gleich so ernst werden.« Er zwinkert mir zu. »Ich frage doch nur. Du kennst Edward. Er ist doch so besitzergreifend.«

Ich lache leise, als Vincent mich so unschuldig anschaut. Dieser Trottel ist mein bester Freund, seit wir zusammen in den Kindergarten gegangen sind. Er kennt mich besser als sonst irgendein Mensch. Mit Ausnahme von Ezra vielleicht.

Dieser sitzt gerade betont gelangweilt in der ersten Reihe und starrt die Wand an, als würde er jeden Moment einschlafen. Dabei wissen hier alle, dass er der beste Student des Kurses ist.

Bei seinem Anblick verkrampft sich alles in mir. Er, Vincent, Edward und ich waren einst die besten Freunde. Wieso musste er das nur aufs Spiel setzen? Ich verstehe es einfach nicht. Mary und ich sind schon eine Weile miteinander ausgegangen, als sie mir eines Abends tränenüberströmt gebeichtet hat, dass sie und Ezra sich auf einer Party geküsst haben. Danach ist alles zerbrochen.

Der Sommer hat gereicht, um über sie hinwegzukommen, doch Ezras Verrat fühlt sich noch immer wie ein Stachel in meiner Brust an. Seitdem hat sich viel verändert. Er hängt nur noch mit Marina ab und hat sich scheinbar auch von allen anderen distanziert. Nur Jade scheint sein Interesse zu wecken, und das stört mich mehr, als es sollte.

»Quäl dich nicht«, raunt Vincent mir zu. Offenbar habe ich Ezra zu lange angestarrt.

Seufzend lehne ich mich auf meinem Platz zurück und schnappe mir einen Stift, um meine Hände zu beschäftigen. »Ich verstehe es einfach nicht. Er hat vorher nie angedeutet, auf Mary zu stehen. Wieso hat er dann mit ihr rumgemacht?«

Vincent schnaubt leise neben mir. »Frag mich was Besseres. Ich bin genauso geschockt wie du. Aber Verräter können wir nicht gebrauchen.«

Ein Verräter. Ja. Das ist er wohl. Dennoch tut es weh, so über ihn zu denken.

»Was quatscht ihr denn da?«, fragt Edward, der neben Vincent sitzt und sich neugierig nach vorne beugt. Als Vincent in Ezras Richtung deutet, nickt Edward verstehend. »Schon klar. Echt traurig. Ich habe gehört, dass er und Jade was am Laufen haben sollen. Sie ist echt das Gesprächsthema Nummer eins momentan.« Er lacht leise. »Wundert ja niemanden.«

Vincent lacht ebenfalls leise, wenn auch etwas verhaltener. Doch ich runzle die Stirn. »Wie meinst du das?«

»Na ja.« Edward wackelt mit den Augenbrauen. »Hast

du sie dir mal angeschaut? Aber egal. Ich finde es immer noch scheiße, dass Dorothy sie Riley vorgezogen hat. Aber vermutlich hatte sie gar keine Wahl.«

In meinem Magen verkrampft etwas, und ich kann nicht ändern, dass ich mich bei seinen Worten mehr ärgere, als ich sollte. »Was willst du damit andeuten?«

»Welchen Grund sollte Dorothy denn sonst gehabt haben?« Er gluckst leise. »Komm schon. Vetternwirtschaft unter Sirenen. Oder sie steht auf die kleine Jade.«

»Boah, du bist widerlich«, stößt Vincent aus und verzieht das Gesicht. »Alter, was stimmt nicht mit dir?«

Edward grunzt und zuckt dann zusammen, als unsere Politiklehrerin sich zu uns umdreht. »Mr Fitzgerald, gibt es etwas, das Sie mit dem Kurs teilen wollen?«

Sofort schüttelt der den Kopf. »Nein, alles bestens.«

»Gut, dann kommen Sie bitte nach vorne und erklären Sie uns das Schaubild, und erläutern Sie uns, welche Parallelen Sie zu den anderen Staatsformen ziehen würden.«

»Aber gerne.« Lässig schlendert er nach vorne, auch wenn wir alle wissen, dass er keine Ahnung hat.

»Ekelhaft«, murmelt Vincent kopfschüttelnd und konzentriert sich auf seine Unterlagen, um dem Unterrichtsstoff zu folgen.

Natürlich gibt Edward nach kürzester Zeit auf und wird zurück auf seinen Platz geschickt. Unsere Lehrerin lässt Ezra den Vortrag halten, und er hat so offensichtlich keine Probleme damit, dass Edward rot um die Ohren wird.

»Dieser dumme Angeber«, höre ich ihn halblaut sagen, worauf ein paar unserer Kommilitonen leise lachen.

Vincent beugt sich wieder zu mir. »Was geht denn bei

dem? Meinst du echt, der ist nur beleidigt, weil Riley eine Abfuhr kassiert hat? Scheiße, das war zwar unangenehm, aber kein Weltuntergang.«

Ich zucke mit den Schultern, weil ich Edwards idiotische Anwandlungen kenne, aber heute war er echt persönlich. »Keine Ahnung.«

Die Klingel beendet den Kurs, und wir packen unsere Sachen, bevor wir zum Speisesaal gehen. Dort holen wir uns eine Portion vom heutigen Tagesgericht, Kartoffelgratin mit Schnitzel, und setzen uns an unseren Stammplatz am Fenster.

Kurz darauf taucht Riley auf. Sie war in ihrem Sportkurs, und ihre Wangen sind noch immer gerötet. Sie gibt Edward einen Kuss und setzt sich dann neben ihn und mir gegenüber. Dann wirft sie mir einen prüfenden Blick zu. »Ich habe gerade erfahren, dass Jade offenbar bei euch zuhause war.«

War klar, dass sie sofort damit loslegt, sobald sie davon erfährt. Ich spieße genervt eine Kartoffelscheibe auf. »Dorothy hat ihr bei der Hausarbeit geholfen.«

»Aber wieso tut sie das?«, fragt Riley verwirrt.

»Dorothy zieht Jade ganz offenbar vor, weil sie dieselben Kräfte haben«, unterbricht Edward sie und schnaubt abfällig. »Ich konnte diese alte Dame noch nie leiden.«

»Alter.« Meine Stimme ist ein leises Knurren. »Es ist eine Hausarbeit. Nicht mehr und nicht weniger.«

Edward hebt die Augenbrauen, hält aber klugerweise die Klappe.

Riley schnauft leise und öffnet ihre Wasserflasche. »Na ja, das ergibt wohl Sinn.« Dann wirft sie Edward einen bösen Blick zu. »Ist ja auch egal. Ich bekomme auch so eine gute Note.«

Edward hebt schmollend die Schultern. »So war das natürlich nicht gemeint.«

»Okay, vergessen wir das«, sagt Riley schnell, als sich Edwards Gesichtszüge verfinstern und seine Laune zu kippen droht. Wir alle kennen ihn gut genug, um zu wissen, dass er dann für den Rest des Tages unausstehlich sein wird. »Anderes Thema, was hältst du von Joker und Harley Quinn?«

Vincent stöhnt. »Das ist ja wohl das langweiligste Pärchenkostüm für eine Halloweenparty, das man sich aussuchen kann.«

Riley richtet sich auf und presst die Lippen aufeinander. »Und du hast eine bessere Idee?«

»Hmm«, überlegt Vincent und grinst dann. »Wie wäre es, wenn ihr euch Kürbisse auf den Kopf setzt?«

»Haha.« Riley verdreht die Augen und stochert genervt in ihrem Essen rum.

»Komm schon, das kann gut aussehen!«, verteidigt Vincent sich. »Ich habe da letztens so ein Bild gesehen. Die zwei hatten schwarze Klamotten an und auf dem Kopf einen Kürbis.«

»Von dem Gestank würde ich sofort kotzen. Auf keinen Fall.« Edward schüttelt den Kopf.

Vincent lacht. »Man nimmt ja auch welche aus Plastik. Wer würde sich schon echtes Gemüse über den Kopf stülpen?«

Riley beißt sich auf die Unterlippe und unterdrückt ein Kichern, während Edward schon wieder genervt aussieht.

»War mir schon klar. Ich wollte nur einen Scherz machen.«

Vincent sieht aus, als würde er noch was hinterherschieben wollen, doch ich trete ihn unter dem Tisch, weil ich gerade echt keine Lust auf Stress habe. Er verzieht das Gesicht und konzentriert sich dann grinsend auf sein Essen.

»Habt ihr denn schon irgendwelche Dates für die Feier?«, fragt Riley, während sie ihre Hand auf Edwards Unterarm legt. »Ihr glaubt gar nicht, wie nervig die Planung dieses Jahr ist. Wenn ich gewusst hätte, dass Paige ebenfalls in dem Komitee ist, wäre ich niemals so dumm gewesen, es als meinen Zusatzkurs zu wählen.« Sie verdreht die Augen und wirft einen genervten Blick in Richtung des mittleren Tisches, an dem sie früher saß, bis sie anfing, alle zu meiden. Ganz am Fenster sitzt eine große Gruppe von Mädchen, von denen Vincent sicher schon mit der Hälfte herumgemacht hat. Vor allem Paige ist sich sicher gewesen, irgendwann mit Vincent zusammenzukommen. Doch er hat jegliche Annäherungsversuche konsequent abgewehrt.

»Paige ist cool«, erwidert Edward überraschenderweise und zuckt mit den Schultern, als wir ihn alle anstarren. »Was denn? Wir sind zusammen im Chemiekurs, und sie hat mich abschreiben lassen. Das ist cool, oder nicht?«

»Seit wann ist dein Niveau so niedrig?«, fragt Riley hörbar angewidert und genervt. *O Mann.* Das klingt, als würde es gleich wieder Stress geben.

»Okay, ich bin raus.« Vincent schiebt seinen Stuhl zurück und steht auf. »Ich wollte noch eine Runde zocken, bist du dabei, Asher?«

»Klar.« Ich mache Anstalten aufzustehen.

»Mann, was soll das?«, fragt Edward und schiebt Rileys Hand von seinem Arm. »Jetzt vergraulst du auch noch meine Jungs?«

»Niemand vergrault uns.« Vincent lacht, und würde ich ihn nicht so gut kennen, hätte ich ihm seine Unbeschwertheit locker abgekauft. »Ich wollte echt noch zocken. Hab da so eine Wette am Laufen.«

»Ah«, macht Edward und entspannt sich wieder. »Klar, dann sehen wir uns später.«

Wir verabschieden uns und bringen unsere Tabletts weg. »Das mit der Wette war gelogen, oder?«

»Klar. Ich wollte uns nur da rausbringen.« Vincent grinst wieder. Diesen Kerl kann echt nichts aus der Ruhe bringen. Er bekommt mit diesem einen Lächeln immer alles, was er will. Meine Grandma hat ihn mal als den Schwerenöter unseres Quartetts bezeichnet. Ezra ist laut Dorothy der Bad Boy, Edward der Ernste, und ich bin angeblich der Good Guy – eine Bezeichnung, für die Vincent mich ewig ausgelacht hat.

»Danke, Mann.«

»Kein Problem.« Er stellt den Kragen seines Hemdes hoch, um sich ein wenig vor der Kälte zu schützen, als wir aus dem Gebäude treten und in Richtung Schlaftrakte gehen.

»Ich feiere es immer noch, wie Dorothy sich einfach zu Jade gedreht und sie quasi ausgewählt hat. Mega. Aber ernsthaft. Ich hätte an ihrer Stelle auch nicht Riley genommen. Sie ist so verdammt angespannt, seit sie mit Edward zusammen ist.«

Ich runzle die Stirn. »War Riley nicht immer so?« Die

beiden sind schon ewig ein Paar, schon als wir noch nicht auf der Academy waren, sodass ich mich kaum an die Zeit vorher erinnern kann.

»Nein. Sie war definitiv cooler. Jetzt ist sie quasi Edwards Schoßhündchen. Aber du kennst ihn ja.« Er zuckt mit den Schultern, als wäre nichts dabei, obwohl ich spüren kann, dass da sehr wohl etwas ist.

»Was meinst du?«

»Na ja, er ist eben manchmal speziell. Egal«, fügt er hinzu, als ich fragend meine Augenbrauen hebe. »Komm, jetzt habe ich schon gesagt, dass wir zocken, also tun wir das auch.«

Vincent wechselt so offensichtlich das Thema, dass ich nicht anders kann. »Was wolltest du zu Edward sagen? Erzähl schon.«

»Ach, er ist dein Cousin, und ihr seid so dicke miteinander. Und ich hänge auch gerne mit ihm ab. Aber ist dir nicht aufgefallen, dass der Kerl manchmal ein bisschen schwierig ist?«

»Klar, er hat seine Macken. So wie jeder eben.«

»Genau«, meint Vincent und grinst mich an, während er die Tür zurück ins Warme öffnet. »Und deine Macke ist definitiv, dass du niemals gegen mich gewinnen wirst.« Sein Grinsen ist eine Spur zu breit, und ich sehe ihm an, dass er nur gute Laune verbreiten will. So ist er eben. Wieso fühlt es sich dann plötzlich so falsch an? So, als müsste er sich vor mir, seinem besten Freund, verstellen?

18. Kapitel

Jade

Ich versuche, mich auf meine Unterlagen zu konzentrieren, und dennoch zieht die rechte Ecke des Raumes meine Aufmerksamkeit immer wieder auf sich. Die Ecke, in der Asher mit seinem Freund Vincent gerade Kicker spielt. Sie unterhalten sich, doch Asher sieht mich an. Egal wie oft ich wegsehe und wieder hinschaue, sein Blick fixiert mich.

»Du hörst mir gar nicht zu, oder?«, fragt Leah, und ich höre ihre Belustigung. Als ich sie gebeten habe, mir bei einer Hausaufgabe zu helfen, und sie vorschlug, uns im Gemeinschaftsraum der Bones Manor zu treffen, habe ich nicht mit so viel Ablenkung gerechnet.

Ich zerre meine Aufmerksamkeit von Asher und wende mich Leah zu. »Ja, sorry. Es ist nur …« Das Ende des Satzes verliert sich, ohne Ausflüchte oder Lügen.

Leah lächelt leicht, schiebt mit beiden Händen ihre blonden Strähnen zurück in ihren Zopf und sammelt ihre Unterlagen zusammen. »Kein Problem. Die Elite ist einfach zu interessant.«

»Du klingst nicht sonderlich an ihnen interessiert«, stelle ich fest.

Sie zuckt mit den Schultern und lehnt sich auf dem

schwarzen Sofa zurück, das wir für uns beansprucht haben. »Das ist wahr. Ich habe andere Hobbys, als mich ihrem Drama zu widmen. Theaterspielen, lesen und so was.«

Ich will nicht neugierig sein, aber ich weiß genau, worauf sie anspielt. »Kanntest du diese Mary, wegen der sich Asher und Ezra zerstritten haben?«

Sie scheint meine Neugier nicht schlimm zu finden, denn sie verzieht keine Miene, während sie kurz zum Kickertisch rüberschielt. »Ja. Sie war in ein paar meiner Kurse. Offenbar haben sie und Ezra sich geküsst. Danach hat sie die Akademie verlassen.«

»Einfach so?«

»Es gibt viele Gerüchte, aber ich bin sicher, dass keines davon stimmt.«

Ich würde gerne mehr wissen, habe aber das Gefühl, dass Leah jemand ist, der nicht gerne tratscht. Deshalb entscheide ich mich, das Thema zu wechseln. »Darf ich dich was fragen? Zu deinen Kräften?«

»Sicher.« Sie lächelt höflich, aber ich merke zugleich, wie sie sich ein klein wenig anspannt.

»Wie funktionieren sie genau?« Ich kann nur hoffen, dass sie nicht nachfragt, warum ich das nicht weiß.

»Ich berühre etwas, konzentriere mich und kann die letzten Erinnerungen von einem Gegenstand abrufen. Diese bleiben an allem zurück, was wir mit unseren bloßen Händen berühren. Aber ich muss es bewusst tun, falls es das ist, was du wissen möchtest.«

Ich nicke schnell. »Ist das bei Sehern ähnlich?«

»Ja, sie müssen bei der Berührung einer anderen Person bewusst ihre Kräfte abrufen, um deren Emotionen sehen zu können.« Sie lächelt, hebt ihren Arm und blickt auf ihre

Uhr. »Ich muss langsam los, entschuldige. Theaterprobe.« Sie deutet auf meine Unterlagen. »Wollen wir uns morgen Abend noch einmal treffen?«

Dankbar nicke ich. »Das wäre toll.«

Ihr Lächeln wird ein bisschen breiter, und sie nickt mir zu, bevor sie mitsamt ihrer Sachen den Raum verlässt.

Kurz darauf vibriert mein Handy. Irritiert ziehe ich es heraus und bemerke eine Nachricht meiner Banking-App. Als ich sie öffne, entdecke ich einen Zahlungseingang – und mein Herz stockt für einen Moment.

Das kann nicht wahr sein.

Ezra!

Ich springe auf und sammle meine Unterlagen zusammen, bevor ich aus dem Raum stürme. Dabei entgeht mir Ashers neugieriger Blick nicht.

Ich renne fast den ganzen Weg zur Cafeteria. Ezra hat erwähnt, dass er heute Hausdienst in der Küche hat, und genau dort erwische ich ihn. »Wie bist du an meine Bankdaten rangekommen?« Ich halte ihm mein Handy entgegen, auf dem eine Einzahlung von zehntausend Kanadischen Dollar zu sehen ist. Er trägt eine Schürze sowie ellenbogenlange Handschuhe, während er seelenruhig Töpfe aus einer Spülmaschine ausräumt und auf einen Rollwagen stellt. Sein Blick auf mein Handy ist nur flüchtig. »Deal ist Deal.«

»Woher hast du meine Daten?« Oder eher sein Halbbruder Thomas, denn es war sein Name, der bei der Überweisung angegeben war.

»Ich habe sie mir aus deiner Mitarbeiterkartei im Biber geholt. Außerdem brauche ich morgen deine Hilfe für einen weiteren Auftrag.«

»Ich habe Nein gesagt«, erinnere ich ihn und schaue mich nach möglichen Zuhörern um, bevor ich mich neben ihn stelle, ihm einen Topf abnehme und auf den anderen im Rollwagen staple. Die Küche ist fast doppelt so groß wie die Kursräume und verfügt über moderne Kochbereiche, die in der Mitte des Raumes stehen, während an den Wänden unzählige Arbeitsflächen, der Spülbereich und diverse Schränke sind.

Ich will gar nicht darüber nachdenken, wie genau Ezra an meine Kartei gekommen ist. Ist er eingebrochen? Marina hat er schließlich nicht fragen können, denn sie weiß nichts von unserem Deal.

»Du bekommst das Doppelte«, erwidert er ungerührt. »Stell dir nur vor, was du mit all dem Geld machen könntest. Reisen. Einkaufen. Neu anfangen. Du könntest dir ein Leben aufbauen.«

Ich starre ihn an. Vor Wut blähen sich meine Nasenflügel. Dennoch zögere ich. Weil er einen Nerv trifft. Weil er genau das anspricht, das mich abends wachhält. Denn ich habe keinen Cent mehr, und das, was ich bei Ava verdiene, ist zwar ein nettes Taschengeld, aber es reicht definitiv nicht, um mir ein Leben nach der Akademie aufzubauen.

Ein fetter Kloß sitzt mir im Hals, und ich hasse mich selbst, als ich die nächste Frage stelle. »Und was ist es diesmal?«

Er verzieht nicht einmal das Gesicht. »Erkläre ich dir dann dort.«

»Woher soll ich wissen, dass du mich dieses Mal nicht zu einer Straftat zwingst?«

»Sorry. Thomas macht ein riesiges Geheimnis darum,

schwört aber, dass weiterhin alles sauber ist.« Ezra wirft mir einen kurzen Blick zu, und dann werden wir in Schweigen gehüllt, was nur durch das Klirren der Töpfe unterbrochen wird, die ich ihm abnehme und weiter aufeinanderstaple. Er hat mir tatsächlich das Geld überwiesen. Ich habe keine Ahnung, was ich davon halten soll. Ist das seine Masche? Will er so mein Vertrauen erlangen, nachdem er mich erpresst hat?

Er schaut auf, und mir wird klar, dass ich ihn die letzten Minuten angestarrt habe.

Schnaubend wende ich mich ab und schiebe die trockenen Töpfe in Richtung Regal.

»Was machst du da?« Argwöhnisch beobachtet er mich.

Ihn mit seinen eigenen Waffen schlagen. Er rückt mir auf die Pelle. Dann kann ich das genauso gut bei ihm tun. Ihn beobachten. Mehr über ihn herausfinden. Irgendeine Schwachstelle an ihm finden, mit der ich ihn loswerde. Doch das sage ich nicht. Stattdessen lächle ich knapp. »Wie war die Party noch?«

Er winkt ab. »Nett. Und du bist offensichtlich gut mit dem Ritter der Stunde an die Akademie gekommen? Er konnte es ja kaum erwarten, dich zu retten.«

»Er war eher wütend, dass ich dort war, weil ich mich nicht unter Kontrolle habe.«

»Wie willst du deine Kräfte denn beherrschen lernen, wenn du dich nie an deine Grenzen bringst?«

Mir wird ganz kalt, als ich plötzlich wieder an die vielen Leute denken muss, die sich um mich gedrängt haben. Sie hätten mich beinahe zerquetscht, nur weil ich mich nicht kontrollieren kann.

Ezras Gesichtsausdruck wird sanft, und er wendet sich

mir halb zu. »Es tut mir leid, dass ich nicht schneller war. Ich habe es ebenfalls bemerkt. Asher war zum Glück näher an dir dran.«

»Du wolltest-« Ich schüttle den Kopf. »Du wolltest mich da rausholen? Ich dachte …« Meine Stimme versagt, und ich weiß nicht, was ich sagen soll.

»Ich war derjenige, der dich auf diese Party gebracht hat, und deshalb bin ich für dich verantwortlich gewesen. Asher war nur einen Schritt schneller. Aber das ist okay. Er hat eine Schwäche für dich.«

»Da wäre ich mir nicht so sicher«, murmle ich und schaue mich kurz um, nur zur Sicherheit. Doch die Angestellten haben gerade eine Pause und beachten uns gar nicht, während sie sich auf der anderen Seite der Küche mit Kaffeetassen in den Händen unterhalten. »Seine Großmutter will mir helfen, die Prüfung nachzuholen. Sie hat schon einen Termin vereinbart. Asher weiß aber nichts davon.« *Wieso erzähle ich ihm das überhaupt? Bin ich so bedürftig?*

Ezras Augenbrauen heben sich ehrlich erstaunt. »Das ist … sollte das nicht unmöglich sein?« Er schüttelt den Kopf und lächelt dann, als würde er sich ehrlich für mich freuen. »Großartig. Ich freue mich für dich. Es wird dir das Leben auf jeden Fall erleichtern.«

»Glaube ich auch.« Mein Blick schweift zurück zu dem Topf in meiner Hand. »Es ist eine echte Chance.«

»Wieso hilft Dorothy dir, wenn Asher selbst nichts weiß?«

»Ich verstehe es ehrlich gesagt auch nicht so ganz«, gestehe ich. »Ihr seid einmal befreundet gewesen, oder?«

Nun ist Ezra derjenige, der sich umschaut. Kurz huscht

Wehmut über seine Züge, doch dann blinzelt er, und der Ausdruck verschwindet so schnell, wie er gekommen ist. »Ich habe eine dumme Entscheidung getroffen.«

»Also hattest du wirklich was mit Ashers Freundin?«

Er zuckt mit den Schultern, und ich bin mir nicht sicher, was das bedeuten soll. Dass es nicht stimmt oder dass es unwichtig ist? Seelenruhig kümmert er sich um die letzten Töpfe, bevor er die Handschuhe auszieht.

»Aber ihr seid Freunde gewesen, oder? War sie es wert?«

»Was ist mit Riley und dir?« Er hebt eine Augenbraue.

Ich kaue auf meiner Unterlippe, während wir beginnen, die Töpfe in Regale zu stellen. Es scheppert, als wir sie aufeinanderstapeln. »Ich habe Edward nicht angebaggert. Aber vielleicht … vielleicht ist das alles doch meine Schuld.«

»Weshalb?« Ezras Augen werden zu Schlitzen. »Was genau veranlasst dich zu denken, du könntest für die Taten eines anderen verantwortlich sein?«

»Das wüsste ich auch gerne.«

Ich stoße einen leisen Schrei aus, als Rileys Stimme plötzlich ertönt und sie aus dem Vorratsraum tritt.

Ezra schnalzt ungehalten mit der Zunge. »Wie unhöflich, sich anzuschleichen.«

Riley würdigt ihn keines Blickes und fixiert stattdessen mich. »Was wolltest du sagen?«

Mein Herz klopft von dem Schrecken noch immer viel zu schnell, während ich an dem Saum meiner Jacke spiele. »Riley, ich …« Mein Gott, wie viel hat sie mitangehört?

Ezra hat sich so schnell vor mich geschoben, dass ich erneut keuche. »Lass sie in Ruhe.«

»Ich will aber hören, was sie sagen wollte«, erwidert Riley mit einem Tonfall, der Glas schneiden könnte. Sie verschränkt die Arme vor der Brust und fixiert Ezra, als würde sie ihm am liebsten mit einem vollen Kartoffelsack eins überziehen. »Du hast hier gar nichts zu sagen.«

»Ich lasse nicht zu, dass du sie wie Abfall behandelst, nur weil dein Freund seine Finger nicht bei sich behalten konnte.«

Ich sauge scharf Luft ein, während Riley ein Knurren ausstößt. Im selben Moment kommt eine der Angestellten auf uns zu. »Riley, wo sind die Nudeln?«

Sofort geben Ezra und Riley ihre Kampfhaltungen auf und wenden sich ihr zu. »Ich bringe sie sofort«, versichert Riley, bevor ihr kalter Blick mich trifft. »Ich wollte Jade nur alles zeigen. Sie hat bald ihren ersten Küchendienst, und es wäre doch nett, wenn sie sich schon vorher auskennt.«

»Gute Idee. Ezra, eine Lieferung ist gerade eingetroffen, und wir benötigen deine Hilfe.«

Ezra schaut mich fragend an, als würde er mich vor Riley beschützen wollen, doch ich schüttle knapp den Kopf und wende mich an meine Cousine. »Wir können loslegen.«

»Du trägst keine Schuld«, sagt er leise, bevor er geht, und die Worte treffen mich mitten in die Brust. Ich würde ihm so gerne glauben. Aber ein Teil von mir weiß, dass es nicht stimmt.

Riley hat nicht einmal einen Blick für mich übrig, sondern geht einfach voraus. *O Mann.* Sie wird es mir wirklich nicht leicht machen.

Ich hole sie bei dem ersten Gemüseregal ein. Der Raum ist lang und erinnert mich irgendwie an einen Supermarkt.

»Auf der Party hat Edward versucht, *mich* zu küssen.« Riley sieht aus, als würde sie jeden Moment ausflippen, doch ich rede schnell weiter. »Aber ich kann mir jetzt erklären, weshalb. Ich bin gestern auf so einer seltsamen Party gewesen und-«

»Was? Du warst auf der Schattenparty?« Ihre Augen weiten sich vor Entsetzen.

»Wenn sie so genannt wird, dann ja. Alle trugen Masken, und sie war irgendwo im Wald.«

Riley flucht leise. »Ezra hat dich mitgenommen, oder?«

»Ist das so schlimm?«

»Ja!«, erwidert sie aufgebracht, senkt jedoch sofort ihre Stimme und schaut sich um, als hätte sie Sorge, dass uns irgendwer belauscht. »Diese Partys können gefährlich werden. Diese verdammte Verbindung kennt keine Schmerzgrenze, wenn es darum geht, ihre Anwärter zu quälen und dabei Kollateralschäden anzurichten.«

»Oh, okay.« Sie klingt eindeutig besorgt und wütend, was ich als gutes Zeichen werte. Ich meine, ansonsten wäre es ihr doch sicher egal, was mit mir passiert, oder? »Auf jeden Fall habe ich mich da ein wenig entspannt und … na ja, ich habe wohl ein bisschen die Kontrolle über meine Kräfte verloren.«

Riley schaut mich von der Seite stirnrunzelnd an. »Was? Wie ist das möglich?«

»Ähm, lange Geschichte. Kann ich dir ein anderes Mal erklären.«

Sie wirkt nicht überzeugt und geht tiefer in den Raum

hinein, bevor sie bei einem Regal voller Nudeln in riesigen Tüten anhält. »Und was ist dann passiert?«

»Ich wäre fast zerquetscht worden. Die Menge wollte mich wegen meiner Kräfte, und ich glaube, dasselbe könnte bei der Strandparty passiert sein. Ich befürchte«, beginne ich langsam, und die Worte schmecken wie bittere Galle, »dass ich mich bei Edward entschuldigen muss. Vermutlich hatte ich meine Magie nicht unter Kontrolle und habe ihn damit quasi zu mir gelockt.«

Riley stoppt mitten in der Bewegung und starrt mich einen langen Moment an. Ihre Augen geben nichts preis, was mich nur noch schlechter fühlen lässt. »Meinst du das ernst?«

»Wieso sollte ich dir deinen Freund ausspannen wollen?«, frage ich sie und lache tonlos. »Du bist meine einzige Freundin gewesen. Über all die Jahre hatte ich nur dich. Wieso sollte ich das aufs Spiel setzen?«

Sie presst ihre Lippen zusammen, schaut weg und dann wieder zu mir, während sie langsam nach einer übergroßen Tüte Spaghetti greift. »Das habe ich mich auch immer wieder gefragt.«

Hoffnung flammt in mir auf, lodernd hell. »Ich habe es nicht mit Absicht getan. Wirklich nicht. Es muss am Alkohol gelegen haben, dass ich meine Kräfte nicht kontrollieren konnte.«

»Damals hattest du auch noch keine Prüfung abgelegt.« Sie runzelt die Stirn, und wir machen uns auf den Rückweg. »Warum hat deine Mutter es dir jetzt erlaubt?«

Mein Mund wird ganz trocken, und am liebsten möchte ich ihr alles sagen, doch hier und jetzt ist nicht der richtige Zeitpunkt. »Wir reden später darüber, okay?«

Sie zögert, nickt dann aber. »Okay.«

Ich schlucke und schaue Ezra entgegen, der gerade mit einer Kiste Dosentomaten reinkommt. »Also … verzeihst du mir?« Die Unsicherheit in meiner Stimme lässt meine Wangen brennen. Ich hasse es, mich so zu fühlen. Schwach und bedürftig. Doch für Riley würde ich alles tun.

»Ähm, also ehrlich gesagt muss ich darüber nachdenken. Und ich werde mit Edward sprechen müssen.«

Ich nicke, weil ich sie verstehen kann, obwohl mir allein bei der Erwähnung seines Namens ganz flau im Magen wird. »Okay.«

Sie hält die Nudeln fest an ihre Brust gedrückt. Ihre Augen wirken traurig, doch sie lächelt, wenn auch nur ein wenig. »Danke, dass du so ehrlich zu mir warst. Das muss echt schwer gewesen sein.«

Ich nicke schwach.

Sie lächelt ein wenig breiter. Offenbar komme ich ihr glaubwürdig rüber. »Wir sehen uns später.«

Wieder nicke ich nur, und dann verschwindet sie.

Ich sammle mich einen Moment und gehe dann zurück zu Ezra, der mich ernst mustert, während er die Dosen in das Regal hinten in der Ecke einräumt. »Glaubst du wirklich, dass du schuld bist? Ernsthaft?«

»Ja. So muss es gewesen sein. Du hast es doch selbst gesehen. Ich muss lernen, meine Kräfte zu kontrollieren. Dann wird mir so etwas nie wieder passieren. Und ich darf nichts mehr trinken.«

»Du hast bereits vor mir getrunken, und ich hatte nicht das Bedürfnis, dich zu überfallen.« Seine Worte sind ein leises Knurren.

Ich grinse. »Du klingst ja fast, als wärst du um mich besorgt.«

Sofort entspannen sich seine Gesichtszüge, und er lächelt wieder leicht überheblich. »Bilde dir bloß nichts darauf ein.«

Ich schmunzle. »Dann erzähl mir was über diese Schattenparty.«

Sein Gesichtsausdruck wandelt von fragend zu genervt. »Riley kann ihren Mund offenbar nicht halten.«

»Ist der Name denn ein Geheimnis?«

»Jein. Die Gemeinschaft der Schatten ist nichts weiter als ein Gerücht. Etwas, das sich Studierende untereinander erzählen und mit denen nur die wenigsten wissentlich in Berührung kommen. Und das soll auch so bleiben.«

»Du hast mich zu ihnen gebracht.«

»Damit du ein wenig Spaß hast. Wenn ich gewusst hätte, dass dir etwas passieren könnte, hätte ich das niemals auch nur in Erwägung gezogen.«

»Wie ritterlich von dir.«

Er zuckt mit einer Schulter und räumt die letzten Dosen ein. Es ist erstaunlich, dass er selbst dabei noch erhaben wirkt. »Steck nicht zu viel Energie und Neugier in die Schatten. Du bist weder geeignet für eine Aufnahme, noch willst du Teil von ihnen sein.«

»Ich bin nicht geeignet? Hat das etwas mit meinem Stammbaum zu tun? Nicht, dass ich Interesse hätte. Ich bin nur neugierig.«

»Macht, Geld, Ansehen. Das sind alles Dinge, auf die in gewissen Kreisen Wert gelegt wird.«

»Ist es so langweilig, wie es sich anhört?« Er ist offenbar Mitglied, denn ansonsten wüsste er nicht so viel über sie.

Ezra nickt langsam. »Es wäre nichts für dich.«

»Und Marina war ebenfalls ein Gast, weshalb sie kein Mitglied sein kann«, reime ich mir zusammen.

Er presst vielsagend seine Lippen zusammen und wird mir offenbar nicht mehr verraten, also verkneife ich mir weitere Fragen. In diesem Moment wird mir bewusst, wie entspannt ich plötzlich in seiner Nähe bin.

Wie ein dummes Schaf, das glaubt, mit einem Wolf befreundet sein zu können.

19. Kapitel

Jade

»Was hältst du von einem von denen da hinten?«

Ich folge desinteressiert Marinas Blick und entdecke eine Gruppe von Studenten. »Süß.«

»Süß?«, fragt sie und sieht aus, als würde sie jeden Moment vor Entsetzen hintenüberkippen. »Die sind aus dem Abschlussjahrgang und so was von heiß. Ich wette, du könntest jeden von ihnen haben.«

Ich lache und poliere weiter die Gläser. Der Betrunkene Biber hat seinen Höhepunkt bereits überwunden, und inzwischen ist es beinahe ein Uhr nachts. Ich habe gleich Feierabend, und Marina versucht mich seit einer halben Stunde zu überreden, mich von irgendeinem süßen Typ flachlegen zu lassen. »Danke, dass du dir solche Sorgen um mein Liebesleben machst, aber ich habe aktuell wirklich kein Interesse.«

»Du hast nicht einmal richtig hingesehen«, wirft sie mir vor, bevor sie laut Luft holt. »O mein Gott! Hast du etwa bereits einen?«

»Einen was?« Ich werfe Ezra über die Bar hinweg einen hilfesuchenden Blick zu, doch er schmunzelt nur und isst seelenruhig die Erdnüsse, die Marina ihm gerade hingestellt hat. Im Hintergrund spielt leise Musik aus den Lautsprechern, und das Gelächter der letzten Gäste erfüllt die Luft.

»Einen Typen! Wer ist es? Jemand von unserer Akademie? Es *muss* so sein. Du kommst ja nie raus«, murmelt sie und stellt sich dann so dicht neben mich, dass ich fast umkippe. »Asher, oder? Es gibt Gerüchte.«

»Es gibt auch Gerüchte über Ezra und mich«, erinnere ich sie seelenruhig, obwohl mein Herz ein klein wenig schneller schlägt, als ich an Asher denke. Daran, wie er mich von der Schattenparty nachhause gebracht hat, an unseren Kuss vor einigen Wochen und an all die kleinen Momente, seit das Semester begonnen hat. »Und wir wissen beide, dass ich nichts mit ihm anfangen würde.«

»Hey, ich habe das gehört«, meint Ezra so empört, dass ich lachen muss.

»Du weißt, wie ich das meine.«

»Stimmt. Aber bei Asher hast du immer diesen Blick.« Ich muss mich nicht mal umdrehen, um Marinas breites Grinsen zu sehen, so verschmitzt klingt ihre Stimme. »Hast du dich etwa in ihn verliebt? Obwohl er Team Edward ist? Und stimmt es, dass du und Riley wieder miteinander sprecht?«

Ich starre sie an. »Arbeitest du beim FBI?«

Sie kichert und winkt ab. »Erzähl mir lieber, weshalb ihr euch überhaupt zerstritten habt.«

Da ist er wieder. Dieser fette Elefant, den ich am liebsten für immer vergessen möchte.

Mein Blick fliegt zu Ezra, ohne dass ich es will, und natürlich bemerkt Marina das. »Weiß er etwa Bescheid? Leute! Was ist los mit euch? Wieso schließt ihr mich aus?«

Allein die Andeutung, ich würde sie willentlich ausschließen, verursacht mir Magenschmerzen, weil ich viel zu oft eine Außenseiterin war. Also platzt es einfach aus mir heraus. »Edward hat versucht, mich zu küssen. Aber er konnte nichts dafür.«

Marina blinzelt. Einmal. Zweimal. »Was? Hast du Drogen genommen?«

Ezra prustet leise los, während ich die Augen verdrehe. »Nein. Wir waren letztes Jahr auf einer Party. Ich hatte damals noch keine Prüfung abgelegt, und meine Kräfte haben um sich gegriffen. Er hat versucht, mich zu küssen, und ich bin schuld daran.«

Sie hebt beide Hände. »Moment mal. Er wollte dich küssen, weil deine Kräfte ihn quasi verführt haben? Ist das so ein Klasse-drei-Ding? Denn meine Kräfte könnten kein Tier unwillentlich verzaubern.«

Ich hebe hilflos die Schultern, weil ich es nicht besser erklären kann.

Ihre Augenbrauen ziehen sich zusammen. »Gut, nehmen wir das mal so hin. Ich mag ihn trotzdem nicht.«

»Das ist ja auch dein gutes Recht. Ich bin auch kein Fan von ihm. Aber Riley ist meine Cousine, und auch wenn ich ihre Partnerwahl nicht gut finde, will ich nicht, dass unsere Beziehung darunter leidet. Falls sie sich überhaupt dazu entschließt, sich wieder mit mir zu vertragen.«

»Warte mal, sie weiß davon und weigert sich dennoch, mit dir zu reden? Was ist das denn für eine Psychoscheiße?«

Bei diesen harschen Worten ziehe ich überrascht die Augenbrauen hoch. »Wärst du nicht wütend, wenn jemand deinen Freund dazu bringen würde, mich küssen zu wollen?«

»Es war offenbar ein Versehen. Sie soll mal nicht so nachtragend sein. Und ganz ehrlich, dir geht es mit alldem offenbar ziemlich beschissen. Es ist richtig mies von ihr, dass sie dich zappeln lässt.«

Ich will etwas erwidern, doch Marina ist noch nicht fertig. »Schon klar. Ihr seid früher total eng miteinander gewesen. Aber Zeiten ändern sich. Leute ändern sich.«

»Wieso magst *du* sie eigentlich nicht?«

Bei meiner Frage verdreht sie die Augen. »Keine Ahnung. Es war wohl Abneigung auf den ersten Blick. Außerdem hasst sie mich. *Uns*«, präzisiert sie und macht eine Geste, die auch Ezra miteinschließt.

»Warum?«

»Weil wir Flüsterer sind.« Sie sagt es, als wäre es offensichtlich, doch ich zucke mit den Schultern. So ganz habe ich die Beziehungen unter den Übernatürlichen noch nicht drauf, auch wenn ich jeden Tag mehr lerne. »Wir können Tiere beeinflussen. Und auch Tierwandler, selbst wenn sie sich nicht in ihrer verwandelten Form befinden. Deshalb herrschte schon immer eine gewisse Feindseligkeit zwischen uns.«

Meine Augen weiten sich verstehend. »Oh. Das ergibt Sinn.«

»Deshalb nehme ich es auch nicht persönlich«, mischt sich Ezra ein und schiebt Marina das nun leere Schälchen zu. »Rileys Verhalten ist ganz natürlich.«

»Sie übertreibt total. Klar könnten wir sie beeinflussen. Aber tun wir das? Nein. Das ist ja fast so, als würden plötzlich alle Jade meiden, nur weil sie Menschen manipulieren kann. Bescheuert. Es gibt Regeln in unserer Welt, und alle, die sich nicht daran halten, müssen mit Konsequenzen rechnen. Riley sollte mal nicht so eine Panik schieben.« Marina rollt mit den Augen. »Sorry, ich werde bei so was einfach wütend. Diskriminierung ist scheiße.«

Wow. So habe ich ihren Standpunkt noch nicht gesehen. »Aus Riley spricht vermutlich eine tiefsitzende Angst.«

»Bitte versuch ihr Verhalten nicht zu rechtfertigen.« Marina nimmt mir das trockene Glas ab und stellt es weg. »Ich weiß, sie ist deine Cousine. Trotzdem. Es ist schlichtweg falsch, das schlechte Verhalten einer anderen Person, nur weil man sie liebt, kleinzureden.«

»Du hast recht.« Ich hänge das Handtuch zum Trocknen auf und nehme einen nassen Lappen, um die Theke abzuwischen.

»Weiß ich doch.« Marina zwinkert mir zu und gähnt dann. »Oh wow, ich bin so müde.«

»Dann hättest du nicht die halbe Nacht Filme schauen dürfen.« Ezra belächelt sie. Er ist erst seit etwa einer halben Stunde hier, und ich frage mich, was er vorher gemacht hat. Er ist eher ein Einzelgänger, aber bedeutet das, er hat sonst wirklich niemanden außer uns? Verdammt, das wäre echt traurig.

»Game of Thrones ist einfach zu spannend.« Marina füllt die Schüssel erneut mit Nüssen auf. »Ihr hättet euch mir anschließen sollen.«

»Nächstes Mal«, verspreche ich ihr und verstecke ein Gähnen hinter meiner Hand.

Hinter uns öffnet sich die Tür zum Büro, und Ava kommt heraus. Sie hat ihr dunkles Haar zu einem hohen

Zopf gebunden und trägt einen dünnen, schwarzen Rollkragenpullover zu ihrer hellen Jeans. »Kinder, Feierabend. Die letzten Gäste mache ich. Ihr könnt ruhig weiterziehen. Ein bisschen feiern.« Sie wackelt mit ihren Augenbrauen und nimmt mir den Lappen ab, bevor sie sich an Marina wendet. »Außer für dich, Täubchen. Du musst mir gleich noch bei was helfen.«

Marina stöhnt leise, wehrt sich aber nicht. Stattdessen zieht sie Ezra die Schale mit Nüssen wieder weg, die sie ihm gerade erst gegeben hat, bevor sie sich mit einer Umarmung bei mir verabschiedet. »Ihr habt es gehört. Mutter hat gesprochen.«

Ava lacht absichtlich unheimlich und wedelt mit dem Lappen vor Marinas Gesicht. »Nenn mich noch einmal *Mutter*, und dann zeige ich dir, wie streng ich werden kann.«

Marina verzieht ihr Gesicht übertrieben in unsere Richtung, bevor sie uns winkt und dann vor Avas schwingendem Lappen flüchtet.

Ich kichere immer noch, als ich kurz darauf mit Ezra aus der Tür trete und wir uns gemeinsam auf den Weg zu den Parkplätzen machen. »Ava ist echt cool.«

»Da konnte meine Mom auf jeden Fall nicht mithalten.«

Schlagartig vergeht mir mein Lachen, und ich schließe den Reißverschluss meines Mantels bis unter mein Kinn. »Konnte?«

»Sie ist vor ein paar Jahren gestorben. Ziemlich plötzlich.«

»Scheiße. Mein Beileid.«

»Danke«, antwortet er leise und atmet hörbar durch die

Nase ein. »Sie war echt streng. Ein typisches Oberhaupt eben. Aber sie war eine gute Mutter.«

»Hast du noch weitere Geschwister außer Thomas?«

»Nein. Es gibt nur ihn, meinen Dad und meinen Onkel. Das Haus der Flüsterer ist in den letzten Jahren deutlich geschrumpft. Aber das ist okay. Wir kommen klar.«

Irgendwie fühlt es sich so an, als würde er lügen. »Dein Halbbruder wird irgendwann das Oberhaupt der Flüsterer sein, oder?«

Thomas, der, der schon wieder einen Auftrag für mich hat und mit dessen Geld ich mir eine neue Zukunft aufbauen könnte. Ezra nickt und entriegelt mit seinem Schlüssel von Weitem seinen Wagen.

»Was genau soll ich denn jetzt für ihn erledigen?«

»Wir sollen uns mit jemandem treffen.«

»Klingt irgendwie zwielichtig.«

»Es ist wohl nur so semilegal«, gesteht Ezra.

Ich erstarre, noch während ich die Tür des Wagens öffnen will. »Was soll das bedeuten?«

»Ich weiß es nicht. Ernsthaft. Aber er meinte auch, wir würden damit etwas Gutes tun.«

»Etwas Gutes, aber Semilegales? Ist ja nicht so, als wäre das alles hier höchst verboten.«

Ezra lacht leise und zustimmend. »Er meinte auch, er hat dir bereits etwas überwiesen. Die andere Hälfte bekommst du heute Nacht, wenn alles erledigt ist.«

Irritiert steige ich ein, ziehe mein Handy heraus und öffne meine Bank-App. Tatsächlich habe ich gerade eine Einzahlung über- »Oh, shit!«

Ezra lacht leise, während er den Wagen startet und vom Gelände fährt. »So viel?«

»Thomas hat mir zwanzigtausend Kanadische Dollar überwiesen.« Ich weiß nicht, ob ich schockierter über das Geld oder Ezras erneutes Lachen sein soll.

»Offenbar meint er es ernst. Oder der Auftrag ist doch illegaler, als er zugeben wollte.«

Ich ziehe meine Augenbrauen hoch, worauf er seine Schultern hebt. »Ich bin nur der Vermittler. Er meinte ursprünglich was von zehntausend pro Auftrag, wie ich es dir gesagt habe.«

Ich sehe wieder den Betrag auf meinem Display an und schließe schnell die App, bevor ich das Handy tief in meine Manteltasche stopfe. Mein Blick ist auf die Straße gerichtet, dort, wo das Ende des Scheinwerfers liegt, an der Grenze zwischen Licht und Dunkelheit. »Wir schauen uns das an, und wenn das irgendein krummes Ding wird, überweise ich ihm das Geld sofort zurück.«

Ezra nickt. »Deal.«

Ich betrachte ihn prüfend. »Du willst mich nicht überreden oder so was?«

»Nein. Es ist deine Entscheidung.«

»Am Anfang hast du mich erpresst.«

»Richtig. Weil ich dachte, du wärst eine eingebildete Schönheitskönigin, die es nicht anders verdient hat.«

Meine Wangen plustern sich vor Empörung auf, worauf er sich zu einem kleinen Schmunzeln herablässt. »Entspann dich. Ich habe meine Meinung längst geändert. Du bist echt okay. Glaube ich zumindest.«

»Glaubst du?« Ich gestikuliere aufgebracht mit den Händen. »Weißt du, ich bin niemand, der schnell Vertrauen schenkt.«

»Kein Wunder, so wie du aufwachsen musstest.«

Ich starre ihn an.

»Was ist los?«

»Du denkst also nicht mehr, dass ich eine eingebildete Schönheitskönigin bin?«

Anstatt mir zu antworten, zuckt er nur mit den Schultern, und wir setzen den Rest des Weges schweigend fort.

Nachdem wir den Wagen in einem Parkhaus abgestellt haben und mit dem Zug in das Zentrum von Phoenix gefahren sind, ist es beinahe halb zwei. Die Wolkendecke ist aufgebrochen, und helles Mondlicht bahnt sich einen Weg durch die von Ästen gekrönte Straße und verdrängt sogar das fahle Licht der Straßenlaternen. Ich kann immer noch kaum fassen, dass sich so ein wunderschöner Ort vor der ganzen Welt verbergen lässt. Doch ich weiß, dass es auf der Welt verteilt noch mehr von diesen Städten gibt. Orte, an denen Übernatürliche unter sich sind, ohne von Menschen umgeben zu sein.

Irgendwann biegen wir in eine schmale Seitengasse ein, die von hohen Backsteinhäusern umsäumt ist. Bar an Bar reiht sich hier aneinander, und rauchende Gäste stehen vor den Eingängen und lachen laut. Aus den Häusern dringt Musik, und von der zwischenzeitlichen Stille ist nichts mehr übrig.

Ezra wird langsamer und holt sein Handy heraus, um einen schnellen Blick darauf zu werfen. Dann deutet er auf eine der Bars. »Wir sollen uns zu einer Frau an einem Tisch am Fenster setzen.«

Ich hoffe wirklich, dass Thomas uns nicht in irgendeinen Scheiß reinzieht. Falls doch, bin ich sofort weg.

Doch vorerst folge ich Ezra in die Bar. Sie ist voll und stickig. Die Luft riecht nach einer Mischung aus Bier und

Parfüm, und ein Tisch voller Frauen übertönt einen Moment lang mit ihrem dröhnenden Lachen die Musik und Gespräche. Die Einrichtung ist hell und altmodisch, doch die Gäste scheinen ein bunter Mix aus Jung und Alt zu sein.

Alle Tische sind belegt, weshalb dieser eine am Fenster, an dem eine einzige Frau sitzt, besonders hervorsticht.

Sie hat den Kopf gesenkt, und ihre dunklen Haare fallen ihr ins Gesicht. Ihre Finger fliegen über das Display eines Handys, und immer wieder zuckt ihr Blick nach draußen.

Als wir vor ihrem Tisch stehen bleiben, schaut sie ruckartig auf. Sie wirkt auf den ersten Blick unscheinbar, mit der Brille, dem dunklen langen Haar und ihren dunklen, weiten Klamotten. »Ezra?«

Er senkt den Kopf, wie zu einem halben Nicken, und sie macht eine Geste, dass wir uns setzen sollen.

Nervös schaut sie sich um, bevor sie sich ein wenig vorbeugt. »Danke, dass ihr hier seid. Ich wusste nicht-« Sie stockt, schluckt hörbar und starrt dann auf ihre ineinander verschränkten Finger. »Ich wusste nicht, an wen ich mich noch wenden soll. Thomas meinte, ihr könntet mir helfen, und ehrlich gesagt seid ihr meine letzte Chance.« Sie lacht trocken, heiser und ein bisschen verzweifelt. »Es geht um meinen Freund. Also Ex. Er ist … schwierig. Ich wollte mich von ihm trennen, aber er wurde wütend.« Sie löst ihre Finger voneinander und reibt sich die Oberarme. »Ich habe auch schon versucht unterzutauchen, aber er findet mich. Immer.« Nackte Angst steht in ihrem Gesicht, und ich versuche zu ignorieren, wie sich mein Magen verkrampft. Ich habe eine Ahnung, wie sie sich fühlen muss.

Auf der Flucht, mit der ständigen Angst, entdeckt zu werden. Meine Mutter wird mich hier hoffentlich nicht finden. Es gibt keinen Hinweis auf meinen Aufenthaltsort, nur falsche Spuren, die ich zur Verwirrung gelegt habe. *Niemand* wird mich finden.

Doch dieser Frau geht es anders. Nur verstehe ich nicht, was ich ausrichten kann. »Und wie sollen wir dabei helfen?«

Ihr flehender Blick legt sich auf mich. »Du bist eine Sirene, oder?«

Ich nicke und checke im selben Moment ihre Aura. Noch muss ich das ganz bewusst tun, um Übernatürliche in meiner Umgebung zu erkennen, doch ich sehe sofort, dass sie eine Gestaltwandlerin ist. Silberne Partikel flimmern um sie herum, als würde ein Lichtstrahl aus ihrem Inneren kommen.

»Könntest du ihn dazu bringen, mich nicht zu erkennen, sogar wenn ich direkt vor ihm stehe?«

»Du bist eine Gestaltwandlerin.« Ezra lehnt sich neben mir zurück. »Du könntest dich in eine beliebige Person verwandeln und einfach an ihm vorbeispazieren.«

Sie presst hilflos ihre Lippen aufeinander und schüttelt den Kopf. »Nein, er ist ein Tierwandler. Er kann meinen Duft wahrnehmen und weiß sofort, dass ich es bin.«

»Aha«, macht Ezra verstehend. Offenbar ergibt das Sinn für ihn.

Sie schaut wieder zu mir, und mir wird klar, dass ich nicht einmal weiß, wie sie heißt. Aber sie kennt auch meinen Namen nicht. Glaube ich zumindest. »Könntest du das für mich tun? Ich will einfach nur mein Leben zurück.

Wenn ich gewusst hätte, dass er so ist, hätte ich mich niemals auf ihn eingelassen.«

Schweigend betrachte ich sie und sehe meine eigene Angst in ihrem Gesicht.

Mein ganzes Leben lang habe ich meine Kräfte nur zu meinem Vorteil eingesetzt. Um zu gewinnen. Um mich zu bereichern.

Diese Gelegenheit wäre die erste, bei der ich meine Kräfte für eine andere Person einsetze. Für etwas Gutes. Ich könnte ihr die Angst nehmen.

Etwas schwillt in meiner Brust an, und bevor ich es richtig greifen kann, sage ich: »Ich mache es.«

»Bist du dir sicher?«

Ich nicke Ezra zu. »Ja.«

Die Fremde sackt vor schierer Erleichterung auf ihrem Platz zusammen und presst ihre Augen aufeinander, als müsste sie ihre Tränen zurückhalten. »Danke. Das ist …« Sie verstummt, unfähig, mehr zu sagen.

»Wo finden wir ihn?« Offenbar hat Ezra nicht vor, mich bei diesem Auftrag allein zu lassen.

Sie deutet aus dem Fenster. »Er sitzt in der Bar schräg gegenüber. Dort ist er jedes Wochenende mit seinen Freunden.«

Meine Augen weiten sich. »Ist das nicht zu gefährlich für dich?«

»Ich habe mich ein bisschen informiert. Offenbar sollte bei dieser Art von Manipulation die zu vergessende Person anwesend sein. Damit kein Zweifel besteht.« Sie schluckt sichtlich. »Ich werde ihn in die Seitengasse locken, und dort wirst du ihn mich vergessen lassen. Okay?«

Ezra macht ein langgezogenes »Mmh«, als wäre er unsicher, ob wir dieses Risiko eingehen können.

Aber um ehrlich zu sein, ergibt es Sinn, dass sie dabei sein sollte. Was ist, wenn ein Foto nicht eindeutig genug ist? Dann könnte er sie im Zweifelsfall immer noch finden.

»Ja. Okay.«

Sie atmet erleichtert aus und nickt mehrmals hintereinander. Dann lächelt sie, zaghaft und ein bisschen ängstlich. »Danke für eure Hilfe.«

Ich lächle nur, während Ezra still bleibt. Als wir gemeinsam die Bar verlassen, trennen wir uns. Die Frau steuert die andere Bar an, und Ezra und ich gehen in Richtung Seitengasse. Er positioniert sich am Anfang der Gasse, so, dass niemand hineinsehen kann, während ich in der Nähe der Bar bleibe.

Dann warten wir.

Es dauert ewig. Vielleicht zwanzig, vielleicht auch nur fünf Minuten, doch schließlich öffnet sich die rostige Stahltür.

Die Fremde kommt herausgelaufen, und ihre Augen sind vor Panik geweitet. »Er kommt!« Sie schafft es gerade so hinter mich, wobei sie mich leicht zur Seite rempelt, als ein Mann aus der Tür tritt. Er ist groß und breit gebaut, sein mörderischer Blick ist furchteinflößend.

»Stopp.« Meine Hände fahren hoch, und rubinrote Funken umgeben den Mann, der augenblicklich anhält. Seine vor Wut blitzenden Augen treffen mich, und mir wird eiskalt. Oh, Scheiße. Er sieht aus, als würde er mich jeden Moment in Stücke reißen wollen.

Ich höre ein Wimmern hinter mir, mein Nacken prickelt, und ich räuspere mich. Dennoch ist meine Stimme rau vor Anspannung. »Schau die Frau hinter mir an.«

Sichtbar widerwillig richtet er seinen Blick auf sie. »Du wirst sie ab jetzt nicht mehr erkennen. Sobald sie dir auf der Straße begegnet, schaust du automatisch an ihr vorbei. Sobald du ein Bild von ihr siehst, ist sie eine Unbekannte für dich. Sie ist eine uninteressante Fremde für dich.«

Er knurrt bedrohlich, und Gänsehaut überzieht meine Arme. »Jetzt geh rein und vergiss, was hier draußen passiert ist.«

Ohne sich noch einmal umzublicken, verschwindet er wieder in das Innere der Bar, während die letzten Funken meiner Kraft ihn umgeben.

Ich starre die Tür an und atme laut aus. Adrenalin pumpt durch meine Venen, und ich kämpfe gegen die Übelkeit in meinem Hals an. Ich habe ihn manipuliert.

Deine Kraft ist bösartig, und wir sollten sie für etwas Gutes nutzen. Für Schönheit. Für den Sieg.

Mir ist schlecht.

»Danke!« Die Fremde fällt mir mit einem Mal um den Hals, und plötzlich verschwinden die Worte meiner Mutter aus meinem Kopf. »Du hast mein Leben gerettet!«

Ich lache keuchend und kneife meine Augen fest aufeinander, als sie plötzlich zu brennen beginnen. Ich habe ein Leben gerettet. Das klingt so völlig übertrieben. Weil ich eine Betrügerin bin.

Doch nicht heute. Heute habe ich ein Leben gerettet.

20. Kapitel

Jade

Meine Hand zittert ein bisschen, und wirklich alles tut mir weh, als ich am Sonntagnachmittag auf meiner Yogamatte liege. Dorothy hat mir heute Vormittag gezeigt, wie ich mich mithilfe meiner Kräfte gegen Angriffe verteidigen kann. Dafür hat sie mich mit ihrer Magie gezwungen, Sachen zu tun, und wurde immer ungeduldiger, weil ich meine Mauer nicht schnell genug hochziehen konnte. Danach hat sie mich mit Bällen beworfen, wie ein wütender Sportlehrer beim Völkerball. Sie hat mir nicht mal erklärt weshalb und meinte nur zu mir, ich soll *unbedingt an meiner Mauer arbeiten.*

Dorothy hat für ihr Alter einen echt harten Wurf drauf.

Und dann hat sie mir versucht zu erklären, wie ich ein Schutzschild aus meiner Magie formen kann.

»Du bist eine Klasse-drei-Sirene. Hättest du viel früher mit dem Unterricht begonnen, wärst du bereits dazu fähig. Also konzentrier dich.«

Und das habe ich. Ich habe mich auf meine Sirenenkraft besonnen, habe versucht, sie zu einer festen Materie zu formen. Doch als sie mich mit einem Buch bewarf, ist mein Schutzschild zerborsten. Inzwischen prangt an der Stelle ein blauer Fleck.

»Übe!«, hat sie mir aufgetragen.

Und das tue ich. Ich schließe meine Augen, während ich mich in die Dehnung für mein Bein lege und versuche, gleichzeitig meine Sirenenkräfte zu sammeln. Die roten Funken tanzen auf meiner Haut, und ich spüre sie, ohne hinzusehen. Ich versuche, mich auf sie zu konzentrieren, versuche, sie zu bündeln, doch sie entgleiten mir wie widerspenstige kleine Wesen.

Als jemand an meiner Tür klopft, gebe ich auf, erhebe mich von meiner Yogamatte und strecke mich, bevor ich in Zeitlupe mein Zimmer durchquere. »Bin gleich da.« Ich mache mir keine Gedanken, wer klopfen könnte, bis ich die Tür öffne und Riley vor mir stehen sehe.

Und hinter ihr ragt Edward auf.

Mir wird übel. Sofort spüre ich seine Hände wieder auf mir, das Entsetzen, den Ekel und umfasse den Türgriff fester, während ich mich zu einem Lächeln zwinge. »Hi.«

Riley schaut an mir vorbei in mein Zimmer. »Hi. Hast du Zeit?«

Ich nicke, trete zurück und öffne die Tür so weit, dass die beiden eintreten können. »Sicher. Kommt rein.«

»Du hast dich noch gar nicht eingerichtet«, stellt Riley fest, als sie ihren Blick durch mein Zimmer wandern lässt.

Edward hingegen geht zum Fenster und lehnt sich dagegen, während er uns mit verschränkten Armen beobachtet. Er könnte nicht gleichgültiger wirken, und ich wünschte, ich hätte ihn nicht in mein Zimmer eingeladen. Doch vermutlich ist das hier meine einzige Chance, mit

Riley zu sprechen. Also schlucke ich all mein Widerstreben herunter.

»Stimmt.« Ich zwinge mich, Riley anzusehen, und bleibe neben meinem Schreibtisch stehen. »Und ihr kommt ziemlich überraschend.«

»Ja.« Sie zieht die Nase kraus. »Ich habe deine Nummer nicht mehr und wollte mit dir darüber sprechen, was du mir letztens erzählt hast.«

Sie hat meine Nummer gelöscht. *Gelöscht.* Als wäre ich nichts weiter als eine lästige Bekannte gewesen, die zwei Mal zu aufdringlich war. Ich lasse mir nicht anmerken, wie verflucht weh ihre Worte tun. »Okay.«

»Denkst du immer noch, dass *es* an deinen unkontrollierten Kräften lag?« Sie beißt sich kurz auf die Unterlippe und lässt es sofort wieder, als Edward sich leise räuspert. »Also, dass du Edward zu dir gelockt hast?« Die Worte kommen ihr nur mit viel Mühe über die Lippen.

Ich wünschte, Edward wäre nicht hier, doch ich zwinge mich, meine Antwort auszusprechen und ihn dabei anzusehen. Weil es Riley offenbar wichtig ist, was er denkt. Und wenn das hier die einzige Chance ist, damit sie mich wieder in ihr Leben lässt, werde ich diese verdammte Kröte schlucken. »Ja. Ich befürchte, ich hatte meine Kräfte wegen des Alkohols nicht unter Kontrolle. Und deshalb kam es zu dieser Situation.«

Er starrt mich an, abwägend, nachdenklich, und ich hasse es, dass er die Fäden in der Hand hält. »Wir waren alle ziemlich betrunken in jener Nacht.«

Ich zwinge mich zu einem Nicken.

»Könnte also sein.« Edward zuckt mit seinen Schultern, als ginge es um die Wahl des heutigen Filmes und nicht um eine Freundschaft, die durch diesen ganzen Mist zerstört wurde. »Ich bin mir zwar sicher, dass du auf mich zugekommen bist, aber deine Erklärung ergibt irgendwie Sinn. Du bist eine Sirene und hattest deine Prüfung noch nicht abgelegt. Würde mich also nicht wundern, wenn du mich zu etwas gezwungen und meinen Kopf manipuliert hättest.«

Mein Magen verkrampft sich, und ein Teil in mir will ihm sagen, dass ich ihn selbst dann nicht zu irgendwas bringen würde, wenn wir die letzten Personen auf Erden wären. Stattdessen springe ich über meinen Schatten. »Tut mir alles echt leid.« Weil ich es nicht über mich bringe, ihn weiter anzusehen, wende ich mich an Riley.

In ihren Augen glimmt Hoffnung, während sie mitten in meinem Zimmer steht und nervös an ihren Haarspitzen zupft. »Meinst du das ernst?«

»Sonst würde ich es nicht sagen.«

Sie blickt zu Edward, hält die Luft an und lächelt, als er offenbar seine Zustimmung gibt. Erst dann schaut sie mich wieder an, als hätte sie nur auf diese Erlaubnis von ihm gewartet. Das alles fühlt sich auf jede erdenkliche Art falsch an. Dennoch lässt mich ihr Lächeln Hoffnung schöpfen. »Danke. Tief in mir wusste ich, dass das alles ein Missverständnis sein muss.« Sie kommt auf mich zu, und bevor ich begreife was passiert, zieht sie mich zu einer festen Umarmung an sich. »Ich habe dich vermisst.« Sie sagt es, als hätte sie mich kein Jahr lang ignoriert und erst kürzlich als Miststück betitelt.

Ich erwidere ihre Umarmung. Fest und ein bisschen verzweifelt. »Ich dich auch.«

Meine Stimme bricht an ihrer Schulter, während ich

ihr blumig-süßes Parfüm inhaliere. Sie hat mir verziehen. Riley ist wieder Teil meines Lebens. Ich bin so dankbar. Und dennoch … Tief in meinem Bauch liegt immer noch ein kleiner, scharfkantiger Stein, der sich unendlich schwer anfühlt.

»Nun«, unterbricht Edward uns und beendet damit diesen kurzen Moment der Versöhnung. »Ihr habt sicher noch zu quatschen. Mädelszeug und so.« Er lächelt schmierig und zwinkert mir zu. »Schön, dich wieder auf unserer Seite zu haben. Ich lasse euch dann mal allein.«

Riley lächelt, als hätte er ihr ein Geschenk gemacht, und geht zu ihm, um ihn zum Abschied zu küssen.

Und dann ist er endlich verschwunden. Wir sind allein, und ich habe mit einem Mal keine Ahnung, was ich sagen soll. Auf das hier habe ich doch die ganze Zeit gewartet. Wieso fühlt es sich dann so an, als wäre noch überhaupt nichts gut? Mein Zimmer ist plötzlich viel zu klein, und ich greife entschieden nach meinem Strickpullover. »Was hältst du davon, wenn wir uns was zu trinken holen?«

Sie atmet auf und lächelt erleichtert. »Klingt toll.«

Wir verlassen mein Zimmer, und nun, da wir uns nicht ansehen müssen, löst sich die Enge in meiner Brust wieder. Das hier ist meine Riley. Alles sollte leicht und wundervoll sein. Wie früher. Doch stattdessen laufen wir den gesamten Weg aus der Bones Manor stumm nebeneinanderher.

Erst als wir nach draußen an die frische Luft treten, durchbricht Riley endlich das Schweigen. »Wie gefällt dir die Akademie denn bisher?«

»Es ist toll. Ich dachte immer, du würdest übertreiben, aber alles hier ist so viel besser.«

Riley lacht glockenhell. »Ja, oder? Außer ein paar Ausnahmen sind alle echt nett.«

Ich erinnere mich vage daran, dass sie einen Streit mit ein paar anderen Studentinnen hatte, bevor wir auseinandergegangen sind.

»Wie wäre es, wenn wir morgen nach dem Unterricht zusammen nach Phoenix fahren? Du brauchst dringend ein wenig Deko, und meine Eltern würden sich ganz bestimmt freuen, wenn wir zum Abendessen vorbeikommen. Immerhin warst du noch nie bei uns.« Sie verstummt jäh, und es wird kurz wieder unangenehm, als wir uns daran erinnern, *warum* ich noch nie bei ihr war.

»Das wäre schön«, helfe ich aus und fülle damit die merkwürdige Stille zwischen uns. Auf dem Gelände sind nur wenige andere Studierende unterwegs, und keiner beachtet uns.

Sie verschränkt die Arme vor der Brust, als uns ein kühler Wind entgegenbläst.

»Es tut mir so so so leid«, presst sie dann hervor, ohne mich anzusehen. »Du hattest den Mut, dich zu entschuldigen, dann sollte ich ihn auch haben.« Und plötzlich werden ihre Worte zu leisen Schluchzern. »Ich war die mieseste Cousine aller Zeiten. All diese bösen Sachen, die ich gesagt habe. Danke, dass du um uns gekämpft hast, als ich ein Arschloch war. Du hättest jedes Recht dazu gehabt, mich für immer in den Wind zu schießen.«

Mir entfährt ein erstickter Laut, und plötzlich weine auch ich. »Ich bin einfach nur froh, dass alles wieder gut ist.«

Riley bleibt mitten auf dem Campus stehen und umarmt mich, während wir lachen und weinen.

Sie wischt sich noch einmal unter den Augen her und stößt einen erschrockenen Laut aus, als sie ihren verschmierten Kajal bemerkt. »Oh nein. So kann ich mich doch nicht blicken lassen!«

Lachend halte ich sie auf, als sie schon zu ihrem Zimmer laufen will. »Das ist nichts, was ein Taschentuch nicht lösen könnte.« Ich führe sie zur Cafeteria, wo ich mir eine Serviette aus einem der Spender schnappe, die in einigen Abständen auf dem langen Tisch stehen. Dann hole ich mir eine Wasserflasche und tröpfle etwas davon auf den dünnen Stoff.

Riley starrt mich an, als wäre mir ein weiterer Kopf gewachsen. »Dein Ernst?«

»Du siehst auch ohne Kajal superhübsch aus«, versichere ich ihr.

Sie zögert, schließt dann aber die Augen und lässt zu, dass ich den letzten Rest ihrer verschmierten Schminke richte. Rileys Haut ist wirklich makellos, mit ein paar Sommersprossen, die jetzt wieder ein bisschen besser zur Geltung kommen, weil ihr Make-up den Tränen zum Opfer gefallen ist. Ihre Wimpern sind hell, aber superlang, und als sie mich unsicher anschaut, muss ich lächeln. »Immer noch wunderschön.«

Sie schnalzt mit der Zunge und greift sich nun selbst eine Serviette, bevor sie mir hilft, meine verschmierte Wimperntusche zu entfernen.

»Also, jetzt erzähl mir bitte, wie du hier gelandet bist. Ernsthaft, ich war sicher, dass deine Mutter dir niemals erlaubt hätte, die Prüfung abzulegen.« Sie holt sich eine Coladose, und wir suchen uns einen Platz an den langen Tischen, bevor sie diese mit einem Zischen öffnet und einen langen Schluck nimmt. »Oder habt ihr irgendeinen fiesen Deal am Laufen? Zum Beispiel, dass du dafür in den Ferien jeden Tag an irgendeinem blöden Wettkampf teilnehmen musst?« Sie lacht, stockt dann aber, als ich nichts erwidere. »Was ist los?«

»Meine Mutter weiß nicht, dass ich hier bin«, gestehe ich und verziehe das Gesicht, als ihre Augen groß werden. Ihre Reaktion ist der Beweis dafür, dass ihr Vater selbst vor ihr meine Geheimnisse gehütet hat. »Ich konnte einfach nicht mehr. Als meine Mutter sich weigerte, mich gehen zu lassen, habe ich mich von einer Bühne geworfen und mir einen komplizierten Bruch zugezogen. Seitdem kann ich nicht mehr tanzen.« Der Tanzsport war meine Königsdisziplin. Es war das, womit ich immer alle verzaubert und am Ende den Sieg errungen habe.

»Shit«, zischt Riley und deutet auf mein Bein. »Deshalb das Humpeln?«

Ich nicke und schaue an ihr vorbei aus dem Fenster auf die vielen Bäume und die Bergspitzen, die über dessen Kronen emporblicken. »Dann wollte sie mich zwingen, den Sieg anderweitig zu erreichen. Mit … mit gewissen *Gegenleistungen.*« Hinter uns ertönt Geklimper von Besteck, doch ich ignoriere es und fixiere stattdessen weiterhin die sich wiegenden Äste.

Riley flucht leise.

»Ich habe deinen Vater kontaktiert und ihm gesagt, dass ich untertauchen will. Er hat mir den Platz an der Akademie besorgt. Ich habe die Gebühren mit Geld bezahlt, das ich von ihrem Konto auf meins überwiesen habe.«

»O mein Gott«, stößt sie aus und lacht laut. »Das hat

sie so verdient!« Ich blicke sie überrascht an, doch Riley hält mir ihre Hand hin, und ich schlage lachend ein. »Sie hat dich wie eine Sklavin behandelt.« Damit hat sie absolut recht. »Ich bin so froh, dass Dad dich hergebracht hat.«

Zum Glück fragt sie nicht weiter, denn hier und jetzt will ich ihr nichts von der Prüfung und all dem Rest erzählen. Je mehr Leute Bescheid wissen, umso gefährlicher wird es für mich, aber auch für sie.

Plötzlich lächelt Riley und springt auf.

Ich drehe mich um und entdecke Edward, der zusammen mit Asher und Vincent auf den Tisch zusteuert. Sofort verdreht sich mein Magen, und ich erhebe mich ebenfalls. Erst jetzt fällt mir auf, dass sich bereits einige Studierende mehr im Speisesaal befinden.

»Hi mein Schatz«, begrüßt Riley ihn mit einem Kuss.

Stirnrunzelnd mustert er sie. »Wie siehst du denn aus? Hast du etwa geheult?«

Sofort wird meine Cousine rot.

»Also, ich finde, du siehst fantastisch aus«, greift Vincent ein und zwinkert ihr zu, was sie ein bisschen zum Lächeln bringt.

Asher tritt neben mich, wobei er seine Überraschung, mich hier zu sehen, nicht verbirgt. »Alles klar bei euch?«

Meine Magie surrt in seiner Nähe, und seine Sorge fühlt sich ehrlich an. Dennoch habe ich keine Lust, hier zu reden. Nicht vor Edward, der so selbstgefällig dasteht und mich mustert, als hätte er einen verdammten Sieg errungen.

Riley schlingt einen Arm um mich. »Alles bestens. Wir sind wieder ein Dreamteam. War alles ein blödes Missverständnis.«

»Davon würde ich nur zu gern hören«, meint Vincent und setzt sich an den Tisch.

Allein die Vorstellung, die Worte noch einmal sagen zu müssen, versetzt mich so sehr in Panik, dass meine ganze Haltung steif wird.

»Ich denke, wir holen uns erst mal was zu essen«, greift Riley ein, die offenbar spürt, wie unangenehm mir das Ganze ist. Sie hakt sich bei mir unter, und gemeinsam gehen wir in Richtung Essensausgabe.

Dort entdecke ich Marina, die mir erfreut zuwinkt und strahlt, als wir uns zu ihr ans Ende der Reihe stellen. »Habt ihr euch etwa vertragen? Das ist ja wundervoll.«

Riley schenkt ihr ein schmallippiges Lächeln. »Ist es. Danke.«

Marina zwinkert mir zu, weil sie natürlich Rileys Unbehagen spürt. Glücklicherweise wechselt sie das Thema und wendet sich an mich. »Hast du eigentlich schon ein Kostüm für Halloween? Hier gibt es immer eine große Party, natürlich ohne Alkohol, aber es ist echt witzig.«

Halloween. Das ist nach meiner Prüfung. Ich will gar nicht daran denken, was passiert, wenn ich sie nicht bestehe. »Nein. Darüber habe ich mir noch keine Gedanken gemacht. Muss ich mich denn verkleiden?«

Riley und Marina schnappen gleichzeitig nach Luft, woraufhin Riley sie böse anfunkelt, während Marina weiterhin grinst. Ihr macht es wirklich zu viel Spaß, meine Cousine zu ärgern.

»Also, ich nehme an, eine Verkleidung ist Pflicht?«

Riley nickt ausladend. »Unverkleidet kommt man nicht rein.«

»Keine Sorge. Wir finden was für dich.«

»*Ich* finde was für dich«, geht Riley sofort dazwischen. »Bei uns zuhause liegen einige von meinen Kostümen. Die dürften dir alle passen.«

»Oh, ein Mädelsabend«, meint Marina, und ihr Tonfall ist so enthusiastisch, dass er nur gespielt sein kann. Sie ist so gemein. Dennoch kann ich mir ein Grinsen nur schwer verkneifen.

»Familienabend«, berichtigt Riley kalt und wendet sich ab, weil sie mit der Bestellung dran ist.

Marina kichert leise, bevor sie ein lautloses »Sorry« mit ihren Lippen formt.

Sie ist nach Riley damit dran, ihr Essen auszusuchen, weshalb mich meine Cousine fragend ansieht. »Kommst du gleich? Oder soll ich auf dich warten?«

»Ehrlich gesagt müssen Jade und ich noch dringend etwas besprechen«, antwortet Marina und lächelt Riley an. »Ich weiß, sie ist deine Cousine. Aber sie ist auch meine Freundin, und nachdem sie die letzten Wochen immer bei uns saß, wäre es doch äußerst fies, wenn sie uns einfach fallen lassen würde, nur weil du dich entschlossen hast, ihr auf einmal zuzuhören.«

Oh nein.

Rileys Lippen werden zu einer dünnen Linie, und rote Flecken breiten sich auf ihrem Dekolletee aus. Dann wendet sie sich an mich. »Du entscheidest, wo du sitzen willst.«

Bitte Boden, tu dich auf. Doch nichts passiert. Natürlich nicht. Wieso sollte mir auch irgendeine höhere Macht aus dieser megaunangenehmen Situation helfen? »Tut mir leid. Das wäre wirklich nicht nett von mir.«

Ich sehe Riley sofort an, dass meine Worte sie verletzen. Doch Marina hat recht. Ich kann nicht einfach alles stehen und liegen lassen, nur weil wir jetzt wieder miteinander sprechen. Das wäre meinen Freunden gegenüber nicht fair. Außerdem will ich nicht bei Edward sitzen. Und ehrlich gesagt auch nicht neben Asher. Nicht, nachdem ich mir eingestehen musste, dass ich ihn irgendwie zu sehr mag. Denn das war nie Teil meines Plans. Ich wollte untertauchen, nicht auffallen und einen Neustart. Stattdessen habe ich die Aufmerksamkeit der Elite auf mich gezogen, wurde enttarnt und breche wieder das Gesetz. Absolut *nichts* läuft hier nach Plan.

Riley schafft es nicht ganz, ihr Lächeln echt aussehen zu lassen. »Kein Problem. Ich bin gleich mit Edward verabredet, aber wir sehen uns ja dann morgen nach dem Unterricht.«

»Und während des Unterrichts«, erinnere ich sie und lächle sie noch einmal schnell an, bevor ich mich endlich wegdrehe und mein Essen bestelle. Immerhin halte ich gerade die ganze Schlange auf.

Als ich fertig bin, ist Riley bereits gegangen.

Marina sagt kein Wort, bis wir an unserem Tisch sitzen. »Alles okay bei dir?«, fragt sie mit sichtbarer Besorgnis.

Ich tunke ein Stück Brot in meinen Erbseneintopf. »Wieso sollte etwas nicht in Ordnung sein?«

»Ich habe dich bei der Elite stehen sehen, und du warst echt total verkrampft.« Sie schnaubt und tunkt ihren Löffel in ihren eigenen Eintopf. »Es liegt an Edward, oder? Er ist sicher total darauf abgegangen, dass du die Schuld auf dich genommen hast. Der Typ ist so *schmierig*.«

Ich verziehe den Mund, denn mit einem Mal kommt es

mir wie Verrat an Riley vor, wenn ich über ihren Freund lästere.

»Gib es ruhig zu. Deine Cousine hat einen beschissenen Geschmack, was Kerle angeht. Ist nichts gegen sie, aber er ist ein Widerling.«

»Es war total unangenehm, mich zu entschuldigen«, gestehe ich mit einem Seufzer und schiebe mir ein Stück Brot in den Mund.

Marina schüttelt sich. »Glaube ich dir aufs Wort. Und wie geht es dir jetzt?«

Ihre Besorgnis rührt mich zutiefst, und mir wird ganz warm ums Herz. »Gut. Mich mit Riley zu vertragen ist alles, was ich wollte.«

Marina lächelt mich an, und obwohl sie normalerweise total neugierig ist, stellt sie dieses Mal glücklicherweise keine weiteren Fragen. Vielleicht, weil sie spürt, dass dieses Thema nicht ganz einfach für mich ist. »Dann erzähl mir mal, wie dein Treffen heute mit Ashers Großmutter war. Habt ihr endlich miteinander rumgemacht?«

Ich lache. »Seine Großmutter und ich?«

»Nein.« Sie verdreht die Augen, grinst aber. »*Asher* und du. Ich warte nur darauf. Ernsthaft. In letzter Zeit starrt er dich ständig an.«

Wir blicken gleichzeitig in Richtung des Tisches, an dem er sitzt. Und tatsächlich schaut er gerade zu uns rüber. Als sich unsere Blicke begegnen, lächelt er leicht.

Meine Magie surrt. In meiner Brust kitzelt es. Ich wende mich schnell ab, bevor noch etwas passiert, was mir einen Verweis einbringt.

»Oh, oh. Bist du etwa verknallt?«

»Nein!« Ich lache und werfe meine Haare über die Schultern. »Er ist süß, klar, aber mehr ist da nicht.«

Marina schaut mich an, als würde sie mir kein Wort glauben.

Ich bin nicht verknallt in ihn.

Wir kennen uns doch kaum.

Egal, was meine Magie in seiner Nähe tut.

Egal, dass wir uns bereits einmal geküsst haben.

Egal, wie sehr mein Nacken kribbelt, weil ich seinen Blick noch immer auf mir spüre.

Ich mag ihn eben nur ein bisschen mehr als geplant.

21. Kapitel

Asher

»Es gab bisher also keine Auffälligkeiten?«, fragt Sergeant Martinez und überfliegt meine letzten Notizen mit gerunzelter Stirn.

»Richtig.« Ich sitze ihm am Montagnachmittag in unserem Besprechungsraum gegenüber und kann eigentlich nur daran denken, wie Jades Kräfte bei der Party um sich gegriffen haben. Das ist etwas, das ich melden sollte. Aber ich *kann* nicht. Weil ich mehr Informationen brauche. Sollte ich dieses Vorkommnis melden, würden sie mich von dem Fall abziehen und sie sofort wegsperren. Die Sonderkommission macht keine Ausnahmen. Auch nicht für Mädchen, deren Kräfte manchmal etwas verrücktspielen. Es muss einen guten Grund dafür geben, und den werde ich herausfinden.

»Gut.« Sergeant Martinez schiebt die Papiere zusammen und erhebt sich. »Dann fehlen noch ein paar letzte Antworten, und der Bericht ist beendet. Wir schätzen Ihre Arbeit sehr.«

Wir gehen gemeinsam in Richtung der Tür. »Gibt es einen weiteren Grund, warum ich diesen Bericht schreibe und sie nicht einfach vorgeladen und befragt wird?« Diese

Frage habe ich mir gestern Abend gestellt, als ich mit dem Bericht begonnen habe. Es wäre so leicht für die Sonderkommission, sie zu befragen. Wieso machen sie sich den Aufwand?

»Bleibt das unter uns?«

Sofort versteifen sich meine Schultern, doch ich nicke.

Sergeant Martinez verzieht den Mund zu einem Lächeln. »Jade Mittens Onkel ist ein mächtiger Mann. Nicht so sehr wie Ihr Vater, aber er hat Einfluss. Das Mädchen nur auf einen unzureichenden Verdacht hin zu verhören würde uns mehr Probleme machen, als sie unauffällig zu überprüfen.«

Verstehend nicke ich. Rileys Vater ist dafür bekannt, seine Gegner zu vernichten. Und er hat sich mehr als einmal mit der Sonderkommission angelegt, wenn sie seiner Meinung nach einen seiner Klienten zu hart verfolgt hat.

»Das ist wohl besser so.« Jade wird niemals mitbekommen, dass sie überprüft wurde. Immerhin ist sie unschuldig.

Der Sergeant nickt zufrieden, und dann verabschieden wir uns. Ich verstaue meine Unterlagen in meiner Tasche, bevor ich ebenfalls die Zentrale unseres Hauses in der Innenstadt von Phoenix verlasse.

»Asher!«

Irritiert drehe ich mich um, als ich die Stimme meiner Schwester höre, die mir nun mit schnellen Schritten folgt. »Hi, alles klar?«

»Glaubst du wirklich, du kannst mich so leicht abschütteln?« Sie lacht und macht ein tadelndes »Tztztz«, bevor sie zu mir aufholt und neben mir herläuft. »Ich versuche schon ewig, dich allein zu erwischen.«

Nicht ohne Grund. »Ach ja? Ich hatte in letzter Zeit viel zu tun.« Zum Beispiel die Überwachung der Grenze, was bedeutet, dass ich den gesamten Samstag damit verbracht habe, die Berichte zur Überprüfung des Zaunes durchzulesen und auf etwaige Mängel zu reagieren.

»Ja klar. Das ist trotzdem kein Grund, deiner großen Schwester aus dem Weg zu gehen.«

Wir laufen nebeneinander durch das große Tor und dann auf die Straße, die um diese Zeit ziemlich belebt ist. Rund um das Haus der Magier gibt es die besten Restaurants des Viertels. »Ich bin dir nicht aus dem Weg gegangen.«

»Super. Dann haben wir ja auch kein Problem. Also, wie geht es denn Jade?«

Ich wusste, dass sie sofort von ihr anfangen würde. Seit sie Jade bei meiner Grandma getroffen hat, redet Amber ständig über sie. »Gut.«

»Ihr seid also zusammen?«

»Nein. Wir sind-« Ich stocke und bemerke natürlich sofort meinen Fehler.

»Was seid ihr?«, hakt sie lauernd nach und klimpert mich mit ihren falschen Wimpern an, die sie schon trägt, seit sie und ihre Freundinnen im Teenageralter damit angefangen haben.

»Nichts. Sie ist eben eine Kommilitonin.«

»Du würdest sie also nicht einmal als Freundin bezeichnen? Was meinst du, wäre sie enttäuscht, wenn sie das hören würde?«

»Ich bin mir ziemlich sicher, dass es ihr egal wäre.« *Bin ich nicht. Wenn es um Jade geht, weiß ich gar nichts mehr.* Sie hat auf der Schattenparty geleuchtet wie ein verdammtes

Glühwürmchen, und ich habe sie rausgebracht, bevor es irgendwer anders tun konnte. Irgendwer, der ihr schlimmstenfalls die Sonderkommission auf den Hals gehetzt hätte. Auf diesen Partys sind viele ehemalige Mitglieder der Gemeinschaft der Schatten, die jetzt Rang und Namen haben. Deshalb auch die Masken. Doch selbst die haben trotz all dem Mist, der teilweise in diesem Club abläuft, ihre Prinzipien. Und der Einsatz von derart viel Magie innerhalb eines geschlossenen Raumes ist definitiv etwas, das nicht zugelassen werden kann.

Ich fasse es einfach immer noch nicht, dass Jade derart die Kontrolle verloren hat. Und je mehr Tage vergehen, umso größere Sorgen bereitet es mir. Ich muss sie unbedingt noch einmal allein erwischen. Als ich sie letzten Sonntag nach Phoenix gefahren habe, war auf dem Hin- und Rückweg Vincent dabei, der keine Lust hatte, selbst zu fahren. Dass er und Jade sich so ungezwungen unterhalten haben, störte mich nur teilweise. Vincent ist einfach ein Typ, der kein Problem damit hat, neue Leute kennenzulernen.

»Wieso? Denkst du etwa, sie hat kein Interesse an dir? Ihr müsst mich nur mal fünf Minuten mit ihr allein lassen, und ich finde alles über sie heraus.« Amber wackelt mit ihren Augenbrauen. Wie damals als Kind schon.

»Danke, aber lieber nicht.«

»Weshalb nicht? Denkst du etwa, wir würden uns nicht gut verstehen?«

»Vermutlich würdet ihr das. Nur eben *zu* gut.«

Sie lacht, und wir beide wissen, dass ich recht habe. Amber ist Vincent ziemlich ähnlich. Sie findet schnell Freunde, einfach weil sie jedem das Gefühl gibt, ihn wirklich zu sehen und zu hören. Das ist auch das Problem an meiner Schwester. Ich würde mich ihr gerne anvertrauen. Darf es aber nicht.

»Magst du sie denn?«

»Ja. Sie ist echt cool.« *Und gefährlich.*

»Und wunderschön.«

»Sei nicht oberflächlich.«

»Wieso? Jeder, der behauptet, dass der erste äußerliche Eindruck nicht zählt, ist ein Lügner.«

Da hat sie leider recht. »Dennoch ist sie mehr als nur schön. Sie ist …« Ich verstumme. *Sie erinnert sich nicht daran, wann sie das letzte Mal umarmt wurde. Sie verliert in meiner Nähe die Kontrolle über ihre Kräfte, aber auch wenn sie Alkohol trinkt. Sie hat sich bei Edward entschuldigt und sich die Schuld dafür gegeben, dass sie und Riley sich zerstritten haben. Sie tut alles, um im Unterricht mitzukommen, auch wenn mir schon aufgefallen ist, dass sie unfassbar viel dafür lernt. Sie ist nett zu allen. Sie zieht keine Aufmerksamkeit auf sich und bemerkt dabei nicht, dass sie ständig angestarrt wird.*

»Wow.« Amber stoppt plötzlich und greift so fest nach meinem Arm, als würde sie mich davor bewahren wollen, vor ein fahrendes Auto zu springen.

Verwirrt starre ich sie an. »Was ist los?«

»Du hast dich in sie verliebt.«

Ich starre meine Schwester an, und das Einzige, was ich denken kann ist: *Fuck, ja.*

Ich brauche es nicht einmal laut auszusprechen, denn Amber versteht sofort. Sie lächelt so herzlich, dass sich kleine Fältchen um ihre Augen bilden. »Schön.« Sie wendet sich ab und geht weiter, wobei sie fröhlich grinst und mich mit meinen Gedanken alleine lässt.

Fuck.

Sie hat recht. Ich habe mich in Jade verliebt. Wie konnte das passieren? Ich kenne sie doch kaum. Ich soll einen verdammten Bericht über sie schreiben.

Liegt es an ihren Kräften?

Nein.

Das kann ich definitiv ausschließen. Ich weiß genau, wann mich ihre Kräfte streifen, und sie waren bisher nie stark genug, um mich zu verzaubern.

Meine Kehle brennt. Mein Herz rast mit einem Mal, und plötzlich bekomme ich keine Luft mehr.

Amber legt ihre Hand auf meine Schulter. »Das ist etwas Gutes.«

»Ich bin mir da nicht so sicher. Wir kennen uns kaum.«

Sie grinst wieder, dieses Mal, ohne sich über mich lustig zu machen. »Dann lern sie doch kennen. Geh mit ihr aus. Zeig ihr, dass du kein Trottel bist.«

Ich stoße ein Schnauben aus. »Trottel?«

»Ja«, erwidert sie gelassen und klopft mir auf die Schulter. »Du hast mich schon richtig verstanden.« Dann deutet sie mit dem Daumen in eine abbiegende Gasse. »Ich treffe mich mit ein paar Kollegen. Willst du mitkommen?« Doch als sie einen kurzen Blick auf die Uhr wirft, winkt sie ab. »Ach nein, du musst ja gleich zur Akademie, mein Kleiner. Nicht, dass du noch einen Eintrag bekommst.« Ihr dreckiges Lachen zieht so einige Aufmerksamkeit auf sich, doch das ist ihr egal. Sie hat schon immer auf ihre Außenwirkung gepfiffen, und das bewundere ich an ihr. In einer Welt, in der aller Augen auf uns gerichtet sind, auf die Erben, *die Elite*, ist es manchmal schwierig, sich selbst nicht hinter einer Fassade zu verlieren.

»Ich mag dich auch«, erwidere ich gelassen, worauf sie mir eine Kusshand zuwirft und dann verschwindet.

Ich will ebenfalls weitergehen, als mir ein Laden ins Auge springt, in dessen Schaufenster Dutzende Sofortbilder hängen. Und mit einem Mal habe ich eine Idee. Ich versuche, nicht allzu viel darüber nachzudenken, sondern handle einfach.

Verdammt. Offenbar mag ich sie wirklich. Und ich habe keine Ahnung, was ich davon halten soll.

22. Kapitel

Jade

»Ich freue mich so sehr, dich hier zu sehen.« Onkel Derek wiederholt diesen Satz bereits zum fünften Mal, während er mich über den reich gedeckten Holztisch anstrahlt und meine Tante Betty mir zum dritten Mal Salat auf den Teller nachlegt, obwohl ich längst pappsatt bin. Aber ich werde mich definitiv nicht beschweren, wenn sie mich so anschauen, als wäre ich ein Geschenk.

Tante Betty setzt sich wieder und streicht vorher über ihr helles Etuikleid, damit es keine Falten wirft. Ihr rotes Haar liegt in einer perfekten Föhnfrisur, für die sie sicher Stunden gebraucht hat. Ihre Lippen sind hell geschminkt und stehen im starken Kontrast zu ihren schwarz umrahmten Augen. »Es ist einfach so schön, dass wir dich endlich wiedersehen. Und keine Sorge, du bist hier sicher vor deiner Mutter. Sie hat bereits angerufen, und natürlich hatten wir keine Ahnung, wo du sein könntest.« Sie zwinkert mir so übertrieben zu, dass ich wirklich hoffe, sie konnte am Telefon besser lügen.

»Du wirst nie wieder von ihr belästigt«, verspricht mir Onkel Derek, der auf seinem Platz vor Kopf zurückgelehnt sitzt und mit seinem schwarzen Schnäuzer und dem schwarzen Anzug irgendwie Ähnlichkeit mit einem Mafiaboss aus einem Film hat.

»Ich weiß wirklich nicht, wie ich euch danken soll.« Sofort merke ich, wie mir vor Rührung Tränen in die Augen steigen, und ich starre auf meinen reich beladenen Teller, dessen Rand mit goldenen Linien verziert ist und somit perfekt zu dem goldenen Besteck passt. Von Zurückhaltung halten meine Verwandten überhaupt nichts. Generell strotzt das ganze Haus nur so von unbezahlbaren Wertgegenständen, die deutlich machen, wie erfolgreich die Kanzlei ist, die schon seit Generationen in ihrer Hand liegt. Meine Mutter hat meiner Tante diesen Wechsel von der Mittel- zur Oberschicht nie gegönnt.

»Dafür ist die Familie doch da«, stimmt Riley ihren Eltern zu. Ich spüre, dass sie es wirklich so meint, und ich bin mir zugleich ziemlich sicher, dass sie ihren Eltern nicht gesagt hat, dass wir in den letzten Wochen kaum ein Wort miteinander gesprochen haben. Zum Glück ist das endlich vorbei.

»Du hättest mich die Studiengebühren bezahlen lassen sollen«, meint Onkel Derek und nimmt einen Schluck aus seinem Wasserglas.

»Nein«, beharre ich sofort. »Ihr habt schon so viel für mich getan. Ohne eure Hilfe hätte ich es gar nicht erst hierhergeschafft.«

Er lächelt sanft und deutet auf meinen Teller. »Du musst das nicht alles essen, wenn du schon satt bist.« Sein Lächeln wird zu einem schelmischen Grinsen, während er nach der Hand meiner Tante greift. »Betty verwöhnt unsere Gäste einfach zu gerne.« Er küsst ihren Handrücken.

»Keine Sorge, mein Schatz. Jade wird ab jetzt öfter kommen. Immerhin gehört sie zur Familie.«

Und da sind sie wieder, die Tränen.

Riley scheint zu merken, dass ich kurz davor bin loszuheulen, denn sie erhebt sich ganz plötzlich. »Es war superlecker. Danke, Mom. Aber wir werden jetzt mal hochgehen und nach einem Halloweenkostüm für Jade schauen. Danach wollten wir ein bisschen was für ihr Zimmer shoppen.«

»Benutz deine Karte«, weist ihr Vater sie an, und als ich ihn mit geweiteten Augen anstarre, zwinkert er mir zu. »Deine eigene Karte ist leider noch nicht angekommen.«

»Meine … was?«

»Deine Kreditkarte. Ich lasse doch nicht zu, dass meine Nichte sich krumm schuftet, wenn sie sich eigentlich auf ihre Ausbildung konzentrieren sollte.«

»Oh, das kann ich nicht-«

»Du wirst«, unterbricht Tante Betty mich und sieht mich an, als wäre ich ein süßes Kätzchen, bei dem sie sich nur schwer zurückhalten kann, es zu streicheln. »Wir sind eine Familie und sorgen füreinander.«

»Danke.« Meine Stimme ist nur noch ein raues Krächzen. Womit habe ich diese Güte nur verdient?

Tante Betty und Onkel Derek lächeln uns zufrieden hinterher, während Riley mich durch das Haus nach oben in ihr Zimmer führt.

Zunächst bin ich überrascht, weil Rileys Zimmer so klein ist, dass nur ein Doppelbett hineinpasst. Doch dann zeigt sie mir die dazugehörigen Räume. Ein Badezimmer, ein kleines Wohnzimmer und sogar ein begehbarer Kleiderschrank, aus dem sie nun diverse Kostüme hervorkramt und mir mit einem prüfenden Blick entgegenhält. »Was meinst du zu diesem Kleid?«

Ich betrachte den Latexfetzen entsetzt. »In dem Teil warst du auf einer Schulparty?«

Sie verdreht die Augen. »Natürlich nicht. Edward würde mir das niemals erlauben. Aber wenn, würde ich es definitiv tragen.«

»Erlauben?«

»Genau.« Sie wendet sich mit einem Schulterzucken ab und durchsucht weiter ihren Kleiderschrank. »So, wie ein Freund es eben macht. Er will nicht, dass alle meinen heißen Körper sehen.«

»Also gehst du auch nicht schwimmen?« Die Frage rutscht mir einfach raus, und ich hoffe, dass sie beifällig genug klingt, damit Riley sie mir nicht übelnimmt.

Glücklicherweise lacht sie, während sie ein weiteres Kleid hervorholt. »Das ist was anderes. Also, was meinst du? Sexy Krankenschwester?«

»Ich musste mein Leben lang sexy für andere sein«, erwidere ich. »Hast du vielleicht etwas, mit dem ich mich so richtig verkleiden kann?«

Ihr zunächst skeptischer Blick wird durch Verständnis abgelöst. Dann nickt sie und holt einen Teddy-Onesie heraus. »Der ist zum Chillen gedacht und ein Geschenk gewesen. Mit ein bisschen Blut könnten wir daraus ein ordentlich gruseliges Kostüm machen.«

»Das ist perfekt.«

»Oh, und etwas habe ich ganz vergessen. Wie du sicher noch weißt, habe ich in wenigen Tagen Geburtstag.« Sie drückt mir eine schwarz glitzernde Karte in die Hand. »Natürlich bist du auf meine Party eingeladen! Bring unbedingt diese Karte mit, sonst lassen die Türsteher dich nicht rein.«

»Du hast Türsteher auf deiner Geburtstagsparty?«

Sie lacht, als hätte ich einen besonders witzigen Scherz gemacht, und deutet auf meine Karte. »Achte aber bitte auf den Dresscode. Alle sollen Schwarz tragen. Alle, außer mir.« Sie streicht ihr rotbraunes Haar zurück, während sie sich im Spiegel betrachtet. »Diese Party wird legendär. Alle, die nicht eingeladen sind, werden vor Neid erblassen.«

»Okay«, meine ich mit einem schwachen Lächeln. Plötzlich überkommt mich ein Gefühl von Melancholie. Bedauern. Weil sie nicht mehr die Riley ist, die ich kannte. Und Scham, weil ich das irgendwie erwartet habe.

»Keine Sorge. Ich habe das perfekte Kleid für dich. Es wird dir so gut stehen. Aber jetzt sollten wir ein bisschen Deko für dein trauriges Zimmer kaufen.«

Wir packen den Teddyoverall in eine Tasche und verabschieden uns von Rileys Eltern, die mir das Versprechen abnehmen, sie von nun an regelmäßig zu besuchen. Dann verbringen wir den restlichen Nachmittag und Abend damit, durch verschiedene Läden zu schlendern. Als wir schließlich zurück zur Akademie kommen, ist es bereits dunkel, und Riley nimmt mir das Versprechen ab, mit dem Dekorieren auf sie zu warten.

»Ich werde jetzt sowieso kaputt ins Bett fallen«, erwidere ich und ächze leise, während wir die Tüten in den vierten Stock tragen. Mein Bein tut weh, und ich spüre selbst, dass ich deutlich mehr humple als sonst.

Riley bemerkt es ebenfalls und nimmt mir meine Tüten ab. »Ist es schlimm?«

»Nur wenn ich mich überanstrenge. Ansonsten ist es auszuhalten. Besser als die Alternative.«

Ihr abfälliges Schnauben spricht Bände. »Ich bin froh, dass du nicht mehr den Goldesel für deine Mutter spielst. Weißt du, Mom und Dad wollten dich immer zu uns holen. Aber offenbar ist das rechtlich gar nicht so einfach.«

»Wirklich?« Dass sie mich so sehr mögen, überwältigt mich einen Moment lang. »Wow.«

Wir erreichen die oberste Etage, und von Weitem sehen wir ein kleines Päckchen vor meiner Tür liegen.

»Was ist denn das?«

Ahnungslos zucke ich mit den Schultern und hebe es auf, als wir an meinem Zimmer ankommen. Als ich es öffne, entfährt mir ein Lachen, denn darin liegt eine Sofortbildkamera und daneben ein ausgedrucktes Bild von Asher, der lächelnd in die Linse schaut. Meine Magie summt, und ich beiße mir schnell auf die Innenseite meiner Wange, bevor Riley davon Notiz nehmen kann.

»Da hast du wohl einen Verehrer.«

»Quatsch.«

»Also mir hat Asher noch nie einfach so etwas geschenkt«, zieht sie mich auf. »Was steht denn auf der Karte?«

Mein Blick fällt auf die kleine Notiz in der Box. »Für all die Erinnerungen an deinen Neuanfang«, lese ich laut vor, worauf Riley entzückt seufzt.

Etwas in meiner Brust poltert, und in meinem Bauch schlagen die Schmetterlinge Saltos.

Dieser verfluchte Asher schafft es wirklich immer wieder, die richtigen Knöpfe zu drücken.

»Wer hätte gedacht, dass Asher so süß sein kann?« Riley lässt die Tüten auf den Boden gleiten und zieht ihr Handy aus der Hosentasche. »Ich gebe dir seine Nummer. Bedank dich bei ihm. Vielleicht mit einem sexy Foto?«

»Im Leben verschicke ich solche Bilder nicht.« Ich hole meinen Zimmerschlüssel aus meiner Tasche, um die Tür zu öffnen, und gemeinsam treten wir hinein.

»Wieso denn nicht? Asher steht offenbar auf dich und würde die niemals weiterschicken.« Sie lässt sich auf mein Bett fallen und schnappt sich die Sofortbildkamera, um ein Selfie von sich zu machen.

Ich betrachte derweil Ashers Foto, auf dem er schief lächelt, fast ein bisschen schüchtern, aber definitiv unverschämt gutaussehend. Wieder flattert es in meinem Bauch. Es ist so bescheuert.

»Trotzdem. Wie sagt man so schön? Das Internet vergisst nie? Außerdem, wenn ein Kerl mich nackt sehen möchte, dann nur wenn *ich* es will und nicht jederzeit.«

Riley kichert und wedelt mit dem ausgedruckten Foto. »Warte ab, bis du in einer Beziehung bist.«

Ich ignoriere ihren letzten Kommentar und wechsle das Thema. »Danke, dass du heute mit mir unterwegs warst. Ich fand es wirklich schön.«

»Ich auch.« Ihr Lächeln wankt. »Es tut mir immer noch leid, wie ich dich behandelt habe. Ich fühle mich deswegen wirklich beschissen. Aber ich verspreche dir, dass ich es ab jetzt besser machen werde. Nichts wird sich wieder zwischen uns drängen«, verspricht sie mir mit feierlichem Tonfall. *Nichts, oder niemand?*

Ich wage nicht nachzuhaken, weil ich viel zu erleichtert bin, sie zurückzuhaben. »Ich bin einfach froh, dass wir jetzt gemeinsam hier sind.«

Ihr Strahlen zeigt, wie sehr sie sich über meine Worte freut, und kurz darauf gähnt sie herzhaft. »Entschuldige, ich bin total fertig. Ich gehe jetzt schlafen. Mach bloß nicht ohne mich weiter.« Sie gibt mir einen Kuss auf die Wange, und schon ist sie weg.

Als ich wenig später im Bett liege, starre ich auf Ashers Nummer, die nun in meinem Handy gespeichert ist.

Ich zögere, bin unsicher, ob ich ihm wirklich schreiben soll. Schließlich gebe ich mir einen Ruck.

~~Danke für die Kamera. Ich habe mich wirklich gefreut.~~

Nein, viel zu förmlich.

Ich kaue auf meiner Unterlippe herum und tippe erneut.

Wofür die Kamera?

Ohne weiter darüber nachzudenken, drücke ich auf Senden. *Oh shit. Was hab ich getan?*

Dann sehe ich, dass sich sein Status zu online ändert, und er tippt. Ich kneife die Augen zu, bis das Geräusch einer ankommenden Nachricht ertönt.

Weil sie Momente einfängt, die auf dem Handy nur verstauben. Wenn sie dir nicht gefällt, kannst du sie gern weiterverschenken.

Nein, sie ist toll. Danke. Ich war nur neugierig.

Das freut mich.

Wie seltsam, dass ich seine Stimme im Ohr und sein Lächeln vor Augen habe. Ich überlege, was ich noch schreiben kann, da kommt seine nächste Nachricht an.

Geh mit mir aus. Bitte.

Plötzlich schlägt mein Herz wie wild. Das ist eine ganz blöde Idee. Es gibt tausende Gründe, die dagegen sprechen, aber mir will mit einem Mal kein einziger mehr einfallen.

Und dann denke ich an Riley. Und an Edward.

Er war der Grund, weshalb Asher nach unserer ersten Begegnung Abstand gehalten hat.

Meine Freude schrumpft in sich zusammen.

Es wäre dumm von mir, mich auf Asher einzulassen. Egal, wie viele nette Seiten er mir noch von sich zeigen will.

Aber so richtig Nein sagen kann ich auch nicht.

Nenn mir einen guten Grund.

Er tippt. Dann hört er wieder auf. Ich runzle die Stirn. Doch er bleibt offline, und resigniert lege ich mein Handy weg, damit ich nicht die ganze Zeit auf diese fürchterlichen drei Punkte warte.

Dann klopft es an meiner Tür.

Ich reiße die Decke von mir, schnelle durch den Raum

und öffne sie, ohne zu zögern. Mein Herz explodiert fast, als Asher vor mir steht.

Sein Haar ist feucht, und in seiner Jogginghose und dem Kapuzenpullover sieht er heiß und soft zugleich aus. Doch in seinen Augen liegt Verlangen, als er wortlos einen Schritt auf mich zumacht und mich zu sich zieht.

Unsere Nasenspitzen berühren sich, und zwischen uns knistert die Hitze. Er gibt mir genügend Zeit, all meine Bedenken in tausend Einzelteile zerfallen zu lassen, als ich mich ihm schließlich entgegenstrecke. Unsere Lippen berühren sich, und Asher entfährt ein Knurren. Meine Knie werden weich, und ich sinke gegen den Türrahmen. Ich kralle meine Finger in seinen Pullover, und er vergräbt seine in meinem Haar. Er schmeckt nach Minzzahnpasta, als hätte er sich gerade bettfertig gemacht. Für einen unendlichen Moment gibt es für mich nur diesen Kuss, seine Wärme, die mich umhüllt, und mein Herz, das vor Aufregung immer schneller schlägt. Verlangen sammelt sich in mir, so plötzlich, dass ich an seinen Lippen ein leises Stöhnen ausstoße.

Schließlich löst er sich von mir und lehnt seine Stirn an meine. »Grund genug?«

Ich erschaudere bei dem atemlosen, rauen Klang seiner Stimme. »Ja.«

»Ich plane das Date.« Er haucht einen letzten Kuss auf meine noch pochenden Lippen. Dann dreht er sich um und geht, während ich noch immer nach Atem ringe.

Mein Mundwinkel zuckt.

So ein Mistkerl.

23. Kapitel

Jade

Das von Asher geplante Date kommt viel schneller, als ich erwartet habe. Schon zwei Tage später holt er mich gutgelaunt zum Frühstück ab, wobei er die ganze Zeit dieses unverschämt süße Grinsen auf den Lippen hat.

»Ein Frühstücksdate also?«, frage ich, als wir nebeneinander die Treppen der Bones Manor runtergehen.

Er grinst breiter. »Genau. Ich wollte nicht noch länger warten.«

Vielleicht schmelze ich gerade ein bisschen.

»Und wie genau stellst du dir das vor? Setzen wir uns einfach an einen der Tische und schicken jeden weg, der sich zu uns setzen will?«

Asher hält mir die Tür auf, als wir unten ankommen. »Ich dachte eher an ein exklusiveres Essen.«

Ich hebe fragend meine Augenbrauen, doch sein Gesicht gibt nichts preis.

Er bringt mich in die Villa Natura, dann eine Treppe hinauf und schließlich durch eine Tür, die direkt auf die Empore des Theaters führt.

Als ich den Korb in der letzten Reihe entdecke, macht mein Herz einen Satz. Er hat ein Picknick organisiert.

Auf der Bühne laufen bereits einige Studierende herum. »Hier ist ja früh was los.«

Asher holt zwei Kaffeebecher aus dem Korb und reicht mir einen davon. »Das ist oft so. Theaterleute brennen für ihre Kunst.«

»Das stimmt. Wusstest du, dass sie sich dazu entschieden haben, eine neumodische Version der Schneekönigin aufzuführen? Paige hat die Hauptrolle und ich die undankbare Aufgabe, ihr Kostüm für sie anzupassen. Ich schwöre dir, wenn sie mir noch einmal sagt, wie perfekt sie für die Hauptrolle ist, werde ich ihr die Nadeln *versehentlich* in den Hintern rammen.« Leah und ich sind bereits Profis darin, unser Augenrollen bei diesen Kommentaren zu verbergen.

Asher erstickt fast an seinem Lachen, das er mit zusammengepressten Lippen zurückhält.

Ich beiße mir auf die Unterlippe, und wir rutschen tiefer auf unseren Plätzen, als sich einer der Theaterleute umdreht und in unsere Richtung blickt. Ich entdecke auch Leah und unterdrücke den Drang, ihr einen Gruß rüberzurufen.

»Du bist ja ganz schön brutal.«

»Geht so. Aus irgendeinem Grund hat sie Angst, dass ich ihr die Rolle wegnehmen könnte.« Ich ziehe meine Nase kraus. »Vermutlich, weil irgendwer erwähnt hat, dass ich wie für die Bühne gemacht aussehe, und sie mich seitdem als Konkurrentin betrachtet.«

»Sie wissen alle nichts von deiner Vergangenheit, oder?«

»O Gott, nein. Sonst müsste ich vermutlich ständig alte Fotos von meinen Wettbewerben zeigen. Glaub mir.

Nichts widert mich mehr an als mein eigener Anblick von damals.«

»Warum?« Asher bietet mir ein belegtes Käsebrötchen an, welches ich dankbar lächelnd entgegennehme.

»Weil ich immer ausgesehen habe, als wäre ich in den Schminktopf gefallen. Und noch dazu so viel älter und bewusst sexy. Was finden Menschen an übertrieben geschminkten Kindern schön? Es ist ekelhaft.«

»Du konntest nichts dafür«, erwidert er sanft und beißt in sein eigenes Brötchen.

»Das ist mir inzwischen auch bewusst. Dennoch ist es ein Teil meiner Vergangenheit. Damals habe ich es so sehr geliebt. Bis ich es nicht mehr ausgehalten habe.«

»Und dann hast du dich entschlossen, ohne das Wissen deiner Mutter die Prüfung abzulegen?«

Panik schnürt mir die Kehle zu, obwohl ich wusste, dass diese Frage früher oder später kommen würde. Ich lasse mir jedoch nichts von dem klammen Gefühl in meinem Bauch anmerken. »Ja. Ich durfte wieder ein paar Tage mit Riley und ihrer Familie in einem ihrer Ferienhäuser verbringen. Meine Mutter wusste nicht, dass Riley und ich zerstritten waren und hat auch selbst keinen Kontakt zu meinem Onkel. Deshalb hat sie nicht gemerkt, dass ich stattdessen in eins der Camps gefahren bin.«

»Und wie war es dort für dich? Du hattest ja sonst kaum Kontakt zu anderen Übernatürlichen, oder?«

Meine Augen brennen. Weil ich ihn nicht mehr anlügen will. »Stimmt.« Meine Stimme bricht, und plötzlich hasse ich all die Lügen, die zwischen uns stehen.

»Schon okay.« Er legt seinen Arm um mich und zieht

mich an sich. Meine Wange liegt auf seiner Brust, und ich atme seinen Duft ein.

Meine Hand liegt locker auf seinem Hemd, und ich spüre, wie sein Herz rast. Mein Atem stockt, und ich schlucke, bevor ich aufschaue und sich unsere Blicke ineinander verfangen. Die Stimmung zwischen uns ist schlagartig anders, und es knistert gewaltig. Asher drückt mit seiner Hand meine Schulter, und ein Stromstoß durchfährt mich, einer, der nichts mit unseren Kräften zu tun hat, nur mit der unfassbaren Anziehung, die schon seit dem ersten Tag zwischen uns herrscht.

Langsam bewegen sich unsere Köpfe aufeinander zu.

Bis ein schriller Ton unsere Blase durchbricht und wir schnell auseinanderfahren. Asher flucht und zieht sein Handy aus seinem Jackett. »Amber, diese kleine-«

»Hallo? Ist jemand da oben?«, ertönt es von der Bühne.

Sofort rutschen wir noch tiefer in die Sitze, wobei ein leichter Schmerz in mein Bein zieht, weil ich meine Dehnübungen in letzter Zeit sträflichst vernachlässigt habe.

So schnell und leise wie möglich packen wir alles zusammen und schleichen dann mit gesenkten Köpfen nach draußen.

Erst als die Tür des Theaters hinter uns zufällt, lasse ich das Lachen raus, das ich die ganze Zeit zurückgehalten habe.

Asher starrt mich an, bis er mit einfällt, so heftig, dass er sich sogar den Bauch halten muss. »Das holen wir nach.«

Ich beiße mir auf die Unterlippe, weil ich sicher bin, dass er den Kuss meint. »Definitiv.«

»Ich wusste doch, dass du gut darin aussehen wirst.« Riley betrachtet mich mit einem zufriedenen Lächeln, während ich mich selbst in dem großen Spiegel im Zimmer ihres Elternhauses mustere, in dem auch ihre Geburtstagsparty heute Nacht stattfindet. Das schwarze Kleid ist eng, knielang und viel eleganter, als ich es nach Rileys zuletzt angebotenen Kostümen für Halloween erwartet hätte.

»Es ist wirklich hübsch.« Während ich mich weiterbetrachte, schweifen meine Gedanken zu Marina, die gerade meine Samstagsschicht im Biber übernimmt. Glücklicherweise war das okay für sie, auch wenn sie mit den Augen gerollt hat. Ich habe nicht gefragt, ob es wegen meiner spontanen Planänderung war oder der Extraschicht, die sie übernehmen muss.

Riley tanzt zu der voll aufgedrehten Musik durch ihr Zimmer und wirft sich dabei ein bodenlanges, funkelndes weißes Kleid über, dass nichts der Fantasie überlässt.

»Du siehst unfassbar schön darin aus.«

Sie wirft mir eine Kusshand zu und grinst breit, bevor sie einen Lippenstift aufträgt, der genau denselben Ton hat wie ihre rotbraunen Haare.

Trotz Rileys guter Laune werde ich die Nervosität in mir nicht los. Was ist, wenn es genauso schiefgeht wie auf der letzten Party? Ich werde definitiv die Finger vom Alkohol lassen, aber auf der Schattenparty bin ich nicht wirklich betrunken gewesen. Der leichte Schwips kann nicht schuld an dem Desaster gewesen sein. Es war meine Unfähigkeit, meine Kräfte zu kontrollieren. Das darf heute nicht passieren. Und es wird nicht passieren. Ich habe mit Dorothy trainiert. Ich bin so viel besser, als ich es noch vor wenigen Wochen war.

Bei diesem Gedanken entspanne ich mich etwas und ziehe ein kleines, verpacktes Geschenk aus meiner Handtasche, um es Riley zu geben. »Du brauchtest mir doch nichts schenken.«

»Es ist nur eine Kleinigkeit«, verspreche ich ihr.

Sie zögert, doch dann siegt ihre Neugier. Mit wenigen Handgriffen hat sie das Papier abgezogen und hält nun einen gläsernen Bilderrahmen in der Hand, in dem am Rand getrocknete Blumen eingearbeitet sind.

Dann greife ich nach meiner neuen Kamera und grinse sie an. »Wir sollten eine Erinnerung von uns haben, wenn wir schon so gut aussehen.«

»Oh!« Ich sehe die Rührung in ihren Augen, und sofort wedle ich strafend mit meinem Zeigefinger vor ihrem Gesicht. »Du weißt aber schon, dass da unten sicher schon Gäste auf dich warten? Keine Zeit für Tränen!«

Sie fächert sich mit beiden Händen Luft zu und kichert. »Lass mich das Bild machen. Selfies sind mein Ding.«

Wir umarmen uns, während sie einige Fotos von uns macht und die Polaroids zum Entwickeln auf ihren Schminktisch legt. All das fühlt sich so unfassbar normal an, so wie *früher.* Vielleicht ist meine Riley doch noch irgendwo da drin. Vielleicht war sie auch nie anders. Vielleicht kannte ich auch nur die Urlaubs-Riley und muss diese mit einem der reichsten Mädchen der Academy in Einklang bringen.

Es dauert ein paar Momente, bis die Fotos klar zu sehen sind, und ich stoße ein ungläubiges Geräusch aus, weil wir beide so gut auf ihnen aussehen. »Welches soll ich in den Rahmen legen?«

Sie sucht sich eins aus, dann öffne ich vorsichtig den Doppelglasrahmen, wobei ich darauf achte, keine Blume zu verlieren, und platziere das Bild.

Riley nimmt derweil mein Handy und entfernt die durchsichtige Hülle, bevor sie das zweite Foto auf die Rückseite legt. »Ich habe leider keinen so hübschen Rahmen, aber dieses Bild ist für dich. Danke.« Sie umarmt mich fest und lässt für einen langen, emotionalen Moment nicht los. »Das ist mein liebstes Geschenk. Aber sag das bloß nicht Edward.«

Wir lachen, auch wenn ich das Gefühl habe, dass ihre Worte nur teilweise scherzhaft gemeint sind.

»Es ist gleich so weit«, erinnere ich sie nach einem kurzen Blick auf ihre Wanduhr. Sie hat ihren großen Auftritt auf genau neun Uhr gelegt, was ich für reichlich exzentrisch halte, aber vielleicht ist eine punktgenaue Planung auch so ein Reiche-Leute-Ding.

Meine Worte scheinen Riley regelrecht unter Strom zu setzen. »Ich bin so aufgeregt!«

»Es wird bestimmt eine tolle Party«, versichere ich ihr und drücke sie ein letztes Mal. »Ich gehe schon mal vor.«

Als sie mir ganz nervös zunickt, sehe ich wieder die Riley von früher. Die, die mich zu allem möglichen Unsinn angestiftet hat. Meine Cousine, die ich so schrecklich vermisst habe.

Als ich ihr Zimmer hinter mir lasse, schlägt mir augenblicklich der Lärm der Gäste entgegen. Ich gehe den Flur entlang und nicke einem Security zu, der mich mit stoischer Miene mustert. Das Anwesen der Drawings ist wirklich riesig. Riley hat erwähnt, dass diverse Gäste in den unzähligen Gästezimmern untergebracht worden sind und morgen sogar noch ein Geburtstagsbrunch geplant ist. Sobald ich den Fuß der Treppe erreiche, fällt mein Blick auf die Menschenmassen, die sich unten tummeln. Ein paar betrachten mich neugierig, als ich runterkomme, und ich bin überrascht, wie viele Gesichter ich aus dem Internat wiedererkenne. Allerdings sind da mindestens genauso viele Gäste, die ich noch nie gesehen habe.

Riley kennt offenbar eine Menge Leute. Wenn ich meinen Geburtstag feiern würde, fielen mir vielleicht eine Handvoll Personen ein, die ich überhaupt einladen könnte.

Edward kommt mir mit einem bunten Glas entgegen, das er mir in die Hand drückt. So wie auch die restlichen Gäste hat er sich dem Dresscode entsprechend schick gemacht und trägt ein schwarzes Hemd sowie dunkle Jeans. Er lächelt mich freundlich an, und das üble Gefühl in meinem Bauch, das mich in seiner Nähe stets überkommt, geht ein bisschen zurück. »Ist Riley so weit?«

»Ja, sie kommt jeden Moment.«

Edward nickt erfreut, dreht sich in Richtung Wohnzimmer und macht eine Geste mit der Hand. Augenblicklich verstummt die Musik, und die Gespräche setzen aus.

Mehrere Männer in schwarzen Anzügen kommen die Treppe runter und bauen sich am Ende in einem Halbkreis vor ihr auf. Wo kommen die denn her? Waren sie die ganze Zeit da oben?

Edward zieht mich ein wenig zurück, und ich zucke unter seiner Berührung zusammen, lasse mir aber möglichst nichts anmerken. *Alles ist gut. Es ist alles geklärt zwischen uns.* Es gibt gar keinen Grund für mich, dieses Unwohlsein zu empfinden.

Dann ertönt eine mir unbekannte Melodie, aber sofort geht ein Raunen durch die Gäste.

Im nächsten Moment wird es schlagartig dunkel, bevor sich ein Scheinwerfer auf die Treppe richtet. Was zum Teufel ist hier los? Ich recke den Kopf, als jemand zu singen beginnt.

Ein aufgeregtes Kreischen ertönt unter den Gästen, und plötzlich steht Riley gemeinsam mit einer wunderschönen Sängerin auf der Empore. Beide haben Mikrofone und singen einen Popsong über die beste Nacht ihres Lebens. Ich habe immer gewusst, dass Riley singen kann. Aber dass sie *so* gut ist, verschlägt mir den Atem.

Die Leute um uns herum flippen aus und drängen nach vorne. Dafür sind also die Männer da. Zur Sicherheit.

Bevor ich von den Massen niedergerannt werde, zieht mich jemand zur Seite in eine Türnische. Ashers Magie tänzelt mit meiner, als er sich schützend neben mich stellt.

Und da sind sie wieder, die Schmetterlinge, die Loopings in meinem Bauch fliegen. »Bitte sag mir, dass ich mir das hier grad nicht einbilde.«

»Riley liebt große Shows. Offenbar konnte sie ihren Dad überreden, Aria Tollores zu buchen.«

»Ist sie berühmt?« Gänsehaut breitet sich auf meinen Armen aus. Wegen der lauten Musik – und Ashers Nähe. Ich rieche sein herbsüßes Parfüm, spüre seine Wärme und habe absolut nichts dagegen, als mich jemand anrempelt und näher an ihn drückt.

»In Phoenix ist sie ein Megastar.«

Über uns wirbeln mit einem Mal unzählige Rosenblätter durch die Luft, und ich beobachte verzückt das Schauspiel, das vermutlich irgendein Elementar im Hintergrund wirkt.

Das Lied endet, und alle Anwesenden flippen noch mehr aus. Riley geht derweil die Treppe herunter, während die Sängerin noch einmal winkt und dann verschwindet.

Meine Cousine strahlt, als sich alle auf sie stürzen, um ihr zu gratulieren und sie mit Fragen zu löchern.

»Holen wir uns was zu essen, bevor das Buffet geplündert wird.« Asher nimmt meine Hand und führt mich durch das Wohnzimmer, wo die Musik am lautesten ist, und dann in die Küche. Jede Oberfläche hier ist mit Leckereien bedeckt. Von Obst über Sandwiches und Salate, einer Partysuppe sowie verschiedenen Desserts ist alles dabei.

Wir schnappen uns jeweils einen Teller, und ich versuche ein bisschen von allem zu nehmen, bevor wir in den Wintergarten gehen. Hier ist es ebenfalls noch angenehm ruhig, und nur vereinzelt stehen Gäste herum.

Der Kamin feuert gegen die Kälte von draußen, dennoch schnappe ich mir eine der Decken, die auf den Stühlen und den Sofas vor dem Kamin liegen. Man hat von hier aus einen fantastischen Blick auf den Ashriver, und zwischen den nackten Zweigen über der gläsernen Decke kann man sogar die Sterne sehen. Wir machen es uns gemütlich, und für ein paar Minuten essen wir schweigend nebeneinander.

»Ich liebe Phoenix. Und ich will hier nicht wieder weg«, stoße ich schließlich aus, und Asher folgt meinem Blick nach draußen.

»Ich fände es auch ziemlich gut, wenn du bleiben würdest.«

Ich schenke ihm einen verschmitzten Blick, aber anstatt auf seinen Flirtversuch einzugehen, brennt mir plötzlich eine andere Frage auf der Zunge. »Warum willst du eigentlich nach deinem Abschluss zur Sonderkommission?«

»Mein Großvater und meine Mutter haben ebenfalls dort gearbeitet, und es war immer mein Traum, es ihnen eines Tages gleichzutun, bevor ich mich voll und ganz dem Haus der Magier verschreibe. Ich habe das Bedürfnis, Phoenix etwas zurückzugeben.« Er zwinkert mir auf diese arrogante Die-Welt-gehört-mir-Art zu, die so gut zu ihm passt und ihn noch ein klein wenig attraktiver macht.

Ich weiß, ich sollte mich lieber von ihm fernhalten, aber das ist gar nicht so leicht, wenn er so … *Asher-mäßig* ist. So charmant. Lustig. Attraktiv. Aufmerksam.

Er legt seinen Arm um mich. Einfach so. Wie sie es in Filmen manchmal tun.

Ich habe mich immer gefragt, wie sich das wohl anfühlt. Und jetzt kann ich kaum klar denken, so heftig schlägt mein Herz.

Ich möchte ihn so gern wieder küssen. Ich will Asher so nahe sein, wie ich nur kann.

Weil ich ihn mag. Sehr sogar.

Ich atme nervös aus, als ich mich zu ihm drehe und zu ihm aufschaue.

Sein Lächeln ist schief und ein bisschen verwegen. »Eine Millionen für deine Gedanken.«

Ich kichere. Weil das so sehr zu ihm und seiner Welt passt. »So viel sind dir meine Gedanken wert?«

Doch statt mir zu antworten, beugt er sich näher zu mir und küsst mich. Einfach so. Er schmeckt nach Bier. Nach

Abenteuer. Nach Herzklopfen. Nach allem, wonach ich mich sehne.

Ich schlinge meine Arme um ihn, vertiefe den Kuss und vergesse jeden einzelnen Grund, der mich von ihm fernhalten sollte. Hitze schießt durch mich hindurch, und ich erschaudere, als seine Zunge meine findet.

Ein Grölen ertönt, und Asher knurrt, während mein Körper vor Erregung und Lachen zugleich bebt. Ich löse mich von ihm, lege meine Stirn an seine, und einen Moment lang atmen wir dieselbe Luft.

Als ich mich umblicke, merke ich, wie sich der Wintergarten in den letzten Minuten mehr und mehr gefüllt hat. Aus dem Wohnzimmer drängt Musik und Gelächter, und mit einem Mal habe ich keine Ahnung, warum ich mir vorhin solche Sorgen gemacht habe.

»Da bist du ja!« Rileys Stimme zieht alle Aufmerksamkeit auf sich, und wirklich jeder scheint sie in ihrem weißen Funkelkleid anzustarren. Weil sie einfach fantastisch aussieht und ihr Outfit unter den schwarz gekleideten Gästen natürlich besonders hervorsticht.

Sie kommt auf uns zu und greift nach meiner Hand. »Rummachen könnt ihr später noch. Ich will dich ein paar Freunden von mir vorstellen.«

Meinen hilfesuchenden Blick quittiert Asher nur mit einem Kopfschütteln, und kurz darauf zieht Riley mich mitten in die Party.

24. Kapitel

Jade

Die Stunden vergehen, und irgendwann landen Riley und ich auf der Tanzfläche und haben einfach nur Spaß. Auch wenn ich die ganze Zeit penibel darauf achte, die Kontrolle über meine Kräfte zu behalten.

Asher ist die meiste Zeit in unserer Nähe und unterhält sich mit unterschiedlichen Leuten. Doch als ich entschließe, eine Pause einzulegen, ist er nirgends zu sehen.

Ich gebe Riley ein Zeichen, dass ich mir etwas zu trinken hole, bevor ich mich durch das Gedränge bis zur Küche durchkämpfe.

Ich nehme mir aus dem Kühlschrank eine Wasserflasche, und als ich die Tür schließe, fällt mein Blick auf Vincent. Dieser steht an die Kochinsel gelehnt und schiebt sich Salzstangen in den Mund. Auch er hat mich entdeckt und grinst mir zu. »Da ist ja unsere berühmte Jade!«

Ich nehme einen großen Schluck aus der Flasche und lasse mir Zeit mit der Antwort. Vincent und ich haben uns erst einmal unterhalten, als Asher uns nach Phoenix gefahren hat. Er ist zwar auch in einigen meiner Kurse, aber ich hatte bisher das Gefühl, dass er die Leute außerhalb seiner Blase von Freunden kaum beachtet. Als würden wir alle eine Stufe unter ihm stehen. Dennoch finde ich ihn irgendwie nett. »Ich würde mich selbst jetzt nicht wirklich als berühmt bezeichnen.« Mein Blick schweift umher, und natürlich entdecke ich einige Augenpaare, die in unsere Richtung schauen. Weil Vincent immer noch zu der Elite gehört und zufällig natürlich auch fantastisch aussieht.

»Na ja, wenn die halbe Akademie über die hübsche Neue spricht und mein gesamter Freundeskreis ebenfalls, ist das schon irgendwie so, oder?« Vincent hat dieselbe lässige Ausstrahlung wie Asher. Als könne ihm nichts und niemand etwas anhaben. Alles an ihm erinnert an Geld und Macht, obwohl er aussieht, als wäre er geradewegs aus dem Bett gefallen.

»Ehrlich gesagt gefällt mir die Vorstellung nicht sonderlich, dass sich so viele Leute für mich interessieren.« Ich drehe meine Wasserflasche auf und nehme erneut einen Schluck, bevor ich damit ein Winken andeute und die Küche verlasse.

Leider versteht Vincent meinen offensichtlichen Wink wohl nicht, denn er folgt mir einfach und schnappt sich im Vorbeigehen eine Flasche Bier. »Keine Angst, irgendwann flaut auch dieses erste Interesse ab. Trotzdem bin ich neugierig, denn ich bin mir ziemlich sicher, dass es noch nie ein Mädchen geschafft hat, meinem Freund Asher derartig den Kopf zu verdrehen.«

Ich werfe einem Typen ein entschuldigendes Lächeln zu, als ich ihn versehentlich anremple, und wieder sind da die neugierigen Blicke, die uns folgen. Weil Vincent anscheinend nicht vorhat, mich so schnell alleine zu lassen und ich definitiv nicht noch mehr Aufmerksamkeit auf mich ziehen möchte, biege ich in einen Flurabschnitt, der weniger voll mit Leuten ist. »Ich würde nicht sagen, dass ich ihm den Kopf verdreht habe.«

Er holt zu mir auf, so dass wir nebeneinander hergehen können, auch wenn wir kurz darauf einem knutschenden Pärchen ausweichen müssen, das die Wand offenbar als perfekten Ort zum Rummachen auserkoren hat.

»Du kennst ihn auch noch nicht so gut wie ich. Also, erzähl mir doch ein bisschen was über dich.«

Was soll das denn jetzt? Ich werfe ihm einen genervt-verwirrten Blick zu, auch wenn ich zugleich lachen muss, weil er dabei so unglaublich charmant ist. »Wieso sollte ich?«

Er hat dieses Unschuldige echt total drauf. »Na ja, ich bin neugierig. Außerdem kennst du sicher eine ganze Menge heißer Mädels.«

»Bist du betrunken eigentlich immer so ein Widerling?«, platzt es aus mir heraus, weil diese Aussage so derart unangebracht ist. Sie erinnert mich so stark an Edward, dass mir beinahe schlecht wird, weil er so etwas Ähnliches schon einmal zu mir gesagt hat. Damals, auf dieser Party, die so beschissen enden musste.

Vincent verzieht das Gesicht und reibt sich den Hinterkopf. Er sieht so beschämt aus, dass ich einen Moment lang nicht weiß, ob er es ernst meint oder nur so tut. »Du hast recht, das war total unangemessen. Ich bin irgendwie nervös.«

Ich stoppe, weil wir an einer Treppe ankommen, die nach unten führt, während nach rechts und links zwei Flure abgehen. Von dort erklingt Gelächter und Musik. Offenbar befindet sich ein Teil der Partygäste im Keller. »Wieso solltest du denn nervös sein? Bist du nicht der

Erbe der Elementare? Dir steht die Welt offen. Du kannst wahrscheinlich jedes Mädchen haben, das du willst. Vermutlich wohnst du in einem genauso großen Haus wie Riley hier, wenn nicht sogar größer.« Ich lehne mich mit vor der Brust verschränkten Armen gegen das eiserne Treppengeländer.

»Und was hat die Größe meines Hauses mit meinem Charakter zu tun?« Er lacht verwirrt und hält die Bierflasche so an das Geländer, dass er mit einem kurzen Schlag den Deckel aufbekommt.

Ich schaue an ihm vorbei, zu einer Gruppe von jungen Männern und Frauen. Die Typen geben sich so selbstbewusst, als würde ihnen die Welt gehören. Doch als sie Vincent entdecken, scheinen sie kurz kleiner zu werden. Als würde allein der Anblick eines Erben ausreichen, um sie an ihrer Großartigkeit zweifeln zu lassen. »Eine ganze Menge, wie ich festgestellt habe.«

Vincent nickt ihnen flüchtig zu und bemerkt nicht einmal, wie sehr sie nach seiner Aufmerksamkeit lechzen. »Gilt das auch für Asher?«

Ich wende ihnen den Rücken zu, als sie mich mustern, neugierig, wer ihnen die Schau stehlen könnte. »Endlich. Kommen wir nun zum eigentlichen Thema, weshalb wir uns unterhalten?«

Sein Lächeln ist schief und gewinnend, doch es erreicht seine Augen nicht ganz. »Du scheinst eine Menge mitgemacht zu haben, und diese ganze Geschichte mit Edward und Riley ist echt ein bisschen seltsam. Ich finde es ja toll, dass ihr euch wieder vertragen habt, aber ehrlich gesagt mache ich mir Sorgen.«

»Worüber machst du dir Sorgen? Um Asher?« Ich hasse es. Ich hasse, dass dieses Thema immer wieder auf den Tisch gebracht wird. Wieso können wir nicht einfach so tun, als wäre all das nie passiert?

Leider wirkt Vincent nicht so, als würde er es gut sein lassen wollen. »Er ist nun mal mein bester Freund, und die Art, wie er dich ansieht, ist schon ganz schön bezeichnend. Er hat nicht mal seine Ex so angeschaut, und wegen der haben er und Ezra sich verkracht. Ich will einfach nicht, dass er in irgendeine Scheiße mit reingezogen wird.«

Sofort spannt sich alles in mir an. Es wird Zeit, ihn loszuwerden. Ich stoße mich von dem Treppengeländer ab und drehe mich halb nach unten. Zurück kann ich nicht, da er den Flur versperrt. »Weißt du, es ist echt süß, dass du dir solche Sorgen um Asher machst. Wir haben nur ein bisschen Spaß miteinander. Das ist nichts Ernstes, falls du das befürchtest.«

»Weiß er das auch?« Sein schiefgelegter Kopf wirkt unschuldig, doch ich habe plötzlich das Gefühl, in einer Falle zu stecken.

»Was würde er schon von mir wollen? Jetzt mal ernsthaft. Ich habe weder Geld noch einen Namen. Es gibt absolut nichts Interessantes an mir.« Asher ist in so vielen Hinsichten besser als ich. Er ist weder ein Betrüger noch ein Lügner. Er wird später einmal das Haus der Magier leiten. Asher ist jemand, dem die Welt gehören könnte, während ich versuche, nicht in ihr zu ertrinken.

»Wie meinst du das?« Verwirrung liegt in seinen Zügen, als hätte er keine Ahnung, wovon ich spreche. Natürlich hat er sie nicht. Er weiß nicht, dass ich eine Verbrecherin bin, und das ist auch gut so.

Ich winke ab. Dieses Gespräch ging lange genug, und

eigentlich wollte ich diesen Abend genießen und mir keine Sorgen machen müssen, weil einer von Ashers Freunden mich aushorcht und mir offenbar nicht vertraut. »Schon okay.«

Und plötzlich, wie aus dem Nichts, taucht Edward aus einem abgehenden Flur auf.

Als er uns sieht, ist er zuerst überrascht und dann erfreut. Er breitet seine Arme aus und kommt mit einem Tausend-Watt-Lächeln auf uns zu. »Freunde, was geht bei euch?« Obwohl er offensichtlich betrunken ist, entgeht ihm meine Anspannung nicht. »Jade, du siehst aus, als könntest du ein bisschen Spaß vertragen.« Dann beugt er sich vertraulich vor, jedoch ohne mir zu nahe zu kommen. »Wenn er dich belästigt hat, kann ich ihm gerne eine aufs Maul hauen. Wir sind ja jetzt quasi Familie.«

Obwohl ich ihm da definitiv nicht zustimmen würde, bin ich dennoch froh, dass er mich aus dieser Unterhaltung befreit. »Quatsch, ich wollte mir gerade nur anschauen, was unten so los ist.«

»Perfekt. Ich bin auch dorthin unterwegs. Riley liebt es zu tanzen, aber ich habe definitiv nicht dieselbe Kondition wie sie.« Er lacht lauthals und geht voraus. »Mir nach, meine Freunde. Da unten geht der richtige Spaß ab.«

Ich will ihm nicht folgen. Ich will nicht einmal im selben Raum mit ihm zusammen sein. Aber mein Neuanfang mit Riley bedeutet vermutlich auch, dass ich versuchen muss, mit ihren Freunden klarzukommen. Also gebe ich mir einen Ruck und gehe die Treppe hinunter. Gefolgt von Vincent, der, seit Edward aufgetaucht ist, erstaunlicherweise schweigt und sich mehr für sein Bier zu interessieren scheint.

Kurz darauf laufen wir durch einen schmalen Gang, von dem diverse Kellerräume abgehen, in dem sich überall Partygäste amüsieren. Es gibt eine eigene Bar, verschiedene Kicker, mehrere Billardtische und sogar ein Gamingzimmer mit diesen riesigen Spielautomaten, die Krach machen und blinken.

Wir schließen uns einer Gruppe an, die Billard spielt, und ich bin grottenschlecht, was zu allerlei Lachern führt. Das ist okay, denn wir sind unter anderen Gästen, und ich entspanne mich merklich. Irgendwann lache ich sogar mit Edward, als Vincent einen so schlechten Treffer landet, dass eine Kugel vom Tisch hüpft. Vincent trinkt derweil munter weiter und hat nach nur wenigen Runden mehrere Mädchen um sich geschart, die ihn alle anhimmeln.

»Er war schon immer ein Frauenheld«, teilt Edward mir mit und setzt sich neben mich auf die alte Ledercouch an der Wand, wobei er den beiden Jungs zuschaut, die gerade eine Runde spielen.

Inzwischen ist es schon weit nach Mitternacht, meine Füße tun weh, und ich bin total kaputt. Aber ich habe Spaß. Und ich entspanne mich. Das, was mit Edward letzten Sommer passiert ist, wird nicht wieder vorkommen. Ich habe die absolute Kontrolle über meine Kräfte. Und er sieht nicht so aus, als würde er mich gleich überfallen wollen. Er ist einfach der Freund meiner Cousine. Das ist okay. Das ist gut. »Faszinierend. Läuft das immer so, wenn ihr unterwegs seid?« Es ist schon erstaunlich, wie sehr die Mädchen versuchen, seine Aufmerksamkeit auf sich zu ziehen. »Oder ist das normal, weil er ein Erbe ist?«

Ich habe Asher schon länger nicht mehr gesehen, und die Vorstellung, dass er irgendwo ist und sich ebenso viele

Mädchen an ihn ranwerfen, löst etwas in mir aus. Und es fühlt sich nicht gut an. *Bin ich etwa eifersüchtig?* Der Gedanke brennt sich tief in mein Herz.

»Nur wenn sie es wollen. Asher und Ezra sind da zurückhaltender, aber Vincent genießt seinen Status sehr. Ich muss zugeben, als Riley und ich noch nicht zusammen waren, ging es mir ähnlich. Als Sohn des Bürgermeisters von Phoenix hat man schon eine gewisse Machtstellung.«

»Ja? Inwiefern?«, frage ich, ehrlich interessiert.

Sein Schulterzucken ist wegwerfend, und ganz offensichtlich ist ihm mein Nachfragen unangenehm, denn er schaut weg und schluckt mehrmals. »Nun, wenn ich meinen Vater um etwas bitte, hat das schon Gewicht.«

»Willst du später auch in die Politik?«

»Nein. Ich gehe in die Wirtschaft. Da verdient man das große Geld. Glaub mir, so glamourös unser Leben wirkt, unser Vermögen hat mein Vater geerbt.« Sein Blick zuckt zu meinen nackten Knien, weil mein Kleid im Sitzen hochgerutscht ist, und schnell wieder weg.

»Erstaunlich«, stoße ich aus, in Ermangelung an Alternativen. Was soll man dazu auch sagen?

»Ich finde es übrigens wirklich toll, dass Riley und du euch wieder vertragen habt. Es wurde Zeit, dass dieses Missverständnis aus der Welt geräumt wird.« Sein Blick fällt auf die Wasserflasche in meiner Hand, die ich vorhin gegen meine leere an der Bar getauscht habe. »Nicht, dass du versehentlich gleich noch ein bisschen zu viel Alkohol trinkst.«

Sein dreckiges Lachen bohrt ein Loch in meinen Magen, und es fällt mir schwer, mich nicht einfach von ihm abzuwenden. »Ich bleibe heute bei Wasser.«

»Keine Angst, die Familie passt doch aufeinander auf.« Er rückt näher an mich heran, seine Hand landet wie versehentlich auf meinem Oberschenkel, und Panik überkommt mich so heftig, dass ich aufspringe. »Fass mich nicht an!«

Mein Fuß knallt gegen etwas Hartes, und durch den Schwung stolpere ich zurück und lande auf Edwards Schoß.

»Hey!«, ruft er entsetzt und reißt die Arme hoch, während ich so schnell wie möglich von ihm aufspringe.

Plötzlich steht Vincent neben mir. »Alles okay?«

Ich nicke fahrig und schiebe mich an ihm vorbei, unfähig, irgendjemanden anzusehen. Mein Herz rast wie verrückt, obwohl nichts passiert ist. *Außer seiner Hand auf meinem Oberschenkel.*

Ich verlasse den Keller, so schnell ich kann. Ich muss hier weg. Einfach nur weg.

Als ich oben ankomme, entdecke ich Asher, der im Flur steht und sich mit einem anderen Gast unterhält. Sobald er mich entdeckt, hellen sich seine Gesichtszüge auf, bevor er meinen Zustand bemerkt. Er entschuldigt sich bei seinem Gegenüber und kommt besorgt auf mich zu. »Alles in Ordnung? Du bist ganz blass.«

Ich nicke fahrig und zwinge mich zu einem Lächeln, während in mir drin alles rebelliert. »Ich bin nur müde.«

Er legt einen Arm um mich, so völlig selbstverständlich, und führt mich den Flur entlang. »Möchtest du an die frische Luft?«

»Ich möchte lieber schlafen gehen«, gebe ich zu. Mit einem Mal ist der Lärm zu viel für mich, die Musik zu laut, die Leute zu betrunken.

»Komm, ich bringe dich hoch.«

»Ich schlafe in einem der Gästezimmer. Der Weg ist nicht so weit.« Die Enge in meiner Brust löst sich in seiner Nähe auf. Weil ich mich bei ihm sicher fühle. Es ist nicht leicht, mir das einzugestehen. »Aber ich würde gerne mit dir reden.«

Er nickt, und gemeinsam gehen wir nach oben und lassen die Party hinter uns. Selbst in meinem Gästezimmer spüre ich den Bass der Musik noch durch die Wände hindurch.

Es liegt am hinteren Ende des Hauses, in der Nähe von Rileys Zimmer, direkt über dem Wintergarten, sodass ich vom Fenster aus das Sofa sehen kann, wo wir noch vor wenigen Stunden saßen. Nun knutscht dort wie wild ein Pärchen.

»Was wolltest du mit mir besprechen?«

Ich will ihm alles anvertrauen. Dass ich mich unwohl in Edwards Nähe fühle. Dass er mich nur berührt hat und ich ausgeflippt bin. Dass ich keine Ahnung habe, ob ich ihm genug bedeute, um mir zu glauben.

Durch die Spiegelung des Fensters sehe ich ihn näher kommen, bis er direkt hinter mir steht. Seine Finger streichen sanft über meinen Nacken, wischen die Haare aus dem Weg, bis sein Atem meine Haut berührt.

Und plötzlich ist da nur noch dieses Knistern, das von Anfang an zwischen uns gewesen ist. Ein Prickeln aus Magie und Begehren.

»Was möchtest du mir sagen?« Seine Worte sind rau und leise, und seine Augen sind voller Verlangen, als ich mich zu ihm umdrehe.

Asher ist wohl der schönste Kerl, den ich jemals gesehen habe. So schön, dass man ihn nahezu perfekt nennen könnte. Doch unter seiner Schönheit liegt etwas Raues. Ich kenne ihn noch nicht so gut, wie ich möchte. Aber ich lerne jeden Tag ein bisschen mehr über ihn. Er liebt es, die Kontrolle zu haben. Verrat duldet er nicht. Wenn er etwas will, nimmt er es sich. Seine Familie und seine Freunde gehen ihm über alles.

Es sind alles Gründe, um ihn zu lieben.

Und Gründe, die es für mich zugleich unmöglich machen.

Ich bin eine Verräterin. Er hat keine Ahnung, dass ich erst vor kurzem mit meinen Kräften verbotenerweise Aufträge ausgeführt habe.

Die Vorstellung, ihn emotional näher an mich heranzulassen und dann wieder von mir zu stoßen, kann ich nicht ertragen.

Doch für eine Nacht, eine einzige Nacht, will ich das sein, was mir mein Leben lang vorgeworfen wurde.

Egoistisch.

Also antworte ich Asher nicht und vergesse den Grund, weshalb ich ursprünglich mit ihm reden wollte, sondern lege meine Hände an seine Brust. Als hätte er nur darauf gewartet, spüre ich plötzlich seine Finger in meinen Haaren und an meinem Rücken. Er zieht mich fester an sich, während unsere Lippen aufeinandertreffen und zu einem Kuss verschmelzen.

Meine Finger krallen sich in den Stoff seines Hemdes, woraufhin er mich so fest an sich presst, dass kein Blatt mehr zwischen uns passt. Er stöhnt leise, und dieses Geräusch bahnt sich einen direkten Weg zu meinen Nervenenden. Durch meinen Körper surren tausende hungrige

Bienen, und ein Hochgefühl aus Sehnsucht und Adrenalin durchzuckt mich so heftig, dass meine Beine ganz weich werden.

Asher schmeckt nach Sünde. Nach Sehnsucht. Nach wahrgewordenen Träumen. Nach niemals endenden Nächten.

Er unterbricht den Kuss, um Luft zu holen, doch ist mir so nah, dass ich mich entscheiden muss, ob ich seine Augen oder seine Lippen ansehen will. Seine wundervollen, rot geschwollenen Lippen. »Jade, ich weiß nicht, ob wir das tun sollten.«

»Überhaupt? Oder jetzt?«

Sein Mundwinkel zuckt und entblößt die Spitzen seiner perfekt weißen Zähne. »Denken fällt mir gerade ziemlich schwer.«

»Denken wird überbewertet.« Mein Herz rast vor Freude, während alles in mir danach drängt, ihm näher zu sein. So viel näher. Also küsse ich ihn wieder, doch dieses Mal verlangsamt er das Tempo, lässt die Küsse so intensiv werden, dass mich jede Berührung zittern lässt.

Ich öffne Stück für Stück die Knöpfe seines Hemdes, zerre daran, bis er kommentarlos übernimmt und es innerhalb von Sekunden nur noch ein Knäuel aus Stoff zu unseren Füßen ist.

Wir lösen unsere Lippen nicht voneinander.

Nicht, als er mich weg vom Fenster zieht.

Nicht, als mein Kleid auf dem Boden landet.

Nicht, als wir beide nackt sind.

Nicht, als unsere Finger den Körper des anderen erkunden.

Nicht, als wir ineinander verschlungen auf dem Bett

liegen und unsere Körper sich so nahe sind, dass uns nie wieder etwas trennen kann.

Nicht, als er für eine Sekunde die Kontrolle verliert und die Wände beben.

Und in diesem Moment, als die Welt zu Funken und Farben verschmilzt, als nichts mehr wichtiger ist als die Nähe des anderen, weiß ich es.

Asher Hastings hat mein Herz für immer gestohlen.

***

Es gab diesen einen Augenblick in meinem Leben, als ich wusste, dass sich alles verändern würde. Damals bin ich acht Jahre alt gewesen und kam vom Tanzunterricht in Karls Haus, in das ich mit meiner Mutter eingezogen war, nur kurz nachdem sie sich kennengelernt haben.

Meine Tanzschuhe waren pink und haben geglitzert, und mein Tanzoutfit war dasselbe wie das von Jasmin Darcy, dem Nachbarsmädchen. Sie war hübsch und beliebt. Und sie wollte mich als ihre Freundin haben.

Ihre Mutter hat mich vom Unterricht mitgenommen, weil meine Mutter verhindert war. Wir haben auf dem Rückweg Eis gegessen, und sogar an einem Spielplatz angehalten. Ich habe erst sehr viel später verstanden, dass Mrs Darcys Blick voller Mitleid gewesen ist.

Als ich nach Hause kam, waren in meinem Bauch ganz viele Schmetterlinge. Glück. Ich war bis oben hin voll mit Glück. Jasmin hatte mich nur eine Minute vorher gebeten, noch mit ihr im Garten zu spielen. Die Sonne schien. Ich wollte nur kurz meine Mutter um Erlaubnis fragen.

Als sie schließlich die Tür öffnete, habe ich gewusst, dass es vorbei sein würde. Mein Glück zerplatzte. Ich musste sofort packen, und am nächsten Morgen fuhren wir mit einem Wohnwagen los, den mein Stiefvater nur einen Tag vorher von seinem letzten Geld gekauft hatte.

Ich habe gelogen, als ich Asher damals sagte, dass meine Zeit in diesem kleinen Haus cool gewesen ist.

Sie war großartig. Sie war perfekt.

Als ich am Morgen nach Rileys Geburtstag aufwache und Asher in dem Sessel am Fenster sitzen sehe, habe ich wieder dieses Gefühl im Bauch wie damals, als meine Mutter die Tür öffnete.

Als würde die Blase des Glücks jeden Moment zerplatzen.

Ich richte mich auf, schiebe das Gefühl beiseite und ziehe die Bettdecke bis unters Kinn. Darunter bin ich nackt, und als ich meine Unterwäsche auf dem Boden neben meinem Kleid liegen sehe, werde ich rot.

Gestern Nacht bin ich in Ashers Armen eingeschlafen, und ich habe mich so geborgen gefühlt wie noch nie in meinem Leben. Wir haben stundenlang dagelegen und geredet, und noch immer spüre ich seine Fingerspitzen, die sanft über meine Haut fuhren, als wäre ich etwas Besonderes, das es zu erkunden lohnt.

Nun sitzt Asher in dem Sessel am Fenster und hat den Blick nach draußen gerichtet. Ich will wissen, was er sieht, was er denkt und warum er so ernst wirkt.

»Guten Morgen.«

Sein Blick richtet sich auf mich, und Kälte liegt darin. Eisige Kälte, die über meine Haut fährt und mich dazu bringen will, die Decke noch höher zu ziehen. »Guten Morgen.« Seine Stimme ist hohl.

Ich atme zittrig aus, und ich verstehe nicht, was hier gerade passiert. Aber ich weiß sehr wohl, dass ich nicht eine Sekunde lang so entblößt vor ihm bleiben kann.

Also schlinge ich die Decke noch enger um mich und stehe auf, um meine Sachen zusammenzusuchen. »Was ist los?« Ganz automatisch hebt sich meine Mauer, und ein neckender Tonfall schleicht sich in meine Stimme, nur um das Zittern in meiner Brust zu verdrängen. »Sag nicht, die Gerüchte stimmen, und du wirfst deine Dates nach einer Nacht schon wieder raus.«

»Ich verstehe es nicht.«

»Was genau?« Ich sehe ihn nicht an, als ich zum angrenzenden Bad gehe und mich anziehe, dabei aber die Tür offen lasse, damit wir weiterreden können. »Sag nicht, ich muss dir die gestrige Nacht erklären.«

»Jade, hör auf damit.« Seine Stimme ist scharf wie Glas.

Mir ist schlecht vor Unwohlsein, weil ich es immer noch nicht begreife. Als ich wieder zurück in den Raum trete, ist er aufgestanden, doch hält weiterhin Abstand zu mir. »Womit soll ich aufhören? Du bist derjenige, der sich seltsam benimmt.« Ich fühle mich unfassbar verletzlich.

Dennoch zwinge ich mich, meine Maske aus Belustigung aufzusetzen. Denn ich befürchte, dass sie das Einzige ist, das meine Unterlippe davon abhält zu zittern. »Ich bin gerade erst aufgewacht und hätte gerne einen Kaffee.«

Sein Gesichtsausdruck bleibt hart, und doch liegt eine Verzweiflung in seinen Augen, die mir in die Brust schneidet. Er sagt kein Wort und ringt offenbar mit sich.

Ich kann das nicht.

So wie er mich anschaut, sieht es aus, als würde jeden Moment eine Katastrophe beginnen.

Ich. Kann. Das. Nicht.

Nicht, nachdem wir die Nacht miteinander verbracht haben und ich mir erst vor wenigen Stunden eingestanden habe, dass ich mich Hals über Kopf in ihn verliebt habe.

Ich will nicht hören, was er mir sagen wird.

Nicht jetzt.

Also öffne ich die Tür und trete in den Flur.

Dabei laufe ich direkt in Riley hinein, die offenbar gerade klopfen wollte.

Sie sieht aus, als wäre sie gerade erst aus dem Bett gefallen. Ihre Haare stehen wild vom Kopf ab, Mascara und Lippenstift sind verschmiert. Und sie trägt nur ein übergroßes Shirt, aus dem eine nackte Schulter herausschaut.

»Hi, ich-« Meine Stimme bricht, als ich die Wut in ihren Augen sehe. Unbändige Wut, die mich zurückstolpern lässt.

»Was ist das?« Sie reißt ihren Arm hoch und hält mir ihr Handy so nah vors Gesicht, dass ich zusammenzucke. Darauf ist ein Bild zu sehen. Es ist dunkel und ein bisschen verschwommen. Doch es ist eindeutig.

Dort ist Edward, der die Hände erhoben hat und erschrocken aussieht. Während ich mit einem kurzen, schwarzen Kleid auf seinem Schoß sitze und aussehe, als würde ich mich an ihn schmiegen wollen.

Es ist ein Foto von gestern Nacht. Als ich gestolpert bin. Nachdem *er* mich berührt hat.

Meine Kehle wird eng. In meiner Stirn pocht es. Tränen schießen in meine Augen.

Und als ich Riley ansehe, weiß ich, dass sie mir nicht glauben wird.

Mein Blick geht an ihr vorbei zu Edward, der mich

mustert, als wäre ich eine verdammte Wanze unter seinem Schuh.

Ich atme aus. Dann drehe ich mich um und sehe Asher an, der im Türrahmen steht.

In seinen Augen liegt eine Frage. Danach, ob das, was er sieht, echt ist. Danach, ob ich erneut versucht habe, seinen Cousin zu verführen.

Er zweifelt an mir.

Nach gestern Nacht glaubt er offenbar immer noch, ich könnte eine kaltherzige Schlange sein.

Meine Unterlippe bebt gefährlich, doch ich zwinge mich zu einem überheblichen Lächeln. »Was genau soll das sein?«

Edward schnaubt und verzieht angewidert seine Lippen. »Es ist ziemlich offensichtlich, was das ist.«

Mein Herz schlägt mir bis zum Hals. Entschlossen schiebe ich mich an Riley vorbei. »Du bist so ein widerlicher Mistkerl«, stoße ich aus. Dann gehe ich, renne beinahe, und niemand hält mich auf.

25. Kapitel

Asher

Riley stößt einen Schrei aus, so voller Wut und Verzweiflung, dass ich zusammenzucke. Dann wirft sie ihr Handy auf den Boden, und man hört das Display knacken. Ungefähr so laut wie mein Herz, als Jade es in tausend Stücke zertreten hat.

Dabei verstehe ich überhaupt nichts mehr.

Mein Verstand kann einfach nicht begreifen, was das für ein Bild ist, das mir von verschiedenen Freunden zugeschickt wurde. Ein Bild, das vermutlich bereits die halbe Akademie gesehen hat.

Jade auf Edwards Schoß. Edward, der das offenbar nicht wollte.

Ich verstehe es nicht.

»Warum?« Rileys Stimme bricht, und sie wendet sich Edward zu. »Warum hasst sie mich so sehr?«

Falsch.

Das alles fühlt sich einfach nur falsch an.

»Keine Ahnung, was in ihrem Kopf vor sich geht.«

Ich starre meinen Cousin an, der hinter Riley steht und zusieht, wie sie sich völlig frustriert über das Gesicht reibt. »Was genau ist gestern Abend passiert?«

Edward fährt sich mit der Hand durch sein ungemachtes Haar. Unter seinen Augen sind Ringe von der zu kurzen Nacht, und er trägt eine Jogginghose unter seinem offen stehenden Hemd. Als hätte er nur schnell seine Klamotten übergeworfen, um Riley zu folgen. »Keine Ahnung. Wir haben uns normal unterhalten. Bis sie sich plötzlich auf meinen Schoß gesetzt hat.«

Riley schluchzt los und presst sich die Fäuste gegen die Augen.

Ich hingegen trage dieselben Sachen wie gestern Nacht. Seit ich vor einer Stunde wach wurde und auf mein Handy geschaut habe, ist irgendwie alles wie in Trance abgelaufen. Ich habe mich angezogen, ans Fenster gesetzt und abwechselnd das Foto, den Ashriver und Jade angestarrt.

Dieses Foto, wo sie auf dem Schoß meines Cousins sitzt. Der Fluss, der vorbeizieht, als wäre es ein Morgen wie jeder andere. Jade, die seelenruhig schlief, nachdem sie meine Welt erschüttert hat.

Fuck. Wie soll ich das meinem Herzen erklären, das sich so schmerzhaft nach ihr sehnt? Und jetzt ist sie weg, ohne jegliche Erklärung.

Ich. Verstehe. Es. Nicht.

Rileys Schluchzen verwandelt sich in einen wütenden Schrei. Dann fährt sie herum und rauscht zu ihrem Zimmer ab, den Gang hinunter. Edward und ich folgen ihr wie selbstverständlich, weil Riley eine tickende Zeitbombe ist und aussieht, als würde sie jeden Moment explodieren. Sie geht in ihr Zimmer, dessen Tür weit offen steht. Dort schmettert sie einen Bilderrahmen zu Boden, bevor sie sich eine Geschenktüte von ihrem Schreibtisch nimmt und etwas herauszieht, was wie eine Kreditkarte aussieht. »Absolut *nichts* hat diese Schlange verdient«, höre ich sie murmeln, bevor sie anfängt, die Kreditkarte und dann einen Zettel zu zerschneiden.

»Was machst du da?« Edward tritt neben sie und nimmt ihr die Papierfetzen aus der Hand. »Scheiße. Riley. Das ist ein Notarvertrag.«

»Das ist die Wohnung, die meine Eltern Jade schenken wollten. Damit sie immer einen Platz in Phoenix hat.« Rileys Stimme ist so von Gift getränkt, dass ich zusammenzucke. »Ich will sie hier nicht haben!«

Edward hebt die Reste der Kreditkarte auf. »Jade Mitten?«

»Meine Eltern waren schon immer zu nett«, erwidert Riley, und ihre Stimme zittert, während sie trotzig und zugleich voller Scham auf die zerschnittenen Unterlagen starrt.

»Was ist hier los?«

Wir fahren herum, als Rileys Mutter den Flur hinunterkommt. Sie trägt ihren Mantel, als wäre sie auf dem Weg nach draußen.

Ihr Lächeln ist fragend, als sie an mir vorbeigeht, doch es fällt in sich zusammen, als sie Riley mit den zerstörten Dokumenten sieht. »*Was* hat das zu bedeuten?« Sie nimmt Edward die zerschnittene Kreditkarte ab, bevor sie die Urkunde aufhebt. »Riley, wieso hast du das getan?«

Diese nimmt Edwards Handy und tippt darauf herum, bevor sie ihrer Mutter wortlos das Display zeigt. Deren Gesichtsausdruck ist unlesbar, bevor sie erst Edward einen eiskalten Blick zuwirft und dann Riley. »Du wirst jetzt deine Freunde bitten zu gehen.«

»Aber der Geburtstagsbrunch-«

»Jetzt.« Die Stimme ihrer sonst so fröhlichen Mutter ist unnachgiebig und eiskalt.

Dann dreht sie sich um und verlässt das Zimmer mitsamt den zerstörten Unterlagen. Mir wirft sie nur ein kurzes, respektvolles Nicken zu, bevor sie mit energischen Schritten nach unten geht. Ihre Absätze knallen dabei durch das Haus wie Pistolenschüsse.

Riley schnieft und hat zugleich ihre Lippen zu einer wütenden Linie zusammengepresst. »Ich kann nicht fassen, dass sie mir jetzt auch noch meinen Geburtstagsbrunch versaut. Wie soll ich denn bitte alle Gäste so schnell loswerden? Die schlafen doch alle. Das ist so peinlich!«

»Ziemlich peinlich«, stimmt Edward ihr zu und verzieht sein Gesicht, bevor er ihr die Schulter tätschelt und von ihr abrückt. »Entschuldige, Schatz, du weißt ja, dass ich heute noch einen Termin mit meinem Vater habe.«

Fassungslosigkeit spiegelt sich in ihren geweiteten Augen. »Aber der ist doch erst heute Nachmittag.«

Edward verzieht entschuldigend den Mund. »Du schaffst das schon.« Dann gibt er ihr einen Kuss und wirft mir einen schnellen Seitenblick zu, bevor er das Zimmer verlässt.

Etwas in meiner Brust sticht, als ich sehe, wie er seine Freundin einfach stehenlässt. Wie ein Feigling. »Das kann nicht dein Ernst sein.« Ich folge ihm den Flur hinunter. »Du kannst sie jetzt doch nicht mit dieser Scheiße sitzen lassen.«

»Klar.« Er schaut mich an, als hätte ich den Verstand verloren. »So eine peinliche Aktion werde ich sicher nicht mitmachen. Du wirst das sicher verstehen. Wir sehen uns!« Und dann haut er ab. Einfach so.

Eine Zimmertür öffnet sich, als Riley erneut etwas zu Boden wirft und es zerbricht.

Vincent steckt seinen Kopf aus der Tür und reibt sich gähnend das Gesicht. »Was ist los?«

Ich würde am liebsten ebenfalls gehen. Doch ich kann nicht. Riley benimmt sich gerade wie ein Kleinkind mit dem übelsten Wutanfall, und obwohl wir uns schon lange nicht mehr wirklich nahestehen, ist sie doch eine Freundin. Ich kann sie nicht hängen lassen. »Wir brauchen einen Feueralarm.«

Vincent lacht heiser, doch als ich nicht mit einstimme, runzelt er die Stirn, während er sich müde das Gesicht reibt. »Ernsthaft?«

»Das Haus muss geräumt werden. Erkläre ich dir später.«

Mein bester Freund grinst schief, dann salutiert er. »Wenn ich untergehe, kommst du mit mir, verstanden?«

Ich erwidere den Salut. »Einer für alle.«

»Alle für einen.« Er sagt die Worte, die einst Ezras Part waren. Dann dreht Vincent sich um und stellt sich unter den Feuermelder in seinem Gästezimmer. In seiner Hand entsteht eine Flamme, dessen Rauch schon nach kürzester Zeit an die Decke tänzelt. Es dauert einen Moment, bevor erst der Rauchmelder und dann das Warnsystem des Hauses losgeht.

Vincent lässt die Flamme verschwinden und tritt zu mir auf den Flur. Es dauert keine Minute, da strömen auch schon die teils noch betrunkenen Partygäste aus ihren

Zimmern. Wir zeigen ihnen den Weg nach draußen, und niemand zögert, unserer Anweisung zu folgen.

Auch aus Vincents Zimmer kommen zwei Mädchen, die ihm rechts und links einen Kuss geben und dann kichernd verschwinden. Hoffentlich haben sie nichts von seiner kleinen Manipulation eben mitbekommen.

»Was denn?« Er grinst angesichts meines Schnaubens. »Ich bin ja wohl nicht der Einzige, der gestern Nacht auf seine Kosten gekommen ist, oder?« Er lacht. »Freut mich, Mann. Ich hatte da so ein Gefühl, dass ihr zwei nicht mehr lange die Finger voneinander lassen könnt.«

Sofort verfliegt jeglicher Humor aus meinem Gesicht, und es fühlt sich so an, als würde sich ein Schwert durch jedes einzelne meiner Organe bohren. »Das hat sich erledigt.«

»Wieso? Was ist passiert?«

»Du hast sicher auch das Bild bekommen.«

Stirnrunzelnd zieht er sein Handy aus der Tasche, tippt und wischt herum, bevor er ganz still wird. »Was für ein Scheiß.«

Riley tritt nun voll angezogen zu uns. »Danke, Jungs. Ohne euch wäre ich echt aufgeschmissen gewesen.« Sie sieht das Bild auf Vincents Handy und schüttelt völlig erschöpft den Kopf. »Ich verstehe es einfach nicht.«

»Was genau verstehst du nicht?« Vincents Oberlippe kräuselt sich angewidert, während er demonstrativ von ihr wegtritt. »Lass mich raten, dieser ganze Unsinn hier passiert wegen dieses Fotos, nicht?«

Hektische Flecken breiten sich auf ihren Wangen aus. »Ja! Weil sie es schon wieder getan hat!«

»Sie hat gar nichts getan!«, brüllt Vincent plötzlich.

Überrascht starre ich ihn an. Ich glaube, ich habe ihn noch nie so wütend erlebt. »Ich war dabei!«

»Aber Edward hat gesagt-«

»Oh, bitte«, unterbricht er sie und deutet auf mich. »Sag mir bitte, dass wenigstens *du* noch ein paar Gehirnzellen hast.«

Mein Hals ist trocken, mein Magen verknotet. »Wovon redest du?«

»Sie ist auf seinen Schoß gestolpert.«

»Das hast du gesehen?« Riley kneift ihre Augen zusammen. »Warst du im selben Raum?«

»Ja«, erwidert er knapp und genauso feindselig wie sie.

»Du hast also gesehen, wie sie auf seinen Schoß gefallen ist?«

»Nein. Aber wie sie aufgesprungen und rausgerannt ist.«

Mir wird schlecht. Wieso hat sie mir nichts davon gesagt? Sie hätte mit mir sprechen sollen, wenn das wirklich passiert ist. Aber wir haben nicht geredet. Stattdessen haben wir miteinander geschlafen, und ich war so sehr auf sie fixiert, dass ich kurz die Kontrolle über meine Kräfte verloren habe. Etwas, das mir sonst nie passiert.
Verdammt, nur ein Augenblick mehr, und ich hätte das Bett in seine Einzelteile zerlegt, so sehr hat meine Magie um sich gegriffen.

»Also weißt du gar nicht, ob sie sich nicht doch selbst auf Edwards Schoß gesetzt hat?« Rileys triumphierender Tonfall kotzt mich an. »Du mochtest Edward noch nie.«

»Stimmt. Er ist in letzter Zeit ein echtes Arschloch.« Vincent wendet sich mir zu und schüttelt enttäuscht seinen Kopf. »Denk mal drüber nach, wieso Jade so etwas tun sollte. Ernsthaft. Sie konnte nicht mal in Edwards Nähe sein, ohne sich offensichtlich unwohl zu fühlen.«

»Das ist nicht wahr! Ich bin ihre Cousine. Es wäre mir aufgefallen, wenn das stimmen würde!« Riley ballt ihre Hände zu Fäusten und deutet dann zur Treppe. »Danke für deine Hilfe, aber du solltest jetzt gehen.«

Vincent seufzt, geht in das Zimmer zurück und schnappt sich seine Klamotten, bevor er wortlos und ganz offensichtlich wütend an uns vorbeirauscht.

»Edward würde nicht lügen«, sagt Riley leise neben mir. Und ich gebe ihr recht. Edward ist mein Cousin. Der Junge, der mich als Kind vor einer Meute gerettet hat. Er hat absolut keinen Grund zu lügen.

Aber wieso hat Jade das gemacht? Sie hat es ja nicht einmal zu leugnen versucht.

***

Ich fühle mich beschissen, als ich wenig später Rileys Haus verlasse. Ihre Eltern haben unten auf sie gewartet und waren fuchsteufelswild. Ich will echt nicht in Rileys Haut stecken.

Wie automatisch hole ich mein Handy aus meiner Hosentasche und wähle Ambers Nummer.

Sie geht nach dem zweiten Piepen dran. »Was hast du angestellt?«

Ich reibe mir übers Gesicht, während ich die Straße hinuntergehe. Es ist noch früh, und außer mir ist niemand hier unterwegs. »Wie kommst du darauf, dass ich etwas angestellt haben könnte?«

»Weil wir neun Uhr morgens haben.« Sie gähnt hörbar.

»Es ist Samstag. Also, schieß los, damit ich weiterschlafen kann.«

»Es gibt da dieses Mädchen.«

»Jade?« Mit einem Mal klingt sie hellwach.

Wenn ich gekonnt hätte, würde ich lachen. »Ja.«

»Ich habe es gewusst!«

Während ich durch Phoenix laufe und sich nur langsam der bewölkte Horizont erhellt, erzähle ich ihr von dem Foto, von Edwards und von Vincents Worten. »Was hältst du davon?«

»Nun, du weißt ja, was wir alle von Edward halten«, beginnt sie langsam, und ich höre ein Rascheln, als würde sie sich aufsetzen. »Es steht offenbar Wort gegen Wort. Was hat Jade gesagt?«

»Sie hat zunächst gefragt, was Edward behauptet, was das für ein Bild sei, und ihm dann gesagt, dass er widerlich ist.« *Und dann ist sie gegangen. Sie hat nicht mal ihre Jacke und Schuhe mitgenommen.*

Sie ist bei dieser Kälte verdammt noch mal barfuß durch Phoenix gelaufen! Wut ballt sich in mir zusammen. Auf mich selbst, weil mir das vorher nicht aufgefallen ist. Ich bin so ein Idiot.

»Das klingt nicht gerade nach einem Schuldeingeständnis. Was glaubst du denn?«

»Wieso sollte Edward lügen?«

»Weil er ein Widerling ist«, antwortet Amber knapp. »Deine Familientreue in allen Ehren. Aber er ist auch *mein* Cousin, und ich kann ihn nicht sonderlich leiden.«

»Was mache ich denn jetzt?«

»Dir überlegen, wer dir wichtiger ist. Sorry, falls du irgendwelche tollen Ratschläge erwartet hast. Aber das ist etwas, wofür du dein Herz und deinen Verstand benutzen solltest.«

»Danke.« Nicht, dass mir das sonderlich weiterhelfen würde. Ich weiß auch nicht, was ich mir von diesem Anruf erhofft habe.

»Immer wieder gerne, kleiner Bruder. Wir sehen uns heute Abend. Vergiss nicht, dass Mom und Dad dir den Kopf abreißen, wenn du nicht kommst.«

Ich fluche, weil ich die Gala schon längst vergessen habe. Leider hat Amber recht. Sie werden mich umbringen, wenn ich nicht komme.

Als wir auflegen, ist in mir drin eine Leere, die sich wie ein schwarzes Loch anfühlt, das mich aufzufressen droht. Und dann treffe ich eine Entscheidung und wähle Jades Nummer. Ich muss mit ihr sprechen. Ich muss-

Sie drückt mich weg.

»Fuck!« Ich fahre mir nervös durch die Haare und habe keine Ahnung, was ich jetzt tun soll. Denn egal was passiert ist, meine Gefühle für sie sind immer noch da.

26. Kapitel

Jade

Marina geht nicht ans Telefon.

Ich habe weder Geld noch Schuhe dabei, und so bleibt mir nur noch eine Möglichkeit, eine einzige Person, die ich jetzt noch anrufen könnte. Und überraschenderweise bekomme ich von dieser Person tatsächlich Hilfe.

Ezras Augen weiten sich, als ich einige Zeit später barfuß und in einem schwarzen Partykleid vor seiner Tür stehe. »Jade, wenn du mir gesagt hättest, dass du aussiehst wie eine verdammte Nymphe in einem Nachtclub, hätte ich meinem Fahrer Klamotten für dich mitgegeben!« Er zieht mich ins Haus und führt mich durch einen geräumigen, dunklen Flur in einen gemütlich aussehenden Salon. Dort setzt er mich auf ein dunkelbraunes Sofa, das nur durch einen gelben Teppich von einem Kamin getrennt wird, in dem ein Feuer prasselt. Dann reicht er mir eine grobe Strickdecke, die ich dankbar über mich werfe, und entschuldigt sich kurz, bevor er den Raum verlässt.

Ich lehne mich auf dem Sofa zurück und starre an die Wand über dem Kamin, an dem ein riesiges Gemälde hängt. Ein Mann, der eine Frau umarmt, und davor zwei Kinder, eines etwas älter als das andere. Das Jüngste, das ist Ezra. Ich erkenne ihn sofort, obwohl er dort deutlich fröhlicher aussieht, als er es jetzt normalerweise ist. Ich kenne ihn nur mit diesem reservierten, leicht höhnischen Lächeln.

Der andere ist vermutlich Thomas.

Als ich Ezra um Hilfe bat und er daraufhin seinen Fahrer schickte, hätte mir sofort in den Sinn kommen sollen, dass er mich zu Ezra nach Hause bringt. In die private Residenz des Hauses der Flüsterer. Dieses liegt am nördlichen Stadtrand von Phoenix, direkt am Ashriver , und imposant an einer Klippe thronend. Wäre ich nicht so fertig von den Ereignissen der letzten Stunde, hätte ich den Fahrer vielleicht gebeten, umzudrehen. Stattdessen habe ich mich sogar von ihm bis zur Haustür bringen lassen.

Ezra kommt zurück und drückt mir einen Tee in die Hand, der nach Kräutern duftet. Tränen schießen mir in die Augen, und ich kneife sie zusammen, um sie aufzuhalten. »Danke.«

»Was ist passiert?«

Ich schüttle den Kopf, weil ich diese Demütigung nicht ertragen kann. Weder Riley noch Asher hätten mir geglaubt. Wieso sollte Ezra es tun?

»Okay. Dann erzähl es mir nicht. Aber wenn du mir Namen nennst, könnte ich sie – sagen wir – verschwinden lassen.«

Ich verschlucke mich fast an dem Tee, als ich überraschend auflachen muss.

Ezra schaut mich sanft an, fast so, als würde er sich wirklich Sorgen um mich machen. »Ernsthaft. Ich gehöre zu der Elite, auch wenn ich mich von ihnen distanziert habe. Es gibt so gut wie nichts, was ich machen könnte, um weggesperrt zu werden.«

Das Gleiche gilt vermutlich auch für Edward. »Schon okay. Danke, dass ich herkommen durfte.«

»Du warst auf Rileys Geburtstag, oder?«

»Woher-« Ich unterbreche die Frage selbst und winke ab. Dieser Geburtstag war kein Geheimnis, und vermutlich wissen alle an der Ashriver Academy von Rileys Party. »Ja. Sie ist … nicht sonderlich gut geendet.«

»Offensichtlich.« Er deutet auf meine Füße, die nun unter der Decke stecken. Sofort werde ich rot, weil sie vermutlich total dreckig sind.

Ich mache Anstalten aufzustehen, doch er schaut mich so herausfordernd an, dass ich innehalte. »Bleib sitzen. Decken kann man waschen.«

Mein Ausatmen ist zittrig, doch ich nicke. »Danke.«

»Kann ich also davon ausgehen, dass Asher es versaut hat?« Offenbar braucht Ezra keine Antwort – mein eisiger Gesichtsausdruck scheint genug.

Plötzlich vibriert mein Handy. Ich starre es an, als wäre es ein lebendig gewordenes kleines Monster, das mich verspotten will. Es klingelt bereits das vierte Mal, und immer ist es eine unterdrückte Nummer.

Was, wenn das Asher ist?

Ich zögere, spüre Ezras Blick auf mir und gehe schließlich dran. Ich kann nichts gegen die Hoffnung tun, die in mir aufflammt. Vielleicht glaubt Asher mir doch. »Hallo?«

»Hallo, Jade.« Eine weibliche Stimme, tief von zu vielen Zigaretten, ertönt am anderen Ende der Leitung. Alles in mir erstarrt, und ich bin unfähig auch nur zu blinzeln.

Mom.

Woher hat sie meine Nummer?

Mein Herz beginnt zu rasen, und alles in mir schreit nach Flucht.

Ezra senkt fragend den Kopf und holt mich aus meiner Erstarrung.

»*Mom*«, erwidere ich und wünschte, meine Stimme wäre weniger zittrig. »Was für eine Überraschung.«

Sie lacht, und ihre Verachtung trifft mich unvorbereitet. Mit einem Mal bin ich wieder fünf Jahre alt und will mich nur noch verstecken. Vor ihr. Vor der Welt. Vor all meinen Zweifeln. »Vermutlich nicht so eine Überraschung wie für uns, als wir unser Konto und dein Bett leer vorgefunden haben.«

»Woher hast du meine Nummer?«

»Offenbar hast du keinerlei Freunde dort, wo du jetzt bist.«

Ich merke, wie mir das Atmen schwerfällt. Sie weiß, wo ich bin. Irgendwer hat ihr meine Nummer gegeben.

Nicht irgendwer.

Riley.

Shit.

Es *muss* Riley gewesen sein.

Ein lautloser Schrei bahnt sich den Weg meine Kehle hinauf, und ich drücke die Faust gegen meinen Mund, um ihn aufzuhalten.

Ezra runzelt die Stirn und blickt mich fragend an.

Doch ich beachte ihn kaum und schüttle immer wieder den Kopf, während meine Verzweiflung jeden meiner Gedanken lähmt.

Er kommt leise näher, nimmt mir das Handy ab und stellt es auf laut.

»Was willst du?«, frage ich, doch es ist mehr ein Krächzen.

»Das, was du mir gestohlen hast, um an dieser netten kleinen Akademie angenommen zu werden. Wissen die eigentlich, dass du nie deine Prüfung abgelegt hast?«

Ich reiße die Augen auf, doch Ezra greift nach meiner Hand und drückt sie, vermutlich, damit ich nicht ausflippe.

Meine Mutter interessiert es nicht, dass ich nicht antworte, und als ich die Genugtuung in ihrer Stimme höre, ist es eindeutig, dass sie genau um die Wirkung ihrer Worte weiß. »Du wirst mir alles zurückzahlen. Ich gebe dir zwei Tage Zeit, sonst informiere ich die Sonderkommission.«

Zwei Tage. Meine Prüfung ist erst in zwei Wochen.

»Ich brauche mehr Zeit«, stoße ich aus und drücke Ezras Hand so fest, dass meine Finger bereits weiß sind.

»Zwei Tage. Die Kontodaten schicke ich dir gleich. Und wage es nicht, mich erneut zu hintergehen. Ich kenne dich. Du bist schwach, auch wenn mich deine Flucht beinahe beeindruckt hat.« Sie legt einfach auf und reißt damit das letzte Wort an sich.

Ich starre das Handy an, die Hand noch immer vor meinen Mund gepresst und nach Luft ringend.

»Wir bekommen das hin«, schwört Ezra und versucht, mich zu beruhigen.

Meine aufkommende Panikattacke wird jedoch unterbrochen, als jemand an die offen stehende Tür klopft. Ich zucke zusammen, und Ezra richtet sich auf.

Ein großer Typ mit schwarzen Haaren und denselben scharfen Gesichtszügen wie Ezra steht in der Tür. Thomas, Ezras Halbbruder. Sein ganzes Auftreten schreit nach Geld. Sei es sein hellblauer Kaschmirpullover oder seine übertrieben lässige Körperhaltung. Er hebt eine Augenbraue, als er mich entdeckt. »Da komme ich wohl genau richtig zur Party, stimmt's?«

Das empfinde ich nicht so. Dennoch zwinge ich mich zu einem höflichen Lächeln. Wie viel hat er gehört? »Hallo.«

»Wie schön, dass wir uns endlich persönlich kennenlernen.« Entweder er hat kein Gespür für falsches Timing, oder es ist ihm schlichtweg egal, dass wir ihn nicht wirklich dazubitten, denn er setzt sich in einen der Sessel, lehnt sich zurück und stützt seinen Knöchel auf seinem Knie ab. »Ich hätte da einen Vorschlag. Und ich habe gerade zufällig etwas mitgehört, das sich spannenderweise nach Erpressung anhört.«

Ich versteife mich und umklammere die Tasse fest mit beiden Händen. »Was willst du?«

Er grinst ein bisschen breiter. »Ich habe einen letzten Job.«

Mein Blick fliegt zu Ezra, dessen Züge sich verhärtet haben. All die Lässigkeit, mit der er über Thomas gesprochen hat, ist verschwunden. Stattdessen betrachtet er seinen Halbbruder genau. Als würde er jede seiner Bewegungen studieren. Was ist hier los?

»Ich brauche acht Zahlen. Je schneller, desto besser. Pro Ziffer bekommst du zwanzigtausend.«

Ich zucke so heftig zusammen, dass ein wenig Tee auf die Decke schwappt. »Was?« Das wären hundertsechzigtausend Kanadische Dollar. Genug Geld, um meine Mutter auszuzahlen, und selbst dann wäre etwas übrig. »Das müssen ja ziemlich wertvolle Zahlen sein.«

Er lächelt, doch es erreicht seine Augen nicht. »Meine Freundin hat sich bei mir gemeldet. Sie ist in Sicherheit. Dank dir.«

Das Gesicht der Fremden drängt sich in meine Erinnerungen. Ihre Erleichterung. Ihre Tränen. Mein Brustkorb verengt sich. »Das habe ich gerne gemacht.«

»Ich arbeite für die Sonderkommission.« Thomas wirft mir diese Information vor die Füße, als wäre sie nebensächlich.

Jeder meiner Muskeln spannt sich an.

Wie. Viel. Hat. Er. Gehört?

Er bemerkt meine Panik und lacht. »Keine Sorge. Ich nehme dich nicht fest. Deine vorherigen Aufträge waren vielmehr eine Möglichkeit herauszufinden, wie stark du bist.«

Mein Blick fliegt wieder zu Ezra, der aufmerksam zuhört. Sein Mundwinkel zuckt, als er meinen fragenden Blick sieht, aber er schweigt. Das ist ein gutes Zeichen. Oder? Wenn Thomas etwas von meiner nicht abgelegten Prüfung gehört hätte, würde er mir kein Angebot machen. Dann würde er mich festnehmen.

»Auf jeden Fall haben wir da eine große Sache am Laufen. Es geht um Menschenhandel und Drogen. Wir haben einige Personen im Visier, allesamt aus dem Haus der Flüsterer, denen wir auf der Spur sind. Wir brauchen nur noch Beweise. Es geht um eine Kontonummer. Nur zwei Personen kennen jeweils die Hälfte der Ziffern.« Sein Gesicht verzieht sich voller Abscheu. »Die höchsten Sicherheitschefs unseres Hauses.«

»Und ich soll die Zahlen aus ihnen herausbekommen?« Das klingt gefährlich. Nicht, dass ich eine Wahl hätte. *Zwei Tage.* So schnell werde ich niemals genug Geld zusammenbekommen, um meine Mutter auszuzahlen. Und ich bin mir sicher, dass sie ihre Drohung wahrmachen würde. Sie hat mich nie mehr geliebt als das Geld, das ich ihr eingebracht habe. Der Gedanke ist wie ein Giftpfeil in einer Wunde, die nie verheilt ist.

»Nicht allein. Gemeinsam mit Ezra. Heute Abend ist eine Veranstaltung, zu der mein werter Bruder noch keine Begleitung hat.«

»Wieso heute Abend?«

Wieder hebt sich einer seiner Mundwinkel, während der Rest seines Gesichts regungslos bleibt. »Weil unsere Sicherheitschefs nicht oft gleichzeitig am selben Ort sind. Aus gutem Grund. Sie arbeiten an zwei verschiedenen Enden von Phoenix, aber da zur heutigen Gala alles kommt, was Rang und Namen hat, werden sie natürlich anwesend sein.«

»Wieso?«, frage ich, weil es sich mir nicht so ganz erschließt.

»Weil es gefährlich sein kann, mit anderen aus dem eigenen Haus Kontakt zu pflegen.« Sein Lächeln vertieft sich und wirkt mit einem Mal gefährlich. Kein Wunder, dass er bei der Sonderkommission arbeitet, so einschüchternd, wie er wirkt. »Manchmal hat man Glück, manchmal wollen sie einem auch die Stellung entziehen.«

»Aber wie soll das gehen?«

»Tod. Die Häuser fallen schneller zusammen, als man meint«, antwortet er düster und erhebt sich. »Ezra, ich schicke dir alle Details. Jade, es war mir eine Freude. Du bekommst die Hälfte wieder im Voraus und den Rest heute Nacht, sobald du mir die Zahlen lieferst. Vergiss nicht. *Es geht um Leben und Tod.*« Und dann verschwindet er, ohne uns eines weiteren Blickes zu würdigen.

»Meint er das ernst?«, frage ich Ezra leise.

Dieser nickt. »Leider ja.«

Ich atme hörbar aus und starre in das Feuer.

Leben und Tod.

Menschenhandel und Drogen.

Meine Mutter, die mich geradewegs ins Gefängnis bringen wird, sobald sie mich der Sonderkommission meldet.

»Ich mache es«, sage ich, ohne weiter darüber nachzudenken. »Wann soll ich da sein?«

»Hast du überhaupt etwas anzuziehen?«

»Ähm.« Ich verstumme, denn ich habe tatsächlich nichts, was ich zu einer Gala anziehen könnte. »Nein.«

»Kein Problem. Ich schicke jemanden, der dir ein Kleid in deiner Größe besorgt. Derweil kannst du dich hier ausruhen, wenn du möchtest.«

»Nein, ich denke, ich möchte zur Akademie zurück.«

Ezra nickt sofort. »Ich lasse den Fahrer informieren.«

»Danke.« Nachdem Ezra verschwunden ist, fällt mein Blick in die tanzenden Flammen.

Dabei versuche ich, nicht an Riley zu denken, die mich angesehen hat, als hätte ich mich nackt auf Edward gesetzt und vor aller Augen mit ihm rumgeknutscht.

Und auch nicht an Asher, der aussah, als hätte ich ihm das Herz gebrochen.

Ich starre in die Flammen und denke an die Hitze der gestrigen Nacht, daran, dass ich mir eingestanden habe, in

Asher verliebt zu sein, und nur wenige Stunden später wieder am Anfang von allem stehe.

***

»Scheiße, Jade, ist alles okay bei dir?« Marina nimmt mich sofort an die Seite, als ich gegen Mittag zu meiner Schicht im Biber auftauche.

Offenbar sehe ich genauso schrecklich aus, wie ich mich fühle. »Nein, nicht wirklich«, antworte ich ihr ehrlich und bemerke das Flüstern um uns herum. Samstags ist um diese Zeit noch nicht viel los, weil die meisten Studierenden unterwegs sind oder in der Cafeteria essen. Doch die wenigen Anwesenden reichen aus, um mich daran zu erinnern, was erst gestern Nacht passiert ist.

»Ich habe das Bild gesehen«, fällt Marina mit der Tür ins Haus und schiebt mir über die Theke einen Cappuccino zu. »Trink das. Deine Schicht beginnt erst in zehn Minuten.«

Meine Finger tasten nach dem heißen Porzellan. »Du hast es gesehen?«

»Wahrscheinlich hat es bereits der ganze Campus gesehen«, erwidert sie ganz unverblümt. Es würde auch nicht zu Marina passen, mich mit einer Lüge zu schonen. Wobei mir das fast lieber gewesen wäre.

Ich gebe ein Stöhnen von mir und will mein Gesicht in meinen Händen vergraben, nehme stattdessen aber einen Schluck des Cappuccinos. »Wie schlimm ist es?«

»Keine Ahnung. Mir ist egal was die anderen sagen. Erzähl mir lieber, wie es dazu gekommen ist. Tut mir so leid, dass ich dich heute Morgen nicht zurückgerufen habe. Ich hatte mein Handy auf lautlos und habe noch geschlafen.«

»Nicht schlimm.« Ist es wirklich nicht. Ezra war für mich da. Meine Gedanken zucken kurz zu Thomas. Seinem Auftrag. Dem vielen Geld. Den Schuldgefühlen. Und meiner Entscheidung. Ich werde diesen Auftrag durchziehen. Ich werde die Prüfung machen. Und dann werde ich mir ein Leben aufbauen. Wie Dorothy es mir befohlen hat. Glücklicherweise hat sie nie gesagt, wo ich das tun soll.

Marina beugt sich vor und stemmt sich mit den Ellenbogen auf die Theke. »Erzähl schon. Ich sterbe vor Neugier.«

Da ruft plötzlich ein Gast nach ihr, woraufhin sie die Augen verdreht und sich von der Theke abstößt. »Moment, ich komme gleich wieder.«

Ich nicke nur und bin insgeheim dankbar für diese kleine Atempause. Am liebsten hätte ich gar nicht darüber gesprochen. Doch da ich offenbar das Gesprächsthema des Campus bin, kann ich Marinas Neugier verstehen.

Als sie wiederkommt, habe ich den Cappuccino bereits leergetrunken und angefangen, vor lauter Anspannung die Theke zu wischen. »Machst du mir einen Kaffee?«

»Klar.« Ich stelle mich an die teure Baristamaschine, die in der Ecke steht.

Marina bleibt dicht neben mir und wartet schweigend, bis ich ihr alles erzähle. Von dem Geburtstag, dem Keller, dem Sofa, Edwards Hand auf meinem Knie und wie ich auf seinen Schoß fiel. »Ich bin sofort aufgesprungen. Doch offenbar hat irgendwer genau in dem Moment ein Foto geschossen.« Obwohl ich mir alle Mühe gebe, nüchtern zu wirken, höre selbst ich, wie verletzt ich klinge. »Heute Morgen hat Riley mich damit konfrontiert.« Ich weiß nicht, wieso ich die Nacht mit Asher auslasse. Vielleicht, weil seine Zurückweisung fast noch schmerzhafter ist als Rileys Ausraster. Vielleicht, weil ich mich schon vorher von Riley distanziert habe, während ich gerade dabei war, Asher in mein Herz zu lassen. »Da bin ich abgehauen. Ezra hat mich abholen lassen.«

»Siehst du, auf Ezra ist Verlass. Er ist einer der Guten.« Sie seufzt schwer. »Tut mir leid, dass du das mitmachen musstest. Mir war klar, dass Riley dich verletzen wird.«

Schweigend stelle ich den fertigen Kaffee auf die Untertasse und lege ein kleines Plätzchen daneben. »Ezra hat mich zur Ablenkung auf eine Gala heute Abend eingeladen. Ich habe deiner Mutter vorhin geschrieben, und sie meinte, sie hat schon einen Ersatz für die zweite Hälfte meiner Schicht gefunden. Weißt du mehr?«

»Nicht dein Ernst!« Marina reißt ihre Augen auf und packt meinen Unterarm. »Das ist die wichtigste Veranstaltung des Jahres!« Sie stößt ein Lachen aus. »Und natürlich hat sie mich als Ersatz eingetragen. Ich dachte, es wäre, weil du dir die Augen ausheulst, aber das ist ja so viel besser!«

»Ja?« Ihre ehrfürchtige Stimme verunsichert mich nun doch. »Inwiefern?«

»Es die Herbstgala, bei der Spenden für alles Mögliche gesammelt werden. Jeder, der was auf sich hält, ist anwesend, und die Presse berichtet noch Tage später von den Outfits der Anwesenden.«

»Ezra wollte mir ein Kleid besorgen«, stoße ich aus, und fühle mich mit einem Mal furchtbar naiv. Wie konnte ich nur annehmen, dass diese Gala eine einfache Nummer werden würde?

»Super. Er hat einen tollen Geschmack. Ich zwinge ihn regelmäßig, mit mir shoppen zu gehen.« Sie grinst schief und stellt den Kaffee auf ein Tablett. »Du musst mir später alles erzählen. Die Gala findet in der Phoenix Hall statt, wo echt nur die Familien der Elite Zutritt haben. Dort finden auch die monatlichen Treffen der Häuser statt, wo sie alle möglichen wichtigen Dinge besprechen. Angeblich sind die Kerzenhalter aus echtem Gold. Ich bin so neidisch auf dich!« Sie lacht, legt einen Arm um mich und bettet ganz kurz ihren Kopf auf meine Schulter. »Genieß es. Das wird die perfekte Ablenkung sein.« Dann geht sie, um die Kunden zu bedienen, und lässt mich mit dem Gefühl zurück, einen verdammt großen Fehler zu machen.

27. Kapitel

Jade

Ezras Vater, das Oberhaupt der Flüsterer, ist ein dunkelhaariger Mann mit einigen grauen Strähnen an der Schläfe. Man sieht sofort, woher seine Söhne ihr Aussehen haben. Er ist höflich, als Ezra uns einander vorstellt, und ehrlich erfreut, dass ich seine Begleitung bin. Ezra hat mir ein Abendkleid zur Akademie gebracht, wo ich mich umgezogen habe, bevor ich mit ihm gemeinsam unter den Augen vieler neugieriger Zuschauer nach Phoenix gefahren bin. Dort haben wir uns mit Ezras Familie und deren Securitys in der Nähe des Zentrums getroffen.

Als wir an der Phoenix Hall ankommen, bin ich überwältigt von der Größe des Gebäudes. Es ist sicher sechs Stockwerke hoch und umgeben von uralten Bäumen, deren Äste das Dach streifen. Vor dem Gebäude ist bereits eine lange Schlange, und Fotografen haben sich vor einem roten Teppich aufgereiht.

Was so überraschend kommt, dass ich kurz stocke. Marina hat die Presse zwar erwähnt, dennoch habe ich nicht mit dieser schieren Masse an Fotografen gerechnet.

Ezra greift nach meinem Arm und hindert mich so daran wegzulaufen. »Du siehst übrigens fantastisch aus.«

»Jeder sieht in einem zehntausend Dollar teuren Kleid von Valentino fantastisch aus«, erwidere ich und starre die vielen Personen an, die nach und nach vor die Fotowand treten, sich ablichten lassen und dann im Inneren des Gebäudes verschwinden. Als ich das Outfit angezogen habe, war ich sicher, total overdressed in einem goldenen Kleid zu sein. Aber ich lag falsch. Ich werde definitiv in der Menge untergehen.

»Das ist Unsinn.« Er belächelt mich, als fände er meine plötzliche Unsicherheit sympathisch. »Du musst keine Angst haben.«

»Ich habe keine Angst«, erwidere ich leise und stelle schnell sicher, dass sich sein Vater weiterhin mit Thomas unterhält, bevor ich ein wenig näher an Ezra heranrücke. »Ich bin besorgt. Paparazzi waren nie Teil des Deals.«

»Du hast den Deal mit meinem Bruder gemacht«, erinnert er mich und stößt mich freundschaftlich mit dem Ellenbogen an. »Komm schon. Ich bin bei dir. Es wird nichts passieren. Du wirst den Auftrag hinter dich bringen, und dann schaffe ich dich da raus.«

»Versprochen?«

»Ehrenwort.«

Ich muss ihm glauben. Ich habe gar keine andere Wahl. Denn jetzt sind wir bereits so weit an den Eingang herangerückt, dass es nur noch wenige Schritte bis zur Fotowand sind.

Ein Bodyguard nimmt uns die Mäntel ab, sodass ich Anfang Oktober fröstelnd in einem Abendkleid draußen stehe und keine Ahnung habe, wie ich wieder aus dieser Nummer rauskommen soll. Gänsehaut überzieht meine Arme, und ich zwinge mich, nicht sichtbar zu zittern. Ich muss an das Geld denken. Scheiß auf all die anderen. Dieser Job wird der letzte sein. Ich werde ein allerletztes Mal betrügen, und dann ist es vorbei.

Der Gedanke hilft mir, mich innerlich zu beruhigen, während wir abgelichtet werden.

Das Ganze dauert nur wenige Sekunden, bevor Ezra meine Hand nimmt und mich endlich von den Fotografen weg und in das Gebäude hineinführt.

Die Wände hier bestehen aus dunklem Holz, und schwere Kronleuchter hängen von der Decke. Der Boden ist mit einem dunkelroten Samtteppich ausgelegt. Überall stehen Sicherheitsleute: an den Wänden und an den Türen, die heute wohl verschlossen bleiben sollen. Ein Buffet wurde an einem Ende des Raumes aufgebaut, und es gibt eine Bühne, wo bereits ein paar Musiker stehen, deren Klänge durch den gesamten Saal wehen. Doch noch werden sie von den Gesprächen der unzähligen Leute übertönt.

»Soll ich dir ein paar Leute vorstellen?«, fragt Ezra, während wir durch den Saal laufen.

»Auf keinen Fall«, erwidere ich trocken, woraufhin er zu lachen beginnt.

»Habe ich mir auch nicht gedacht. Umso besser. Komm, wir holen uns was zu essen und setzen uns.« Er deutet auf einen der runden Tische, die in der Nähe der Bühne stehen. »Der erste Teil der Veranstaltung ist recht langweilig. Danach wird getanzt, und wir können uns an die Arbeit machen.«

»Aber wie?« Ich senke meine Stimme, als er im Vorbeigehen jemanden grüßt.

Ezra tritt so an das Buffet, dass er den Saal weiterhin

im Blick hat. Es ist ein exorbitant langer Tisch mit den verschiedensten Speisen, die alle in kleine Teller, Schälchen oder Gläser gefüllt wurden. Ezra reicht mir eins der goldenen Tabletts, auf denen man seine Auswahl drapieren kann. »Du wirst hier sehr vorsichtig sein müssen. Deine Magie ist zwar überraschend präzise, vermutlich, weil du sie schon jahrelang einsetzt«, relativiert er sofort, als ich die Augenbrauen hochziehe. »Dennoch. Jeder Funken könnte Aufsehen erregen. Wir müssen dafür sorgen, dass du die beiden Männer möglichst unbeobachtet abpasst.«

»Okay«, stoße ich aus, weil ich genau weiß, welche Konsequenzen es haben würde, hier unter all den wichtigen Leuten aufzufallen.

Er zieht die Nase kraus. »Wenn sie zur Toilette gehen. Raucherpausen draußen fallen aus, weil der Balkon bei diesen Veranstaltungen immer überfüllt ist.«

Ich seufze, weil ich genau das befürchtet habe, und mit einem Mal bin ich mir nicht sicher, ob das alles hier so eine gute Idee ist.

Nein. Eigentlich ist es eine beschissene Idee. Ich stehe hier mitten zwischen den mächtigsten Wesen von Nordamerika und versuche, ein verdammtes Verbrechen zu begehen, indem ich jemanden mit meinen Kräften manipuliere!

Schwere legt sich auf meine Brust, und ich merke, wie sich eine weitere Panikattacke anbahnt.

»Wenn du nicht willst, können wir jederzeit gehen.« Ezra klopft mir auf den Rücken, so fest, dass ich nach Luft schnappen muss. Sein Gesichtsausdruck ist stoisch, doch plötzlich bemerke ich die Besorgnis in seinen Augen. Ezra sorgt sich um mich? Wann ist denn das passiert?

»Wie schätzt du meine Chancen ein?«

Er wiegt den Kopf hin und her, während er sich eine grüne Suppe in einem Glas auf das Tablett stellt. »Wenn du dich geschickt anstellst, ziemlich gut.«

»Dann ziehe ich es durch.« Entschlossen packe ich mir ein paar Leckereien auf mein Tablett, bevor ich mit ihm gemeinsam zu dem Tisch der Flüsterer gehe.

Erst als ich sitze, wird mir bewusst, dass ich ernsthaft bei einer Gala ganz vorne am Tisch eines der mächtigsten Häuser des Landes sitze. So viel dazu, nicht auffallen zu wollen.

»Entspann dich. Ich bin deine Rückendeckung.«

»Das hoffe ich doch für dich«, murmle ich und beiße in eines der Häppchen, weil ich so unfassbar hungrig bin. Seit dem Cappuccino heute Mittag habe ich nichts mehr runterbekommen, und jetzt könnte ich einen ganzen Elefanten verdrücken.

»Ich glaube, jetzt wird es gleich richtig spannend.« Auf meinen irritierten Blick hin deutet Ezra unauffällig auf den Tisch hinter mir. »Da ist jemand ziemlich wütend.«

»Was?« Ich will mich gerade umdrehen, doch da legt Ezra seine Hand an meinen Arm und schüttelt unauffällig den Kopf.

»Lass es mich noch ein wenig genießen.«

»Wovon zum Teufel sprichst du?«, stoße ich leise aus und presse meine Lippen zu einem höflichen Lächeln zusammen, als Ezras Vater, sein Halbbruder Thomas und ein weiterer Mann mit dunklen Haaren zu uns an den Tisch kommen.

Ezra deutet auf den Fremden, der neben mir Platz genommen hat. »Jade, das ist mein Onkel Charles. Onkel

Charles, das ist meine Begleitung und Kommilitonin Jade.«

Wir reichen uns die Hände, und ich bin fasziniert davon, wie ähnlich sich all die Männer des Flüsterer-Hauses sehen. Mit diesem dunklen Haar, den scharfen Gesichtszügen und diesem gefährlich attraktiven Funkeln in den Augen. Nicht, dass ich auf Ezra stehen würde, aber ich bin auch nicht blind.

»Wie erfreulich. Ich hoffe, dass wir uns noch öfter wiedersehen.« Charles wirft Ezra einen vielsagenden Blick zu, der vermutlich so was wie *Wehe du lässt sie wieder gehen* bedeuten soll, was mir ein wenig unangenehm ist. Ezra hingegen nickt nur leicht.

Dann beginnt eine Debatte über irgendwelche politischen Dinge, in die ich mich weder einmische noch möglichst genau zuhören will. Ich bin ein Eindringling bei dieser Veranstaltung, kein richtiger Gast.

Unauffällig tue ich so, als würde ich mich umschauen, schiele dabei über meine Schulter – und erstarre. Direkt hinter mir, nur wenige Schritte entfernt, sitzt Asher und durchbohrt mich regelrecht mit seinem Blick.

Amber, die neben ihm sitzt, bemerkt mich ebenfalls und winkt mir fröhlich zu, offenbar total unbeeindruckt von der düsteren Miene ihres Bruders. Schnell winke ich Amber zurück, bevor ich mich wieder umdrehe und so tue, als würde ich nicht gerade in tausend Teile zerfallen.

Asher ist hier. Nur einen Tisch weiter.

Plötzlich sehe ich seinen Gesichtsausdruck von heute Morgen wieder glasklar vor mir. Die Zweifel. All meine negativen Gefühle, die ich in den letzten Stunden abgelegt habe, kommen mit voller Wucht zurück. Meine Wangen werden heiß, und meine Brust zieht sich zusammen, als würde ich sie in ein zu kleines Korsett schnüren. Ich muss atmen.

Plötzlich spüre ich eine Hand auf meiner und bemerke, dass ich gerade dabei war, eine Serviette zu lynchen. Ezra lächelt mich warm an, aufmunternd, *ehrlich.* Als wären wir Freunde.

Einen Moment lang will ich es mir einbilden. Dass wir mehr sind als nur ein Geschäft, resultierend aus einer Erpressung. Mehr als nur Fremde, die zu viele Geheimnisse teilen.

Er beugt sich zu mir vor, und ich will mir gar nicht ausmalen, wie intim es von außen wirken muss, als er mir ins Ohr flüstert. »Sie sind alle Idioten.«

»Sie alle?« Mir wird eiskalt. Natürlich. Edward ist der Sohn des Bürgermeisters. Riley die Tochter des bekanntesten Anwalts von Phoenix. Vincent ist der Erbe seines Hauses. Genauso wie Asher. Sie sind alle heute Abend hier. Was habe ich mir nur dabei gedacht, hier aufzukreuzen? Offenbar absolut gar nichts.

»Wir schaffen das, okay? Nur noch dieser Auftrag, und dann werde ich dich nie wieder um irgendwas bitten.«

Ich schaue in Ezras helle Augen und weiß, dass er nicht lügt. Hoffe es zumindest. Und plötzlich fühlt es sich an, als würde ich einen echten Freund an meiner Seite haben. »Okay.«

Erneut drückt er meine Hand, bevor er loslässt, aber weiterhin eng an meiner Seite bleibt. »Edward und Riley sitzen zwei Tischreihen hinter uns. Und Vincent drei Tische weiter hinter mir.«

Es bedarf nur eines kurzen Umsehens, und ich entdecke sie alle sofort. Als hätten sie sich möglichst Plätze ausgesucht, um mich im Blick behalten zu können. Was lächerlich ist.

Du denkst auch, du wärst der Mittelpunkt der Welt, oder?

Ich trinke einen großen Schluck Wasser, bevor ich mich zwinge, meine Muskeln zu entspannen.

Der offizielle Teil des Abends besteht im Wesentlichen daraus, dass uns allen für unsere Anwesenheit gedankt wird. Offenbar kostet eine Karte rund achttausend Kanadische Dollar, die einem Wohltätigkeitsfonds zur Verfügung gestellt werden, um den Ärmsten der Stadt zu helfen. Ich wäre beinahe vom Stuhl gefallen, während Ezra mich nur belächelt hat. Mein Platz hat acht Riesen gekostet! Und dann noch dieses Kleid! Wie reich sind diese Häuser eigentlich?

Als ich Ezra diese Frage stelle, lächelt er lediglich geheimnisvoll und bietet mir etwas von seiner Nachspeise an, doch ich lehne ab. Nicht, dass ich noch mein Kleid mit Schokoladenmousse beschmutze.

Nachdem der offizielle Teil der Veranstaltung vorbei ist, wird die Musik etwas lauter.

»Lass uns loslegen.« Ezra erhebt sich, und kaum tue ich es ihm gleich, steht auch schon Asher neben mir.

Er sieht wahnsinnig gut aus in seinem dunklen Smoking, der mit kupferfarbenen Nähten verziert ist. Seine Schultern wirken breiter als sonst, und sein helles Haar scheint im warmen Licht der Kronleuchter golden. Er sieht aus wie ein Prinz. Ein verdammt wütender Prinz. Meine Magie funkt für einen winzigen Moment zwischen uns, mein Herz explodiert beinahe von diesem Anblick, und ich trete augenblicklich zurück.

Ezra stellt sich halb vor mich und greift nach meiner Hand. »Sorry, wir wollen gerade tanzen.«

Ashers Kiefer mahlt, und die kupfernen Wellen um ihn herum werden zu einem Sturm. »Ich muss mit dir reden.«

Doch die Demütigung von heute Morgen ist noch zu frisch, und ich habe Angst, die Kontrolle zu verlieren. Er hat nur ein einziges Mal versucht, mich anzurufen. Dann hat er aufgegeben. Als wäre ich nicht mehr wert. »Nicht jetzt. Bitte.«

Seine Wut verschwindet augenblicklich, und er nickt knapp und bestürzt, woraufhin Ezra mich an ihm vorbei auf die volle Tanzfläche zieht.

»Wir sollten uns beeilen. Er wird sich bestimmt nicht ewig hinhalten lassen, und wir haben nur den heutigen Abend.«

Ich hebe selbstbewusst den Kopf, während ich Ashers Blick wie eine bittersüße Liebkosung auf meiner Haut spüre.

Würde es nur nicht so wehtun.

Ich wünschte, ich hätte bei unserer ersten Begegnung schon Abstand gehalten.

Ich wünschte, ich wäre nicht so empfänglich für seine Nähe.

Ich wünschte, ich hätte mich niemals in ihn verliebt.

28. Kapitel

Asher

Jade ist mit Ezra hier. Jade und Ezra. Jade und Ezra?

»Du bist ein Trottel.« Dorothys Stimme ist direkt neben mir, während ich Jade und Ezra hinterherschaue, die zwischen den Tanzenden verschwinden. Sie ist seine offizielle Begleitung bei einer der wichtigsten Galas des Jahres. Wieso?

»Sei nicht so hart zu ihm«, ergreift Amber auf meiner anderen Seite Partei für mich und schaut ebenfalls Jade hinterher. »Es gibt sicher einen guten Grund dafür, dass seine Freundin es kaum schafft, ihm in die Augen zu blicken, und jetzt lieber mit einem anderen Jungen tanzt.«

Ihre Worte sind wie ein Messer in meiner Brust. Den ganzen verdammten Tag habe ich damit verbracht, mich mit den Erinnerungen an unsere letzte Nacht zu quälen. Edward war nicht erreichbar, weil er offenbar in seiner Eile sein Handy bei Riley vergessen hat – wie sie mir nach meinem fünften Anruf mitteilte. Und eigentlich ist mein Plan gewesen, ihn auf der Gala über das Foto auszuquetschen, das inzwischen überall rumgeht.

Und plötzlich steht da Jade, in diesem enganliegenden goldenen Kleid, und überstrahlt jede andere Frau in diesem Raum. Ihre dunklen Haare fallen in Wellen über ihren Rücken, und sie sieht aus wie eine Göttin.

»Ich sag dir, was der Grund ist.« Amber schnaubt und hebt bedeutungsvoll ihre schmal gezupften Augenbrauen. »Asher hat es vergeigt.«

Dorothy schnalzt mit der Zunge.

In diesem Moment treten Riley und Edward zu uns. Riley ist so stark geschminkt, dass sie wie ein Filmstar an einem Set aussieht. Doch das kann den Schmerz in ihren Augen auch nicht verbergen.

Sie begrüßt uns und senkt dann die Stimme. »Wusstest du, dass sie kommt?«

Ich schüttle wie mechanisch den Kopf, worauf Edward mir die Hand auf die Schulter legt. »Mann, ich schätze, jetzt zeigt sie endlich ihr wahres Gesicht. Tut mir echt leid.«

Alles in mir verkrampft bei diesen Worten, und ich muss an Vincent denken, der Jade so vehement verteidigt hat.

»Wovon redest du da?« Amber verschränkt die Arme vor der Brust und lächelt, obwohl es ihre Augen nicht erreicht.

»Davon.« Edward klingt viel zu selbstgefällig, als er sein Handy zückt und den beiden das Foto zeigt, auf dem Jade auf seinem Schoß sitzt. »Sie wollte mich angraben. Vermutlich wegen meiner Stellung. Und weil das nicht geklappt hat, schnappt sie sich nun den Nächsten.«

Riley wird ganz still neben mir und starrt zu Boden. Sie wirkt *gebrochen.* Nichts ist mehr von ihrer Wut übrig. Da ist nur tiefe Trauer.

Amber hebt spöttisch ihre Augenbrauen.

»Das ist unmöglich.« Dorothy schnalzt mit ihrer Zunge. »Und dieses Bild.« Sie wedelt angewidert vor seinem Handy herum, als wäre es ein totes Nagetier. »Es beweist absolut gar nichts.«

Edward läuft rot an und steckt das Handy weg. Dann schnappt er sich Rileys Hand. »Ich wusste doch, dass Sie voreingenommen sind. Bis später«, sagt er noch zu mir, bevor er Riley mit sich zieht.

»Er wird bei jeder Begegnung unangenehmer«, murmelt Amber in die einsetzende Stille zwischen uns und wendet sich mir zu, wobei ihr wallendes schwarzes Ballkleid raschelt. »Spuck's aus. Was ist hier los?«

Dorothy imitiert ihren auffordernden Gesichtsausdruck, und ich kneife mir verzweifelt in den Nasenrücken. Allein die Vorstellung, etwas zu erzählen, das Jade in einem schlechten Licht dastehen lassen könnte, verursacht mir Magenschmerzen. Sie ist so nicht. Sie hat so verdammt viele Baustellen in ihrem Leben und hat sicher nicht immer alles richtig gemacht. Aber sie hätte sich niemals so an Edward rangeschmissen, um ihn Riley auszuspannen.

Der Gedanke ist mir mit einem Mal so unfassbar klar vor Augen, dass ich mir gegen die Stirn schlagen will.

Es *muss* eine Erklärung für all das geben. Eine andere, als Edward sie geliefert hat.

»Ich muss mit Edward sprechen.« Ich lasse die beiden stehen und hoffe, sie nehmen mir meine Unfreundlichkeit nicht übel.

Edward steht bereits am anderen Ende des Raumes und unterhält sich mit einer Gruppe von Gästen, und selbst aus dieser Entfernung sehe ich, wie versteinert Riley wirkt.

Ich komme nur schwer voran, weil ich immer wieder angesprochen und in ein Gespräch verwickelt werde.

Während ich mechanisch antworte und Interesse heuchle, halte ich auch nach Jade und Ezra Ausschau. Doch sie sind nicht mehr auf der Tanzfläche.

Sie sind weg! Ich schaue mich unauffällig um, kann sie aber nirgendwo entdecken.

Meine Muskeln spannen sich an, und plötzlich spüre ich meine Magie direkt unter meiner Haut brodeln, wie Magma, das kurz davor ist, durch den Erdmantel zu brechen.

»Entschuldigen Sie, ich muss ganz kurz-« Ich spreche nicht weiter, sondern lächle um Verständnis bittend den Innenminister an. Dieser nickt, bevor er sich abwendet.

Leider tritt im selben Moment die nächste Person vor mich.

Bevor ich mir jedoch eine erneute Ausrede einfallen lassen muss, taucht plötzlich Vincent auf und legt mir einen Arm um die Schulter, um mich zur Seite zu ziehen. »Entschuldigen Sie, ich muss meinen Freund einmal entführen.« Er setzt dabei so ein charmantes Lächeln auf, dass ihm selbst der Teufel höchstpersönlich diese Unhöflichkeit verziehen hätte.

»Danke für die Rettung«, raune ich ihm zu, während wir uns durch weitere Gäste schieben und dabei den Anschein einer regen Unterhaltung wahren.

»Kein Problem. Du sahst aus, als könntest du Hilfe gebrauchen. Liegt es etwa daran, dass Jade vor ein paar Minuten mit Ezra abgehauen ist?«

Mir wird schwummerig, und ich remple versehentlich jemanden an. Erst nachdem ich mich wortreich bei der Dame entschuldigt habe, können wir weitergehen. »Was meinst du damit, dass sie gegangen sind?«

»Nicht *gegangen* gegangen.« Er hat auch noch den Nerv, über meine völlig überzogene Reaktion zu lachen. »Sie haben sich offenbar ein ruhiges Plätzchen gesucht.«

»Vince.« Das Wort ist ein einziges Knurren, und ich wende mich sofort ab, als ich interessierte Blicke um uns herum wahrnehme. »Wohin sind sie gegangen?«

Lachend deutet er in Richtung Toiletten.

Plötzlich sehe ich rot. Mein Sichtfeld schränkt sich ein, konzentriert sich auf den Gang zu den Waschräumen.

Eifersucht schlängelt sich hässlich und brutal durch meine Venen, während in meinem Kopf nur ein Gedanke ist.

Sie gehört zu mir.

Er ist so präsent, dass er mich nicht einmal erschreckt. Als wäre er die ganze Zeit dort gewesen und hätte nur darauf gewartet, dass ich ihn freilasse.

Und plötzlich ist er unaufhaltsam.

Sie. Gehört. Zu. Mir.

Ich biege in den Gang ein und stoße beinahe mit einem Mann in schwarzem Anzug zusammen, bei dem ich erst auf den zweiten Blick sehe, dass er zur Security der Flüsterer gehört.

»Entschuldigen Sie vielmals, Sir.« Er neigt den Kopf, und ihn umschwirrt ein Hauch von Magie.

»Kein Problem.« Ich umrunde ihn und entdecke Jade, die sich an den Bauch fasst, als hätte sie Schmerzen. Sie schaut zu Ezra auf, der unmittelbar neben ihr steht, und lächelt gequält. »Ich verhungere gleich. Können wir jetzt gehen?«

Ezra neigt den Kopf, wobei seine Augen meine treffen und vor Belustigung funkeln. »Ja, lass uns verschwinden, bevor die Stimmung gleich wieder kippt.«

Sichtlich irritiert zieht sie die Augenbrauen zusammen, doch der letzte Rest ihres Lächelns verfliegt, als sie mich ebenfalls bemerkt. Es ist wie ein Schlag in die Magengrube.

Sie gehört nicht zu mir.

Natürlich nicht.

Sie ist ein eigenständiges Wesen, das ihre eigenen Entscheidungen trifft. Und ihre Entscheidung ist eindeutig, als sie sich bei Ezra unterhakt und mir nicht einmal ins Gesicht sehen kann, während sie gemeinsam an mir vorbeigehen. Jade humpelt dabei leicht, und ich unterdrücke den Drang, sie auf meine Arme zu nehmen und durch die Menge zu tragen.

Nichts an ihrem Verhalten wirkt gespielt, und plötzlich bin ich sicher, dass sie nicht gelogen hat.

Vincent, der die ganze Zeit neben mir stand, stößt mich mit dem Ellenbogen an. »Ich sag es dir, sie hätte sich niemals freiwillig auf Edwards Schoß gesetzt. Sorry, Mann, aber dein Cousin lügt.«

»Aber er ist glücklich mit Riley zusammen. Ich kann mir einfach nicht vorstellen, dass er mich anlügen würde. Was hätte er davon?«

»Denkst du wirklich, sie sind glücklich?«

Auf meinen fragenden Blick nickt er in die Richtung, wo Edward und Riley noch immer bei der Gruppe von Erben stehen.

Edward unterhält sich mit großen Gesten, während Riley gepresst lächelt, obwohl man ihr die schlechte Laune schon von Weitem ansieht.

»Natürlich ist Riley genervt. Nach allem, was gestern Nacht passiert ist.«

Vincent wirft mir einen kritischen Blick zu. »Ich weiß, ihr seid verwandt, aber ich für meinen Teil habe keinen Bock mehr, auf Eierschalen herumlaufen zu müssen, nur weil Edward mal wieder was nicht passt. Ich habe auch keinen Bock mehr darauf so zu tun, als wäre es okay, wie er Riley behandelt.«

Ehrliche Verwirrung breitet sich in mir aus, und ich starre meinen besten Freund an, als wären ihm gerade zwei Köpfe gewachsen. Jeder hat seine Macken. Wieso tut er plötzlich so, als wäre Edward, mit dem er seit Jahren befreundet ist, der Böse? »Riley ist manchmal einfach anstrengend. Das hast du doch gestern noch selbst gesehen.«

Vincents Oberlippe kräuselt sich, und Enttäuschung spiegelt sich in seinem Gesicht.

Ich habe ihn enttäuscht. Die Erkenntnis ist wie ein Faustschlag. »Sorry, Asher. Du bist mein bester Freund, aber ich kann das gerade einfach nicht mehr.« Und dann geht er, lässt mich fassungslos zurück, mit diesem Gefühl, als ob er gerade unsere Freundschaft beendet hätte.

Fuck.

Ich presse meine Lippen zu einer wütenden Linie zusammen, bevor ich den schnellsten Weg nach draußen nehme.

Irgendwie lande ich auf der Terrasse, die direkt auf einen Park hinauszeigt. Der Himmel ist klar, die Luft eiskalt und erfüllt mit Stimmengewirr. Raucher drängen sich um die Heizstrahler, während ihr Qualm sich wie eine Wolke über ihnen sammelt.

Ich gehe weiter, bis zum Eisengeländer, nur um dort Riley zu entdecken. Offenbar hat sie sich von Edwards Gruppe gelöst und ebenfalls eine ruhige Ecke gesucht.

Einen Augenblick lang zögere ich, als ich die Traurigkeit in ihren Zügen bemerke. Doch Vincents Worte lassen mich einfach nicht los.

Er *muss* sich irren. Edward und sie streiten sich zwar oft, aber sie waren immer gleichberechtigt. Davon bin ich überzeugt. Dennoch gehe ich auf sie zu, statt mich wieder umzudrehen. »Brauchtest du auch ein wenig frische Luft?«

Riley zuckt zusammen, und ihre Hände fahren zu ihrem Gesicht, bevor sie sich zu mir umdreht. Tränen schimmern in ihren Augen, obwohl ihr Make-up noch perfekt zu sitzen scheint. »Oh. Hi. Ja, klar. Ist nur gerade ein bisschen viel.«

»Kann ich verstehen.« Ich frage nicht nach ihren Eltern, die heute Morgen fuchsteufelswild ausgesehen haben. Als ich sie vorhin an ihrem Tisch sitzen sah, wirkten alle drei angespannter als sonst. »Musst du denn lange bleiben?« Meine Eltern würden mich umbringen, wenn ich die Veranstaltung zu früh verlasse. Ganz im Gegensatz zu Ezras Vater, den das frühe Gehen seines Sohnes offenbar nicht interessiert. Rileys Familie ist zwar einflussreich, gehört aber nicht zu der direkten Linie ihres Hauses. Sie könnte sich entschuldigen und abhauen, sobald sie keine Lust mehr hat.

»Oh, ich bin wegen Edward hier.« Sie lächelt knapp und starrt auf das Eisengeländer, mit dem sie ihren Rock streift. »Er möchte so lange bleiben wie die Elite.«

Verwirrt ziehe ich meine Augenbrauen zusammen. »Dann soll er das doch. Das bedeutet nicht, dass du ebenfalls bleiben musst.«

Sie seufzt, und ihr Lächeln wird ein wenig zittrig, was offenlegt, wie schlecht es ihr wirklich geht. »Er wäre ziemlich enttäuscht. Das ist es nicht wert. Außerdem«, stößt sie etwas enthusiastischer aus und richtet sich ein wenig auf, »ist es doch echt nett hier. Und das Kleid ist unfassbar, nicht? Ich warte schon ewig darauf, es endlich tragen zu können.«

»Willst du mich oder dich selbst überzeugen?« Die Worte kommen aus meinem Mund, bevor ich sie zurückhalten kann. Und mit einem Mal ist da so viel Wut in meinem Bauch. »Riley, wenn es dir schlecht geht, solltest du nach Hause gehen.«

»So einfach ist das nicht.«

»Doch!« Ich deute auf den Saal, in die Richtung, wo sich der Ausgang befindet. »Es ist ziemlich einfach.«

»Edward würde ausflippen«, erwidert Riley gereizt und rückt ein Stück von mir ab, während wieder ein Meer aus Tränen in ihren Augen liegt. »Du kennst ihn. Ich will keinen Streit. Er hat sich so auf den Abend gefreut, und ich werde mich auch später noch in den Schlaf heulen können, weil meine Cousine mir schon wieder das Herz gebrochen hat.«

Bevor ich etwas erwidern kann, kommen Schritte näher, und ein sichtlich genervter Edward kommt auf uns zu. »Riley, was machst du denn so lange hier draußen? Weißt du eigentlich, wie ich mit deiner schlechten Laune dastehe?« Er nickt mir knapp zu und packt Riley am Arm, offenbar, um sie wieder in den Raum zu ziehen.

Riley verzieht das Gesicht, fast, als hätte Edward zu fest zugegriffen.

Ich handle, ohne nachzudenken, und greife nach seinem Handgelenk. »Lass sie los.«

Angesichts der Drohung in meiner Stimme weiten sich Edwards Augen, und er macht einen Schritt von mir weg. »Was ist hier los?«

»Wieso schleifst du Riley so herum? Gönn ihr doch mal einen Moment hier draußen.« Ich versuche, entspannt zu klingen, aber das gelingt mir nicht einmal annähernd. Edward kann Riley doch nicht herumschubsen, wie es ihm passt. Ihr geht es offensichtlich nicht gut. Wieso sieht er das nicht?

Edwards verwirrte Miene verändert sich, und er zeigt mir das Lächeln, das er immer aufsetzt, wenn er versucht, andere für sich einzunehmen. »Komm schon. So war das gar nicht gemeint. Sie steht hier draußen in der Kälte. Das ist doch nicht gesund.«

Ich will etwas erwidern, aber dann tritt Riley vor, wieder mit diesem Fake-Lächeln im Gesicht. »Er hat recht. Mir ist schon ein wenig kalt.«

Etwas in meiner Brust verkrampft. »Sicher?«

Sie nickt, und Dankbarkeit liegt in ihrem Blick. Als würden wir uns verbünden. Als würde uns zum ersten Mal seit langer Zeit wieder mehr verbinden als die Tatsache, dass wir denselben Freundeskreis haben.

»Dann lass uns reingehen.« Edward schlingt seine Finger um Rileys, hebt ihre Hand und haucht einen Kuss auf ihren Handrücken. Riley lächelt zwar, aber es erreicht ihre Augen nicht. Und mit einem Mal bin ich mir gar nicht mehr so sicher, ob es wirklich nur an Jade liegt.

»Ich wollte sowieso mit dir sprechen«, beginne ich, doch Edward verzieht bedauernd das Gesicht.

»Entschuldige, mein Dad wollte mich jemandem vorstellen. Geht das auch später?« Er wartet kaum meine Antwort ab, sondern nickt entschlossen, als hätte ich ihm einen Gefallen getan. »Super, danke. Wir sehen uns, Kumpel.« Dann verschwindet er mit Riley an der Hand, und ich bleibe zurück, mit diesem verdammt beschissenen Gefühl in meinem Bauch. Als hätte man mich angerempelt, und ich würde noch zwischen Fangen und Fallen hängen.

Edward ist mein Cousin. Er würde mich niemals belügen. Oder?

29. Kapitel

Jade

Ezra hat sein Wort gehalten und mich nach der Gala sofort zurück zur Akademie gebracht. Unterwegs haben wir uns noch Burger geholt, und als ich versehentlich einen Soßenfleck auf das teure goldene Kleid machte, hat er nur abgewinkt. Als wäre es nicht mehrere tausend Dollar wert.

Als ich am Sonntagmorgen in meinem Zimmer aufwache, spiegelt sich in genau diesem Kleid die Herbstsonne und taucht den Raum in warmes Gold.

Einen langen Moment bleibe ich im Bett liegen und lasse den Blick schweifen. Vorbei an dem mintfarbenen Teppich, den ich gemeinsam mit Riley gekauft habe. Vorbei an der Lichterkette mit den Polaroidbildern, die ich in den letzten Tagen gemacht habe. Und hin zur Zimmerpflanze in dem grünen Topf auf meinem Schreibtisch, die es noch gemütlicher macht. Wie ein Zuhause, das ich mir immer gewünscht habe.

Dennoch kann es mich nicht von diesem Loch in meiner Brust ablenken. Weil ich Riley erneut an Edwards Lügen verloren habe. Weil ich mich in Asher verliebt habe, obwohl ich es besser wusste. Weil ich wegen meiner Mutter schon wieder gegen das Gesetz verstoßen habe. Und es war knapp. Verdammt knapp. So sehr, dass wir beinahe erwischt worden wären. Doch niemand hat uns aufgehalten, als wir die Phoenix Hall verließen.

Noch gestern Abend erhielt ich die letzte Zahlung. Thomas hat Wort gehalten. Er hat mir die zweite Hälfte des Geldes überwiesen, nachdem Ezra ihm die Zahlenfolge übermittelt hat.

Daraufhin habe ich meiner Mutter in der Nacht das geforderte Geld geschickt. Eigentlich müsste ich erleichtert sein. Weil ich frei bin. Von ihr, von Thomas, von all den Leuten, die etwas von mir wollen.

Stattdessen ist da ein fetter Stein in meinem Magen, weil wir Sonntag haben und ich zu Dorothys Training fahren muss. Ich greife nach meinem Handy und sehe eine eingegangene Nachricht von einer fremden Nummer.

> Ein Fahrer holt dich heute ab. Zwölf Uhr. Parkplatz.
> Gruß Dorothy

Offenbar fahre ich also nicht mit Asher. Ich lasse die Enttäuschung nicht zu, die sich in Wellen über mir ausbreiten will, und zwinge mich dazu aufzustehen.

Es ist bereits so spät, dass ich das Frühstück verpasst habe, doch ich kann mir wenigstens aus dem Automaten in der Cafeteria ein abgepacktes Sandwich holen.

Während der Fahrt durch die Wälder, die Phoenix fest umschmiegen, wird mir wieder einmal klar, dass ich nicht bleiben kann. Nicht in Ashriver, vielleicht sogar nicht mal in Phoenix. Weil zu viele Leute meine Geheimnisse kennen. Weil mich nach der Prüfung eigentlich nichts mehr hier hält.

Als ich schließlich an der Magierresidenz klingele, öffnet Ashers Schwester Amber mir die Tür. »Jade, wie schön, dich zu sehen. Ich war so enttäuscht, dass wir uns gestern gar nicht mehr unterhalten konnten.« Sie tritt zur Seite, sodass ich reinkommen kann, und lächelt herzlich und offen.

»Ja, ich war ziemlich müde«, antworte ich lahm und schaue weg, weil ich eine Lügnerin bin und wir beide das wissen. Ich versuche, mir nicht anmerken zu lassen, dass ich ein wenig gehofft habe, Asher zu sehen.

»Dorothy meinte, dass ihr bald mit deiner Hausarbeit fertig seid.« Sie will Small Talk machen, und sie wirkt wahnsinnig nett, aber gerade habe ich überhaupt keinen Kopf dafür. Ständig schwirren Rileys Geburtstag, Ashers nahezu verzweifeltes Gesicht auf der Gala und der Anruf meiner Mutter in meinem Kopf herum.

»Das stimmt.« Ich zwinge mich zu einem knappen Lächeln, eines, das sich so falsch anfühlt, wie es vermutlich auch aussieht. Das konnte ich wirklich mal besser. Damals, als ich ständig auf irgendwelchen Bühnen stand und der Welt vorgespielt habe, es zu lieben.

Wir nehmen die Treppe nach oben. »Hör zu«, beginnt sie, und ich versteife mich. Jetzt kommt es. Sie weiß sicher, was vorgefallen ist, und wird mir sagen, dass ich nicht gut genug für Asher bin. Als wäre mir das nicht selbst klar. Als hätte ich das nicht die ganze Zeit gewusst. »Wenn du jemanden zum Reden brauchst, bin ich für dich da.«

»Was?« Vor Überraschung wird meine Stimme ganz hoch.

Sie schmunzelt. »Ich weiß, wir kennen uns kaum. Aber da scheint eine Menge Mist in deinem Leben abzugehen. Und ich wollte es dir einfach anbieten.«

»Wieso solltest du das tun?« Gott, ich klinge so unfassbar argwöhnisch, dass es fast schon peinlich ist.

»Weil ich dich ganz cool finde. Außerdem steht Asher total auf dich, und das habe ich ernsthaft noch nie bei ihm erlebt. Klar, er hatte Dates und all das Zeug, aber ich schwöre, er hat noch nie ein Mädchen so angestarrt wie dich. Und ja, du bist eine Sirene, aber glaub mir, unsere Eltern verkraften das schon.«

»Ich weiß gerade wirklich nicht, was ich sagen soll.« *Asher starrt mich an?* Schmetterlinge tanzen in meinem Bauch, bevor sie sich wieder zu fetten Raupen verpuppen, weil ich mich selbst daran erinnere, was alles zwischen uns vorgefallen ist. Außerdem hat sie recht. Ich bin eine Sirene. Was auch immer sich zwischen uns angebahnt hat, war sowieso unmöglich.

»Oh je«, stößt sie aus und reibt sich verlegen den Nacken, so wie Asher es manchmal tut. »Ich bringe dich in Verlegenheit, nicht?«

Sofort werde ich rot. »Ja, irgendwie schon.«

»Ich liebe deine Ehrlichkeit.«

Wenn sie nur wüsste.

»Ich würde dich echt gerne begleiten, aber Dorothy meinte, ich soll euch nicht stören, deshalb muss ich mich jetzt von dir verabschieden. Ich hoffe, wir sehen uns bald wieder. Asher wird schon wieder zu Sinnen kommen.«

Davon bin ich nicht überzeugt. »Danke fürs Hochbringen.«

Wir lächeln einander an, und kurz bevor sich die Tür

zu Dorothys Wohnung zwischen uns schließt, kommt mir der Gedanke, dass wir in einem anderen Leben Freundinnen hätten sein können. In einem Leben, das nicht von Anfang an fremdbestimmt wurde.

Der Gedanke ist so bittersüß, dass ich mich abwende und entschlossen den Kopf schüttle, um ihn loszuwerden.

Ich habe kein anderes Leben. Nur dieses. Und es wird Zeit, dass ich es mir endlich zurückhole.

Im Wintergarten thront Dorothy auf ihrem blauen Sessel und sieht wie immer so aus, als wäre die Weltherrschaft zum Greifen nahe. »Bald findet deine Prüfung statt.« Sie sagt es, als wäre es mir nicht längst klar, als würde ich nicht ständig und jede Sekunde daran denken, denn diese Prüfung ist das Einzige, was mich noch retten kann.

Dennoch nicke ich, und sei es nur, um ihr zu zeigen, dass ich zugehört habe, dass ich voll da bin, dass ich nicht vorhabe, zu scheitern.

»Gut. Du kannst deine Magie spüren, du kannst andere Übernatürliche erkennen, und du kannst andere mit deiner Magie angreifen. Nur deine Verteidigungstechnik müssen wir verfeinern. Hast du in der letzten Woche geübt?« Sie verzieht ihren Mund. »So, wie du eben üben konntest?«

Wieder ein Nicken. »Ja. Ich habe versucht, meine Mauern schnell hochzuziehen, und ich denke, ich bin schon besser geworden.«

»Mach einen Ententanz«, bellt sie mir daraufhin ganz unvermittelt entgegen.

Ich zerre meine Magie hoch, und sie braust wie eine rote Welle über meinen Körper, bevor Dorothys Magie mich treffen kann.

Einen Augenblick lang starren wir einander an. Dann

lächelt sie. Und dieser Ausdruck in ihren Augen. Dieses Lächeln. Es ist so ganz anders als sonst, dass ich es nicht zuordnen kann. »Hüpf auf einem Bein!«

Wieder reiße ich meine Magie hoch und lasse die ihre an mir abprallen.

Sie lehnt sich zurück, wieder mit diesem ungewohnten Lächeln. »Fantastisch. Als Sirene ist es wichtig, dass du dich gegen andere Sirenen wehren kannst. Das liegt uns im Blut. Wie du weißt, ist eine der wenigen Möglichkeiten, dich gegen andere Übernatürliche zu verteidigen, direkt in den Angriff überzugehen. Es wird nicht reichen, deine Mauer hochzuziehen, wenn ein Magier ein Auto auf dich wirft, ein Flüsterer ein Tier auf dich hetzt oder ein Elementar dich mit einem Regenguss zu ertränken versucht. Du würdest draufgehen. Außer natürlich du bist gut im Nahkampf oder schaffst es, dein Schutzschild hochzuziehen. Aber da du mit deinem Bein nicht einmal richtig rennen kannst, wird das sicher nicht der Fall sein. Entschuldige die direkten Worte.«

»Das ist okay. Ja, ich kann nicht rennen. Zumindest nicht schnell und auf Dauer. Das werde ich vermutlich auch nie wieder. Und nein, ich kann nicht sonderlich gut kämpfen.«

»Gut, man sollte sich seiner Schwächen immer bewusst sein. Das Wichtigste ist, dass du trotz eines Angriffs die Ruhe bewahrst. Sobald dich jemand angreift, musst du ihn zwingen, den Angriff zurückzunehmen. Weil du ansonsten im schlimmsten Fall zu schwer verletzt bist, um irgendwas zu tun. Du musst sofort reagieren.«

Jetzt fällt es mir wie Schuppen von den Augen. »Deshalb die Bälle.«

»Wir haben leider keine Möglichkeit, jemanden in all das hier zu involvieren, ohne dich zu gefährden. Deshalb können wir das vorher nicht trainieren. Aber ich bin mir sicher, dass du es schaffen wirst. Wir werden gleich noch einmal deine Reflexe testen, und dann gibt es nichts mehr, was ich für dich tun kann.« Sie erhebt sich von ihrem Sessel, bevor sie zur Balkontür geht und hinausschaut. »Aber ich bin mir sicher, dass du bestmöglich vorbereitet bist. So, wie man sich eben auf die Prüfung vorbereiten kann.«

»Wie genau wird sie eigentlich ablaufen? Ich konnte dazu nirgends etwas finden.«

»Weil es nicht einfach eine Prüfung ist. Du gehst nicht dahin, füllst irgendwelche Sachen aus und führst deine Kunststücke vor. Die Prüfung ist so individuell, wie es der Prüfer und der Geprüfte sind.«

»Was soll das bedeuten?«

»Dass der Prüfer spontan entscheiden wird, wie du geprüft wirst.«

»Was für ein Übernatürlicher ist er? Sie kennen ihn doch, dann könnten Sie mir doch wenigstens das verraten, oder?«

»Könnte ich.« Dorothy lächelt halb. »Werde ich aber nicht. Du wirst zu denselben Bedingungen geprüft wie alle anderen auch. Ich will, dass du bestehst, aber das musst du ganz alleine schaffen.«

Natürlich leuchtet mir das ein, aber plötzlich habe ich Angst, dass ich es nicht schaffen werde. Dass ich versage und der Prüfer mich versehentlich in Brand setzt. Kann das passieren? Als ich diese Frage laut stelle, ernte ich einen mitleidigen Blick, was schon Antwort genug ist.

»Oh wow«, stoße ich aus und brauche ein paar Sekunden, um den Schock zu verdauen. »Das bedeutet also, dass ich bei dieser Prüfung draufgehen könnte? Ist das so eine allgemein bekannte Information, dass es nirgends Aufzeichnungen darüber gibt?«

»Es gab schon seit Jahrzehnten keine Toten mehr«, winkt Dorothy ab. »Du wirst das schaffen.«

»Und wenn nicht?«

Sie antwortet nicht, und das muss sie auch gar nicht, denn ich weiß es bereits. Der Prüfer wird mich festnehmen lassen, und die ganze Welt wird sehen, dass ich eine Betrügerin bin.

»So weit wird es nicht kommen.« Dorothy sagt es, als wäre es eine feststehende Entscheidung, unumstößlich und nicht diskutierbar.

Irgendwie hilft mir das sogar mehr als alles andere. »Okay. Dann spielen wir mal eine Runde Völkerball.«

Dorothy bricht in schallendes Gelächter aus, das den gesamten Wintergarten erfüllt.

Ich werde das schaffen.

Ich muss.

Doch vorher brauche ich etwas anderes von ihr. »Aber bitte nehmen Sie vorher diesen Zauber von mir.«

Sie schaut mich an, ohne eine Miene zu verziehen, und kurz glaube ich, dass sie Nein sagen wird. »Es ist dein freier Wille, die Prüfung abzulegen.« Ihre roten Funken hüllen mich ein, und dieses Mal lasse ich meine Mauer unten.

Ich spüre die Veränderung sofort. Das Drängen in meiner Brust, das zuvor nur ein vages Gefühl war, lässt augenblicklich nach. Die Prüfung zu machen, ist nun allein meine Entscheidung. Dennoch. »Warum das Ganze?«

»Das werde ich dir erklären, wenn du so weit bist.«

Diese Frau ist echt frustrierend. Ihr ist anzusehen, dass sie mir jetzt überhaupt nichts erklären wird, also nicke ich resigniert.

Wir wollen gerade loslegen, als ein Klingeln an der Tür ertönt. Dorothy runzelt ihre Stirn und öffnet sie mittels ihres Handys. Kurz darauf folgen hektische Schritte, und Amber taucht mit großen Augen in der Tür des Wintergartens auf. »Ihr glaubt nicht, was passiert ist!«

»Amber, was haben wir besprochen?«, fragt Dorothy freundlich, aber bestimmt.

Amber nickt aufgeregt. »Ich weiß. Nicht stören und so. Aber ernsthaft. Das wollt ihr nicht verpassen.« Sie zieht ihr Handy heraus und beginnt dann laut vorzulesen: »Gestern Nacht wurde während der Gala das Wappenteil der Flüsterer gestohlen. Es wurden umfangreiche Ermittlungen aufgenommen, um herauszufinden, wie die Sicherheitsmaßnahmen umgangen werden konnten.«

»Meine Güte«, stößt Dorothy schockiert aus.

»Das Wappenteil?«, frage ich und erinnere mich an den kupfernen Schild der Magier, der ebenfalls ein Teil des Phoenixwappens ist. »Wie kann es gestohlen werden? Ist es nicht nur ein Symbol?«

Amber schüttelt den Kopf, und Sensationslust sowie Schock stehen in ihren Augen. »Es gibt ein echtes Wappenteil. Alle zusammengesetzt ergeben das Wappen der Stadt. Und derjenige, der das Wappenteil des Hauses besitzt, ist deren Anführer.«

»Moment.« Ich bin nicht sicher, ob ich gerade richtig verstehe. »Bedeutet das, derjenige, der es gestohlen hat, kann sich jetzt offiziell als Anführer des Hauses betiteln?«

»Wenn er Teil dieses Hauses ist, dann ja. Also sollte

ein Flüsterer es gestohlen haben und es offiziell vor das Tribunal bringen, ist er der rechtmäßige Anführer des Hauses.« Amber verzieht den Mund und versucht, angesichts dieser Entwicklung ernst zu bleiben, aber ich sehe ihre Aufregung. »Das ist noch nie passiert.«

»Und was geschieht jetzt?«

»Jetzt dreht die ganze Stadt durch.«

Dorothy steht ruckartig auf, ihr Handy fest umklammert. »Ich muss mit Connor telefonieren.«

»Das ist das Oberhaupt der Flüsterer«, teilt Amber mir mit, obwohl ich mit Connor Clarkson, Ezras Vater, auf der Gala an einem Tisch saß.

»Es tut mir leid. Ich denke, wir müssen unsere Zusammenarbeit für heute beenden.« Dorothy hat schon ihr Handy am Ohr. »Sollte ein Häusersturz bevorstehen, müssen wir ein paar Vorbereitungen treffen.«

»Aber ist so was denn einfach so möglich?«

Amber nickt neben mir. »Immer. Deshalb haben die Oberhäupter fast immer Bodyguards in ihrer Nähe. Das Tribunal mischt sich nicht in Hausangelegenheiten ein. Nur dann, wenn ein Unbeteiligter zu Schaden gekommen ist.«

»Also kann man das Wappenteil einfach stehlen oder das Oberhaupt umbringen und so die Führung übernehmen?« Die Stille, die folgt, ist Antwort genug. Ich kann mir nicht einmal ansatzweise vorstellen, was das für Wellen schlagen muss.

Kurz darauf rauscht Dorothy aus dem Raum, und ich bin entlassen. Amber bringt mich nach draußen.

»Es ist einfach so krass«, murmelt Amber und kann immer schlechter ihre Sensationslust verbergen. »Offenbar haben die Einbrecher drei Sicherheitszonen durchbrochen. Das ist so gut wie unmöglich.«

»Sicherheitszonen?«

»Na ja. Security, die den Eingang beobachten. Zahlenkombinationen für einen Tresor. Solche Sachen.«

Zahlenkombinationen.

Zah-len-kom-bi-na-tio-nen.

Das Wort hallt in meinen Ohren wider, und mir wird plötzlich ganz anders, als ich an meine Aufträge für Thomas denke.

Zwei Männer, die für eine Weile auf dem Klo verschwinden.

Eine Frau, die nicht erkannt werden kann.

Zahlen, mit denen man einen Tresor öffnen kann.

Das ist nicht wahr.

Das *kann* einfach nicht wahr sein!

Meine Hände zittern, als ich mein Handy aus der Tasche ziehe. »Das ist wirklich unglaublich.«

»Es ist fürchterlich. Alle Vereinbarungen unter den Häusern können durch eine neue Führung angefochten werden. Es gab schon seit dem Ende des Krieges keinen erzwungenen Führungswechsel mehr. Ich bin echt froh, dass ich das nicht mitmachen muss.«

»Du hast die Führung abgelehnt, oder?«

»Jap.« Sie schnauft. »Politik ist einfach nicht mein Ding. Ich liebe mein Leben, so wie es ist. Asher wird das sehr viel besser machen, als ich es je könnte.«

»Mhm«, mache ich unbestimmt, denn ich will gerade wirklich nicht über Asher sprechen.

»Sicher ist das der Grund, weshalb er gerade nicht hier

ist. Alle Oberhäupter führen gerade vermutlich eine Notfallsitzung durch.«

»Klar.« Als wäre das gerade mein größtes Problem.

Als wir unten sind, verabschiede ich mich schnell von ihr, bevor ich in die wartende Limousine steige und sofort Ezra anrufe.

Er geht nicht dran.

Ich atme mehrmals zittrig ein und aus.

Das kann nicht wahr sein.

Das *darf* nicht wahr sein.

Schnell tippe ich eine Nachricht an Ezra:

Wir müssen reden!

Doch er antwortet nicht und lässt mich mit meiner aufkommenden Panik völlig allein.

Alles wird gut.

Das ist sicher ein dummer Zufall.

Ganz. Bestimmt.

30. Kapitel

Asher

Seit uns die Neuigkeit, dass das Wappenteil der Flüsterer gestohlen wurde, erreicht hat, steht das Leben in Phoenix still. Es gibt kein anderes Thema mehr auf den Straßen, denn das ist in der ganzen Stadtgeschichte und den Friedensverträgen nach dem Krieg noch nie vorgekommen. Die Wappenteile werden geschützt wie die britischen Kronjuwelen, mit diversen Sicherheitszonen und geschultem Personal. Man kann nicht einfach in ein Haus hineinspazieren und es stehlen. Wer auch immer es an sich genommen hat, muss einiges an Aufwand betrieben haben.

Eigentlich hatte ich vor, Jade bei ihrem Termin mit Dorothy abzupassen, stattdessen saß ich bis in die frühen Morgenstunden mit meinen Eltern und den Beratern des Hauses zusammen. Wir sind all unsere Verträge mit dem Haus der Flüsterer durchgegangen und haben vor allem die älteren auf Schlupflöcher untersucht, die uns im Falle eines Machtwechsels Probleme machen könnten. Und immer wieder musste ich an Ezra denken. Es ist sein Haus, dem dieser Scheiß passiert ist. Als wir noch miteinander befreundet gewesen sind, scherzte er einmal, dass wohl ein Fluch auf ihnen liegen muss. Thomas' Mutter starb früh, genauso wie Ezras Mutter. Ihr Haus ist mächtig, doch durch die wenigen Familienmitglieder ist es auch angreifbarer. Ich habe noch diverse Cousinen und Cousins, die nach mir in der Erbfolge stehen, weshalb unser Haus bis auf absehbare Zeit immer von der Familie Hastings regiert werden wird. Ezras direkte Linie besteht nur noch aus vier Männern, und egal wie viel Enttäuschung ich ihm gegenüber noch empfinde – das hier ist eine verdammte Katastrophe.

Ich wünschte, wir könnten mehr tun. Doch das ist unmöglich. Der Diebstahl eines Wappenteils ist eine hausinterne Angelegenheit, in die das Tribunal sich nicht einmischen darf. Die Häuser dürfen nur von Weitem zuschauen und müssen hoffen, dass sie nicht in einen Krieg hineingezogen werden. Denn das ist der Grund, weshalb Phoenix überhaupt entstanden ist. Einst haben Bündnisse unter den Häusern, Empathien und Freundschaften dazu geführt, dass man sich zu Kämpfen hinreißen lassen hat, die einen nichts angehen. Das wird uns nie wieder passieren. Deshalb muss jedes Haus seine eigenen Kriege ausfechten. Egal, wie nah uns deren Mitglieder stehen. Die einzige Hilfe, die den Häusern zur Seite steht, ist die unabhängige Sonderkommission.

Ich gähne, als ich auf das Gelände der Akademie fahre. Ein Kaffee wäre toll.

Doch der Gedanke verpufft, als ich auf dem Parkplatz der Akademie die schwarzen SUVs sehe. Autos, die verdächtig nach Polizei, FBI oder eben nach unserer Sonderkommission aussehen.

Sofort beschleunigt sich mein Puls.

Es muss etwas mit dem Diebstahl zu tun haben.

Aber was? Vermuten sie den Dieb hier? Oder geht es nur um Hinweise?

Ich eile über den Vorplatz zum Gebäude, doch noch bevor ich die Doppelflügeltür des Akademieeingangs erreiche, wird sie aufgestoßen. Vermummte, völlig in Schwarz gekleidete Beamte kommen mir entgegen. In ihrer Mitte läuft eine Studentin. Die Augen vor Schreck weit aufgerissen, der Gang abgehackt.

Jade.

»Was ist hier los?«, verlange ich zu wissen und will mich der Gruppe in den Weg stellen.

Doch da steht schon Sergeant Martinez vor mir. Ich erkenne ihn trotz seiner Sturmhaube. »Es gibt Beweise für die Verwicklung von Jade Mitten in einen Diebstahl. Danke, dass Sie mit uns zusammengearbeitet haben. Ab jetzt machen wir weiter.«

Jade passiert uns in diesem Moment. Und ich sehe es. Ich sehe in ihren Augen, dass sie jedes Wort gehört hat. Ich sehe, wie sie vor Schmerz zusammenzuckt. Wie sie sich abwendet. Wie eine Träne über ihre Wange rinnt.

Und in diesem Augenblick wird mir bewusst, dass ich sie nicht hängen lassen kann. Was auch immer sie verbrochen hat, ich werde sie nicht schutzlos ausliefern.

Also greife ich nach meinem Telefon und handle wie auf Autopilot. Alles in mir wird taub, denn da ist keine Zeit für Schmerz.

Ich zögere nicht, als ich die Nummer wähle, denn ich weiß instinktiv, dass sie unsere einzige Hilfe ist.

Meine Eltern kann ich in diese Sache nicht involvieren, aber es gibt jemanden, der Kontakte hat, die mir definitiv weiterhelfen werden.

Es klingelt drei Mal, bis jemand drangeht. »Hallo?«

»Ich brauche deine Hilfe, Dorothy.«

Am anderen Ende der Leitung ertönt ein schnaubendes Lachen. »Immer raus damit.«

Meine Hände umfassen das Handy fester, und ich sehe zu, wie Jade in einen der SUVs verfrachtet wird. Um mich herum bebt der Boden, weil meine Magie alles in Stücke reißen will, doch ich zwinge mich, die Kontrolle wiederzuerlangen. »Jade wurde gerade festgenommen. Und ich will sie da rausholen.«

»Ich leite alles in die Wege. Halt die Füße still, und warte, bis du von mir hörst.« Dann legt sie auf, und ich denke lieber nicht darüber nach, dass sie kein bisschen überrascht wirkte.

Ein Teil von mir will dem kleiner werdenden Wagen hinterherfahren. Stattdessen zwinge ich mich, in die Akademie zu gehen.

Wir werden sie da rausholen.

Koste es, was es wolle.

31. Kapitel

Jade

Die letzten Minuten laufen wie in Dauerschleife vor meinem inneren Auge ab. Wie die Kräfte der Sonderkommission heute früh meine Tür eingetreten haben und mich aus dem Zimmer zerrten. Wie sie meinen Raum durchsuchten, während man mich zu Boden drückte und mir Handschellen anlegte.

Wie ich beinahe ausgeflippt bin, weil ich nicht wusste, was ich tun sollte. Bis mir einer von ihnen, ein großer Kerl mit gefährlich funkelnden Augen, sagte, dass ich es nur schlimmer machen würde, wenn ich mich wehre.

Also habe ich mich abführen lassen.

Nur um kurz darauf zu erfahren, dass Asher mit der Sonderkommission zusammengearbeitet hat.

Während der gesamten Fahrt nach Phoenix bin ich wie versteinert, und die vermummten Beamten sagen kein Wort, während sie mich mit Argusaugen beobachten.

Statt in einem der Parkhäuser zu halten, fahren wir durch eines hindurch und dann in einen verborgenen Tunnel, der so lang ist, dass sich irgendwann Panik in mir breitmacht. Ich bin kurz davor zu hyperventilieren, als wir das Ende des Tunnels erreichen und schließlich halten.

Ich werde aus dem Wagen eskortiert und über einen Aufzug in einen Verhörraum gebracht. Direkt hinein. Es gibt große Spiegel an zwei Seiten, und ich bin sicher, dass man mich auch hier beobachten kann. Es gibt keine Fenster. Dafür Kameras in jeder Ecke.

Ein Eisentisch befindet sich in der Mitte und vier Stühle, an jeder Seite einer.

Sie setzen mich auf einen von ihnen, und dann werde ich alleingelassen.

Ich trage nichts bei mir. Kein Handy. Kein Portemonnaie. Nicht einmal eine Jacke. Nur meine Schuluniform, in der ich mich in diesem Verhörraum wie in einem schlechten Film fühle.

Das Zittern meiner Hände lässt nur langsam nach, genauso wie mein panischer Herzschlag, der mir aus der Brust zu brechen droht. Meine Augen brennen, doch ich weine nicht. Stattdessen sitze ich einfach da und starre in den Spiegel, ohne wirklich etwas zu sehen.

Asher hat für die Sonderkommission gearbeitet. Warum? *Warum?*

Und wie lange schon? Ich verstehe es einfach nicht. Absolut nichts hat darauf hingedeutet, dass er mehr Interesse an mir zeigt als sonst irgendein Junge, der vielleicht mit mir ausgehen will.

Oder aber meine Menschenkenntnis ist wirklich komplett nutzlos.

Nicht, dass ich besser wäre. Aber verdammt. Hat er mich absichtlich dazu gebracht, mich in ihn zu verlieben? War das alles Teil eines ekelhaften Plans?

Ich blinzle, realisiere, dass ich in einem Verhörraum sitze, und schiebe Asher aus meinen Gedanken. Er ist jetzt unwichtig. Wichtig ist nur herauszufinden, warum genau ich hier bin.

Als ich abgeführt wurde, haben die Dozierenden versucht, die schwarz maskierten Beamten aufzuhalten. Sie sind durch den Innenhof geströmt wie eine Schar aus fleischfressenden Insekten und haben sich auf mich gestürzt, als hätte ich versucht, das Internat in die Luft zu sprengen.

Doch keiner von ihnen konnte mir helfen. Am Ende mussten Mr Lavache und Mrs Tyndall Marina festhalten, die ausgeflippt ist, als sie mich in Handschellen gesehen hat.

Die Beamten führten mich aus dem Internat wie eine Schwerverbrecherin, und ich ließ es geschehen. Nichts hätte mich mehr retten können, nicht einmal meine Kräfte.

Ich zucke zusammen, als sich die Tür öffnet und ein Beamter mit schwarzen Haaren, dunklen Augen und schwarzem Einsatzanzug in den Raum kommt. Er trägt eine Akte mit sich, die er vor mir auf den Tisch wirft, bevor er sich stumm mir gegenübersetzt.

Seine Beine sind ausgestreckt, die Arme locker auf den Tisch gestützt, der Blick abwägend. »Jade Mitten, wissen Sie, warum Sie hier sind?«

Mein Herz pumpt noch stärker, und meine Magie surrt vor Aufregung unter meiner Haut, doch ich kann sie zurückhalten. »Nein. Aber Sie werden es mir sicher sagen, oder Mr-?«

»Sergeant Martinez«, stellt er sich vor, und sein Mundwinkel zuckt abschätzig, während er die Akte vor sich öffnet. Ganz oben ist ein Bild zu sehen, von einem Schmuckstück in Form einer Lilie, aus Silber mit einer schwarzen Füllung, die wie Obsidian aussieht. Ich kenne sie irgendwoher. »Es gibt Beweise, dass Sie beim Diebstahl des Wappenteils der Flüsterer maßgeblich beteiligt sind.«

Ich schnappe nach Luft. Schockiert angesichts dieser Unterstellung, und zugleich erleichtert, dass es nicht um meine gefälschten Papiere geht. »Was? Nein!«

Seine Augenbrauen heben sich angesichts meiner heftigen Reaktion. »Nein?«

»Ich-« Ich stoße Luft aus und schiebe mir mit beiden Händen die Haare aus dem Gesicht. »Ich weiß aber, wie Sie darauf kommen.«

»Ach ja?« Der Beamte schnaubt amüsiert und holt weitere Bilder hervor. Bilder von mir in einer Bar, in einer Gasse, auf der Gala. Mit all den Leuten, die ich für Thomas manipulieren sollte. »Dann klären Sie mich mal auf. Es gibt nämlich so einige Beweise, die gegen Sie sprechen.«

Alles in meiner Brust zieht sich zusammen, als sich die Erkenntnis, wofür Thomas mich wirklich benutzt hat, langsam in mir festsetzt. Was ist mit Ezra? Wie viel wusste er wirklich über die Aufträge? »Okay, ich habe keine Ahnung, wie das hier abläuft, aber ich will einen Anwalt. Meinen Onkel. Derek Drawing.«

Der Beamte nickt kurz, und dann lässt er mich mit der Angst zurück, dass mein Onkel mich in dem ganzen Schlamassel hängen lassen könnte. Er hat immerhin schon genug für mich getan, indem er mich an die Ashriver Academy gebracht hat.

Doch nach einer kurzen Ewigkeit öffnen sich die Aufzugtüren erneut, und kein anderer als mein Onkel betritt den Raum.

»Onkel Derek«, stoße ich aus, springe von meinem Platz auf und falle ihm um den Hals. Tränen treten in meine Augen, und jedes Wort brennt in meinem Hals. »Wie konntest du so schnell hier sein?«

»Riley hat mich angerufen.« Er tätschelt meinen Rücken und umarmt mich einmal ganz fest, bevor er mich loslässt. »Ich war schon halb auf dem Weg, als ich hierher beordert wurde.« Mit einem mörderischen Blick wendet er sich an Sergeant Martinez, der hinter ihm in den Raum geschlendert kommt. »Das wird Folgen haben. Eine Studentin mit solch brutalen Mitteln aus ihrem Umfeld zu reißen.«

»Es gibt einschlägige Beweise, dass Jade Mitten in den Diebstahl an dem Wappenteil der Flüsterer beteiligt ist.« Er deutet ungerührt auf die Stühle.

Ich setze mich erst, als mein Onkel es ebenfalls tut, während wir zusehen, wie Sergeant Martinez ein Tablet unter der Akte hervorzieht und dann ein Video abspielt. Darauf ist eine dunkelhaarige Frau in schwarzen Sachen zu sehen, wie sie ein umzäuntes Grundstück betritt. An einem Pförtnerhäuschen überreicht sie einem Mann einen To-go-Becher. Dann verschwindet sie. Kurze Zeit später taucht ein anderer Sicherheitsbeamter auf, bevor der erste fluchtartig ins Haus rennt. Dasselbe Spiel beginnt erneut. Als das Pförtnerhäuschen unbesetzt ist, geht die Frau auf das Gebäude zu. Fahles Licht gleitet auf ihr Gesicht und offenbart es für uns alle.

Ich schnappe nach Luft. Das kann nicht wahr sein. Diese Frau dort sieht genauso aus wie ich.

Onkel Derek legt eine Hand auf meinen Arm, und ich verstumme, während ich meinen Blick nicht mehr vom Bildschirm abwenden kann. Die Frau betritt das Gebäude, dann folgen Ausschnitte aus verschiedenen Fluren. Sie scheint nicht einmal nervös zu sein, denn ihre Haltung bleibt die ganze Zeit aufrecht, während sie ganz selbstverständlich durch das Haus der Flüsterer geht. Irgendwann passiert sie eine Theke, hinter der ein Mann sitzt. Er schaut nicht einmal auf, als sie an ihm vorbeigeht. Es ist derselbe Mann, den ich in der Gasse gezwungen habe, die Frau zu vergessen. Seine angebliche Ex, die vor ihm nicht sicher ist. Mein Puls steigt ins Unermessliche.

Das kann nicht wahr sein. Es war tatsächlich alles eine verdammte Lüge.

Die Frau auf dem Bildschirm erreicht eine Tür und öffnet sie mittels eines Codes. Acht. Verdammte. Ziffern.

Dann ist sie drin. Und kurz darauf hat sie ein Schmuckstück in den Händen. Der Alarm geht los.

Sie geht zur Seite, verschwindet aus dem Sichtfeld der Kamera und ist dann einfach weg. Sergeant Martinez spult die Aufnahme zurück, bis wieder mein Gesicht zu sehen ist. Dann zieht er in aller Seelenruhe Bilder aus der Akte. Bilder von mir, wie ich ein Verbrechen begehe. »Erklären Sie mir das.«

Ich öffne meinen Mund, doch Onkel Derek hält mich auf. »Ich werde zuerst mit meiner Mandantin sprechen. Allein.«

Sergeant Martinez presst seine Lippen zusammen, doch offenbar hat er keine andere Wahl, als wieder zu gehen. Kurz darauf werden die Spiegel klar, und dahinter sind leere Räume zu sehen.

So. Gruselig!

Ich atme zittrig aus und wende mich meinem Onkel zu. Er trägt wie immer einen perfekt sitzenden und vermutlich unfassbar teuren Anzug, doch seine Haare sind leicht zerzaust. Als wäre er in Eile gewesen, als er erfahren hat, was mir passiert ist. Von Riley. Sie hat sofort ihren Vater angerufen. Obwohl sie mich hasst.

»Ich war das nicht«, schwöre ich. »Ich habe nichts gestohlen.«

»Das glaube ich dir. Wir brauchen nur noch Beweise.«

»Habe ich. Auf meinem Handy. Das wurde mir unterwegs abgenommen. Dort kann man sehen, dass ich für die Aufträge Geld von Thomas Clarkson bekommen habe.«

Mein Onkel atmet schwer ein, und obwohl er gefasst wirkt, sehe ich, dass das ein Problem ist. »Du hast Aufträge angenommen? Du hast mit deinen Kräften andere Leute manipuliert?«

Ich schlucke, mein Blick fliegt umher, und ich versichere mich, dass keine Personen in den Räumen hinter den Spiegeln sind. Dann senke ich meine Stimme, die ein wenig zittert. »Ja. Ich wurde erpresst.«

»Großartig. Damit kann ich arbeiten-«

»Nein«, unterbreche ich meinen Onkel, noch während sich echte Freude auf seinem Gesicht ausbreitet. Total schräg, ist aber vermutlich so ein Anwaltsding. »Ich wurde erpresst, weil meine Papiere gefälscht sind.«

Onkel Derek erstarrt. Seine Bewegungen. Selbst seine Augen. Nichts bewegt sich, während er mich ansieht, als wäre ich ein Geist. Ein Dämon, der gerade aus der Hölle emporgestiegen ist. »Was?« Seine Stimme klingt dünn.

Und ich weiß, dass ich ein Problem habe. Wenn selbst *er* so reagiert, bin ich am Arsch.

Ich schlucke den fetten Kloß in meinem Hals herunter. »Ich habe nie eine Prüfung abgelegt, sondern mir falsche Dokumente geholt, um von meiner Mutter wegzukommen.«

»Das kann nicht dein Ernst sein.« Mittlerweile ist er kalkweiß, und ich – ich habe verdammte Angst. »Jade-«

»Ich weiß. Das ist eine Katastrophe. Aber ich werde die Prüfung in ein paar Tagen nachholen. Offiziell. Mehr oder weniger. Aber die Papiere werden echt sein. Ich muss nur hier rauskommen.«

Mein Onkel atmet tief und ein bisschen verzweifelt durch, während er sich in die Nasenwurzel kneift. »Okay. Ich werde jetzt keine weiteren Fragen mehr stellen. Wir werden erneut darüber sprechen. Zuhause. Ausführlich. Aber erst mal werden wir dich hier rausbekommen. Erzähl mir alles. Von Anfang an. Und lass nichts aus.«

Ich knete meine Hände ineinander und starre auf die Bilder, die noch immer durcheinander vor uns auf dem Tisch liegen. Und dann lege ich los, während sich mein Onkel Notizen macht, das Gesicht wieder eine ernste Maske aus Seriosität.

Schließlich ende ich mit meiner Vermutung, dass die Frau, von der ich glaubte, sie gerettet zu haben, eine Gestaltwandlerin ist.

»Gut. Das sollte sich schnell klären lassen.« Onkel Derek schiebt seine Notizen zusammen und erhebt sich dann. »Warte hier. Ich werde alles Weitere veranlassen. Und du wirst nichts über die Papiere sagen.« Er zögert. »Gibt es noch etwas, das ich wissen sollte?«

»Mom hat mich angerufen. Deshalb habe ich den letzten Auftrag auch nur angenommen. Ich habe sie bestohlen, um die Studiengebühren zu bezahlen. Irgendwer hat ihr verraten, wo ich mich vor ihr verstecke.« Ich lasse ungesagt, dass ich Riley dahinter vermute, und sehe, wie glühend heißer Zorn in seinen Augen auflodert, bevor er wieder seine Anwaltsmaske aufsetzt. »Verstehe. Das werden wir vorerst ebenfalls für uns behalten, einverstanden?«

Angespannt nicke ich und sehe zu, wie er sich abwendet und dann einen Knopf drückt und kurz darauf von Sergeant Martinez abgeholt wird.

Ich weiß nicht, wie lange es dauert, doch irgendwann kommen die beiden zurück. Sie sehen ernst aus, was ich weder als gutes noch als schlechtes Zeichen werten kann.

Erneut erzähle ich meine Geschichte, nur ohne die Details zu der Erpressung. Ich sage nur, dass Ezras Bruder Thomas einen Job für mich hatte und ich aus Geldnot heraus angenommen habe. Am Ende hält Onkel Derek mir mein Handy hin. »Sie können entweder dein Konto überprüfen lassen, was ein paar Stunden dauern wird, oder du gibst ihnen Einblick in deine Kontoauszüge.«

Erleichtert, dass ich etwas machen kann, um meine Unschuld zu beweisen, ziehe ich das Handy an mich und entsperre es. »Natürlich können Sie Einblick haben.« Ich tippe auf dem Display herum und drehe es dann in die Richtung der beiden. »Da sind die Einzahlungen. Alle von Thomas Clarkson. Ich habe sonst nicht so viel Bewegung auf dem Konto.« Keine Ahnung, wieso ich das hinzufüge. Aber ich bin so unfassbar nervös.

»Diese benötigen wir als Ausdruck.« Sergeant Martinez wendet sich meinem Onkel zu. »Wir werden gleich Thomas Clarkson befragen, und in der Zwischenzeit kommt jemand, der eine Zeichnung erstellen soll.« Er nickt mir dann knapp zu. »Danke für Ihre Kooperation. Das hilft den Ermittlungen sehr weiter. Ezra Clarkson hat Ihre Version der Geschichte gerade bestätigt.«

Ezra hat die Geschichte bestätigt.

Vor Erleichterung zittern meine Hände, und ich quetsche sie unter meine Oberschenkel, damit es nicht auffällt.

»Was passiert jetzt?«, frage ich meinen Onkel, der sich zu mir an den Tisch setzt, während der Sergeant wieder verschwindet.

»Ezra Clarkson hat deine Version des Hergangs bestätigt. Die Einzahlungen auf dein Konto helfen dir weiter. Nun soll Thomas Clarkson befragt werden. Beamte sind auf dem Weg zu ihm. Sie wollen eine Zeichnung von der Frau anfertigen, die du für die Security unsichtbar gemacht hast.« Er senkt die Stimme. »Darüber reden wir noch. Du scheinst keine Ahnung zu haben, wie gefährlich deine Gabe ist. Und wie stark du offenbar bist.«

Ich presse meine Lippen zusammen. »Es tut mir so leid, dass ich dich in das alles hineinziehe.«

Seine Züge werden sanft, und er sieht wieder aus wie mein Onkel und nicht wie der knallharte Anwalt. »Es tut mir leid, dass wir dir nicht das Gefühl gegeben haben, dich uns anvertrauen zu können.«

Mein Herz sackt in meine Hose, und mein schlechtes Gewissen erstickt mich fast. Er hat so recht. Ich hätte mit ihm sprechen müssen. Aber als ich ihn wiedergesehen habe, ist alles schon zu spät gewesen. Das laut auszusprechen hört sich jedoch wie eine Ausrede an, und so bleibe ich stumm.

Kurz darauf werden wir von einem anderen Beamten abgeholt und eine Etage nach oben geführt. Wir treten in einen Flur, von dem mehrere Türen abgehen. Überall laufen Uniformierte herum, mit schwarzen Anzügen, als wären sie vom FBI. Ich trage weder Handschellen, noch stehe ich unter besonderer Beobachtung. Das ist ein gutes Zeichen. Hoffe ich.

Wir werden in eine Art Konferenzraum gebracht. Dort treffen wir eine Phantomzeichnerin, die mich zu den genauen Gesichtszügen der Frau befragt, und ich helfe so gut ich kann.

Onkel Derek weicht nicht von meiner Seite, und eine halbe Stunde später sind wir fertig. »Ist sie das?«, fragt er dann und deutet auf die Zeichnung.

»Ja. Das ist die Frau, die mir sagte, sie sei in Gefahr und bräuchte meine Hilfe.«

Die Zeichnerin bedankt sich bei mir und lässt uns allein, wobei sie die Glastür hinter sich zuzieht.

»Was passiert jetzt?« Mein Magen knurrt. Das Adrenalin hat langsam nachgelassen. Ich habe keine Ahnung, wie lange ich schon hier bin oder wie spät es ist.

Onkel Derek zieht schmunzelnd einen Müsliriegel aus seiner Tasche und reicht ihn mir. Das tut er so routiniert, als wäre es nicht das erste Mal, dass er einer Mandantin oder einem Mandanten diesbezüglich hilft. »Sie können dich nicht festhalten, solange so viele Beweise für dich sprechen. Dass dein Gesicht auf den Bändern zu sehen ist, ist problematisch, aber kein Hindernis angesichts der Tatsache, dass die eine Auftraggeberin offenbar eine Gestaltwandlerin war.«

Hoffnung wallt in mir auf.

Doch sie zerfällt im selben Moment, als Onkel Derek mir ernst in die Augen schaut. »Das Problem ist aber weiterhin, dass du deine Kräfte gegen Bürger dieser Stadt eingesetzt hast. Für Profit. Und die andere Sache.« Der letzte Satz ist ein Flüstern.

Ich nicke knapp. Die nicht abgelegte Prüfung. »Was bedeutet das für mich?«

»Wenn ich meinen Job gut mache, bedeutet es eine saftige Geldstrafe und gemeinnützige Arbeit.«

»Und im schlechtesten Fall?«

»Gefängnis.«

Für einen Moment kann ich nicht atmen. Meine Hand umfasst den Riegel so fest, dass er in der Verpackung zerquetscht wird.

Mein Onkel legt beruhigend seine Hand über meine. »Wir bekommen das hin.«

Langsam nicke ich und hoffe wirklich, dass er recht hat.

»Iss jetzt. Ich bin an deiner Seite. Okay? Du wirst nie wieder etwas alleine durchstehen müssen.«

Wärme durchflutet mich, und meine Mauer bröckelt, als Tränen in meine Augen treten. »Danke.« Er ist an meiner Seite. Das weiß ich. Doch warum fühle ich mich noch immer, als säße ich auf einem Floß, mitten auf hoher See, und würde einem Sturm entgegenpaddeln?

Als Sergeant Martinez in den Raum kommt, wirkt er überhaupt nicht glücklich. »Wir lassen Sie unter Vorbehalt gehen, werden aber ein Verfahren gegen Sie einleiten wegen widerrechtlicher Nutzung Ihrer Kräfte innerhalb der Gemeinschaft.«

Mein Onkel nickt, während ich ganz still sitzenbleibe. »Was ist mit Thomas Clarkson?«

»Er konnte von unseren Beamten nicht aufgegriffen werden und befindet sich aktuell auf der Flucht.«

Ich reiße meine Augen auf.

»Du brauchst keine Angst vor ihm zu haben«, versichert mein Onkel mir, der meine schockierte Reaktion offenbar als Furcht gedeutet hat. »Solange das Verfahren läuft, wirst du bei uns wohnen.«

Ich denke an die Akademie, doch allein der Gedanke, mitten in all diesem Chaos dorthin zurückzukehren, fühlt sich ganz falsch an. »Okay.«

Sergeant Martinez öffnet für uns die Glastür. »Ich danke Ihnen für Ihre Mithilfe. Wir werden auf Sie zurückkommen. So lange sollten Sie in der Nähe bleiben.«

»Natürlich.« Ich lächle ihm knapp zu, während mein Herz in meiner Brust galoppiert.

Ich kann gehen. Sie lassen mich wirklich gehen! Meine Magie summt unter meiner Haut, und ich kann nicht fassen, dass ich es gleich geschafft habe. Es ist ein Kampf, mir meine Erleichterung nicht anmerken zu lassen, als ich gemeinsam mit dem Sergeant und meinem Onkel durch das Gebäude laufe, in dem es vor Beamten der Sonderkommission nur so wimmelt.

Wir laufen an Büros, Besprechungsräumen und offenen Warteräumen vorbei. Wir passieren Übernatürliche, die von Beamten abgeführt werden.

Dann kommen wir nach unten, laufen an einem Empfang vorbei und direkt auf eine Flügeltür aus Glas zu.

Gleich sind wir draußen.

Meine Handflächen werden feucht, und ich umklammere den Saum meines Blazers, lasse ihn aber schnell wieder los, als ich Sergeant Martinez' Seitenblick auf mich bemerke.

Nur noch wenige Schritte.

Gleich.

Nur noch-

Und dann passiert alles auf einmal.

Plötzlich steht Asher da draußen vor der Tür.

Ich bin so überrumpelt, dass ich das Aufwallen meiner Magie nicht verhindern kann. Sie umspült mich zu tausenden roten Funken.

Ich versuche noch, sie zurückzuziehen.

Doch es ist zu spät.

Ich kann sie nicht mehr aufhalten, als sie zu Asher zuckt, als würde sie sich nach ihm sehnen.

Meine Augen weiten sich.

Ashers Augen weiten sich.

Mein Herzschlag setzt aus.

Einen Moment lang steht die Welt still.

Dann schiebt sich Sergeant Martinez in mein Blickfeld, die Arme ineinander verschränkt. »Jade Mitten, ich denke, wir haben doch noch ein paar Fragen.«

Ich keuche und weiß eins mit absoluter Sicherheit: Ich werde hier nie wieder rauskommen.

32. Kapitel

Asher

Jades Magie kribbelt noch immer auf meiner Haut, als ich dabei zusehe, wie Sergeant Martinez Jade am Arm nimmt, worauf sie zurückzuckt.

Rileys Vater stellt sich schützend vor sie.

Doch ich sehe es in Martinez Blick. Er hat Blut gewittert. Jades Blut. Und er wird sie nicht gehen lassen, bis er die Wahrheit herausgefunden hat.

Sie wirft noch einen letzten Blick auf mich, bevor sie wieder zurück in das Innere der Zentrale geführt wird.

Meine Hände ballen sich zu Fäusten, doch Dorothy legt ihre Hand auf meinen Unterarm und stellt sich dicht neben mich. »Wie weit bist du bereit zu gehen?«

»So weit wie nötig.« Es gibt kein Zögern. Kein Nachdenken. Ich muss ihr helfen. Noch nie habe ich in meinem Leben etwas so sehr gefühlt wie diese Gewissheit.

»Gut. Denn wenn die Sonderkommission sie einmal hat, lassen sie Jade nicht mehr gehen.«

Ich habe keine Ahnung, wieso Dorothy mir oder ihr hilft, aber ich bin so verdammt froh. »Wie sollen wir sie da rausholen? Kämpfen ist ja wohl keine Option.«

Dorothy schnaubt grimmig. »Oh nein, auf gar keinen

Fall. Doch das hier könnte dir Probleme für deinen eigenen Weg bei der Sonderkommission machen.« Dorothy blickt mich prüfend an, und es ist eines der wenigen Male, in denen sie aussieht, als würde sie mich aus tiefstem Herzen mögen. »Ich kann das auch ohne dich erledigen.«

»Auf keinen Fall«, erwidere ich und begegne ihrem Blick voller Härte. Ich werde Jade nicht einfach sich selbst überlassen.

Sie lacht. »Dachte ich mir bereits. Gut. Wir müssen noch einen Moment warten.« Sie zückt ihr Handy, während sie die Augen zusammenkneift. »Die Vorwürfe wegen Diebstahls sind haltlos, und die Beweise reichen aus, um sie freizulassen.« Sie runzelt die Stirn. »Warum nehmen sie Jade dann wieder mit?«

Verdammt, woher weiß sie das alles?

Mir wird eiskalt, als ich an ihre Funken auf meiner Haut denke. »Weil sie denken, Jade hat etwas mit einem Dokumentenfälscher zu tun.«

Dorothy schnalzt mit der Zunge. »Ärgerlich, dass sie das rausbekommen haben.«

Schock durchfährt mich, als ich sie anstarre. Das kann nicht sein. »Woher-?«

»Wir reden später darüber«, winkt sie ab, schon wieder auf ihr Handy konzentriert. »Lass mich jemanden anrufen. Ich habe bereits einen Plan.«

Das ist gut. Sehr gut sogar. Denn mein einziger Plan wäre es, mit meiner Magie das Gebäude Stein um Stein auseinanderzunehmen, Jade da rauszuholen und den Rest unseres Lebens auf der Flucht zu verbringen.

33. Kapitel

Jade

Wieder sitze ich in einem Verhörraum, und ich weiß genau, dass ich es vermasselt habe. Der Sergeant hat gesehen, wie meine Magie auf Asher reagiert hat.

Jetzt knallt er mir eine Akte auf den Tisch, auf der ein Foto befestigt ist. Von einem Mann, den ich nie wiedersehen wollte. Rotes Haar, schlank, groß, und wo sonst immer ein schiefes Grinsen zu sehen ist, wirken seine Wangen nun eingefallen und die Augen leer. »Kennen Sie diesen Mann?«

»Nein«, sage ich. »Wer soll das sein?« Natürlich kenne ich ihn. Das ist Redface, zumindest ist das der Name, unter dem ich ihn kennengelernt habe. Damals, als ich mich mit der Schwester einer Schönheitskönigin angefreundet habe und sie ihn mir empfahl, wenn ich jemals einen gefälschten Ausweis zum Trinken haben wollte.

Zur gleichen Zeit war mein Stiefvater meiner Mutter fremdgegangen.

Das ist alles deine Schuld! Weißt du eigentlich, was deine verdammten Outfits kosten? Du wirst uns noch in den Ruin treiben! Außerdem hast du zugenommen! So werden wir niemals gewinnen!

Ich spüre die Ohrfeige noch, als hätte sie mich erst gestern getroffen. Natürlich war ich schuld an der Affäre meines Stiefvaters. Meine Mutter schob mir immer alle Verantwortung zu, egal wie unsinnig es war.

Also traf ich mich mit Redface, der sofort eine Übernatürliche in mir erkannte und mir mit einem Mal einen Ausweg aus meiner Misere bot.

Ich kann dir alle Dokumente geben, die du brauchst. Personalausweis. Führerschein. Bessere Prüfungsergebnisse.

Mein Herz hatte ausgesetzt. *Ich habe keine Prüfung gemacht.*

Sein Grinsen werde ich nie wieder vergessen. *Wenn du genug Kohle hast, dann schon.*

Und ich habe nach diesem Rettungsseil gegriffen. Sofort. Ohne zu zögern.

Sergeant Martinez glaubt mir nicht. Das sehe ich in seinem Gesicht, den heruntergezogenen Mundwinkeln und der Skepsis in seinem Blick.

»Was werfen Sie meiner Mandantin vor?«, fordert mein Onkel, ganz der Anwalt. »Sie können sie nicht einfach wieder mitnehmen, nur weil es Ihnen so passt. Ich dachte, Ihnen wären noch Fragen eingefallen.«

»Oh, keine Sorge. Ich komme schon noch zum Punkt.« Sergeant Martinez spricht, als hätte er alle Ruhe der Welt. Wie ein Raubtier, das seine Beute mürbe machen will.

Ich bin so am Arsch.

Er weiß es.

Er. Weiß. Es.

Aber woher?

»Das hier ist Markus Gallagher, ein Dokumentenfälscher, auch bekannt als Redface. Er wurde erst kürzlich von unseren Leuten festgenommen, und obwohl er es schaffte, beinahe die gesamten Beweise zu vernichten, blieb das hier zurück.« Er zieht aus der Akte eine Fotoecke heraus, die offenbar vom Rest des Bildes abgerissen wurde. Darauf sind dunkle Haare vor einem unscheinbaren Hintergrund zu sehen. Solche Haare, wie ich sie habe.

»Also werfen Sie meiner Mandantin anhand dieses nichtssagenden Bildes Dokumentenfälschung vor? Das ist unhaltbar.« Mein Onkel erhebt sich, schnappt seine Tasche und bedeutet mir, es ihm gleichzutun. »Wir gehen jetzt. Sie können uns kontaktieren, sobald Sie echte Beweise haben.«

»Die haben wir. Einer unserer Praktikanten war so nett und hat Ihre Mandantin aufs Genauste überprüft und Ungereimtheiten festgestellt.« Martinez eiskalter Blick trifft mich. »Sie kennen Asher Hastings, nicht?«

Ich starre ihn an, kaum fähig, mich zu rühren, und versuche zu begreifen, was er mir da sagen will. Asher hat nicht nur mit der Sonderkommission zusammengearbeitet, sondern mich auch gezielt überprüft? Er wusste, was mir vorgeworfen wurde, und hat mich nicht gewarnt?

Mir wird schwindelig, und ich kann mich nicht rühren, so sehr wankt mit einem Mal alles um mich herum. Nein, ich bin es, die wankt.

Asher sagte mir, dass er bei der Sonderkommission eine Karriere anstrebt. Und offenbar bin ich diejenige, die er zu opfern bereit war.

Wir haben miteinander geschlafen. Ich habe ernsthaft geglaubt, ihm würde etwas an mir liegen. Und zu allem Überfluss habe ich ihm mein Herz geschenkt. Wie konnte ich mich nur so sehr irren?

Plötzlich ertönt ein schriller Alarmton, der uns alle gleichzeitig zusammenzucken lässt.

Sergeant Martinez flucht leise, springt von seinem Platz hoch, reißt die Tür des Verhörraums auf und ruft um Verstärkung. Dann strömen zwei Beamte in den Raum, direkt auf mich zu. »Wir verlegen das Verhör.«

»Was soll das?«, verlangt Onkel Derek zu wissen und versucht, sich vor die beiden Männer zu schieben.

»Wir müssen Sie jetzt mitnehmen«, erwidert Sergeant Martinez ungerührt und nickt seinen Kollegen zu, die schon hinter mich treten, mich an den Schultern packen und zum Aufstehen zwingen.

»Das können sie nicht machen«, beharrt mein Onkel, während er fuchsteufelswild mit den Armen fuchtelt. »Ohne Beweise dürfen Sie sie nicht einfach festnehmen.«

»Wir werden die Befragung woanders durchführen. Aufgrund des Feueralarms wird das Gebäude evakuiert, doch wegen der Schwere der Anschuldigungen können wir Miss Mitten nicht einfach gehen lassen.«

Die kalten Handschellen umschließen meine Handgelenke, pressen sie hinter meinem Rücken aneinander, und mit einem Mal durchzucken mich tausend Stromstöße. Sie dringen bis in meinen Kopf ein und lassen mich Sterne sehen. Alles um mich herum verschwimmt, während der Alarmton um uns herum anzuschwellen scheint.

Sie werden mich wegbringen und für immer wegsperren. Dieser Gedanke ist plötzlich so laut in meinem Kopf, dass ich wie automatisch nach meiner Kraft greife. Im selben Moment durchfährt mich ein scharfer Schmerz, und ich krümme mich.

»Das dürfen Sie nicht! Sie dürfen die Kräfte meiner

Mandantin nicht ohne triftigen Grund unterdrücken«, herrscht mein Onkel die Beamten an und greift nach seinem Telefon. »Das wird Sie Ihre Karriere kosten!« Er wendet sich an mich, mit dem Handy am Ohr. »Ich hole dich hier raus. Sie haben absolut keine Beweise für diesen Unsinn.«

Ich kann nicht einmal mehr etwas erwidern, da werde ich schon aus dem Raum eskortiert. Überall laufen Beamte rum, der Alarmton ist im Flur sogar noch lauter, und ich habe Schwierigkeiten zu verarbeiten, was hier gerade passiert ist.

Diese Handschellen blockieren meine Kräfte? Wie ist das möglich?

Im Hintergrund höre ich meinen Onkel am Telefon etwas bellen, das im schrillen Alarmton jedoch untergeht.

Ich werde in ein Treppenhaus gebracht und dann nach unten, bis wir eine Tiefgarage erreichen und sie mich auf einen schwarzen SUV zuschieben. Es fühlt sich an, als würde der Alarmton immer lauter werden. Mein Kopf dröhnt, und ich kann kaum geradeaus laufen, aber bemerke sofort, als die beiden Beamten rechts und links von mir ihre Haltung verändern. Sie versteifen sich, bevor ich gegen den kalten Lack des SUV gedrückt werde und Sergeant Martinez Stimme den Lärm durchdringt. »Was wollen Sie hier?«

»Wir fordern das Prüfungsrecht.«

Die Beamten drücken mich so fest gegen den Wagen, dass ich nur mit Anstrengung den Kopf drehen kann. Meine Augen weiten sich, und ich blinzle mehrmals, weil ich nicht glauben kann, wen ich da sehe.

Dorothy. Asher. Und ein Mann mit Glatze, dunklem

Bart und einem Ausdruck im Gesicht, der zwischen Ungläubigkeit und Verzweiflung schwankt.

»Mr Lavache?«, stoße ich verwirrt aus und blinzle heftig. Was macht denn mein Englischdozent hier?

Mich beachtet jedoch niemand. Stattdessen sieht es so aus, als würde es gleich einen Kampf geben. »Was ist hier los?«, verlangt nun auch Onkel Derek zu erfahren. Anspannung liegt in der Luft, und alles scheint vor Energie zu knistern.

Dorothy wirkt so herrisch wie immer.

Und Asher ... Er steht da direkt zwischen den beiden und hat die Haltung eines Anführers. Aufrecht und stolz.

Sergeant Martinez tritt vor, die Hände locker an den Seiten, als würde er nichts und niemanden fürchten. »Das Prüfungsrecht? Das ist lächerlich! Wieso sollten Sie-« Er stockt und fährt dann jäh zu mir herum, die Augen zusammengekniffen. »Es sei denn, es gäbe hier jemanden, der seine Prüfung noch nicht gemacht hat – und dessen Dokumente dementsprechend gefälscht sein müssen.«

Was tun die da? Ich wage kaum zu atmen, während ich seinem wissenden Blick standzuhalten versuche.

»Jeder Übernatürliche Nordamerikas hat das Recht, sich prüfen zu lassen, ungeachtet seiner bisherigen Laufbahn.« Dorothy lächelt leicht und siegessicher. »Wir fordern ihre Prüfung.«

»Unmöglich. Wir sind auf dem Weg, sie zu befragen. Außerdem gibt es einen Feueralarm«, wehrt Sergeant Martinez ab, doch im selben Moment endet der Lärm.

Selbstgefälligkeit fällt auf Dorothys Züge. »Das wäre dann wohl hinfällig. Und eine Befragung ist nicht dasselbe wie eine Verhaftung. Wir fordern ihr Recht ein. Jetzt.«

Jetzt? Wie soll das denn funktionieren?

Sergeant Martinez schnaubt. »Unmöglich.«

»Sie hat recht«, greift nun Onkel Derek ein und tritt vor. »Meine Mandantin hat einen Anspruch auf die Prüfung. Egal wann und wo.«

Die Augen des Sergeants funkeln, doch dann breitet er mit einem höhnischen Lächeln beide Arme aus. »Na gut. Dann los.«

Die anderen beiden Beamten zögern. Doch kurz darauf lösen sie meine Handschellen, und sofort endet der Schmerz in meinem Kopf. Ich reibe mir die Handgelenke und trete unsicher vom Auto weg. Meine Beine zittern leicht vor Aufregung und Angst. »Was bedeutet das alles?«

Dorothy schmunzelt. »Wir lassen dich jetzt prüfen.«

Mein Blick fliegt zu Asher, und er wirkt nicht überrascht, nur entschlossen. Wozu? Mich festzunehmen? Doch warum steht er dann auf Dorothys Seite? Ein Ziehen setzt in meiner Brust ein, und es fühlt sich an, als würde mein Herz sich verkrampfen. »Wie?«

»Indem du jeden kommenden Angriff abwehrst, ohne deine Magie zu zeigen«, erklärt Dorothy mir.

Neben ihr stößt Mr Lavache einen nicht gerade höflichen Fluch aus, während er widerwillig seinen Mantel auszieht und Dorothy einen knappen Blick zuwirft. »Damit ist jeder einzelne Gefallen eingefordert, den ich dir schulde.«

Sie zwinkert ihm zu, was ihm nicht zu gefallen scheint, weil seine Miene sich nur noch mehr verdüstert. Er wendet sich mir zu. »Du wirst drei Angriffe überstehen müssen. Einen von mir. Und zwei von anderen anwesenden Personen. Nicht unbedingt in derselben Reihenfolge.«

Ich ziehe meine Augenbrauen zusammen und schaue fragend zu den anderen, doch keiner von ihnen macht auch nur Anstalten, mir zu zeigen, wer mich angreifen wird. »Also gibt es keinen schriftlichen Test?«

»Nein. Ich wollte nur, dass du lernst, dich ein bisschen besser in unserer Gemeinschaft auszukennen.« Dorothy presst ihre Lippen zusammen, und es sieht fast aus wie ein Lächeln. Keine Ahnung, ob sie mich aufmuntern will oder es eher ein Friss-oder-stirb-Lächeln ist.

»Oh, okay.« Ich schlucke. Mein Herz rast vor Aufregung. »Und wenn ich den Angriff nicht abwehren kann?«

»Dann musst du ausweichen, ohne deine Magie zu zeigen.«

Ich nicke knapp, und plötzlich habe ich feuchte Handflächen.

Ich kann das.

Ich. Kann. Das.

Ich. Will. Keine. Betrügerin. Mehr. Sein.

»Legen wir los.«

Automatisch nehme ich eine Kampfhaltung ein, gehe leicht in die Knie und balle meine Hände zu Fäusten. Mein Blick ist auf Mr Lavache gerichtet, der jedoch völlig entspannt dasteht und kein bisschen so aussieht, als würde er mich jeden Moment angreifen.

Ich. Schaffe. Das.

Mein Blick zuckt zu Asher, dessen Haltung ähnlich angespannt ist wie meine. Seine Augen fixieren mich, seine Lippen sind eine harte Linie, und er sieht mich an, als würde er mir etwas mitteilen wollen. Meine Magie summt in meinem Bauch, doch ich dränge sie ganz tief nach unten.

Plötzlich steigt Nebel auf.

Nein, kein Nebel. Meine Haut dampft!

Ich keuche, schlage auf meine qualmende Handfläche, und mit einem Mal fühlt es sich an, als würde mich etwas zerquetschen wollen.

Meine Magie rebelliert. Ich drehe mich wieder zu Mr Lavache um, doch er scheint noch immer völlig ruhig. Er ist es nicht.

Mein Kopf fährt herum, und ich sehe Sergeant Martinez an, dessen Finger sich leicht bewegen. Seine blaue Aura bewegt sich wellenartig über seinen Körper und so unauffällig, dass ich die feinen Tropfen beinahe nicht bemerkt hätte, die umherhüpfen, wie Regen auf einer Pfütze.

Ich gehe in die Knie. Der Dampf steigt weiter. Mein Mund ist rau wie Sandpapier. Und ich brauche eine Ewigkeit, um zu realisieren, dass er mir mein Wasser entzieht. Er muss ein Elementar sein.

Meine Magie will wahllos um sich schlagen, doch ich dränge sie in einen festen Knoten zusammen und lasse sie dann in einem Schwall raus. »Stopp.« Es ist ein einzelnes Wort, rau und kratzig auf meinen Lippen, doch so stark, dass der Sergeant sofort aufhört.

Hustend ringe ich nach Luft, während ich mich zwinge aufzusehen.

Sergeant Martinez nickt knapp und zeigt nicht, ob ihm mein Gelingen missfällt. »Der erste Angriff ist bestanden.«

Erleichterung macht sich in mir breit, doch ich zwinge sie runter.

Im nächsten Moment ertönt ein Reißen. Dann ein Knurren. Sofort stellen sich die Härchen auf meinen Armen auf. Mein Blut pumpt schneller, und ich spüre die Bedrohung, bevor ich sie überhaupt sehe.

Ich fahre herum und stolpere erschrocken nach hinten, während sich vor mir ein riesiger schwarzer Wolfshund aufbaut. Dort, wo zuvor Mr Lavache gewesen ist. Seine Lefzen sind gebleckt, und ein tiefes, bedrohliches Knurren entringt sich seiner Kehle.

Als ich noch einen weiteren Schritt nach hinten machen will, stolpere ich und falle auf den Rücken. Wie automatisch reiße ich meine Arme hoch, über meinen Kopf, während ich mich rüberrolle und dem Wolfshund ausweiche.

Dann ducke ich mich hinter den SUV. Meine Magie brodelt, doch ich zwinge sie, bei mir zu bleiben.

Ich atme viel zu schnell und starre den Hund an, der mich ebenfalls mit gesenktem Kopf anstarrt.

Was? Warum setzt er sich jetzt hin?

»Der zweite Angriff ist bestanden!«, ruft Dorothy.

»Was?«, entfährt es mir schockiert. »Ich habe doch gar nichts gemacht.«

Mein Atem ist laut und abgehackt, und ich fühle mich, als würde ich kurz vor einem Kollaps stehen, während ich mich zwinge, wieder hinter dem Wagen hervorzutreten.

»Du hast die Kontrolle behalten, trotz einer akuten Gefahrensituation«, klärt Dorothy mich auf, und Mr Lavache setzt sich in seiner Wolfsgestalt neben sie.

Da bemerke ich eine Bewegung im Augenwinkel.

Ashers Finger zucken ganz leicht. Neben mir zittert das Auto. Er ist ein Magier. Er könnte den Wagen in die Luft werfen und mich mit einem Fingerschnippen zerquetschen.

Sein Mundwinkel hebt sich, seine Finger zucken, und ich weiß, dass er derjenige sein wird. Er wird angreifen. Das Auto bebt, bevor es mit einem Ruck nach oben schießt, direkt auf mich zu.

Zu spät. Ich bin zu langsam.

»Nein«, stoße ich aus und zwinge meine Magie, sich nur auf diesen kleinen Befehl zu konzentrieren. Bevor sie sich wie ein Schutzschild um mich legt und einen Wall aus roten Funken über meinen Körper zieht.

Schreie werden laut. Die Beamten hinter mir springen zur Seite. Und im nächsten Moment prallt das Auto von mir ab, als wären meine roten Funken eine verdammte Wand.

»Jade!«, schreit Asher, und schon rutscht der Wagen nur mit der Kraft seiner Gedanken zur Seite.

Er atmet so schwer, als wäre er gesprintet.

Und dann lächelt er. Wunderschön und … stolz?

Mein Blick zuckt zu Dorothy, die nun nickt und ebenfalls dieses Lächeln trägt. Ein Lächeln, das noch nie jemand eigens für mich übrighatte. Offenbar braucht es dazu nur einen zerstörten Wagen.

»Ich würde sagen, da hat jemand bestanden.« Dorothy hebt herausfordernd eine Augenbraue in Sergeant Martinez Richtung.

Mein Blick fällt jedoch auf Mr Lavaches Wolfsgestalt, die mich anstarrt, bevor sie sich erhebt, um hinter einen Wagen zu trotten.

Ich habe es geschafft?

Ich. Habe. Es. Geschafft.

Meine Beine geben unter mir nach, als diese Erkenntnis mich durchflutet.

Schwer atmend falle ich auf die Knie und presse meine Augen zusammen, um all die Emotionen zurückzuhalten.

Ich habe es wirklich geschafft.

»Herzlichen Glückwunsch«, stößt Sergeant Martinez aus. »Sie haben bestanden. Das ändert aber nichts an der Tatsache, dass Sie mehrere Straftaten begangen haben.«

»Sie wird kooperieren«, sagt Dorothy, als wäre es eine unumstößliche Tatsache.

Jemand greift mir unter die Arme, um mir aufzuhelfen. Asher. Meine Gliedmaßen sind wie Gummi, und obwohl ich ihn wegstoßen will, kann ich es nicht. Sein Duft hüllt mich ein, als er mich kurz festhält. Es ist nur kurz. Das weiß ich. Aber es fühlt sich unendlich an. Seine Wärme. Sein Duft. Seine Magie an meiner.

Ich erschaudere und zwinge mich, von ihm abzurücken. Es ändert nichts an der Tatsache, dass er mit der Sonderkommission zusammenarbeitet und mich hintergangen hat. Ich sehe meinen Onkel an, der genau zu wissen scheint, was in mir vorgeht, denn er nickt. Daraufhin wende ich mich dem Sergeant zu. »Ich sage Ihnen alles.«

Dieser schnaubt, dann nickt er seinem Kollegen zu, der ein Handy zückt. »Da sich der Alarm offenbar erledigt hat, werden wir die Befragung oben durchführen.«

»Behandeln Sie sie gut.« Dorothys Worte klingen wie eine Drohung, und der Sergeant schaut sie an, als wäre ihm das durchaus bewusst.

Mr Lavache taucht neben mir auf, nun wieder in Menschengestalt, und lächelt mich an. »Die Dokumente werden Ihnen in ein paar Tagen zugestellt. Herzlichen Glückwunsch.« Ich sehe all die Fragen in seinen Augen, doch ich kann ihm keine Antworten geben. Nicht hier. Und nicht jetzt. Vielleicht niemals. Je nachdem, ob ich hier jemals wieder rauskomme.

»Danke.« Ich hoffe, er weiß, wie ehrlich ich es meine. Auch wenn ich kaum mehr als dieses eine Wort rausbringe.

Wieder sehe ich Asher an. Weil ich nicht anders kann. Weil mich alles immer und ständig zu ihm zieht. Ich hasse es. Und ich liebe es. Ich liebe ihn. Was ein verdammter Mist.

Sergeant Martinez tritt zu ihm. »Sie wissen, was Ihre Beteiligung hierbei für Konsequenzen haben wird?«

Asher hebt seinen Kopf. Stolz und ernst. Dann nickt er.

Und mein Herz sackt, als mir klar wird, was er getan hat.

Er hat sich auf meine Seite gestellt, als er mit Dorothy und Mr Lavache hier aufgetaucht ist. Er hat Stellung für eine Kriminelle bezogen und damit vermutlich seine eigene Karriere zerstört.

Für mich.

Wie konnte er das nur tun? Wieso?

Ich will ihn anschreien.

Doch dann schaut er mich an. Sein Mundwinkel zuckt, und damit hat er mich.

Einfach so.

Ich will ihm sagen, dass ich es nicht wert bin. Dass er das nicht hätte tun dürfen. Doch dafür ist es zu spät.

Also wende ich mich mit einem letzten Blick von ihm ab und atme tief durch, bevor ich mir von den Beamten erneut Handschellen anlegen lasse.

Was auch immer jetzt kommt, ich habe gekämpft und gewonnen.

Ich bin keine Betrügerin mehr.

Und ich werde nie wieder eine sein.

34. Kapitel

Asher

Man schickt mich zurück an die Akademie, als hätte man Jade nicht beinahe ins Gefängnis gesteckt. Als wäre alles wie immer. Als müsste ich so tun, als hätte sich nichts verändert. Dabei ist alles anders. Ich bin anders. Ihretwegen.

Ich war spontan Teil ihrer Prüfung. Einer Prüfung, von der ich glaubte, Jade hätte sie schon vor Jahren abgelegt. Dass sie mit gefälschten Dokumenten an dieser Akademie ist oder überhaupt Phoenix betreten hat, ist eines der größten Verbrechen, die sie hätte begehen können.

Und dennoch kann ich sie nicht verurteilen. Ich kann nicht.

Weil ihr verdammt noch mal mein Herz gehört.

Weil ich an ihrer Stelle vermutlich dasselbe getan hätte.

Weil ich es so sehr bewundere, wie hart sie gekämpft hat.

Als ich über den Campus laufe, nehme ich das Getuschel zunächst nicht wahr. Bis ich immer öfter ihren Namen höre.

Jade. Jade. Jade.

Fuck. Sie wurde wie eine verdammte Schwerverbrecherin aus der Akademie eskortiert, und schon jetzt gibt es die wildesten Gerüchte.

Es ist erst wenige Stunden her, dass ich Jade mitten in der Tiefgarage der Sonderkommission angegriffen habe und für einige horrorvolle Sekunden glaubte, sie getroffen zu haben. Stattdessen hat sie uns alle überrascht und einen Schutzschild heraufbeschworen. Einen Schutzschild, bei dem selbst Dorothy voller Erstaunen gewesen ist. Jades Magie war zielgenau, perfekt, genauso, wie es sein sollte. Dennoch hat sie auf mich zuvor mit ihren roten Funken reagiert. Wie schon so oft zuvor, und das verstehe ich nicht. Dorothy hat mir mit diesem geheimnisvollen Lächeln geantwortet, als ich sie fragte weshalb, und gemeint, das ist etwas, das ich niemals verstehen werde und einfach hinnehmen muss.

Ich bin ihre kryptischen Antworten gewohnt, aber *ernsthaft?*

Während ich über die Pflasterwege hergehe, in Richtung Charleston Manor und zu meinem Zimmer, muss ich mir eingestehen, dass ich es die ganze Zeit geahnt habe. Mir ist von Anfang an klar gewesen, dass mir Jade etwas verheimlicht. Und als Sergeant Martinez mir den Auftrag gab, hätte ich ihm alles sagen können. Habe ich aber nicht. Weil ich schon damals etwas für sie empfunden habe und sie niemals hätte verraten können. Selbst wenn ich damit jetzt meine Karriere versaue.

Ich will gerade aus dem Verwaltungsgebäude auf den Campus treten, als ein Dozent auf mich zugejoggt kommt. Mr Fothergill. »Mr Hastings, haben Sie eine Sekunde?«

»Natürlich.«

Er wirft einen kurzen Blick um uns herum, und es ist

eindeutig, dass er nicht belauscht werden möchte. »Wie mir zu Ohren kam, sind Sie in gewisse Geschehnisse involviert.«

Ich hebe meine Augenbrauen und tue so, als wüsste ich nicht, wovon er spricht.

Seine Nasenflügel blähen sich. »Ich will nur wissen, ob sie daran beteiligt war.«

»Sie?«

Wieder schaut er sich um. »Miss Mitten. Hat sie-« Er stockt, atmet hörbar aus und schüttelt den Kopf. »Sie ist die stärkste Sirene dieser Akademie, weitaus stärker als die Mitglieder des Sirenenhauses. Hat sie etwas mit alldem zu tun, was gerade in Phoenix vor sich geht?«

»Warum?«

»Weil sie abgeführt wurde. Und weil sie Teil meines Kurses ist.«

»Ich weiß nichts Genaues.«

Ungeduld zeichnet sich auf seinen Zügen ab, doch sein Tonfall wird bittend. »Ich will nur wissen, ob sie mich, uns alle getäuscht hat.«

»Was denken Sie denn?«, frage ich leise, lauernd und unsicher, was ich von seinem Verhalten denken soll.

»Ich war mir sicher, sie wäre eine von den Guten.«

Keine Ahnung warum, aber es befreit mich so sehr, diese Worte zu hören. Weil er recht hat. Jade gehört zu den Guten. »Dann verlassen Sie sich mal weiter auf Ihr Gefühl.«

Sein Mundwinkel zuckt bei meiner Antwort, dann nickt er verkniffen, und kurz darauf ist er verschwunden.

Die Begegnung mit ihm hängt mir noch nach, als ich schon fast mein Wohnheim erreicht habe.

Die Tür von Charleston Manor geht auf, und Edward kommt mir entgegen. Seine Hände sind zu Fäusten geballt und seine Gesichtszüge hart. »Asher, was ist los? Mein Vater hat mir gerade gesagt, du wärst in irgendwas involviert, aber hat mir nicht verraten, was los ist.«

Verwirrt von seinem herrischen Tonfall starre ich ihn an. »Und?«

»Jade wurde festgenommen. Was hat sie verbrochen? Es ist unser Recht, das zu erfahren.«

»Sag mal, hast du irgendwas geraucht?«, frage ich gefährlich leise, während sich eine kleine Traube von Kommilitonen um uns versammelt. Offenbar mutig geworden durch Edwards laute Worte.

Er schnaubt abfällig. »Du weißt, dass ich recht habe. Ich wusste von Anfang an, dass etwas nicht richtig mit ihr ist. Sie war-«

Ich lasse ihn nicht aussprechen. Stattdessen schnellt meine Hand nach vorne, und ich packe seinen Kragen, bevor ich ihn so nah an mich heranziehe, dass unsere Nasenspitzen sich beinahe berühren. »Noch ein Wort, und dann hast du ein Problem mit mir.«

Perplex reißt er seine Augen auf. »Was soll das?«

Ein leiser Schrei ertönt. »Asher! Edward!« Rileys Stimme ist messerscharf und voller Verwirrung.

»Du hast mich schon verstanden.« Ich stoße ihn von mir und sehe zu, wie er strauchelt.

»Scheiße, Asher, willst du mich verarschen? Sag nicht, sie hat dich eingelullt!« Er wird lauter, so laut, dass ihn alle hören können.

Riley kommt dazu und stellt sich neben ihn. »Hört auf mit diesem Unsinn!«

Zum ersten Mal in meinem Leben habe ich nur noch Verachtung für meinen Cousin. Statt mich auf seine Provokation einzulassen, schüttle ich nur abfällig den Kopf und wende mich von ihm ab.

»Ernsthaft? Du stellst diese Schlampe über mich? Eine, die den Freund ihrer eigenen Cousine anbaggert? Wann bist du so tief gesunken?«

»Edward!«, stößt Riley aus, doch dieser verzieht nur selbstgefällig den Mund.

Jedes Wort will mich dazu bringen auszuflippen.

»Schaut mal auf eure Handys!«, ruft da jemand, und erst glaube ich, dass ich nicht gemeint bin, bis mir eine Kommilitonin zunickt.

Ich ziehe irritiert mein Handy aus meinem Jackett, und Edward tut dasselbe, genauso wie Riley. Mir wurde in verschiedenen Gruppenchats ein und dasselbe Video zugeschickt. Es ist verwackelt und dunkel. Laute Musik läuft im Hintergrund, und erst sehe ich nur ein paar Leute Billard spielen. Bis ich auf den Hintergrund achte.

Dort ist Jade, die auf einem Sofa sitzt. Neben Edward. Das muss auf Rileys Geburtstagsparty aufgenommen worden sein. Edwards Hand legt sich auf ihr Bein. Sie springt auf, mit vor Ekel verzogenem Gesicht, und es sieht aus, als würde sie gehen wollen.

Riley stößt einen Schrei aus.

Im selben Moment sehe ich, wie Edwards Bein sich in dem Video bewegt, er Jade zum Stolpern bringt und diese auf seinen Schoß fällt. Gleichzeitig reißt er die Arme hoch und ruft etwas, während sie so schnell wie möglich aufspringt und verschwindet.

»Das kann nicht wahr sein.« Rileys Stimme ist eiskalt,

und als ich mit zitternden Fingern mein Handy wegstecke, steht sie bereits vor Edward. »Sie hat dich niemals angebaggert!«

»Das Video ist fake«, erwidert Edward gelassen, als hätte er keinen Grund, sich Sorgen zu machen. »Du wirst dich doch nicht von so einem Unsinn verunsichern lassen. Wir wissen beide, dass Jade ein Flittchen-«

Riley lässt ihn nicht aussprechen. Stattdessen trifft ihre Faust ihn mitten ins Gesicht. Er schreit auf und stößt sie von sich. Ich fange sie auf, und als er sich auf sie stürzen will, wird er sofort von zwei Kommilitonen gepackt.

»Ich bin so dumm.« Riley drückt ihr Gesicht in meine Brust, und ich halte sie, während sich Taubheit in mir ausbreitet.

Dozierende tauchen auf und lösen den Kreis schnell auf. Einige Studierende erzählen ihnen, was passiert ist, und Edward wird weggeführt, genauso wie Riley.

Und ich stehe einfach nur da.

Fassungslos.

Vincent hatte die ganze Zeit über recht. Mein Cousin, der Junge, der mich einst rettete, ist ein Arschloch. Wie konnte ich das die ganze Zeit über nicht sehen? Wie konnte ich nur eine Sekunde lang an Jade zweifeln? Kein Wunder, dass sie einfach gegangen ist, als das Foto von ihr und Edward auftauchte. Sie wusste, dass es keinen Zweck haben würde, sich zu rechtfertigen.

Also ist sie gegangen.

Und ich habe sie gehen lassen.

35. Kapitel

Jade

Ich erzähle der Sonderkommission alles. Von meiner Kindheit. Von meiner Mutter. Von meinen Betrügereien bei den Wettkämpfen. Von dem Dokumentenfälscher. Von meinem Treffen mit Redface und jedem Detail, an das ich mich erinnere.

Keine Ahnung, ob es ihnen weiterhilft, aber am Ende durfte ich gehen. Unter der Auflage, die Stadt nicht zu verlassen, und mit der Information, dass man mich definitiv vor ein Gericht stellen wird.

Ich habe sogar eine Fußfessel bekommen, die losgeht, sobald ich auch nur in die Nähe der Grenzen von Phoenix komme. Das Ding kratzt mir ständig über die Haut, deshalb trage ich seit Tagen Leggings oder lange Socken, deren dünnen Stoff ich darunterstopfe.

Doch das ist okay. Onkel Derek und Tante Betty haben mich bei sich aufgenommen, ohne auch nur mit der Wimper zu zucken, nachdem mir mitgeteilt wurde, dass ich keinen Zutritt zum Akademiegelände habe, solange die Ermittlungen gegen mich laufen. Offenbar ist das ein gängiges Prozedere. Dennoch hat es geschmerzt. Weil sich die

Akademie ein bisschen wie ein neues Zuhause angefühlt hat.

»Riley wird es so hassen, dass wir hier sind. Meinst du, sie kommt gleich noch?« Marina lehnt sich mit einem genüsslichen Lächeln in die rosa Kissen meines Sofas, das sich schräg gegenüber meinem neuen Bett befindet. Als meine Tante Betty erfuhr, dass ich für einige Zeit in Phoenix leben werde und auch die Akademie nicht betreten darf, hat sie innerhalb weniger Stunden ein Zimmer fertiggemacht. Ich liebe alles daran. Die flauschigen weißen Teppiche auf dem dunklen Eichenparkett. Das große Bett mit der rosa Bettwäsche, den Kleiderschrank mit unzähligen Klamotten in meiner Größe. Sie hat mich willkommen geheißen, als hätten wir uns seit Jahren nicht mehr gesehen und als hätte mich die Polizei nicht aus der Akademie abgeholt wie eine Schwerverbrecherin.

Allein der Gedanke, irgendwann dorthin zurückzukehren und mich all den neugierigen Fragen zu stellen, lässt meinen Magen zusammenziehen. Zugleich wäre die Alternative – dass ich niemals zurückkehren darf – weitaus schlimmer.

Ich nehme eines der Kissen an mich und drücke es gegen meinen Bauch. »Ich habe keine Ahnung. Sie ist vermutlich in der Akademie. Und ihr hättet auch nicht extra herkommen müssen.«

Marina legt ihre Hand auf meine und drückt sie, während sie mich anschaut, als wäre ich verrückt. »Natürlich mussten wir das. Wir sind doch Freunde. Vergiss das niemals. Außerdem wollte ich schon immer jemand Gefährliches kennen. Und wer ist gefährlicher als eine Person mit Fußfessel?«

Ezra schnalzt missbilligend mit der Zunge, während er sich in die Nasenwurzel kneift. »Ernsthaft?«

Marina lacht und breitet die Arme aus. »Was denn? Ich bin nur ehrlich. Außerdem ist die Geschichte superkrass. Jemand hat sich für sie ausgegeben und will ihr den Diebstahl an dem Wappenteil eurer Familie anhängen. Übel!«

Ich habe Marina nur das Nötigste erzählt, und glücklicherweise findet sie das schon krass genug, um keine weiteren Fragen zu stellen.

»Ich glaub, ich hab zu viel Wasser getrunken. Kannst du mir noch mal verraten, wo hier die Toiletten sind?«

Ich will aufstehen, doch sie schiebt mich zurück auf meinen Platz. »Bleib sitzen, ich kann gerade noch allein laufen.«

Ich lache, erkläre ihr den Weg, und kurz darauf verlässt Marina den Raum und zieht die Zimmertür hinter sich zu.

»Also?« Ezra neigt den Kopf. »Was ist noch passiert?«

Natürlich weiß er es. Immerhin wurden wir zu denselben Sachen befragt, und er trägt keine Fußfessel, im Gegensatz zu mir. »Sie wissen alles. Und ich habe die Prüfung bestanden.«

Seine Augen weiten sich, und angesichts des Schocks und der Überraschung in seinen Augen wird mir warm. »Machst du dir etwa Sorgen um mich?«

Doch er hebt nur fragend die Augenbrauen. »Was genau ist passiert?«

»Sie wollten mich wegbringen. Dann sind Asher und Dorothy aufgetaucht. Mit …« Ich zögere und werfe einen schnellen Blick zu der verschlossenen Zimmertür. Es ist nicht so, dass ich Marina nicht vertraue. Es ist nur sicherer für uns alle, wenn so wenig Leute wie möglich involviert sind. »Mr Lavache war da. Er hat mich geprüft.«

Erstaunen schimmert über seine Züge, dann ein Lächeln, fast als wäre er stolz. »Und du hast es offenbar geschafft.«

Ich beiße mir auf die Unterlippe. »Ja. Die Prüfung war recht überraschend.«

»Das soll sie auch sein. Es ist wichtig, dass wir unsere Magie immer unter Kontrolle haben. Du kannst stolz auf dich sein.«

»Danke. Was ist mit dir? Und Thomas?«

Ezra schnaubt, er will genervt klingen, aber es schwingt auch Schmerz mit. »Thomas hat uns offenbar reingelegt. Und jetzt ist er untergetaucht. Die gesamte Sonderkommission sucht ihn, und die Grenzen von Phoenix werden nun extra bewacht.«

Ich habe noch so viele Fragen, doch als mein Handy plötzlich klingelt, erstarre ich.

Ezra bemerkt es sofort. »Wer ist es?«

»Meine Mutter.« Ich will sie wegdrücken, weil sie mir jetzt nicht mehr gefährlich werden kann. Die gestohlene Summe habe ich ihr überwiesen, und die Prüfung ist erledigt. Ich sollte sie wegdrücken. Ich sollte es wirklich. Und ich verstehe nicht, warum ich trotzdem drangehe. »Was willst du?«

»Begrüßt man so etwa seine Mutter?« Ihre Stimme geht mir durch Mark und Bein, und ich umklammere das Handy fester. »Ich werde dich jetzt blockieren. Du hast das Geld. Und ich habe die Prüfung gemacht. Du kannst mir nichts mehr anhaben.«

Sie zögert, und einen kurzen Moment lang empfinde

ich Triumph, bevor sie mit selbstgefälliger Stimme weiterspricht. »Da wäre ich nicht so sicher. Du hast all deine Wettbewerbe mit deinen Kräften gewonnen. Weißt du eigentlich, für wie lange du dafür einsitzen müsstest? Dein Stiefvater und ich bräuchten nur eine kleine Aussage machen, und du würdest richtig Probleme bekommen.«

Ich öffne meinen Mund und will ihr sagen, dass die Sonderkommission bereits alles weiß. Doch da hebt Ezra eine Hand und macht eine Geste, die mir bedeutet, dass ich darauf eingehen soll.

Ich runzle die Stirn, vertraue ihm aber. »Wie viel willst du?«

Ihr Lächeln ist hörbar. »Noch mal genauso viel sollte reichen.«

Ich kneife meine Augen zusammen, als Ezra den Kopf schüttelt. »So viel habe ich nicht.«

»Hattest du letztes Mal angeblich auch nicht. Du findest schon einen Weg. Du hast zwei Tage.« Sie legt einfach auf.

Zurück bleibt ein Tuten.

»Was hast du vor?«, frage ich Ezra und versuche, mir nicht anmerken zu lassen, wie verdammt weh mir die Skrupellosigkeit meiner Mutter tut. Als hätte es mir nicht längst klar sein müssen.

»Damit lassen wir sie nicht durchkommen.« Ezra beugt sich vor und stemmt die Ellenbogen auf die Knie. »Ich werde etwas unternehmen. Mach dir keine Gedanken.«

Rührung lässt meinen Hals ganz eng werden, und ich beiße mir auf die Unterlippe, während ich den Kopf schüttle. »Aber das ist nicht dein Kampf.«

»Wir machen das zusammen.«

»Wie Freunde?«

Sein Mundwinkel hebt sich, doch er antwortet nicht und wendet sich stattdessen Marina zu, die gerade zurückkommt. »Hast du dich verlaufen?«

Sie seufzt und wirft sich förmlich neben mir aufs Bett. »Ach, frag nicht. Das ist echt ein riesiger Palast hier. Egal, lasst uns jetzt mit dem spaßigen Teil anfangen. Ich liebe es, dass dein Onkel und deine Tante uns einen Serienabend machen lassen.« Wie selbstverständlich greift sie zur Fernbedienung und klickt sich durch meinen Streamingaccount. »Ich schwöre euch, ihr werdet diese Serie lieben.« Während sie *Game of Thrones* anschaltet, bemerkt sie nicht einmal, wie ich Ezra anstarre.

Ich habe keinen blassen Schimmer, was er vorhat. Aber ich bin froh, dass ich mich nicht alleine mit meiner Mutter herumschlagen muss.

36. Kapitel

Asher

»Wir müssen reden.« Wirklich nichts hätte mich darauf vorbereitet, als Ezra am nächsten Tag im Sportunterricht auf mich zukommt. Wir haben seit Monaten nicht mehr miteinander gesprochen. Zu behaupten, ich wäre überrascht, ist noch untertrieben. Ich wäre sogar weniger erstaunt, wenn ein jonglierender Eisbär durch das Dach der Sporthalle gefallen wäre.

Wie automatisch setze ich eine kalte Miene auf. »Müssen wir? Jetzt? Nach all der Zeit?«

Etwas in Ezras Gesicht verändert sich, und ich bilde mir ein, dass ein Funken Schmerz darüber flackert. Er presst seinen Kiefer fest aufeinander. »Es geht um Jade.«

Sofort spannt sich alles in mir an, als würde mich ein Stromstoß durchzucken und jedes meiner Nervenenden entzünden. »Was ist mit ihr?«

Ezra atmet durch, als müsste er sich wappnen, bevor er einen kurzen Blick um uns herum wirft. Doch die meisten der Kursteilnehmer sind zu sehr mit sich selbst beschäftigt oder lästern von Weitem über uns. Weil wir plötzlich nebeneinanderstehen, obwohl wir uns vorher wie die Pest gemieden haben. »Sie wird erpresst. Von ihrer Mutter.«

»Was?«, stoße ich aus, und das überwältigende Gefühl, auf etwas einzuschlagen, durchfährt mich. »Woher weißt du davon? Und du hast nichts dagegen unternommen?«

Seine Nasenflügel blähen sich. »Denkst du wirklich, nur weil du ihr einmal geholfen hast, bist du derjenige, der mit Vorwürfen um sich werfen darf?«

Ich starre ihn an, den Jungen, den ich schon fast mein Leben lang kenne, und hasse es, dass er weiß, wie er mich treffen kann. Denn er hat recht. Aber woher- »Wovon sprichst du?« Er kann unmöglich wissen, was gestern passiert ist. So nah stehen sie sich nicht. Oder?

»Ich weiß von der Prüfung und auch, dass deine Grandma dafür verantwortlich ist.« Dieses scheißarrogante Lächeln tritt auf seine Lippen, und verdammt, ich merke selbst, wie ich es kurz erwidere.

Schnell ersticke ich es wieder. »Niemand mag Besserwisser.«

Ezra lächelt halb, und shit, das tut weh. Weil er genauso aussieht wie mein bester Freund. Nicht wie der Mistkerl, der mit meiner Ex rumgemacht hat.

Ich trete von ihm zurück, als Mr Owen in die Trillerpfeife bläst und damit das Aufwärmprogramm einleitet. »Danke für die Info. Ich werde mich darum kümmern.«

»*Wir* werden uns darum kümmern«, besteht er, und wir laufen gleichzeitig los. Es ist alles so wie früher. Und ein Teil von mir wünscht sich, ich könnte einfach vergessen, was er getan hat. Vielleicht könnte ich das sogar. Wenn er sich wenigstens einmal entschuldigt hätte. Doch nichts. Er hüllt sich in Schweigen, und ich werde sicher nicht um eine Erklärung betteln.

Ich muss mich räuspern, bevor ich antworten kann.

»Ihr Onkel, Rileys Vater, er wird sicher ebenfalls helfen können.«

Ezra verzieht den Mund.

»Was?«

»Jade glaubt, Riley hat sie an ihre Mutter verraten. Immerhin war sie die Einzige, die ihr Jades neue Nummer geben konnte.«

»Riley würde nie-« Ich unterbreche mich selbst und erinnere mich an ihren Wutausbruch am Morgen nach ihrem Geburtstag.

»Ich wollte es nur mal gesagt haben. Jade braucht Hilfe, aber mein Haus hat gerade ziemliche Probleme, und deshalb hole ich dich mit ins Boot. Du bist ein Idiot, aber ich sehe, dass sie dir etwas bedeutet.« Er schaut nach vorne, und wir joggen schweigend nebeneinanderher. Wieder werde ich mit voller Wucht in die Vergangenheit katapultiert, und es hört einfach nicht mehr auf wehzutun. Doch ich schweige, weil ich ihn einfach nicht wegschicken kann. Dabei würde ich ihn gerne fragen, wie es ihm mit der aktuellen Situation geht. Nun, da sein Haus so angreifbar ist.

»Ernsthaft? Mich kickst du wegen eines Mädchens aus deinem Leben, und schon ist der wieder drin?« Edwards Hohn trifft mich unvorbereitet, und ich fahre herum. Er ist direkt hinter mir und stolpert in mich hinein, als ich stoppe.

Mein eiskalter Blick trifft ihn, und er zuckt leicht zusammen. »Du solltest den Ball schön flach halten. Die ganze Akademie hat gesehen, was für eine ekelhafte Person du bist. Und ich kann nicht mehr so tun, als würde ich es nicht auch.«

Seine Lippen verziehen sich zu einer harten Linie. »Wir sind eine Familie.«

»Das macht es umso schlimmer.« Angewidert wende ich mich von ihm ab und laufe weiter. Ich laufe, spüre die Anstrengung in meinen Beinen und bin froh, dass auch Ezra nicht mehr zu mir aufschließt.

Stattdessen sind plötzlich Riley und Vincent neben mir. Wir laufen am Rand der großen Halle entlang, begleitet von dem Quietschen von Gummisohlen auf dem Turnhallenboden.

»Ich hasse ihn«, stößt Riley neben mir aus. Ihr Gesicht ist vor Anstrengung ganz rot. Ich warte darauf, dass sie ausflippt, so wie sie es immer tut. Stattdessen starrt sie grimmig geradeaus, entschlossen wie jemand, der eine Mission hat.

»Ich konnte ihn noch nie leiden«, meint Vincent, mit dem ich seit Rileys Geburtstag kaum gesprochen habe. Er grinst, so wie immer, als wäre nichts zwischen uns passiert, und ich weiß, dass er das tut, weil er Streit und Konfrontationen hasst.

Ich stolpere fast über meine eigenen Füße. »Was? Aber – was?«

Er fährt sich durch sein braunes Haar und zuckt im Lauf lässig mit den Schultern. »Ich habe ihn toleriert, weil er dein Cousin ist und Rileys Freund. Aber ich mochte ihn nie.«

Ernsthaft? Wieso ist mir das nie aufgefallen? Ich will die Frage laut stellen, bis mir klar wird, dass es mir sehr wohl aufgefallen ist. Viele Male bereits. Doch ich wollte es nicht sehen. Genauso wie ich nicht sehen wollte, dass Jade die ganze Zeit die Wahrheit gesagt hat. Sie war das Opfer und er der Mistkerl, der es geschafft hat, mich an ihr zweifeln zu lassen.

Es ist ein Wunder nötig, damit sie überhaupt jemals wieder mit mir spricht.

»Jade hat nie was getan«, murmelt Riley. »Wie konnte er mich nur so gegen sie aufwiegeln? Ich schäme mich so sehr.« Sie presst ihr Gesicht in beide Hände, bevor sie sie wieder wegnimmt und im Laufen zu Fäusten ballt, als wäre sie bereit für einen Kampf. »Ich muss unbedingt mit ihr sprechen.«

Mir wird klar, dass die beiden hier meine wahren Freunde sind. Sie sind diejenigen, denen ich alles anvertrauen kann. Und verdammt, ich schäme mich so sehr, dass ich nicht gesehen habe, wie Edward Riley behandelt hat. »Mir tut das alles echt leid«, stoße ich aus.

Vincent stupst mich mit dem Ellenbogen an. »Vergeben und vergessen. Uns trennt nichts so leicht. Und du«, meint er zu Riley, die plötzlich ganz still geworden ist. »Du gehörst zu uns, verstanden?«

Tränen glitzern in ihren Augen, und sie nickt schnell, während sie angestrengt geradeaus schaut. Ich nehme mir vor, ihr ein besserer Freund zu sein. Aber vorerst müssen wir etwas anderes erledigen. »Leute, Ezra hat mich gerade um Hilfe gebeten. Es ging um Jade.«

Beide schauen mich überrascht an, und ich erzähle ihnen von der Erpressung ihrer Mutter.

»Aber woher hat ihre Mutter Jades Nummer?«, fragt Riley irritiert, die offenbar teilweise über Jades Geschichte im Bilde ist.

»Scheinbar denkt Jade, du hättest sie verraten.«

Riley schnappt nach Luft. »Was? Wieso?«

»Du bist die Einzige, die ihre Nummer hätte weitergeben können. Und so wütend, wie du auf sie warst …« Den Rest des Satzes lasse ich offen im Raum stehen.

»Ich habe nie-« Sie schnappt nach Luft. »Edward hat letztens meine Kontakte durchgesehen und angeblich jemanden gesucht.«

»Dieser niederträchtige Scheißkerl«, flucht Vincent. »Er wollte sie bestimmt loswerden, weil seine Geschichten irgendwann noch als Lügen enttarnt worden wären.«

»Und ich habe sie so schrecklich behandelt«, murmelt Riley neben mir. »Ich werde gleich nach dem Unterricht mit meinem Vater sprechen.«

»Das klingt doch nach einem Plan«, meint Vincent, und als Mr Owen in seine Trillerpfeife bläst, um uns zurückzurufen, legt er seine Arme um uns. »Sagt Bescheid, falls ich einen Alarm auslösen soll oder so. Aber ihr wisst schon, wenn ich untergehe, kommt ihr mit mir.«

»Einer für alle«, erwidere ich mit einem Grinsen, und wir beide sehen Riley an.

»Alle für einen«, sagt sie dann, und Entschlossenheit liegt in ihrem Blick. Entschlossenheit, Jade Gerechtigkeit zu schenken, nachdem wir sie beide so bitterlich enttäuscht haben.

37. Kapitel

Jade

Die ganze Woche läuft verhältnismäßig ruhig ab. Marina und Ezra besuchen mich täglich nach dem Unterricht, und es tut so unfassbar gut, mich mit den Folgen von *Game of Thrones* abzulenken, während Marina mir irgendwelchen Tratsch aus der Academy erzählt.

Ezra schweigt die meiste Zeit und ist eher in sich gekehrt. Ich sehe, wie es hinter seiner Stirn arbeitet, und ich will ihm so viele Fragen stellen. Aber es gibt kaum Momente, in denen wir zu zweit sind.

Onkel Derek arbeitet unermüdlich an meiner Verteidigung, während Tante Betty alles tut, um es mir so gemütlich wie möglich zu machen. Wobei sie jedoch manchmal ein wenig übertreibt.

»Tante Betty«, flehe ich und kann ein Lachen dennoch kaum zurückhalten. »Glaub mir, ich bin absolut glücklich hier. Du musst wirklich nicht mit mir ausgehen und dich mit mir sehen lassen.«

Meine Tante bläst die Backen auf und starrt mich an, als hätte ich ihr gerade gesagt, dass Matschbraun die aktuelle Trendfarbe ist. »Denkst du etwa, meine eigene Nichte sei mir peinlich?« Feine Fältchen bilden sich um ihre zusammengepressten Lippen, und sie scheint ernsthaft gekränkt zu sein. »Es ist mir egal, was andere über uns sagen. Du gehörst zur Familie.«

Wie so oft überwältigt mich meine Rührung, und ich greife zur Antwort nach dem Mantel, den sie mir entgegenstreckt. Wir stehen mitten im Eingangsbereich, als es an der Tür klingelt.

Erstaunt sehen wir uns an, bevor meine Tante die Tür öffnet.

Ich verkrampfe mich sofort, als ich Sergeant Martinez erkenne. Er trägt seine schwarze Uniform, hat sein dunkles Haar nach hinten gekämmt, und seine Miene ist so ernst wie bei unserem letzten Aufeinandertreffen.

Sofort hämmert mir das Herz gegen die Rippen. Vor Angst. Vor Panik. Davor, dass er mich jetzt endgültig mitnimmt.

Meine Tante baut sich wie eine Löwenmutter vor mir auf. »Kann ich etwas für Sie tun?«

Er schüttelt knapp den Kopf. »Ich habe gute Neuigkeiten. Thomas Clarkson wurde gefunden. Genauso wie das Wappenteil.«

Wir schnappen gleichzeitig nach Luft. »Was?« »Wann?«, rufen wir durcheinander.

Tante Betty tritt zur Seite. »Kommen Sie doch rein.«

Doch der Sergeant schüttelt erneut den Kopf und schaut an ihr vorbei zu mir. »Ich wollte es Ihnen persönlich mitteilen. Die Anklage wegen Diebstahls gegen Sie wird fallengelassen. Die Beweise haben Thomas Clarkson als Täter überführt.«

Ich stoße einen großen Schwall Luft aus, und mir wird schwindelig. »Wirklich?«, frage ich mit dünner Stimme.

Er nickt, und ich glaube, ein kleines Lächeln um seine Mundwinkel zu erkennen. »Wirklich. Ich muss jetzt weiter. Die offiziellen Dokumente werden Ihrem Anwalt in den nächsten Tagen zugestellt. Doch das«, er deutet auf meine Fußfessel, »muss dennoch weiterhin dranbleiben.«

»Danke für die Information«, sagt meine Tante, weil ich es nicht kann, während ich auf wackligen Beinen zusehe, wie der Mann, der mich ins Gefängnis bringen wollte, nun wieder geht. Einfach so.

»Gott sei Dank«, stößt Tante Betty aus, schließt die Tür und fährt mit einem Strahlen in den Augen zu mir herum. »Ein Kampf ist gewonnen. Das schreit nach einer Party!«

»Oh nein«, murmle ich, weil plötzlich Bilder von der letzten Party vor meinen Augen auftauchen.

Doch sie lacht nur und tätschelt meine Schulter. »Ich meine damit, dass wir jetzt ein wenig Geld ausgeben gehen. Komm, lassen wir die Kreditkarten glühen.«

Sie ist so fröhlich, dass ich zustimme, obwohl ich lieber zurück in mein Zimmer gegangen wäre. Mich mit einer Fußfessel in der Öffentlichkeit sehen zu lassen ist nicht gerade das, was ich unter Spaß haben verstehe. Aber sie ist so enthusiastisch, dass ich nicht anders kann und mich von ihr mitreißen lasse.

Während wir also von einem Laden zum nächsten ziehen und sie uns mit Handtaschen, Schmuck und Kleidung eindeckt, fällt mir erst recht spät auf, dass sie sich echt seltsam verhält.

Immer wieder zieht sie ihr Handy aus der Tasche. Und als es keinen Akku mehr hat, ärgert sie sich mehr als nötig.

»Alles in Ordnung?«, frage ich besorgt, und sie nickt

fahrig, während sie auf ein Restaurant deutet, das wir gerade passieren.

»Natürlich. Lass uns etwas essen. Ich sterbe vor Hunger.«

Ich kneife misstrauisch meine Augen zusammen, lasse mich aber zu einem Essen überreden, obwohl ich gar keinen Hunger habe. Überraschenderweise treffen wir in dem schicken Nobelrestaurant, in das ich so gar nicht passe, Dorothy, die mit ein paar anderen furchteinflößenden älteren Damen zusammensitzt.

Wir begrüßen sie kurz, als wir an einen Tisch geführt werden. Als Tante Betty kurz zur Toilette geht, winkt Dorothy mich an ihren Tisch.

»Netter Fußschmuck.« Sie deutet mit einem Schmunzeln auf meine Fessel, und ein paar der Damen kichern.

Ich grinse. »Fand das hübscher als Handschellen.«

Dorothy lacht los, und der Ton ist rau und völlig überraschend. »Ich möchte mit dir über Asher sprechen.«

»Jetzt?« Mit einem Seitenblick deute ich auf ihre Freundinnen, die uns neugierig zuhören.

»Ja, jetzt. Sie sind Sirenen, also kennen sie dein Dilemma.«

Solange sie nicht vom Gesetz verfolgt werden, wage ich das zu bezweifeln.

»Mein Enkel ist ein Häufchen Elend. Erlöse euch von eurem Leid und vergib ihm. Er war ein Trottel, aber er hat seine Karriere für dich aufgegeben.«

Das hat er. Dennoch kann ich mich nicht überwinden, ihm zuerst zu schreiben.

Sie schnalzt mit der Zunge. »Soll ich dir erklären, warum ich dir geholfen habe?«

Mit angehaltenem Atem nicke ich. Auf diese Antwort warte ich schließlich schon von Anfang an.

»Wenn eine Sirene sich einmal verliebt, ist das für immer. Es gibt kein Wenn und Aber, diese Liebe ist endlos und gewaltig. Niemand, der jemals von einer Sirene geliebt wurde, konnte ihr jemals widerstehen. Das hat nichts mit Manipulation zu tun, nichts mit Zwang. Es ist wie ein Gesetz und schenkt beiden Seiten unendliches Glück. Du kannst es mit einer Art Seelenverwandtschaft vergleichen.«

»Was?«, hauche ich und schüttle den Kopf, während ihre Freundinnen verständnisvoll nicken. »Das kann nicht sein. Davon hätte ich sicher gehört.«

»Nein. Und du wirst auch niemals darüber sprechen. Solltest du eine Sirene treffen, die unwissend ist, weihst du sie ein und zwingst sie ebenfalls, dieses Geheimnis zu wahren. Weil es so mächtig ist, dass es unsere Spezies bereits einmal beinahe ausgelöscht hat.« Ihre Magie schlägt blitzschnell zu. Und ich habe keine Chance, sie abzuwehren, weil ich zu überrascht bin.

»Aber damals, als wir uns das erste Mal getroffen haben, da habe ich Asher nicht geliebt.«

Dorothy nickt langsam, und plötzlich blitzt ein kurzes Lächeln um ihre Augenwinkel auf. »Da vielleicht noch nicht. Doch ich habe gesehen, wie deine Magie auf ihn reagiert hat.«

Mein Magen rebelliert. »Das bedeutet, ich kann niemals jemand anderen lieben?«

»Hast du dich nie gefragt, wieso du noch nie zuvor verliebt gewesen bist?«

Ich schüttle den Kopf und kann es einfach nicht fassen.

Ein Teil von mir fühlt sich betrogen, während der andere mit einem Mal Frieden empfindet.

Als ich lächele, tätschelt Dorothy sanft meine Hand. »Ich sehe, du verstehst.«

Das tue ich. Dann bedanke ich mich bei ihr und kehre an unseren Tisch zurück, kurz bevor Tante Betty wiederkommt.

Nach dem Essen fragt sie mich mehrmals nach der Uhrzeit. »Wie wäre es, wenn wir noch spazieren gehen?«

»Tante Betty, was ist los?«

Sie schaut mich an, als hätte sie keine Ahnung, wovon ich spreche. »Was meinst du?«

Ein ungutes Gefühl beschleicht mich. Es ist wie ein unangenehmes Kribbeln im Nacken. Als würde jeden Moment etwas Schlimmes passieren. Als würde sie … Zeit schinden? »Warum willst du nicht nach Hause gehen?«

Sie öffnet ihren Mund, und ich sehe, wie sie um eine Ausrede ringt, die Augen zusammenkneift und versucht, sich etwas auszudenken.

Ich zögere nicht eine Sekunde länger. Stattdessen springe ich auf und laufe los. Ich muss. Ich verstehe nicht einmal weshalb, aber ich muss wissen, was los ist.

Ich erreiche das Haus innerhalb weniger Minuten. Doch selbst die kurze Strecke hat gereicht, um mir einen stechenden Schmerz in mein Bein zu jagen.

Als ich ankomme, atme ich schwer und zu schnell, mit einem Brennen in meiner Kehle. Meine ganze Seite tut weh, weil ich mich seit meinem Unfall viel zu wenig bewegt habe. Es rauscht in meinen Ohren.

Ich krame den Schlüssel raus, den mir Onkel Derek an

meinem ersten Tag gegeben hat, und trete in das Haus ein.

Zunächst ist alles wie immer. Bis ich die aufgeregten Stimmen aus Onkel Dereks Büro dringen höre.

Ich will hingehen, doch dann bemerke ich drei Personen im Wohnzimmer, die von ihren Plätzen aufstehen, als ich wie ein Reh im Scheinwerferlicht mitten im Flur erstarre.

Das kann nicht wahr sein.

Dort sind Riley, Ezra und Asher.

Ich lasse nur eine Sekunde lang zu, dass seine Anwesenheit mich aus dem Konzept bringt, bevor ich mich zusammenreiße. »Was ist hier los?«

Riley öffnet den Mund, doch bringt kein Wort heraus. Scham flackert über ihr Gesicht, und kurz sieht sie aus, als würde sie in Tränen ausbrechen.

»Sorry«, antwortet Ezra mir langgezogen und mit diesem typisch arroganten Tonfall, der mir nichts mehr vormachen kann. »Aber ich habe dir bereits gesagt, dass ich mich um dieses Problem kümmern werde.«

»Was?« Ich stehe total auf dem Schlauch. Warum ist er hier? Noch dazu mit Asher und Riley.

Ein Poltern ertönt und lässt uns alle zusammenzucken. Onkel Dereks Tür knallt mit voller Wucht gegen die Wand, als sie von innen aufgestoßen wird.

Und plötzlich steht *sie* vor mir. Eine große, schlanke Frau mit dunklen Haaren und stechend grünen Augen, die genauso aussieht wie ich, nur älter.

»Mom?«

Sie kräuselt ihre Lippen, als würde mein Anblick sie anwidern. Und sofort fühle ich mich ganz klein. Ein Teil von mir glaubte, wenn ich ihr das nächste Mal gegenüberstehe, würde ich stärker sein. Doch das bin ich nicht. Ich fühle mich wie die Fünfjährige, die auf Diät gesetzt wurde, weil sie zu speckig geworden ist. Wie die Zwölfjährige, die sich wegen ihrer Krämpfe während ihrer ersten Periode nicht so anstellen soll. Wie die Fünfzehnjährige, die gefälligst lernen soll, ihre Weiblichkeit zu ihrem Vorteil zu nutzen. Wie die humpelnde Siebzehnjährige, der gesagt wird, dass sie nur noch eine Chance hat, einen Wettbewerb zu gewinnen.

Ich bin wie zu Eis erstarrt und weiß mit erschreckender Klarheit, dass ich nicht mehr vor ihr wegrennen kann.

Sie ist hier.

»Du!« Mom hebt ihre Hand und deutet auf mich. »Das ist alles-«

Asher und Ezra schieben sich gleichzeitig so vor mich, dass wir einander nicht mehr ansehen können. Zeitgleich stürmt mein Onkel aus seinem Büro und baut sich vor ihr auf. »Ein weiteres Wort, und ich werde dir alles nehmen, was du hast. Selbst deine gefälschte Handtasche.«

Ich höre meine Mutter nach Luft schnappen und schaue zwischen den beiden Jungen hindurch, die sich wie eine Mauer vor mir aufgebaut haben. Weil sie mich vor ihr beschützen wollen. Weil ich nicht mehr allein kämpfen muss.

»Sie ist *meine* Tochter! Alles, was sie verdient hat, stand mir zu!«, giftet meine Mutter.

»Nicht mehr. Sie ist volljährig. Und ich danke dir für dein nettes Geständnis.« Er hebt sein Handy, und als er auf eine Taste drückt, ertönt kurz die Stimme meiner Mutter, bevor er die Aufnahme wieder pausiert. »Die Sonderkommission ist immer ganz scharf auf Leute wie dich. Leute, die Kinder dazu abrichten, ihre Magie verbotenerweise zu nutzen.«

Meine Mutter schnaubt, und Wut durchzieht ihre nächsten Worte. »Meine Tochter ist sowieso nutzlos geworden.«

Mein Onkel stößt ein wildes, wütendes Knurren aus, während Asher in Angriffshaltung geht.

Die Luft ist zum Zerreißen gespannt, und es fühlt sich an, als würde nur eine falsche Bewegung reichen, um einen Kampf auszulösen. Ein Kampf, bei dem meine Mutter keine Chance hätte. Nicht gegen zwei Erben und einen ausgewachsenen Tierwandler.

»Wir sind fertig miteinander. Für immer«, stoße ich aus, während ich zwischen den Jungs hindurch nach vorne trete. Weil ich keine Angst mehr vor ihr habe. Weil sie nie wieder Macht über mich haben wird.

In diesem Moment tritt meine Tante Betty durch die offen stehende Haustür. Ihr Kinn ist selbstbewusst erhoben und ihr Blick voller Abscheu auf meine Mutter gerichtet – ihre eigene Schwester. Sie sagt kein Wort, sondern lässt zwei Uniformierte an sich vorbei, die direkt auf meine Mutter zugehen. Sie brüllt und will sich verwandeln, doch die Beamten kommen ihr zuvor und legen ihr die kraftunterdrückenden Handschellen an, um sie abzuführen. Ich wage es nicht, sie noch einmal anzusehen, lasse mich stattdessen von meiner Tante in den Arm nehmen. Es ist vorbei.

Ich atme. Und mit einem Mal bin ich frei.

Ezra klopft mir auf die Schulter, tritt neben mich und

lächelt mit geschlossenen Lippen. »Morgen Abend geht es dann mit Staffel 5 weiter?«

Das Lachen birst einfach so aus mir heraus. »Unbedingt, ja.«

Er zwinkert mir zu, verabschiedet sich von meiner Familie und zieht die Tür hinter sich zu, als er ebenfalls geht.

Tante Betty lässt mich los und klatscht in die Hände. »Wundervoll. Das lief doch ganz großartig! Wie wäre es mit einer kleinen Feier? Lasst mich nur eben einen Tisch reservieren.« Und damit rauscht sie davon, als würden wir nicht gerade erst aus einem Restaurant kommen.

Onkel Dereks Blick findet meinen, und als er seine Augenbrauen hebt, als würde er mich fragen, ob alles okay ist, nicke ich und lächle. *Ja. Es ist alles okay.*

Riley, die ich bis dahin völlig vergessen habe, räuspert sich. Als ich mich zu ihr umdrehe, sieht sie aus, als würde sie jeden Moment in Tränen ausbrechen. »Es … es tut mir so leid, Jade. Alles.«

»Ich weiß«, sage ich, denn ein *Schon gut* ist gerade nicht drin.

Ihr entschlüpft ein nervöses Lachen. Sie beißt sich auf die Unterlippe und nickt langsam. Das, was zwischen uns passiert ist, war ziemlich heftig. Und es ist zu frisch, um ihr einfach so zu verzeihen. Unsere Freundschaft wird Zeit brauchen, um zu heilen. Ihr Blick fliegt zu Asher, als könne sie mir kaum mehr in die Augen schauen. »Ich gehe dann mal hoch und ziehe mich um.«

Kurz darauf bin ich mit Asher alleine im Flur, und seine Nähe hüllt mich vollständig ein. Wir stehen einander gegenüber, und da ist diese Stille zwischen uns. Eine Stille so tief wie der Grand Canyon bei Nacht. Sie macht mir

Angst, weil es nur zwei Möglichkeiten gibt, sie zu überwinden.

Als Asher zuerst spricht, löst sich ein Brocken von meinen Schultern. »Wusste Dorothy alles?«

Ich nicke knapp und zugleich überrascht. »Hat sie nicht mit dir geredet?« Davon bin ich ausgegangen, nachdem er mit ihr gemeinsam zu meiner Rettung geeilt ist. »Oder woher wusste sie von meiner Festnahme?«

Asher schnaubt und schüttelt mit einem fassungslosen Augenrollen den Kopf. »Von mir, aber in dem Moment, als ich mit ihr gesprochen habe, war klar, dass sie viel mehr weiß als ich.« Ich sehe in seinen Augen, dass er mehr erfahren will. Glücklicherweise scheint es ihm vorerst auszureichen, dieses Detail zu wissen. Ich werde ihm alles erzählen, sobald ich meine Gefühle sortiert habe. Denn jetzt gerade ist allein seine Anwesenheit beinahe zu viel für mich. Weil ich jetzt weiß, dass ich niemals einen anderen als ihn lieben werde. Diese Erkenntnis ist plötzlich so vorherrschend in mir, dass sie mir Angst macht.

Er atmet schwer ein. »Jade, ich weiß nicht, was ich sagen soll. Es tut mir alles so leid.«

»Du hast mit der Sonderkommission zusammengearbeitet.«

Sein Kiefer verhärtet sich, und sein Kehlkopf hüpft, als er schwer schluckt. »Ja.«

»Und dennoch hast du dich auf meine Seite gestellt. Während der Prüfung. Du hast mir geholfen.« Wieder keine Frage. Nur eine Feststellung. »Obwohl es dir so viel bedeutet hat, dort einen guten Stand zu haben, hast du dich gegen sie gestellt.«

»Aber als Edward seine Lügen erzählt hat-« Er stockt,

kann nicht weitersprechen. Seine Stimme ist rau und voller Schuld. »Ich war so ein Idiot.«

»Warst du.«

Er gluckst, und es klingt ein bisschen verzweifelt.

»Und was habt ihr drei hier überhaupt gemacht?«

»Ezra hat mir von der Erpressung deiner Mutter erzählt.«

»Und dann habt ihr zusammengearbeitet. Ihr habt Onkel Derek mit ins Boot geholt. Gemeinsam. Für mich.«

Asher nickt, und ich sehe den Schmerz in seinen Augen. Denselben Schmerz, den ich schon zuvor wegen Ezras Verrat darin gesehen habe. »Ja.«

Er hat für mich versucht, diesen Schmerz zu überwinden. Er hat endlich hinter Edwards Lügen geblickt.

Und ich kann nicht eine Sekunde länger so tun, als würde es mich nicht umbringen, ihn nicht zu berühren. Weil ich mich nicht in dem Schmerz, den Zweifeln und den Vorwürfen der letzten Zeit verlieren will. Er hat dumme Entscheidungen getroffen, doch das habe ich ebenfalls.

In dem Moment, in dem ich meine Hände nach ihm ausstrecke, tritt er nach vorne und legt seine Hand an meine Wange, die andere an meine Hüfte. Unsere Lippen treffen aufeinander, und unsere Magie implodiert zu einem Feuerwerk in meiner Brust.

Wir küssen uns, hungrig und so fest, dass es beinahe wehtut, während wir uns aneinander festklammern, als würden wir uns versichern, dass nie wieder etwas zwischen uns kommt.

»Es tut mir so leid«, stößt er aus, doch ich ziehe ihn wieder an mich.

»Keine Sorge, du hast noch unzählige Möglichkeiten,

dich zu entschuldigen«, verspreche ich ihm und spüre, wie er an meinen Lippen lächelt.

»Ich bin so süchtig nach dir.« Seine Finger schieben sich in mein Haar, und ich habe überall Gänsehaut.

»Aber ich bin eine Sirene, und du bist der Erbe der Magier.«

»Und dennoch kann mich nichts davon abhalten, dich ab jetzt meine Freundin zu nennen, okay?«

Ich will etwas erwidern, irgendwas, doch mein Kopf ist wie leergefegt.

»Kinder. Tztztz.«

Tante Bettys Stimme lässt uns auseinanderfahren.

Sie schaut mich mit dem tadelnd-amüsierten Blick an, der so perfekt zu einer Mutter passt. Natürlich wird sie niemals meine Mutter sein. Aber ich weiß einfach, dass ich hier immer ein Zuhause haben werde.

Asher schiebt seine Hand in meine und verschränkt unsere Finger ineinander. »Sorry, Mrs Drawing.«

»Geht ruhig schon mal nach draußen. Wir kommen in zwei Minuten nach.« Sie zwinkert uns zu, und Asher nutzt diesen kleinen Wink, um mich nach draußen zu ziehen, mich gegen die Hauswand zu drücken und mich zu küssen, als würde er mich ein für alle Mal davon überzeugen wollen, wie gut wir zueinander passen.

Und er hat so recht.

Epilog

»Das war knapp.« Die Frau in dem schwarzen Mantel steht an der niedrigen Mauer, die den Ashriver von der Stadt trennt, und schaut auf das fließende Wasser hinunter, auf dem Mondlicht glitzert.

»Aber es ist erledigt«, antwortet der Mann neben ihr rau, entrückt, als wäre er nur halb in dieser Welt.

»Das nächste Mal wird es gefälligst nicht so knapp.« Ihre Finger tätscheln seine Schulter, und sie kann die Gänsehaut nicht sehen, die seinen Nacken hinunterläuft. »Und jetzt geh und vergiss, dass wir miteinander gesprochen haben. Ich werde dich zu mir holen, sobald ich deine Dienste gebrauchen kann.«

Er nickt, dann geht er und vergisst alles von ihrer Begegnung.

Zurück bleiben Kopfschmerzen, die sich wie eine giftige Schlange unter seinem Schädel hindurchwinden.

Danksagung

Die Idee um Jades Geschichte hatte ich schon vor Jahren. Ein Mädchen, das Schönheitswettbewerbe gewinnt, aber nie für sich selbst. Es hat ewig gedauert, bis ich den passenden Rahmen für sie fand. Meine Agentin, Christine Härle – die beste überhaupt –, hat sofort eine Prise Fantasy mit eingestreut. Vielen Dank für diese großartige Idee und deinen unermüdlichen Einsatz für mich und meine Geschichten. Glücklicherweise war meine Lektorin Anni sofort Feuer und Flamme für das Projekt und hat Jade, Asher und der ganzen Clique ein Zuhause beim One-Verlag gegeben – ich danke dir dafür so sehr. Vor allem für deine großartige Arbeit im Lektorat, die meine Rohversion dringend nötig hatte. Ohne dich wäre dieser erste Band eine Katastrophe.

Das Schreiben mit Kleinkind und Baby stellte sich als gar nicht so einfach heraus. Deshalb danke ich auch meinem Mann, der mich besonders in der Lektoratsphase sehr unterstützt hat.

Danke auch an meine Kolleginnen, die während des Schreibprozesses immer ein offenes Ohr oder einen Ratschlag für mich hatten. Allen voran Lana Rotaru, Verena Bachmann, Ana Woods, Francesca Peluso, Leonie Lastella und Tonia Krüger. Ohne euch hätte das Buch so viele Knoten mehr gehabt!

Schlussendlich gilt mein größter Dank aber meinen

LeserInnen, ohne die ich meine Leidenschaft nicht ausüben könnte. Ich danke euch allen für jedes Buch, das ihr kauft, empfehlt und in die Kamera haltet.

Eure Valentina

Inhaltsinformation

(Achtung: Spoiler!)
Die Elite von Ashriver – Hidden Secrets enthält Elemente, die unter Umständen triggern können.
Explizit beschrieben werden emotionaler Missbrauch, Manipulation, toxische Beziehungen.
Erwähnt werden sexuelle Belästigung, Selbstverletzung, Gewalt und Mord.

Haters-to-lovers sorgt für viele knisternde Momente im zweiten Band der spannenden Dark-Academia-Dilogie

Valentina Fast
DIE ELITE VON ASHRIVER - BROKEN LIES
Trendthema Dark-Academia-Fantasy trifft auf atemberaubende Romance im Herzen von Kanada (Erstauflage exklusiv mit Farbschnitt und Charakterkarte)

ISBN 978-3-8466-0249-2

Tierwandlerin Riley wünscht sie nichts sehnlicher, als Teil der ehrwürdigen Gemeinschaft der Schatten zu sein. Aber dann muss sie für die Aufnahmeprüfung mit Ezra zusammenarbeiten: Er gehört nicht nur zur Elite von Ashriver, sondern ist ein Flüsterer: und damit einer von Rileys größten Feinden. Nicht nur, dass er sich einst gegen ihre Freundschaft stellte – er besitzt auch Kräfte, die Riley wie vernichten könnte. Doch Ezra kämpft gegen seine ganz eigenen Dämonen, und schnell wird klar, dass er etwas verbirgt. Die beiden werden immer weiter an ihre Grenzen gebracht, bis es plötzlich um Leben und Tod geht. Können sie es schaffen, ihre Differenzen zu überwinden?

ONE

Das große Finale der romantischen Dark-Academia-Trilogie

Valentina Fast
DIE ELITE VON ASHRIVER - BITTERSWEET REVENGE
Trendthema Dark Academia-Fantasy trifft auf atemberaubende Romance im Herzen von Kanada (Erstauflage exklusiv mit Farbschnitt und Charakterkarte)

ISBN 978-3-8466-0250-8

Leah schwört Rache. Nach dem Tod ihrer Mutter ranken sich böse Gerüchte um sie, denen sie endlich ein Ende setzen will. Doch nicht nur das: Jemand in Ashriver hat es auf sie abgesehen und hängt ihr ein Verbrechen an, dass sie nicht begangen hat. Mithilfe ihrer Fähigkeiten als Leserin schleust sie sich in die Elite der Akademie ein, um den Schuldigen zu überführen. Dabei kommt sie dem Elementar Vincent gefährlich nahe. Nichts hätte Leah auf die Anziehung vorbereiten können, die zwischen den beiden entflammt. Je stärker ihre Gefühle werden, desto tiefer landet sie in dem Geflecht aus Geheimnissen, dass die Elite umgibt. Wird sie ihren Racheplan durchziehen?

Ein Standalone-Pageturner mit atemberaubendem Setting von Bestsellerautorin Valentina Fast.

Valentina Fast
STOLEN CROWN – DIE MAGIE DES DUNKLEN ZWILLINGS
Dystopische Romantasy voller Magie, Fae und Royals, die das Herz zum Rasen bringen

624 Seiten
ISBN 978-3-8466-0195-2

Ein uralter Krieg hat die Menschheit verändert. In einer Welt, in der Zwillinge zum Tode verurteilt sind, teilt Avi sich heimlich ein Leben mit ihrer Schwester Ana. Als Mensch erster Klasse getarnt, lebt Avi in Anas Schatten. Aber als diese erkrankt, muss Avi alles tun, um Geld für eine Behandlung aufzutreiben, falls sie nicht mit Ana gemeinsam sterben will. Doch es ist ausgerechnet Fürst Nevans erster Soldat Ren, der sie ersteigert. Jener Mann, der als einziger ihre wahre Identität aufdecken könnte. Statt der erwarteten Hinrichtung, folgt für Avi ein Auftrag, der sie geradewegs zu den Sinnesspielen führt. Es gibt nur zwei Wege dort raus: siegen, oder sterben.

ONE